Manfred Lang
Träumeland ist abgebrannt ...

Manfred Lang, Jahrgang 1959, lebt in Lückerath/Eifel mit Ehefrau Sabine Roggendorf und den drei Kindern Anna, Jan Anton Josef und Felix als Redakteur, Autor, Nebenerwerbslandwirt und Ständiger Diakon mit Zivilberuf. Manfred Lang hat bislang elf Bücher über die Eifel veröffentlicht, zuletzt »Platt öss prima« (2008, 3. Auflage 2011), »Eifel-Winter« (2010, 2. u. 3. Auflage 2011) sowie »Platt öss prima II« (2011). Ebenfalls bei KBV, Hillesheim, erschien seine gemeinsam mit Ralf Kramp herausgegebene »Abendgrauen«-Trilogie.

Manfred Lang

Träumeland
ist abgebrannt ...

NEUE EIFEL AN ALTER STELLE

Für Marlies & Karl Mey

Originalausgabe
© 2012 KBV Verlags- und Mediengesellschaft mbH, Hillesheim
www.kbv-verlag.de
E-Mail: info@kbv-verlag.de
Telefon: 0 65 93 - 998 96-0
Fax: 0 65 93 - 998 96-20
Druck: Aalexx Buchproduktion GmbH, Großburgwedel
Printed in Germany
ISBN 978-3-942446-57-0

Inhalt

Vorab

Zurück ins Land meiner Kindheit

»Lück wie ich und du« – Eifeler Köpfe

Verjange öss net vorbeij – Geschichten aus der Geschichte

Inhalt

»Land unn Mensche« – Essays

»Su senn se« – Der Eifeler »an sich«

»Do schuddert et Dich« – Grauenvolles Land

»Mord unn Duedschlaach« – Leichen im Keller

Suche die Eifel, die ist, wie sie ist

Mach mir keine Geschichten«, ermahnte mich meine »Jött« (Patentante) hin und wieder. Ihr habe ich tatsächlich kaum »Geschichten gemacht«, dem geneigten Leser umso mehr. Schlagen Sie es auf: Das Angebot im vorliegenden Buch ist reichhaltig. Es hilft bei der Standortbestimmung. Wo die Eifel liegt, ist geographisch hinlänglich geklärt. Aber was ist die Eifel? Was ist die Eifel für Sie?

»(Wahl-)Heimat«, »Urlaubsland«, »Preußisch-Sibirien«, »ein rauher unfruchtbarer Landstrich«, »ein herrliches Jagdrevier, nur schade, dass dort Menschen wohnen«, »ein wachgeküsstes Dornröschen«, »der schönste Arsch der Welt«, »das Land, wo der Ginster blüht«, »zentraleuropäische Kernprovinz« oder am Ende »das Land Ihrer Träume«?

Dann Vorsicht: Träume sind Schäume, und wenn man sich alles schöngeträumt hat, dann gibt es oft ein böses Erwachen. Mit Schönfärberei und Verlogenheit hat man einer ganzen Generation das schöne Wort »Heimat« aus dem Wortschatz verbannt. Unser »Träumeland ist abgebrannt«, wie es in einer Variation des Kinderliedes »Maikäfer flieg« heißt.

Vielleicht ist das ganz gut so. Es weitet den jüngeren und jung gebliebenen Eifelern den Blick und den Horizont, auf die Welt und auf die Eifel. Denn das, was mit »Heimat« ursprünglich gemeint war, ist weder Ideologie noch Heimattümelei, und lohnt wieder der zaghaften Nachfrage. In diesem Buch wird die Frage aufgeworfen und in vielen Facetten beleuchtet.

Die literarische und journalistische Suche ist einerseits, wie vom Autor gewohnt, witzig und schlitzohrig, Hochdeutsch mit Knubbeln, aber manchmal auch voller Tristesse und traurig, auch schaurig und kriminell. Es gibt Erzählungen, Portraits, Reportagen, Essays und Kolumnen, Schauergeschichten und Kurzkrimis aus einer Eifel, die so ist, wie sie ist.

Die Geschichten sind Angebote, Wegmarken auf gemeinsam beschrittenem Terrain. Suchen Sie mit und finden Sie Ihre »neue« Eifel – an der alten Stelle.

Manfred Lang

P.S.: Dank gilt allen, die die Herausgabe dieses Buches unterstützt und begleitet haben, Elke Mertens und Jino Edechelathu für die technische und organisatorische Hilfe, Anna Lang für ihre Korrekturen und Sabine Roggendorf für Lektorat und intensive Beratung, den Fotografen der Agentur ProfiPress für ihre tollen Fotos und Sabine Steffens für die grafische Gestaltung von Buch und Cover sowie für die Gesamtkoordination seitens des KBV-Verlages.

Zeit und Raum

Köngderlank, Köngderlank / wie wigg liss du zoröck onn langk / De Bleck nohm Hemmel steje, ich seen se höck noch fleje / De Glocke all noh Rom / Bim, Bam, Bom«: So endet das Gedicht »De Glocke fleje noh Rom« von Dr. Jakob W. Flosdorff, das ganz selbstverständlich die Heimat des erzählenden Knaben nicht als geographischen Ort, sondern als Zustand beschreibt.

Egal, wo sie geboren werden, Kinder wachsen in diesem »Köngderlank« auf, es ist ihr selbstverständliches Zuhause, und die Menschen, die sie umgeben, gehören ebenso dazu wie Dörfer, Städte und Landschaften. So gesehen ist es egal, wo das »Köngderlank« liegt, aber es prägt, bis in unsere Haarwurzeln und die Sprache hinein, unser Bild von der ganzen Welt. Ist es doch (zunächst) unsere Welt.

Ähnlich verhält es sich mit dem Zeitbegriff der Kindheit. Da leben wir, gerade dem Universum und Gottes ewiger Schöpfung entschlüpft, in einem Zustand, den man Zeitlosigkeit, ja Ewigkeit nennen könnte. »Chronos«, die messbare Zeit, die von Chronometern unbarmherzig verfolgte, hat uns als Kinder noch nicht eingeholt. Wir kennen sie noch nicht, die Zeit, die vergeht, von der nichts zu bleiben scheint, außer verblassender Erinnerung.

Den Zeitbegriff unserer Kindheit nennen die Philosophen »Kairos«, die empfundene Zeit. Es ist gewissermaßen, so paradox das klingen mag, eine zeitlose Zeit. Eine Zeit, die ihren Wert nicht aus der Dauer schöpft, sondern aus der Intensität des Erlebten. Die Zeit unserer Kindheit kann man nicht mit Chronometern messen, dazu bedarf es ganz anderer Maßstäbe.

Vielleicht ist die Zeit im »Köngderlank« auch gar nicht messbar, und das ist gut so, denn schließlich vergeht sie nicht. Sie bleibt. Es kommt nicht von ungefähr, dass viele Menschen, die am Schluss ihres Lebens Rückblick halten und Bilanz ziehen, zu dem Ergebnis kommen, dass sie im Prinzip ihr Leben lang vom »Kairos« ihrer Kindheit gezehrt haben.

Auch gibt es den umgekehrten Fall, dass Menschen, denen man ihre Kinderseelen schwer beschädigt hat, ihr Leben lang damit zu kämpfen haben werden und womöglich nie damit fertig werden. Dass Geographie und Chronologie bei der Ermittlung unserer wahren Heimat nicht hilfreich sind, wird »bei uns zu Hause«, also in meinem »Köngderlank« kaum einem bewusst gewesen sein, mir am allerwenigsten.

In unserem Haushalt lebten damals, Mitte der sechziger Jahre, in einem mittelgroßen Dorf der Nordeifel, sieben Personen unter dem Dach eines Bauernhofes: Unsere Eltern, drei Brüder, und die Großeltern, die Eltern meines Vaters. Auch wenn wir dort auf engstem Raum zusammen gelebt und fast alle Dinge miteinander geteilt haben, die Arbeit, das Essen, die Gespräche, die Gebete, das einzige Waschbecken, die einzige Badewanne und das einzige Klo (es lag außerhalb des Wohnhauses zwischen Kuhstall und Hühnerstall), hat

jeder für sich unterschiedliche Eindrücke und Empfindungen gehabt und behalten.

In meinem »Köngderlank« spielten meine Großeltern eine überragende Rolle. Ich glaube, ihr Glaube und ihre selbstverständliche Religiosität haben mich sehr geprägt, die des Großvaters noch mehr als die der Großmutter. Sie war ängstlicher im Bezug auf das, was sie im Jenseits zu erwarten habe, obwohl sie zumindest im Alter fast unablässig zu beten

Im Land der Kindheit ticken die Uhren anders, die Zeit scheint kaum zu vergehen. Foto: Manfred Lang/Agentur ProfiPress

schien. Opa Klöös (Nikolaus), den wir den »Patt« (Paten) nannten, schien hingegen vollständig davon überzeugt zu sein, dass er es mit einem liebenden und unbedingt barmherzigen Gott zu tun bekommen würde, ja, bereits zu tun hatte im diesseitigen Leben.

Wir hatten zu der Zeit einen sehr strengen Pfarrer, dessen Predigtthemen nicht sehr variationsreich waren. Es ging jeden Sonntag dreißig Minuten lang ausschließlich um die Apokalypse. Die Geheime Offenbarung des Johannes diente ihm als Unterlage, auf der er schreckliche Szenarien vom Atomkrieg und Weltuntergang vor unseren Augen entstehen ließ. Nachhaltig blieb seine Drohung, den armen Johannes auf der Insel Patmos und den ersten Petrusbrief zitierend, dass der Teufel, der »brüllende Löwe« umherschleicht, um zu sehen, wen er von uns verschlingen könne.

Jedenfalls waren die Möglichkeiten, in die Hölle zu kommen, in seinen Predigten ungleich weit größer, als die hauchdünne Chance, mit dem Fegefeuer nur halbwegs geschoren davonzukommen.

Sollte unser Pfarrer allerdings davon ausgegangen sein, dass wir nach den sonntäglichen Strafgerichten niedergeschlagen und entmutigt nach Hause geschlichen wären, so hätte er sich gründlich geirrt. Wir waren froh und ausgelassen, dass das eineinhalbstündige Strafgericht des sonntäglichen »Hochamtes« ohne sichtbare Folgen an uns vorbeigegangen war. Und der Großvater hat uns letztlich davor beschützt, dass der Pfarrer uns mit »seinem« Gott nicht drohen konnte.

Denn den strafenden und drohenden Gott, der die Menschen mit Qual und ewiger Folter bedrohe, versicherte uns der Großvater, den gebe es überhaupt nicht. Eben sonntags, nach den unsäglichen apokalyptischen Predigten des Dechants pflegte er am Mittagstisch zu sagen: »Nun dürft Ihr nicht alles glauben, was Ihr da eben in der Messe gehört habt. Gott liebt euch, jeden von uns hier am Tisch. Und es würde ihm nicht im Traum einfallen, einen von uns zu verdammen, nur weil wir irgendetwas nicht richtig gemacht haben.«

Nun war mein Großvater kein unbekümmerter Luftikus, sondern einer jener alten Patriarchen, bei denen andere Leute sich Rat holten, die als lebenstüchtig und lebenslustig galten, aber keineswegs »witzig« waren, und die in den meisten Fällen sagten, was sie dachten. Und, was meinen Großvater betrifft, auch tun, was sie angekündigt haben.

Wie tragfähig und unerschütterlich sein Glaube an den barmherzigen Gott gewesen sein muss, davon konnten wir uns alle in seinen letzten Stunden ein Bild machen. In seinem 83. Lebensjahr war er die letzten Wochen nicht mehr dazu in der Lage, aus dem ersten Obergeschoss des alten Bauernhofs, in dem die Schlafzimmer lagen, hinunterzukommen, wo Stube, Küche, Wohnzimmer waren und sich das Leben abspielte.

Er ließ den Pfarrer und die Messdiener zu sich kommen, empfing die Kommunion, beichtete und erhielt das Sakrament der Krankensalbung, das damals ganz selbstverständlich die letzte Ölung nicht nur genannt wurde, sondern es auch war, weil die Menschen nicht in Krankheit und Not nach dem Priester riefen, sondern erst im Sterben.

Als der Priester nun fort war, ließ der »Patt« uns alle nacheinander an sein Bett kommen. Wir, das waren nicht nur die auf dem Hof lebenden Enkelsöhne, sondern auch seine anderen Kinder und Enkel und sogar zwei Urenkel, die im Dorf oder zumindest in seiner Umgebung lebten. Wir mussten alle der Reihe nach an sein Bett treten, und er segnete jeden seiner Nachkommen einzeln. Als auch das vollbracht war, sprach er leise zu meinem Vater, aber doch so laut, dass die Umstehenden es hören konnten: »Jetz lott et joot senn, ich benn ens jespannt, wie et drövve öss«. Dann starb er.

Gott lebte mit uns unter einem Dach. Beten und religiöse Bräuche gehörten zum Tagesablauf, der Wechsel des Kirchenjahres von der bedächtigen Adventszeit über Weihnachten, Drei-Könige, Fastenzeit, Ostern, Pfingsten, Fronleichnam, die Kräuterweihe zu Maria Himmelfahrt im Hochsommer, die Kirmes und der Erntedank im Herbst, Sankt Martin und Nikolaus bestimmten unsere Zeit und den Jahresablauf ganz selbstverständlich.

Und ich begriff: Die Zeit vergeht, unwiederbringlich, aber alles, was ist, kehrt auch wieder. Meine Mutter hat einmal versucht, mir, wohl mit ihrem abgestreiften Ehering in der hohlen Hand, zu erklären, was Ewigkeit sein könnte. Ich habe partout nichts begreifen wollen, was das sei, und ich erinnere mich, dass ich meine Großmutter einmal in nacktes Entsetzen gestürzt habe, als ich ihr offenbarte, dass ich keine Lust auf die Ewigkeit und den Himmel hätte, wenn ich da den ganzen Tag beten und singen müsse.

Also versuchte es meine Mutter mit dem Ehering, ein Kreis, der keinen Anfang und kein Ende habe. Aber ich war trotzig, ich wollte das damals nicht begreifen, und ich habe es auch nicht begriffen. Ich dachte mir, wenn man an irgendeiner Stelle dieses Ringes eine Markierung anbrächte, dann habe die Sache einen Anfang und auch ein Ende, und alles andere sei Illusion.

Meine persönliche Markierung im Kirchenjahr ist ein Freitagabend vor dem ersten Adventssonntag. Es sollte im Rahmen einer nächtlichen »Schneewanderung«, wie meine Mutter das nannte, im Wald Tannengrün für den Adventskranz »geholt« werden. Warum, weiß ich heute noch nicht. Denn für Freizeit-Lustbarkeiten und Abenteuer in freier Natur hatte bei uns zu Hause normalerweise keiner etwas übrig. Wir waren Bauern und hatten, hart arbeitend (auch die Kinder) ohnehin genügend an der frischen Luft zu tun.

Reminiszenz an die 60er Jahre: Mit seiner Kultveranstaltungsreihe »Zeitblende« erinnert das LVR-Freilichtmuseum Kommern an seine Gründungsphase um 1960.
Foto: Manfred Lang/Agentur ProfiPress

Aber an diesem Freitagabend beschloss meine Mutter, möglicherweise auf Anregung meines nächst älteren Bruders, der im Internat war, dass wir eben eine Schneewanderung bei Nacht in den »Bösch« unternehmen sollten, um Nadelreiser heimzuholen.

Es wäre sicher unredlich und übertrieben, wollte ich Ihnen jetzt die näheren Umstände genau schildern, ob es Vollmond war oder der Mond nur als schmale Sichel am Himmel stand, ob Sterne funkelten, ob es kalt war, ob Schneekristalle glitzerten, das alles habe ich vergessen. Aber ich sehe uns drei völlig unromantisch am Rand der Hauptstraße, die damals noch nicht geteert war, in Richtung Wald stapfen. Ein Auto kam uns entgegen, ich meine es wäre ein VW Käfer gewesen, mehr nicht. Die Stelle am Waldrand, die wir schließlich erreichten, und an der wir lange Jahre unser Tannengrün für die Adventszeit schnitten, könnte ich Ihnen hingegen noch heute zeigen. Wenngleich die Bäume heute so hoch sind, dass wir eine Leiter mitnehmen müssten, um Tannengrün für Ihren nächsten Adventskranz zu schneiden...

Interessanterweise haben wir den angestammten Ort, wo wir unser Tannengrün »holten«, dann irgendwann gewechselt. Im Umfeld unseres Dorfes gibt es zwei nennenswerte Waldgebiete. Das kleinere, von dem bislang die Rede war, liegt unterhalb des Dorfes und in der Nähe unseres alten Bauernhofes. Als wir dann, Ende der 60er Jahre, »ausgesiedelt« sind, wie man das damals nannte, also einen neuen Bauernhof mit Hilfe einer Gesellschaft, die sich »Rheinisches Heim« nannte, in freier Feldflur oberhalb des Dorfes errichteten, wechselte auch unser Tannengrün-Einschlag in das große Waldgebiet, das näher an dem neuen Hof lag und liegt.

Ich bin dort in späteren Jahren oft, meistens alleine oder mit unserem Hund »Barry« oder unserem Ackerpferd »Lisa« auf Tannengrün-Beutezug gewesen, und ich habe viele Bündel der unterschiedlichsten Nadelholzsorten, mit und ohne Zapfen, nach Hause getragen. Alle diese vorweihnachtlichen Waldgänge, ob mit oder ohne Schnee, waren immer sehr schön und meditativ für mich, würde ich heute sagen, und das lag vermutlich an meinem allerersten Gang mit Mutter und Bruder bei dieser so genannten Schneewanderung am Freitag vor dem 1. Advent. Sie hat meines Wissens nur dies eine Mal stattgefunden ...

Nichts war »mein«, alles war »unser«: Von den Früchten der Kindheit kann man im günstigsten Fall ein ganzes Leben lang zehren.

Foto: Solveig Heisterkamp/pp/Agentur ProfiPress

Samstags lag mit dem Adventskranz dann die Frage nach dem Ring, nach Anfang und Ende und nach der Ewigkeit wieder auf dem Tisch der »Stoff« (Stube). Ob ich mich kooperativer im Verstehen des Problems gezeigt habe, weiß ich nicht mehr, woran ich mich mit Bestimmtheit erinnere, das sind die vier metallenen Kerzenhalter, die in den Tannenkranz gesteckt werden, der in der Eifel übrigens nicht aus Tannen-, sondern ausschließlich aus Fichtenzweigen gebunden wird.

Denn der Durchmesser dieser metallenen Kerzenhalter und der Durchmesser der von meiner Mutter zusammengesuchten Kerzenstummel (es wurden damals nicht zwangsläufig neue Kerzen für einen »neuen« Adventskranz gekauft) stimmten nämlich absolut nicht überein. Deshalb mussten wir die Kerzenstummel an ihren unteren Enden mit dem »Kniepchen« (Kartoffelschälmesser) anspitzen, das heißt Wachs abschaben und sie so für die Halterungen geeigneter machen.

Weihnachten 1967 durfte ich zum ersten Mal »dienen«. Ich war in den heiligen Stand der Ministranten aufgenommen worden, obwohl ich erst im Jahr darauf zur Ersten Heiligen Kommunion gehen würde. Normalerweise war das Amt des Ministranten nur für Kinder, Jugendliche und junge erwachsene Jungens und Männer vorgesehen, die auch zur Kommunion gehen durften, wie das damals hieß. Es wurde damals noch nach altem tridentinischem Ritus Messe gefeiert, der Priester mit dem Rücken zum Volk, und wir drumrum, unverständliche, lateinische Gebete murmelnd.

Mein Mentor, ein älterer Ministrant namens Karl-Josef, hatte die Aufgabe, mir diese lateinischen Gebete beizubringen. Ich erinnere mich genau, als er zum »Unterricht« bei uns in der Stoff erschien, weil meine Mutter gerade am Stoffen-Tisch stand und die Wäsche bügelte. Die Sache kam nicht recht von der Stelle, ich stellte mich auch nicht sehr klug an, da Eifeler Platt meine Mutter- und Vater- und vor allem Großelternsprache war und ich mich schon mit dem Hochdeutschen sehr schwer tat. Da nahm mich Karl-Jupp zur Seite und sagte mir: »Du hast jetzt zwei Möglichkeiten. Entweder du lernst jetzt das erste Gebet, das Confiteor deo, bis nächste Woche auswendig, dann haben wir die zweite Stunde miteinander und ich höre dich ab.«

»Oder?«, flüsterte ich.

Und er sagte: »Oder du machst es, wie wir es alle machen …«

»Wie macht ihr anderen es denn?« fragte ich.

»Pass auf«, sagte er: »Nach dem Einzug, wir gehen als erste, Pastor kommt hinterher, kommt das Stufengebet. Dabei knien wir uns zwischen der Kommunionbank und den Treppenstufen zum Hochaltar, links und rechts neben dem Pastor auf den zweituntersten Treppenabsatz«.

»Da, wo die roten Kissen liegen?«

»Genau da. Und da knien wir uns hin, und dann beten wir laut, aufrecht kniend Confiteor Deo, omnipotenti …, dann klappen wir zusammen, beugen uns also weit nach vorne.«

Ich fragte: » Und beten dann weiter?«

Karl-Jupp: »Nicht wirklich. Dann wird das Gebet nämlich leiser und schneller und der Pastor kann sowieso nicht mehr genau verstehen, was wir beten.«

»Und?«

»Ja dann versteht der Pastor eben auch nicht mehr wie wir: Und Latein, das ist im Grunde genau so, als wenn man murmelt.«

»Also murmeln wir?«, fragte ich.

»Genau, Confiteor Deo, omnipotenti, dann zusammenklappen und weitermurmeln, egal was.«

So profan und ernüchternd dieser erste Messdienerunterricht auch gewesen sein mag, dem feierlichen Erleben meiner ersten Christmette hat das keinen Abbruch getan. Und das, obwohl ich Mumps und einen dicken Hals hatte. Zwölf Stufen führten zum Hochaltar und auf jeder der Stufen, links und rechts, war je ein Hocker für je einen Messdiener aufgestellt worden. Zuoberst aber, auf dem Plateau unterhalb des Tabernakels, befand sich das Kniebänkchen, auf das der Priester normalerweise stieg, um das Allerheiligste in der Monstranz auszusetzen. Und da kein Messdienerhocker mehr übrig war, bei 24 Ministranten am Altar, hatte der Pastor entschieden, mich, den 25. sozusagen an die Spitze der Pyramide, direkt unterhalb des Allerhöchsten, auf diesem Knie- und Stehbänkchen zu platzieren. Dort oben hatte ich während der mehr als zweistündigen Christmette zu thronen, eine andere Aufgabe kam mir in der Liturgie nicht zu.

Zurück ins Land meiner Kindheit

Gleichwohl war ich stolz »wie Oskar«, wobei ich sagen muss, dass diese Redewendung bei uns in der Eifel gänzlich unbekannt ist. Bei uns sagt man stattdessen »Stolz wie ein Pferdeköttel«. Also will ich es auch hier authentisch machen. Ich war stolz wie ein Rossapfel, als wir durch das tief verschneite Unterdorf zu unserem Bauernhof gingen. Das heißt, eigentlich hätten wir lieber laufen wollen, ja rennen, aber irgendwie wirkten die feierliche Mitternachtsliturgie und die bedächtige Feierlichkeit der Erwachsenen verlangsamend auf uns.

So blieben auch wir mit den Eltern stehen, wechselten Worte mit anderen Kirchgängern, drückten Hände, wünschten »Frohe Weihnachten« und schlichen, mehr als dass wir uns fortbewegten, in Richtung der ausstehenden Bescherung.

Aus der Luft ist der alte fränkische Dorfring um die Kirche herum zu erkennen. Nicht nur in Bleibuir standen Gott und der christliche Glaube früher im Mittelpunkt des dörflichen Lebens. Luftbild: Manfred Lang/pp/Agentur ProfiPress

Obwohl ich ziemlich drastisch in die liturgische Praxis der katholischen Kirche eingeführt worden war, änderte das nicht das Geringste an meinen unumstößlichen Glaubenspositionen, zu denen damals mit großer Selbstverständlichkeit auch die unbedingte Annahme gehörte, dass die Weihnachtsgeschenke, die wir nach der Christmette im Wohnzimmer vorfinden würden, keinesfalls von den Eltern oder sonst wem dort arrangiert worden sein könnten, sondern das selbstverständlich das Christkind, Jesus Christus also selbst, es in höchst eigener Person dort deponiert hatte.

In dem Jahr bekam ich zwei Pistolen, mit denen man so genannte Pulverblättchen verschießen konnte, ein aus heutiger Sicht wahrscheinlich viel zu martialisches Weihnachtsgeschenk, für das ich mich gleichwohl nicht zu schämen in der Lage bin, weil ich mich über alle Maßen darüber gefreut habe. So sehr, dass ich die Pistolen, für die mir das Christkind wohlweislich noch keine Munition mitgeliefert hatte, gar nicht mehr aus der Hand legen wollte. Und auch gar nicht weiter suchen wollte, ob das Christkind womöglich noch etwas anderes für mich mitgebracht haben könnte. Es bedurfte einer Aufforderung meiner Eltern, doch weiter zu suchen, wie die Brüder, die inzwischen auch ihre Sachen gefunden und ausgepackt hatten. Und tatsächlich: Unter dem Wohnzimmerschrank fand sich noch ein paar Ski in meiner Größe, so genannte Tourenski, die damals übliche Mischung zwischen Abfahrts- und Langlaufski, die mir in den damals noch schneereichen Mittelgebirgswintern der Eifel viel Freude gemacht haben.

Mein nächst älterer Bruder bekam ein Vierspur-Tonbandgerät, das ihm zwar allein gehörte, aber der ganzen Familie ungeahnte Freuden bescheren sollte. Wir haben Interviews darauf geführt, samstags »Die großen Acht von Radio Luxemburg« und sonntags die zwanzig Schlager umfassende Hitparade im Radio aufgenommen, wir haben mit dem Wahnsinns-Tonbandgerät Beatles, Rolling Stones, Bee Gees, Beach Boys, Spotnicks, Shadows, Hollies, Eagles, Monkeys, und wie sie alle hießen, aufgenommen und dafür auch Wege und Fahrten zu Vettern und Kusinen auf uns genommen, die über Schallplatten und Schallplattenapparate verfügten.

Das Vierspur-Tonbandgerät meines Bruders brachte das Kinderland mit einer anderen geographisch nicht fassbaren Welt, nämlich der der Medien, unmittelbar in Berührung. In beiden Welten waren Raum und Zeit Variable, keine Konstanten.

Gerne würde ich mir das Hörspiel noch einmal zu Gemüte führen, das wir damals mit Riesenaufwand eingespielt haben und für das wir sogar vorher ein »Drehbuch« erstellt hatten, dem man anmerkte, dass die Autoren Dramaturgie, Verlauf und Ende der wüsten Gangsterstory, die in Chicago spielte, am Anfang noch gar nicht kannten, sondern erst allmählich entwickelten. Ich erinnere mich genau an die Mutter eines Mitspielers, die während der dreistündigen Welturaufführung irgendwann die Augen zuklappte, den Kopf in den Nacken fallen ließ und unsere Aufführung vom Vierspur-Tonband fortan mit dem monotonen auf- und abschwellenden Straßenlärm der amerikanischen Gangstermetropole schnarchend zu untermalen schien.

Im Jahr darauf bekam ich Weihnachten die Märklin-Bahn meiner Brüder »vererbt«, was dazu geführt hat, dass ich nicht mehr ans Christkind glaubte. Denn wie sollte Jesus mir Schienen, Lokomotiven und Waggons bringen, die er zuvor meinen Brüdern weggenommen hatte? Das ließ sich nicht mit dem übernommenen Gottesbild meines Großvaters vereinbaren. Keinesfalls. Außerdem hatten sich meine Brüder nicht sehr geschickt dabei angestellt, die Anlage vor Weihnachten im Wohnzimmer aufzubauen, wo eh kaum Platz war, weil wir über eine überdimensionale Hauskrippe verfügten, die drei Viertel des Wohnzimmers einnahm. Also war alles etwas auffälliger als sonst abgelaufen, und ich hatte aus der Steinküche, einer Art Eingangsraum des Bauernhauses, durch die offene Wohnzimmertür einen Blick ins Weihnachtszimmer werfen müssen. Da sah ich die Brüder mit der halbfertig aufgebauten Eisenbahnanlage ...

Zur Strafe brannte an Heiligabend der Weihnachtsbaum. Obwohl ich altersmäßig der Einzige gewesen sein dürfte, der im Haus noch ans Christkind glaubte, legte man Wert auf eine ausgetüftelte Dramaturgie zur Eröffnung der Bescherung. Dazu musste mein ältester Bruder, noch bevor alle anderen das Weihnachtszimmer betreten durften, die Weihnachtsbaumkerzen anzünden, zusätzlich illuminierte er die mit kleinen elektrischen Birnchen versehene Krippenlandschaft noch mit Sprühkerzen. War dies alles geschehen, pflegte meine Mutter laut zu rufen: »Kommt rein Kinder, der Baum brennt.«

Als wir rein kamen, brannte nicht nur der Baum, sondern auch die Hälfte der Krippenlandschaft stand in Flammen. Das ölgetränkte Felspapier brannte lichterloh und die ersten Flammen griffen auch schon nach den Gardinen, als meine Großmutter mit zittrigen Händen, das halbe Wasser verschüttend, mit einem Litergefäß aus der Küche geeilt kam. Ich glaube, es war mein Vater, der geistesgegenwärtig die Gardinen und Vorhänge von den Stangen riss und damit das Feuer erstickte.

So fatal die Sache auch war, wir brachten sie nicht in Verbindung mit Sühne, Strafe und Vergeltung. Ich glaube auch eher nicht, dass mein verloren gegangener Kinderglaube an das Christkind ursächlich mit dafür verantwortlich war, dass ich wenige Jahre später an Heiligabend Zeuge eines Mysteriums werden musste, für das ich allerdings bis heute keine Erklärung habe.

Wir waren inzwischen »ausgesiedelt«, wohnten also in dem neuen, modernen Bauernhof, und alle waren im Stall beschäftigt, in dem auch ich schon mit anpackte. Meine Aufgabe bestand unter anderem darin, in drei Schichten die Kühe zu füttern. Erstens mit zerhackten Futterrüben und Kraftfutter, wenn diese aufgefressen waren, bekamen die Tiere Heu in den Trog, wenn das verzehrt war, wiederum Futterstroh. Zwischen diesen »drei Gängen« entstanden natürliche Pausen zwischen zehn und zwanzig Minuten, die ich dazu nutzte, zu spielen oder Fernsehen zu gucken.

An Heiligabend kam zu der Zeit eine Sendung, die den ganzen Nachmittag in Beschlag nahm und die hieß »Wir warten aufs Christkind«. Und während ich also bäuchlings auf zwei Stühlen vor dem Fernsehapparat lag, um mir in der Pause zwischen Heu und Futterstroh ein Stück dieser Sendung einzuverleiben, da neigte sich ohne Fremdeinwirkung, so wahr mir Gott helfe, der Christbaum und fiel der Länge nach ins Zimmer. Wobei, wie sich leicht denken lässt, ein Großteil unseres angestammten Familien-Christbaumschmucks zu Bruch ging. Darunter kleine Vögel aus Glas mit langen Federn und Schweifen, die mein Großvater aus seiner Militärzeit noch vor 1900 aus Elsass-Lothringen mitgebracht hatte, und kleinen Glocken aus Glas, die wirklich läuten konnten.

Ich kann auch heute von Glück reden, dass mir in dieser Familie jeder (fast) alles glaubte. Jedenfalls habe ich keine größeren Repressalien erlitten, obwohl es, wie gesagt, selbst mir unwirklich vorkam, wie bei völliger Windstille, mitten in einem Zimmer, ohne das jemand eine Tür öffnet oder wie verrückt auf dem Boden herum hopst, ein Weihnachtsbaum sich ohne erkennbaren Anlass zur Seite neigen und unter fürchterlichem Glasbruch zu Boden gehen konnte.

Apropos Glauben: Ich meine jetzt nicht den unerschütterlichen Glauben an Gott, den wir so selbstverständlich, wie mit der Muttermilch, eingesogen haben, und der zu unserem Tagesablauf gehörte, wie auch das Morgen-, Abend- und Tischgebet, Sonntagsmesse, Andacht am Sonntagnachmittag, Marienandacht im Mai, Rosenkranzandacht im Oktober, Fronleichnamsprozession, Heimbach- und Kevelaer-Wallfahrt, wie Essen, Trinken, ja wie Atmen, geboren werden und sterben.

Ich meine an dieser Stelle mit Glauben die Bedeutung von Wahrheit. Natürlich habe ich als Kind geflunkert, dass sich die Balken bogen. Auch mein Vater pflegte Kinder, die bei uns auf dem Bauernhof zu Besuch waren, mit der Behauptung aufzuziehen und auch zu Tränen zu rühren, dass er im Stall ein kleines Ponychen und eine ebenso dazu gehörende kleine Kutsche habe, wahlweise ein kleines Motorrad mit und ohne Seitenwagen, dass die betreffenden Kinder diese wundervollen Dinge auch täglich benutzen dürften, wenn sie denn damit einverstanden seien, dafür ihr kleines Geschwisterchen einzuhandeln. Was die meisten gerne getan hätten bei der Vorstellung, dafür mit einem kleinen Motorrad mit echtem Benzinmotor und Seitenwagen oder einem Pony mit Kutsche belohnt zu werden.

Ich habe als Kind einmal gelogen, und bin dabei ertappt worden. Und das war so schlimm, dass ich nicht mehr leben wollte. Denn mein Vater und meine Mutter hatten mir gesagt: »Wer einmal lügt, dem glaubt man nicht, und wenn er auch die Wahrheit spricht.« Die Vorstellung, dass mir nun niemals wieder jemand in der geliebten Familie Glauben schenken würde, war für mich unvorstellbar schrecklich.

Wichtiger als dieser erste Schmerz über das Ertapptwordensein und seine möglichen Folgen war eine empathische Ahnung davon, was die Lüge von der Flunkerei unterschied. Lüge setzt ein gewisses Maß an krimineller Energie voraus. Lüge ist absichtsvoll, sie dient dem eigenen Vorteil oder der Vertuschung eigener Vergehen. Während die Flunkerei nur mit dem Ernst der Wahrheit kokettiert, sich selbst aber nicht wirklich ernst nimmt und die Ebene der Wirklichkeit bei aller Irreführung doch eher durchscheint, so führt die Lüge die Menschen im wahrsten Sinne des Wortes hinter das Licht.

Obwohl ich hin und wieder gelogen habe, kann ich von Glück reden, dass meine Eltern und Geschwister und mein sonstiges soziales Umfeld den Glauben an mich und das, was ich sage und tue, doch nicht verloren haben. So blieb die Sache mit dem umgekippten Weihnachtsbaum ohne schwerwiegende Folgen. Die kaputten Kugeln wurden entsorgt, der Weihnachtsbaum sah sehr kahl aus über Weihnachten, weil die meisten zu Bruch gegangen waren, aber bereits nach den Feiertagen kaufte meine Mutter neue Kugeln und neues Lametta und der Christbaum war so schön wie eh und je.

Kinder wurden früher auf der Straße groß. Man ließ sie laufen. Auf dem Bauernhof war diese Freiheit nicht uneingeschränkt: Auch Kinder mussten mitarbeiten.
Foto: Stadtarchiv Mechernich/Agentur ProfiPress

Da wir auf dem neuen Siedlungshof im Gegensatz zum alten Bauerhof im Unterdorf weder Federvieh noch Schweine hielten, musste ich samstags ins zwei Kilometer entfernte Nachbardorf zum ehemaligen Bauernhof meiner Mutter, den meine Eltern verpachtet hatten. Das klingt ungefährlicher als es war, denn ich musste auf den letzten hundert Metern mitten durch eine hundertköpfige Gänseschar, die sich frei in der Flur zu bewegen pflegte. Oft musste ich diesem gefährlichen Gänsehaufen weiträumig durch die Felder ausweichen, um mit heiler Haut überhaupt auf dem Hof anzukommen. Dort hielten die Pächter nicht nur viel mehr Schweine, als es die Räumlichkeiten gestattet hätten, es befanden sich auch zwei Männer darunter, die auf mich einen wilden, ja wüsten Eindruck machten. Der eine war der Sohn der Pächterin, die mir ebenfalls sehr wesensfremd war, nicht nur weil sie sächselte, sondern vor allen Dingen deshalb, weil sie ihr stattliches Bargeldvermögen zwischen zwei ebenso stattlichen Brüsten aufzubewahren pflegte. Die Frau war nicht annähernd so gepflegt, wie ich das von meiner Mutter oder meiner Großmutter gewöhnt war, und ich vermag der Szene auch in der Erinnerung nicht den Funken eines erotischen Anflugs zu verleihen, wenn sie mir Knaben zum Wechseln des Eiergeldes den Zehnmarkschein abnahm und in ihren Ausschnitt steckte. Doch das ist eine andere Sache.

Die Frage der Glaubwürdigkeit, das heißt meiner eigenen Glaubwürdigkeit, trat zutage, weil die Frau eines Tages bei Gelegenheit meines Eiereinkaufs damit begann, über meinen Vater herzuziehen. Der hatte ihr nämlich wegen ausstehender Mietzahlungen über viele, viele Monate sowie wegen der unsachgemäßen Schweinehaltung und des mittlerweile erbarmungswürdigen Zustandes des Bauerhofes gekündigt. Ich wehrte mich mit Entschiedenheit gegen die Verbal-Attacken gegen meinen Vater und nahm ihn selbstverständlich in Schutz, habe dabei möglicherweise auch Lautstärke und Wortwahl meiner Rede unterschätzt, so dass ich von der Frau und ihren Männern kurzerhand an die Luft gesetzt wurde.

Der Freund des Sohnes, ich nannte ihn insgeheim wegen seines Gebiss-Zustandes »Dreizahn«, war übrigens ein ehemaliger Fremdenlegionär, und hatte unlängst in der Dorfwirtschaft mit einer Drahtschlinge herumhantiert und demonstriert, wie er mit diesem Werkzeug anlässlich von Patrouillen im Indochina-Krieg Menschen vom Leben zum Tod befördert haben wollte. Es war Dorfgespräch.

Jedenfalls hat diese Frau meinem Vater dann das genaue Gegenteil von dem erzählt, was in Wirklichkeit passiert war. Ich habe plötzlich und aus heiterem Himmel angefangen, schlechte Dinge über meinen Vater zu erzählen, sie habe mich zur Mäßigung aufgefordert und gesagt, man dürfe doch nichts Schlechtes über seine Eltern sagen, aber das habe nichts genutzt, so sehr habe ich gegen meinen Vater und meine Eltern vom Leder gezogen. Der geneigte Leser wird sich vorstellen können, wie stolz ich war, als ich Wochen später davon erfuhr. Und zwar nicht von meinem Vater, der die Sache nicht einmal für wert befunden hatte, mich zur Rede zu stellen, sondern von meiner Mutter. Mein Vater hatte die Sache nämlich nur ihr erzählt, abends, wenn die beiden noch wach im Bett lagen und erzählten. Ihr Murmeln drang dann immer durch die Wand ins Kinderzimmer, und das wirkte sehr beruhigend, gerade, weil man nichts verstand, außer, dass Vater und Mutter da sind, nicht im gleichen Zimmer, aber ganz nahe ...

Mein Großvater, Opa Klöös, »der Patt«, war Pfeifen- und Zigarrenraucher. Und im alten Bauernhof im Unterdorf hatte ihm niemand das Rauchen abgewöhnen können. Selbst bei gefährlichen Arbeiten, wie dem Getreidedrusch in der Scheune pflegte er, den Tabak seiner Pfeife in Brand zu setzen. Wenn er dann beim Zuwerfen der Getreidegarben ein Bündel Stroh ins Gesicht bekam, dass die Funken stoben, und sein Sohn, mein Vater, ihn höflich ermahnte, das Rauchen doch sein zu lassen, dann antwortete »der Patt« nur zuversichtlich: »Et brennt net!«

Und es brannte tatsächlich nicht. Nie. Im alten Bauernhof.

Kaum hatten wir den Neuen 1968, kurz vor Weihnachten, bezogen, da brannte es. Und zwar in erheblichem Umfang, und ich war der Schuldige. Ich hatte mit Feuer und Feuerwerkskörpern experimentiert und zwar in der Nähe eines noch offenen Scheunentores, das noch nicht von der Zimmerei geliefert worden war. Man hatte das eingelagerte Stroh dort wie eine Mauer bis zum Scheunendach hoch aufgestapelt. Unmittelbar, nachdem dieses Stroh Feuer gefangen hatte, und ich nicht geistesgegenwärtig genug war, mir den Pullover vom Leib zu reißen und die jungen Flammen zu ersticken, loderten sie auch schon in unglaublicher Geschwindigkeit an dieser Strohmauer entlang in die Höhe. Es war ein schrecklicher Anblick.

Ich glaube, ich habe nicht einen Augenblick gezögert, war auch in der Erinnerung gar nicht dazu in der Lage, einen anderen Gedanken zu fassen, als auf dem schnellsten Weg die Familie zu informieren und »Feurio« zu schreien. Schon längst bevor man mich hören konnte, bog ich um die Ecke des Hofs in Richtung Wohnhaus und schrie aus Leibeskräften: »Papa, Papa, der Schüer brennt!«

Als mein Vater und mein ältester Bruder aus dem Haus stürzten, sah man schon Rauch über der Scheune stehen. Mein Bruder Klaus, der nach »Opa Klöös« so hieß, fuhr den Feuerwehrwagen im Dorf. Er war als Erster verschwunden, kurz darauf lief die Sirene. Mein Vater, meine Mutter und ich, so gut ich konnte, öffneten Laufställe, damit die Tiere ins Freie konnten, die von dem Feuer bedroht waren. Auch konnten wir einige Gerätschaften herausziehen, andere, darunter ein Anhänger und ein Mähdrescher, wurden, wie die Scheune selbst, ein Raub der Flammen.

Nur mein ältester Bruder hat mich an dem Nachmittag einmal böse angeguckt, als er während der zwei Tage dauernden Lösch- und Aufräumungsarbeiten ins Haus kam, um sich etwas zu essen zu holen, und wo ich mich in einer Art eilig anberaumten Stubenarrest aufzuhalten hatte. »Watt häste bloß jemaat?«, sagte er in unserer Mundart zu mir.

Weder mein Vater, noch meine Mutter, noch einer meiner Brüder hat mich später wegen der Geschichte in irgendeiner Form bedrängt. Sie wussten, dass ich unter der Sache schwer zu leiden haben würde, ohne dass sie mir Vorwürfe machten. Damit hatten sie Recht. Und ich bin stolz, mit ihnen verwandt zu sein. Man hat Kindern vermutlich schon aus weit geringerem Anlass das Kinderland zur Hölle gemacht ...

Jahre später war Dr. Jakob W. Flosdorff, der Verfasser des eingangs zitierten Verses bei uns zu Besuch, allerdings nicht als Eifelpoet, der er auch war, sondern als Geschäftsführer der Kreisbauernschaft Schleiden, die er engagiert führte als ein Kämpfer für »seine« Bauern. Flosdorff war eine Art »Andreas Hofer« der Nordeifel.

Ich kam aus der Schule nach Hause und befand mich in der Küche, während Dr. Flosdorff, mein Vater und mein ältester Bruder Klaus sich nebenan im

Esszimmer befanden und unterhielten. Keiner hatte gemerkt, dass ich da war und zuhören konnte, als das Gespräch unvermittelt auf mich kam. Da sagte Dr. Flosdorff, wenn ihn seine Menschenkenntnis nicht täusche, dann werde ich, der Jüngste, auch der Erste sein, der später vom »Teilen« unseres Bauernhofes »anfangen« werde. Falls ich also dann das Pflichterbe fordern werde, dann sollten meine Eltern mir sagen, ich habe meinen Anteil angezündet.

Ich war zu der Zeit vielleicht zwölf Jahre alt und musste mir von meiner Mutter erklären lassen, was das Gesagte überhaupt zu bedeuten hatte. Ich begriff es schneller, als die Sache mit dem Ring und dem Adventskranz. Ich bekam eine Ahnung davon, was sich außerhalb meines Kinderlandes abspielte, in dem es kein »mein« und »dein«, sondern nur »unser« gab.

Meine Brüder waren »oße Klöös« und »oße Juppi«, die Felder »oß Stöcke«, die Ackerpferde »oß Ella« oder »oß Lisa« und selbst die Onkel und Tanten, »oß Anna«, »oße Onkel Pete« »oße Onkel Josef«, und die Vettern und Kusinen waren sprachlich unser Eigentum, wie wir das ihre. Erst nach der Vertreibung aus dem Kinderland reiften das »Ich« und das »Mein«.

Karl Mey und die Frage nach Heimat

Karl Mey, das schreibt sich mit e y, ist nicht Schriftsteller, und er hat auch nicht im Gefängnis gesessen. Karl Mey ist der beste aller Nachbarn, unser Freund und Verwalter unseres kleinen Bauernhofes während zwei Jahrzehnten, immer dann, wenn meine Frau und ich und die Kinder, als sie noch jung waren, in Ferien fuhren.

Karl Mey ist gelernter Schuster, kam als 17-Jähriger zu den Panzern, wegen Spritmangel als Infanterist in den Ruhrkessel, und von dort ins Hungerlager nach Remagen. Karl Mey verdingte sich nach dem Krieg für kurze Zeit im Hochbau, und landete kurze Zeit später für die Dauer eines arbeitsreichen Berufslebens im Tiefbau. Er wurde Raupenfahrer. Einer mit Fingerspitzengefühl und Augenmaß. Einer, auf den man und Mann sich verlassen konnte. Einer der Besten, die die Eifel je gesehen hat.

Einer seiner Brüder war bei der gleichen Baufirma als Baggerfahrer beschäftigt. Beim Bau der Oleftalsperre hingen sie gegenseitig ihr Leben an die Baumaschine des anderen, und an sein Können und an seine Zuverlässigkeit. Die Uferböschungen waren nämlich so steil, dass man mit schwerem Baugerät abgestürzt wäre, hätte man sich nicht über Stahltrosse mit der Baumaschine des anderen vertäut. So arbeiteten sie, wie Bergsteiger, die überschlägig klettern und sich gegenseitig mit dem Seil vor dem tödlichen Absturz bewahren.

Die Geschichte ist hier nicht zu erzählen, es geht um Karl Mey als Heimatvertriebener. Und zwar einer jener seltenen Sorte, die der zweite Weltkrieg im Westen Deutschlands produzierte. Karl Mey stammt aus Wollseifen, dem einzigen Dorf, das 1946 für die Errichtung des Truppenübungsplatzes Vogelsang in der Eifel evakuiert wurde. Die Menschen verließen auf Geheiß der britischen Militärs ihre angestammte Heimat in unmittelbarer Nachbarschaft der ehemaligen Nazi-Ordensburg Vogelsang, die dem Dorf wirtschaftliche Blüte gebracht, aber letztendlich nach dem verlorenen Weltkrieg auch den Untergang beschert hatte.

Denn die Alliierten beschlossen, das wald- und seenreiche Gebiet rund um diese Kaderschmiede für nationalsozialistische Junker als Faustpfand des eigenen Sieges auf deutschem Boden zu nehmen und sie sollten es auf die Dauer von 50 Jahren behalten.

Für Karl Mey und seine Generation von jungen Wollseifenern sowie für die Alten bedeutete dieser Beschluss der Alliierten den Verlust der angestammten Heimat. Die meisten Wollseifener nahmen Wohnung in den Dörfern in der näheren Umgebung in Herhahn, Morsbach, Dreiborn, Einruhr, in der Hoffnung, der Evakuierungsbeschluss sei nicht von Dauer und die Alliierten würden sich eines Besseren besinnen und die Wollseifener in ihr Dorf zurücklassen.

Andere, wie die Familie Karl Meys, suchten im weiteren Umfeld des früheren Kreises Schleiden Unterkunft und zwar dort, wo sie schon während der Ardennenoffensive evakuiert gewesen waren. Karls Familie »landete« zunächst in Schützendorf, dann in Glehn, wo sie dauerhaft Wohnung bekamen.

Karl heiratete schließlich eine junge, hübsche Kölnerin, deren familiäre Wurzeln sich in Lückerath befanden. Um es kurz zu machen: Das junge Ehepaar nahm auch Wohnung in diesem 200-Seelen-Dorf, das heißt sie bauten dort ihr eigenes Wohnhaus. Lückerath wurde ihre neue »Heimat«, das heißt der Begriff traf nicht das, was Marlies mit Köln, aber auch nicht, was Karl mit Wollseifen verloren hatten. Aber sie wurden doch froh und lebten glücklich mit ihrer kleinen Familie am neuen Ort, soweit ich das beurteilen kann.

Wollseifen blieb für Karl Mey zeitlebens das Dorf seiner Kindheit, das Idealbild, der Ort der Geborgenheit, das »Paradies«, aus dem er und die Seinen vertrieben worden waren. Jahrzehnte später, im vertrauten Gespräch, brachte Karl es fertig, einem fest in die Augen zu sehen und im Brustton der Überzeugung kundzutun: »Wenn Wollseifen morgen wieder besiedelt würde, wir würden alle Zelte in Lückerath abbrechen und dorthin zurückkehren!« Wenige Jahre später, als weiser, vielleicht auch in dem Punkt resignierter alter Mann, wollte er davon nichts mehr wissen.

Denn das Wollseifen, aus dem Karl und die Seinen vertrieben worden sind, wird es nie wieder geben. Oder anders ausgedrückt: Das Wollseifen, aus dem Karl vertrieben worden ist, wird es für immer geben. Es ist kein räumlicher Ort mehr, und keiner kann mehr aus ihm vertrieben werden. Obwohl die Engländer nach menschlichem Ermessen gründliche Arbeit geleistet haben, waren sie im Grunde machtlos.

Es ist paradox: Während die Wollseifener ihre Heimat behalten haben, aus der sie vertrieben wurden, haben die meisten Eifeler mit Anbruch der neuen Zeit ab 1970 ihre Heimat verloren, obwohl sie dageblieben sind, wo sie waren. Die Straßen, die Menschen sehen immer noch so ähnlich aus. Neue Häuser

Für Karl Mey und seine Generation von jungen Wollseifenern sowie für die Alten bedeutete der Beschluss der Alliierten, rund um die ehemaligen Ordensburg Vogelsang einen Truppenübungsplatz zu errichten, den Verlust der angestammten Heimat.
Foto: Manfred Lang/pp/Agentur ProfiPress

und neue Menschen sind hinzugekommen, andere sind verschwunden. Aber unmerklich hat sich alles verändert, die soziale Struktur, das Aufeinanderverwiesen- und -angewiesensein, das Zusammenleben. Es ist, als seien die Dörfer eingeschlafen, und die Menschen in Schlafdörfern wieder wachgeworden, in die sie nach der Arbeit einkehren zum Schlafen und Privatleben, und nach dem Arbeitsleben zum Sterben.

Alles sieht noch so aus wie »früher«, aber die Dörfer unserer Kindheit sind verschwunden, haben sich nicht räumlich, sondern inhaltlich verflüchtigt. Wir sind heimatvertrieben zu Hause geblieben. Vielleicht gelingt es einer neuen Generation von Eifelern, diesen Prozess umzukehren. Plakative Begriffe wie Dorfgemeinschaft wieder mit Leben zu füllen, am besten in der eigenen Nachbarschaft damit anzufangen.

Heimat meint nicht eine bestimmte Gegend oder Landschaft, sondern Dorf, Stadt und Landstrich, in denen wir großgeworden sind, in und aus denen wir unsere Beziehungen, unsere geliebten Menschen, Sprache und unsere Religion bezogen haben. Sie ist der geografische, soziologische und psychische Uterus,

Schafherde auf dem Hochpalteau bei der so genannten »Wüstung Wollseifen«. Dort befand sich bis 1946 eine blühende Ortschaft. Sie wurde von den einzigen Westvertriebenen des Zweiten Weltkriegs bewohnt. Das Foto entstand bei einem gemeinsamen Spaziergang mit Marlies und Karl Mey, denen dieses Buch gewidmet ist.

Foto: Manfred Lang/pp/Agentur ProfiPress

dem wir entwachsen sind. Und sie bezeichnet wie der Himmel kein geografisches Ziel, sondern einen Ort für unsere Seelen, von dem wir ausgehen und zu dem wir zurückkehren, und an dem wir ganz bei uns selbst und ganz bei Gott sind.

Ohm Chress

Ohm »Chress« war gar nicht mein Onkel, er war der Bruder meines Großvaters »Weckes«, also mein Großonkel. »Chress« kommt vom Vornamen »Christian«, »Weckes« ist die Eifeler Form von Ludwig. Es sind die beiden vorletzten Silben »Vi-cus« des ursprünglich lateinisch gesprochenen Namens »Ludovicus«.

Chress und Weckes hatten noch unter dem zweiten Kaiser Wilhelm gedient, mein Großvater 1896 bis 1898 »aktiv« bei den Dragonern des im Krieg 1870/71 Deutschland zugefallenen Elsass-Lothringen. Zu »Straßburg auf der Schanz« war sein Lieblingslied, obwohl es vom Unglück der Soldaten handelt. Oh herrlicher Schmerz.

Auch an die Truppenübungsplatzaufenthalte in den damals deutschen Eifelkreisen Eupen und Malmedy erinnerte sich der mütterliche Großvater nicht ungern, auch wenn er behauptete: »Oh Elsenborn, oh Elsenborn, dich schuf der Herr in seinem Zorn ...«

Ohm Chress hatte 1902 bis 1904 »aktiv« als Infanterist in Köln gestanden, später, »14/18« im Ersten Weltkrieg (1914-1918) bei Verdun gelegen, der Großvater bei Tannenberg. Gefallen waren beide nicht. Sie kamen, wenn auch nicht ungeschoren, so doch lebendig aus Frankreich und von der Ostfront davon und in die Eifel zurück.

Aus gutem Grund sind sie dann nie wieder fortgegangen. Auch wenn die Dörfer am Nordabhang der Eifel nur wenige Kilometer voneinander entfernt sind, so war doch jedes ein eigener Kosmos. Und die Demarkationslinie identitätsstiftender Gemeinsamkeiten verlief nicht nur zwischen den Dörfern, sondern je nach Gelegenheit auch mitten durchs eigene Dorf.

Hielt man bei Kirmesschlägereien oder beim Martinsholz-Klauen dorfweise zusammen, so spaltete sich die dörfliche Gesellschaft beispielsweise beim Zieren der Blumenaltäre vor Fronleichnam in Ober- und Unterdorf. Und die jungen Männer, die als Stoßtrupp an Fastnacht im Nachbardorf noch gemeinsam auf- und abgeräumt hatten, stritten sich nun, wer den schönsten Fronleichnamsteppich zuwege gebracht hatte, Ober- oder Unterdorf?

Ohm Chress wohnte in Berpe, einem von knapp 300 Seelen bevölkerten Dorf am erwähnten Nordrand der Eifel. Dort waren er und mein Großvater und weitere Brüder und Schwestern geboren und aufgewachsen. Gemeinsames Merkmal der »Weckesse«, wie der Clan dort genannt wurde, war äußerst spärlicher Haarwuchs bei den Männern.

Das heißt, die Lockenpracht entfaltete sich in jungen Jahren zunächst völlig normal und üppig. Aber jenseits der 20 lichteten sich die Haarreihen zusehends. »Dämm kütt de Kopp dörch de Hoor«, sagten die Leute: »Guckt mal, bei dem schiebt sich das Haupt durch die Haare!«

Mit viel Glück blieb jenseits der 30 noch ein schmaler Kranz Haare stehen, als Dreiviertelkreis unter Aussparung der gänzlich kahlen Stirnpartie. Ein geneti-

Prozession zur Einweihung der Schule in Lessenich im Jahre 1957.

Foto: Stadtarchiv Mechernich/Agentur ProfiPress

sches Manko, das sich bei uns über die Mutter an meine Brüder und mich vererbt hat. Wir tragen es mit Eifeler Gleichmut: »Beiß en Pläät wie jar kenn Hoor«, heißt es: Besser glatzköpfig als gänzlich unbehaart ...«

Weckes, mein Großvater, ließ sich mit Mitte 40 im zwei Kilometer entfernten Lückerath nieder, wo er meine Großmutter, eine verwitwete Mutter von sieben Kindern, ehelichte. Die beiden bekamen zusammen noch ein einziges Kind, »Trautchen«. Das Mädchen wurde meine Mutter.

Chress und Weckes blieben nach Wehr- und Kriegsdienst, was sie schon vorher waren, kleine Bauern mit beträchtlichem Fleiß und Geschick. Zu schlicht gutmütig und geradeaus, um es am prosperierenden Bleiberg, seinen Bergwerken, Hütten und seiner Industrie zu mehr zu bringen. Aber grundanständig und witzig wie die meisten Menschen in der Ecke. Wie sie, sprachen die Brüder gerne und viel, sowie auch – und das reichlich – dem Alkohol zu.

Als der ältere, Weckes, gestorben war, kam der jüngere, Ohm Chress, weiter regelmäßig zu uns zu Besuch. Und zwar inzwischen nach Buir, wo »Trautchen« hin geheiratet und gezogen war, und wo wir auf einem Bauernhof lebten. »Wir«, das waren meine Großeltern väterlicherseits, meine Eltern, zwei Brüder und meistens ein Knecht, so hießen landwirtschaftliche Arbeiter damals noch. Buir lag – das heißt, es liegt noch immer da – auf halbem Wege zwischen Lückerath und Berpe.

Buir ist gleichzeitig das Kirchdorf, wo man zu der Zeit noch mindestens einmal die Woche in die heilige Messe und zur Andacht ging. Und wo sich auch der Friedhof für sieben umliegende Dörfer befindet, der »Kirchhoff« genannt wurde, obwohl er sich seit Anfang des 20. Jahrhunderts nicht mehr rund um die Kirche befand, sondern am Rand des Dorfes neu angelegt worden war.

Buir hat übrigens noch einen zweiten Friedhof, den jüdischen, den die Menschen damals unbekümmert »Jödde-Kirchhoff« nannten, demnach also den »Kirchhof« der israelitischen Kultusgemeinde, die im 19. Jahrhundert so zahlreich war, dass sie 20 Prozent der Buirder Bevölkerung ausmachte. 50 Buirde jüdischen Glaubens, jede(r) Fünfte demnach. Weckes und Chress hatten in der zweiklassigen Volksschule zusammen mit jüdischen Klassenkameraden kleines wie großes Einmaleins und deutsche Grammatik gelernt.

Aber schon eine Generation später, noch bevor in der Eifel, wie überall, das Licht der Gemeinsamkeiten, der Normalität und des mehr oder weniger friedlichen Koexistierens für tausend schwarze Jahre erlosch, schon bevor dieses dunkelste Dutzend Jahre der Menschheit anbrach, waren die Juden wieder aus Buir fortgezogen, dem Bleibergbau hinterher, dessen Zentrum sich von Buir direkt an den Bleiberg verlagerte. Ihr Bethaus in Buir verfiel, ihr »Jödde-Kirchhoff« blieb erhalten, bis heute. Die meisten der fortgezogenen Juden aus Buir wurden im Holocaust von den Nazis in Vernichtungslagern ermordet und verbrannt, sie bekamen keine Gräber mehr.

Ohm Chress hatte Angst vor Friedhöfen. Womit ich es vom jüdischen Friedhof nicht mit Bestimmtheit weiß, denn der lag Richtung Kermeter. Er lag nicht auf seinem Weg zwischen Buir und Berpe, den er häufig zurücklegen musste wegen diverser Besuche der Kirche, der Kneipe und seiner Nichte Trautchen nebst Familienanhang.

Der Friedhof der Juden war also irrelevant. Der christliche »Kirchhoff« hingegen befand sich genau zwischen Berpe und Buir und Ohm Chress musste daran vorbei, wann immer er in Buir gewesen war und nach Berpe zurückmusste. Tagsüber war das kein Problem für ihn, aber, wenn er sich irgendwo verquatscht hatte, nach Einbruch der Dunkelheit ...

Normalerweise kam Ohm Chress vormittags zu uns, das heißt morgens früh eigentlich, nach der Frühmesse um 7 Uhr. Da er sowieso schon in Buir war, besuchte er dann seine Nichte, meine Mutter. »Trautchen« schenkte ihm einen Schnaps ein, sie hielt zu diesem Zweck sogar ein eigenes Schnapsglas für »Ohm Chress« bereit, das wurde, weil es so oft benutzt wurde, nämlich mehrmals in der Woche, danach nicht gespült und in den Küchenschrank gestellt, sondern blieb in der Küche auf dem Fensterbrett stehen.

Ohm Chress bekam erst einen Korn gegen die Kälte im Winter oder die Hitze im Sommer, dann einen zweiten, weil man bekanntlich auf einem Bein zwar stehen könnte, aber keine Lust dazu hat, weil es sich auf zwei Beinen bequemer steht.

Danach pflegte meine Mutter die Flasche wegzustellen. Punkt. Aus Sparsamkeitsgründen, denn Ohm Chress holte sein Deputat schließlich fast täglich ab. Aber auch aus Gründen der Fürsorge, damit Ohm Chress zu Hause keine

Schimpfe bekam, falls seine Töchter die Fahne witterten, die ihm hätte voran-flattern können.

Merkte Ohm Chress bei seinen morgendlichen Nachkirchbesuchen in unserer kleinen Bauernküche, dass meine Mutter im Begriff stand, den Nachschub aus der Kornflasche mit einem Korken oder einem Schraubdeckel zu unter-binden, dann sprach er hastig, noch ehe die Flasche um die Ecke in die kalte Steinküche geschafft wurde: »Dann schütte mir noch *einen*, Trautchen, denn danach muss ich unbedingt gehen.«

Wobei die Betonung auf dem »einen« lag. Ohm Chress bettelte also keines-wegs um Schnaps. Das hätte in seiner Mundart geheißen: »Jeff me doch eckesch noch eene!« Aber er sagte stets: »Da schött me noch eene, Drautche, dann moss ich äve joon!«

Mit dieser Formulierung machte Ohm Chress deutlich, dass meine Mutter ihm sicher noch gerne den ganzen Vormittag beim Erzählen zugehört und reichlich Schnaps dazu ausgeschenkt hätte, wenn seine kostbare Zeit nicht ge-nau in diesem Augenblick mit einem Male verstrichen wäre. Nein, Ohm Chress konnte in solchen Situationen leider keinen Nu länger bleiben. Er brach dann unverzüglich auf – wenn er den letzten »einen« eingeschenkt be-kommen und heruntergekippt hatte.

Kam Ohm Chress entgegen seinen sonstigen Gewohnheiten nicht vor-, sondern nachmittags zu uns auf den Hof, dann konnte es leicht passieren, dass er bereits in der Dorfwirtschaft an der Kirche eingekehrt war, bevor er zum Deputat-Empfang ins Unterdorf kam. Dann brachte er meistens »mie Zitt mött«, also mehr Zeit, um sich ausgiebig dem Gespräch mit »Trautchen« oder, wenn die ih-rerseits keine Zeit für ihn erübrigen konnte, meinen Großeltern, zu widmen.

Dann wurde in der niedrigen und mit einem Kohleofen ausgestatteten »Stoff« (Stube) geplaudert, Muckefuck getrunken, Pfeife geraucht und das eine oder andere Schnäpschen verkostet. Man konnte dann nach einer Zeit kaum noch die Hand vor Augen sehen. Der Großvater schaute bei Ohm Chress und sich selbst nicht so genau aufs Quantum wie meine Mutter – und alle Beteiligten guckten nicht auf die Uhr. So konnte es explizit im Winter passieren, dass es während des von angenehmen Begleitumständen flankierten Plauschs draußen dunkel geworden war.

Mit dem Passieren von Friedhöfen in der Dunkelheit hatte »Ohm Chress« seine Schwierigkeiten. Hier der verschneite Kirchhof von St. Cyriakus in Weyer.
Foto: Manfred Lang/Agentur ProfiPress

Hatte Ohm Chress Glück und mein Vater war mit dem Kühemelken fertig, dann fuhr der ihn mit seinem Motorrad nach Hause. War das nicht der Fall, musste Ohm Chress zu Fuß nach Berpe gehen. Es war nur ein guter Kilometer, bergauf zwar, aber Ohm Chress war selbst im Greisenalter von 83 noch ziemlich rüstig. Wenn da nicht der Friedhof auf seinem Weg gewesen wäre ...

Die Sorgen von Ohm Chress lagen mehr im mentalen, im weniger spirituellen als vielmehr spiritistischen Bereich. Auch wenn er selbst reichlich geistige Getränke im Bauch hatte, war Ohm Chress die Angst vor eventuell untoten Toten nicht zu nehmen, die vermutlich genau dann ihre Gräber verlassen würden und ihm begegnen könnten, wenn er gerade auf dem »Berpende Kirchpäddche«, dem Kirchgänger-Pfad seines Dorfes, des Wegs kam.

Obwohl ich das als Kind nicht begriffen habe, ging ich jedes Mal mit ihm, wenn es dunkel geworden war. Und ich besaß offenbar damals noch soviel Empathie und so wenig journalistische Neugier, dass ich nicht einmal danach fragte, warum er nicht alleine ging, sondern nur in Begleitung, und wenn es auch nur die eines siebenjährigen Knaben gewesen sein sollte, der ihm im Fall des Falles vermutlich auch keine Hilfe gewesen wäre.

Ich erinnere mich genau an diese Eskorten. Sie dauerten ja nie sehr lange, vielleicht eine Viertelstunde, und liefen immer nach dem gleichen Muster ab: Hinter der letzten Straßenlaterne von Buir wurde Großonkel Christians Schritt immer langsamer, in Höhe des Friedhofstores aber unvermittelt schnell und schneller bis zum Schweinsgalopp, nach weiteren 50 Metern verlangsamten sich Gangart und Atmung wieder, bis Ohm Chress schließlich wieder halbwegs locker und souverän wirkte – und mich nach Hause schickte.

Was war die Ursache für das merkwürdige Verhalten, das ich nie bei einem anderen Erwachsenen beobachten konnte? Hatte Ohm Chress da oben an »Jöpches Jaarde«, wie die Friedhofsgemarkung im Dorf genannt wurde, mal »was gesehen« wie die Leute immer dann mutmaßten, wenn jemandem angeblich übersinnliche Phänomene begegnet sein sollten?

Die Eifeler waren darin sehr eigen. Manchmal war es zwar nur ein anderer Spaziergänger, der einem da in der Nacht begegnet war, den man aber nicht hatte identifizieren können. Wie auch der andere einen nicht erkannt hatte, weil er stumm und scheu vorüberschlich.

Einmal haben sich zwei Lückerather auf dem Weg zur Bleihütte fast gegenseitig umgebracht, weil der eine den Gruß des anderen nicht erwidert hatte. Da dachte der Grüßende, der Stumme sei ein Dunkelmann – im günstigsten Fall. Im ungünstigsten Fall sei er der ruhe- und ruchlose Geist eines Verblichenen. Der andere dachte sinngemäß das gleiche. Und beide gingen sich prophylaktisch gegenseitig an die Gurgel, was sie noch sprachloser und fast mundtot machte.

Als die gegenseitig drosselnden Streithähne sich mit ihren Gesichtern so nahe kamen, dass sie einander im fahlen Licht erkannten, ließen sie schließlich voneinander ab. Gott sei Dank! Lange lagen sie keuchend und nach Atem schnappend am Wegesrand, um sich schließlich glücklich zu preisen, dass sie einander und nicht einem Toten begegnet waren. Was nach Lage der Dinge, wenn sie nur ein wenig weiter gerungen hätten, hätte gleichwohl schnell passieren können ...

Bei Ohm Chress habe ich nie den Grund erfahren, warum er nachts nicht furchtlos am Friedhof vorbei konnte. Vielleicht hatten ihn andere dort einmal mit Absicht erschreckt und zum Narren gehalten oder ihm einen Streich gespielt, den er zeitlebens nicht vergessen hat.

Vielleicht ein Husarenstück jener Sorte, wie es unserem Nachbarn, Halffe Pitter, widerfahren ist, der den pferdegezogenen Leichenwagen der Gemeinde Buir fuhr, und dem Jungen aus dem Dorf einmal ganz übel mitgespielt hatten, als er einen Leichnam aus der Irrenanstalt in Hoven nach Buir überführen musste. Im Glehner Busch, einem Waldstück vor Buir, hatten sie ihm aufgelauert und einer von ihnen war heimlich von hinten in den nur im Schritttempo dahin trottenden Totenwagen geklettert.

Nie hat Halffe Pitter vergessen, wie er aus seinem Nickerchen hochschreckte, das ihn bei der Fahrt durch den Glehner Busch trotz des Geratters und Gerappels der schlechten Wegstrecke befallen hatte. Erst hatte er nur dumpfe Schläge im Unterbewusstsein wahrgenommen, dann, als sie nicht aufhörten, wurde ihm im Erwachen klar: Das musste der Tote sein! Der Leichnam, der von innen aus dem Sarg heraus klopfte – war er am Ende scheintot gewesen? Oder doch ein gespenstischer Untoter?

Das nackte Entsetzen habe ihn gepackt, erzählte Halffe Pitter später, und er habe dem Gaul die Peitsche gegeben, doch der Wallach sei müde vom langen Weg gewesen und habe sich nicht einmal auf Trab bringen lassen. Auch nicht, als es wieder klopfte und er wieder die Peitsche knallen ließ - wieder und wieder.

Bis seine Nerven schließlich mit ihm durchgegangen seien, erzählte der Nachbar, und er mit der Peitsche ins Dunkle und Leere schlug, links und rechts neben dem Totenwagen - und nach hinten. Da habe es mit einem Mal geklatscht. »Und ein Schrei durchfuhr die Dunkelheit, den werde ich zeitlebens nicht mehr vergessen«, erzählte Halffe Pitter.

So gespenstisch die Szenerie auch anmuten mag. Bei Licht betrachtet war es der Schrei eines 14jährigen aus dem Unterdorf, der noch acht Tage nur stocksteif und aufrecht würde sitzen können, weil der Lederriemen von Halffe Pitters Pferdepeitsche seinen verlängerten Rücken genau an der Stelle getroffen und durch die Hose hindurch mit einem blutigen Striemen überzogen hatte, auf die man sich gemeinhin zu setzen pflegt.

Trotz dieses Erlebnisses ist Halffe Pitter Totenwagenfahrer geblieben. Er hat die Furcht verdrängt und überwunden, die Ohm Chress zeitlebens nicht verlassen hat. Jetzt liegen beide schon viele Jahrzehnte auf Jöpches Jaarde – und alles scheint friedlich zu bleiben.

Halffe Pitter – oder
»Das Vergangene ist nie tot«

Halffe Pitter war unser Nachbar, wir waren verwandt, aber nicht so eng, wie der gemeinsame Familienname vermuten lässt. Halffe Pitter war die Generation meines Großvaters, die beiden waren, glaube ich, Vetterskinder. Obwohl er zwei Generationen weiter als ich war, war er doch mein Freund. Ich nannte ihn schon als Kind »Du« und als meine Mutter mir verbot, ihn »Pitter« oder »Pitte« zu nennen, nannte ich ihn »Meeste« (Meister).

Das entsprach auch in etwa unseren tatsächlichen Rollen: Halffe Pitter war der Meister in unterschiedlichen Dingen. Im Umgang mit Pferden, als »Fuhrmann«, als Gärtner, auf alle Fälle als »Broschpitter«, also improvisierender Handwerker in allen Lebenslagen. Ich hätte es nie für möglich gehalten, dass Halffe Pitter einmal sterben könnte.

Er war Eifeler Urgestein, sozusagen ein menschliches Fossil, ein Relikt aus längst vergangenen Tagen, das der Zeit ein Schnippchen geschlagen, den Gott oder Teufel vergessen, oder der dem Tod ganz einfach von der Schippe gesprungen war.

Oft habe ich ihm Zigarre qualmend gegenübergesessen und ihm aus verklebten Schnapsgläsern zugeprostet, während er mich in seinen Selbstgesprächen zu meinem eigenen Vater oder Großvater machte. »Weißt Du noch?«, begann der Halffe und sein Blick ging durch mich und die Wand hindurch zurück ins Kaiserreich, in die Weimarer Republik, die Nazizeit, die britische Besatzungszone oder in die Nachkriegs-Eifel. Mich, seinen damals 14jährigen Rauch- und Trinkschüler, hätte es kaum verwundert, wenn seine Erzählung plötzlich um den Dreißigjährigen Krieg, den Einfall der Hunnen oder den Bau der Römerstraße oberhalb des Dorfes gekreist wäre.

»Weißt Du noch?«, begann der Halffe und lachte trotz seiner sattsam hundert Lenze mit boshafter Häme in sich hinein: »Wie der Richter-Jüpp und ich nach der Schule in den Glockenturm der Kirche geklettert sind und mitten am hellichten Werktagnachmittag ein Festgeläut an den Glockenseilen herbei gezerrt haben, wie es Bleigarten noch nie gehört hatte.«

Mir war, als hätte ich neben den beiden Knaben gestanden, wenn Halffe Pitter erzählte. Dabei habe ich beide erst kennengelernt, als sie alt und greise waren. Doch der Halffe nahm mich mit seinem »Weißt Du noch« – gleichsam einem Freifahrtschein in die Vergangenheit – mit in das Glockengestühl und ich sah, wie der Küster plötzlich durchs Kirchenportal herein polterte, den an den Glockenseilen auf- und niedertanzenden Richter-Jüpp an den Beinen packte, wie die tiefdröhnende Sterbeglocke aus dem Takt gerissen und der bucklige Knabe an den Ohren aus dem Gotteshaus gezerrt wurde.

Ich empfand nahezu körperliche Schmerzen, wenn der Küster weit hinter dem Nacken zu einer unchristlichen Tracht Prügel ausholte und seine heiße Handfläche auf den Buckelansatz des jammernden Richter-Jüpp dröhnte. Über den Buckel von Richter-Jüpp konnte Halffe Pitter noch derbe Späße reißen, als der einstige Schulfreund und spätere Zechkumpan längst auf »Jöppches Jarde«, dem »neuen« Bleigartener Friedhof, in die Asche zerfiel, aus der bekanntlich die Halffe und Richters und alle übrigen Eifeler gemacht sind.

Eines »Weißt Du noch« hätte es nicht eigens bedurft. Halffe Pitter und Richter-Jüpp – es war Dorfgespräch – hatten einen Sonntagabend bei sattsamen 15 »Beermüsern«, einem Eifeler Wurzelschnaps, in der alten Bleigartener Dorfwirtschaft ausklingen lassen, 83 Lenze zählten die Glöckner von einst, als sie wankend, einer an den anderen geklammert, Buckel gegen Buckel und Holzbein gegen Holzbein gestemmt, aus dem Schankraum auf den Vorplatz der Kirche taumelten.

»Wozu brauchst Du junger Bursche einen Spazierstock?«, stammelte der Halffe, entwand dem Freund aus Kindertagen die Krücke und schleuderte sie im hohen Bogen über die Kirchhofsmauer auf die Gräber längst verblichener, womöglich krummbeiniger und buckliger Vorfahren.

Ich hätte es nie für möglich gehalten, dass Halffe Pitter einmal sterben könnte. Weder, als er meinen Großvater mit seinem einspännigen Totenwagen auf »Jöpches Jarde« karrte, noch, als er meine Großmutter - beide Halffe vom

Stammnamen, wie er - auf dem Palmen umwedelten Plateauwagen zu dem Stück Bleigartener Ackers chauffierte, auf dem Halffe Pitter und Richter-Jüpp als Knaben den Hundepflug gelenkt hatten.

Ich hätte es nie für möglich gehalten, dass Halffe Pitter einmal sterben könnte, wenn er erzählte, wie neben ihm im Schützengraben vor Verdun ein Kamerad niedergeschossen wurde. »Es macht einen Unterschied«, dozierte der Halffe, »ob ein alter oder ein junger Mensch stirbt: Wenn ein junger Mensch stirbt, dann hörst Du sein Herz brechen. Es ist geradezu, als ob Du einen Eichenknüppel über dem Knie zerbrächest!«

Er selbst kam vom Schlacht-Feld mit einem Holzbein davon. Aber dem Unteroffizier, der den Spähtrupp führte und den verwundeten Halffen weit hinter den feindlichen Linien zurückließ, dem riss er vor versammelter Mannschaft das Eiserne Kreuz von der Brust. Der Halffe war ein einfacher Eifeler Grenadier.

Der Halffe entdeckte das Schlachten (der Tiere) erst als Betätigungsfeld, als es verboten war. Mit Randeraths Karl, einem in Bleigarten evakuierten Schausteller, zertrümmerte er die Schädel halb ausgewachsener Rinder in Hinterhöfen, Kellern, Hühnerställen, ja selbst vor dem Kommunionsfest hektisch leergeräumten Wohnzimmern; ohne Schussapparat und nur mit den primitivsten Mitteln ging er ans verbotene Handwerk.

Halffe Pitter neigte zur Improvisation. Er war Landwirt, blühte aber erst auf, wenn er sich als Maurer oder Zimmermann beweisen konnte. Als das Kunstdünger-Streuen Mode wurde, verlachte er die Eifeler Bauern-Kollegen. Das Geld für den Hexenkram hatte er »im Sack«, ohne das ebenso neumodische wie wirkungslose Pulver eigens auf seinen Äckern ausgestreut zu haben.

Seine Vorstellungen von Ackerbau und Viehzucht gingen soweit an den Tatsachen des 20. Jahrhunderts vorbei, dass er den Dreschflegel noch für ein geeignetes Mittel hielt, als die anderen Bauern längst stampfende Bulldozer vor Dreschmaschinen spannten, und als er selber sich eine Dreschmaschine zulegte, da fuhren seine Nachbarn mit Mähdreschern ins Bleigartener Feld.

Ich habe ihn Fohlen kraulen und Pferde schlagen sehen, ich habe ihn beobachtet, wie er Kindern mit Zärtlichkeit in den wassertrüben Augen über den Kopf strich und wie er cholerisch auf seine nächsten Anverwandten losging. Er hat die meisten überlebt. Sie waren nicht mehr dabei, sie, die ihre Gegenwart mit ihm geteilt hatten, als er diese Zeit in seinen Selbstgesprächen zur »guten alten Zeit« werden ließ.

Halffe Pitter war so widersprüchlich wie das Leben selbst. Er hat seinen Spott mit vielen getrieben, und jedem geholfen, der in Not war. Er hat in einer deutschen Fernsehsendung auf Eifeler Platt moderiert – original mit deutschen Untertiteln. Er hat Hektoliter Korn getrunken, Zentnerballen Tabak und Zigarren verqualmt, er hat vermutlich Zentrum oder CDU gewählt, wenn er alle 20 Jahre die Lust verspürte, zur Wahl zu gehen. Er hat einen 80jährigen Freund ins Wasser fallen lassen und sich halb tot gelacht, und er bat mich, den 20jährigen, das Licht im Hof anzumachen, damit ich nicht hinfalle.

Ich hätte es nie für möglich gehalten, daß Halffe Pitter einmal sterben könnte. Und er ist doch gestorben. Vielleicht hat er sich selbst in Erinnerung gerufen: »Weißt Du noch?«, könnte er Gott oder den Teufel gefragt haben – und sich dabei schadenfroh auf die Schenkel geklopft haben.

Über 90 Jahre hat er klar gedacht und geredet, nur drei Monate ist er hinüber gedämmert, woran ich nicht gedacht hatte, und was auch außerhalb meiner Vorstellungskraft lag. Unsere zeitlosen Selbstgespräche sind nicht vorbei, ihre Worte schweben noch immer durch Bleigarten, solange ich lebe. Denn das Vergangene ist nie tot, um es mit William Faulkner zu sagen: »Es ist nicht einmal vergangen.«

Maijelooch-Zug im LVR-Freilichtmuseum Kommern.

Foto: Sabine Roggendorf/Agentur ProfiPress

Zwei Drittel

An der Chaussee von Euskirchen in die Eifel liegen zwischen Kommern und der Wallenthaler Höhe drei Dörfer. Vom Flachland kommend erst Roggendorf, dann Weißenbrunnen und schließlich Denrath. Heute braucht man mit dem Auto, selbst dann, wenn man sich an die vorgeschriebenen 50 Stundenkilometer hält, was keiner tut, eine gute Minute, um sie zu passieren. Zu Fuß, wenn man zügig geht, dauert es wenig mehr als eine Viertelstunde.

Es gibt Häuser fast ausschließlich an der großen Straße, nur in Roggendorf und Denrath auch einige wenige in kaum 50 Metern Hinterland, an meist nach dem Krieg neugetriebenen Stichwegen. Es sind keine Bauerndörfer, wie die auf der anderen Seite des langen Hügels, von Euskirchen kommend rechter Hand, wo Hostel, Lückerath, Bleibuir und Glehn liegen. Und es sind auch keine reinen Bergarbeiterkolonien wie Strempt oder Kalenberg, die sich linker Hand an die aufgerissenen Flanken des Bleibergs ducken. In Roggendorf, Weißenbrunnen und Denrath lebte man vor unlanger Zeit von beidem - vom Bergbau und von der Landwirtschaft.

Dazu bedurfte es keiner eigenen Konzessionen und keiner eigenen Äcker. Die Dörfler auf der Scheide zwischen beiden Wirtschaftssystemen brauchten lediglich Zeit zum Leben. Diese Zeit trugen sie zu Markte. Sie verkauften sie für Geld. Zeit unter Tage das ganze Jahr, Zeit beim Rübeneinzeln im Frühjahr, bei der Ernte im Sommer und Herbst, und beim Dreschen im Winter. Zeit für Geld zum Leben, Geld für Lebenszeit.

Für dieses Geld konnten sie kaufen, was sie zum Leben brauchten, wenn sie es denn schon nicht als Naturalien-Lohn von der Arbeit bei den Bauern mit nach Hause brachten. Dann gab es noch die, die statt ihrer Zeit Bier und Schnaps für Geld gaben. Sie verkauften Alkohol an die Chaussee-Fuhrleute und ehedem auch Wasser für deren Pferde. Drei große Gasthäuser mit großen Parkplätzen standen auf tausend Metern.

Und es gab noch die Ziegelei, die 20 von ihnen Arbeit gab. Und später das Eisenwerk, aber da war man dort wie anderenorts schon automobil geworden und brauchte die Arbeit zum Leben nicht mehr vor der eigenen Tür.

In Weißenbrunnen, der mittleren Häusergruppe, gab es, wiederum vom Flachland kommend linker Hand, drei winzige Fachwerkhäuschen. Im dritten und letzten davon lebten Jakob und Liesa. Sie waren jung verheiratet aus den Bauerndörfern über den Hügel gekommen, dort war er Knecht, sie Tochter eines Bauern gewesen.

Mit dem, was er gespart hatte, und dem, was sie von zu Hause mitbekommen hatte, kauften sie das Haus: Zwei Zimmer und eine Küche unten, drei Zimmer oben; Ziegenstall, Waschküche und Abort nach hinten raus, mehr noch zurück etwas Garten und eine Obstwiese.

Der Gasthof zum weißen Brunnen in den 60er Jahren.
Foto: Stadtarchiv Mechernich/Agentur ProfiPress

Er ging weiter zum Bauern, später ins Bergwerk und nur wenig später, als die große Wirtschaftskrise kam, »stempeln«. Acht Mark Arbeitslosengeld die Woche, da musste jeder Groschen mehr als nur einmal umgedreht werden, um sich all seiner Seiten klarzuwerden, und sich zu vergegenwärtigen, was es hieß, ihn auszugeben.

Noch sehr viel später, als sie Geld genug hatten, um Essen zu kaufen, brachte es Liesa fertig, eine Einkaufsliste aufzustellen und mit Lebensmitteln einen ganzen Korb für die Summe Geld zu füllen, die anderen für den Erwerb von nur wenig mehr als einer Handvoll gemischten Aufschnitts gereicht hätte. Graubrot, Schwarzbrot, Butter, Salz, Zucker, Kaffeebohnen, fetter Speck, magerer Speck, Mettwürstchen und Sandknochen.

Wer nur kräftige Rindfleischsuppen oder Hühnerbrühen kennt, der kann sich nicht vorstellen, wie gut so eine Suppe aus Sandknochen schmeckt, an denen vordergründig nichts dran und in denen auf den ersten Blick nichts drin ist. Aber es ist wahr. Hat man es und kann man es entbehren, dann schlägt man ein Ei in diesen Knochenaufguss und alles zusammen mit ein paar Nüdelchen und einigen Tropfen »Maggi« geht einem als Delikatesse unter den Gaumen und über die Zunge.

Ich glaube kaum, dass bei Liesa und Jakob Hunger der beste Koch war. Wenn man denn schon oft bemühte Sprichwörter heranziehen wollte, dann schon eher das von der Not, die erfinderisch macht. Not motiviert die Phantasie, Entbehrung schult das Improvisationstalent, Mangel weckt die schöpferischen Talente, die irgendwo ganz tief in jedem schlafen. Bekanntlich wurde hierzulande, geographisch völlig deplaziert, schon Tabak angebaut, Rübenkraut gekocht, Rapsöl gemahlen und Schnaps gebrannt. Damals, als die Nachschubwege kriegs- und regimebedingt verstopft waren.

Doch während die meisten ihre notgeborenen Instinkte wieder verkümmern ließen, als das Wirtschaftswunder anbrach, behielten Liesa und Jakob den Schmalhans bei. Erstens hatten Notzeiten bei ihnen stets länger gedauert als bei anderen, und zweitens kamen sie häufig wieder, wenn man sie gerade überwunden glaubte.

Jakob war in seinem Arbeitsleben, wie man die Jahre hoher Produktivität gemeinhin und leistungsorientiert umschreibt, fast 20 Jahre ohne Job. Weltwirtschaftskrise, Niedergang des Bleibergwerks und der Bankrott der Ziegelei waren die äußeren und unabwendbaren Gründe für die lange Erwerbslosigkeit. Krankheit und ein schwerer Schicksalsschlag die inneren, mit denen noch schwerer fertig zu werden war, da man sie für sich ganz alleine hatte und nicht mit anderen teilen konnte.

Außerdem hatte Jakob nach Meinung seiner Zeitgenossen nicht überreichlich viel abbekommen, als der Herr des Weinbergs und des Bleibergs die Talente verteilte. Dafür zwei linke Hände, eine leichte Geh- und eine im Alter stark ausgeprägte Sehbehinderung.

Jakob und Liesa hatten eine Tochter. Dreesjen würde ihr erstes und letztes Kind sein, hatten die Ärzte in Köln diagnostiziert. Ein Kaiserschnitt war zu jener Zeit eine Operation auf Leben und Tod von Mutter und Kind, und, statt Verhütung, empfahlen die Mediziner Enthaltsamkeit. Jakob und Liesa, so glaube ich, haben sich daran gehalten.

Tatsächlich - Dressjen kam trotzdem um. Nicht als Säugling und auch nicht im Schulalter, als die Diphterie grassierte. Sie war 28 und verlobt, als sie von der Arbeit vom Fernmeldeamt in Kall mit dem Fahrrad nach Hause kam und einem betrunkenen Lastwagenfahrer die Langholzladung außer Kontrolle geriet. Ihr Kopf wurde an einem der Bäume zerschmettert, die damals die Chausee noch säumten. Denn die Ladung, die vom Lkw stürzte, traf nur das Fahrrad. Das aber mit solcher Wucht, dass Dressjen gegen einen Straßenbaum geschleudert wurde.

Sie fiel solcherart, bis auf ihren Hinterkopf völlig unverletzt, zu Tode.

Von diesem Tage an hatte Liesa das Zittern bekommen und Jakob den Durst. Er verlor erstmals und vollends die Lust am Arbeiten. Liesa schlotterte an Händen und Haupt und magerte ihre zwei Zentner, die sie sich trotz Schmalhans angefuttert hatte, auf die Taille modisch schlanker Weibchen ab.

Jakob trank Selbstgebrannten, später stets markenorientiert nur Sieger-Korn aus Zülpich. Der wurde von der Nichte, die einen Getränkegroßhandel geerbt hatte, in Literflaschen, später in Plastikkanistern zu fünf Litern, geliefert. Liesa zapfte den Sprit täglich in eine Halbliterflasche um. Die hatte Jakob noch aus seiner Bergmannszeit, deshalb hieß sie auch »Bergmannsmaß« – eine Tagesration Hochprozentigen für einen Schwerstarbeiter.

Abmagern und Bergmannsmaß waren Indizien dafür, dass Jakob und Liesa tatsächlich unvermittelt nach jahrelanger Arbeitslosigkeit und nationalsozialistisch bedingter Arbeitsbeschaffung in Schwerstarbeit gestürzt wurden. »Leidenswerk« oder »Trauerarbeit« würden es Psychiater heute nennen. Doch die beiden im letzten Fachwerkhäuschen von Weißenbrunnen waren sich solcher Einschätzungen - sollten sie denn überhaupt zutreffen, wären sie als Worthülsen mit Inhalt zu füllen - ganz gewiss nicht bewusst.

Sie trauerten tief und rückhaltlos. Die braune Herrschaft, der Jakob in SA-Uniform hinterhergehinkt war und die ihm und seiner Familie, da sie noch dreiköpfig war, damals, tatsächlich Aufschwung verschafft hatte, diese dutzendjährige Periode hatte sich selbst gnadenloser Tyrannei entlarvt und bot keinerlei Trost mehr. Und die Kirche, zu der sich beide von Anfang an und bis zu ihrem Tode in nahezu biblischem Alter bekannten, die hatte auch kaum Füllung anzubieten für jene Lücke, die der Tod Dreesjens in ihr Leben gerissen hatte.

Doch sie begingen nicht Selbstmord, sie zerstritten und schieden sich nicht, sie wurden weder magersüchtig noch alkoholabhängig, sie gingen nicht fremd und nicht zu Sekten, sie glaubten nicht der Astrologie und nicht den Kommunisten, nicht unverbesserlichen Nationalisten, sie wurden keine Frömmler und keine Spekulanten, sie horteten kein Geld und keinen Schmuck, sie hielten und vergötterten keine Kat-

Pfarrer Phillip Cuck mit zwei Messdienerinnen bei einer Bestattung in Schleiden.

Foto: Manfred Lang/pp/Agentur ProfiPress

zen und Hunde, sie feierten keine rauschenden Feste und beteten keine goldenen Kälber an. Sie blieben einfach.

Sie blieben, wo sie wohnten, und sie blieben, was sie waren. Sie blieben da, wo sie mit Dreesjen gewesen waren. Sie blieben da, wo sie ihr Haus gekauft und es mit Leben gefüllt hatten. Sie blieben dort fast 60 Jahre. Sie blieben, bis auch Jakob starb. Weit über 80, hinfällig geworden, die letzten Wochen von Liesa in der guten Stube gepflegt, wo er Tag und Nacht auf dem Sofa ruhte, während sie sich auf dem Teppich zu seinen Füßen zusammenkauerte.

Ich werde nie vergessen, was Liesa schrie, als der Sarg Jakobs sich in die Grube senkte: »Jetzt habe ich nichts mehr«, schrie sie. Alles genommen, alles verloren. Die einzige Tochter, den einzigen Geliebten, der Geliebter geblieben war und blieb trotz Ehe und Enthaltsamkeit - trotz körperlicher und intellektueller Unzulänglichkeit, trotz leidvollen gemeinsamen Schicksals.

Doch Liesa irrte, offensichtlich; Sie hatte nichts verloren, alles behalten - so paradox das klingen mag. Es war kaum einem bewusst gewesen, ihr selbst vielleicht am allerwenigsten. Doch, als auch sie gestorben war, und sich zeigte, dass sich so viele abseits direkter Abkömmlichkeit um ihr Totenbett versammelten, da sagte Klaus, ihr Neffe, einen einzigen Satz, um seine Mutter, Liesas einzige noch lebende Halbschwester, zu trösten: »Sei still, Liesa ist jetzt wieder bei ihren Leuten.«

Mensch, Bauer, Bischof

Weihbischof Karl Reger ist ein Mann der Bewegung und der Begegnung, er wandert gern und mag Menschen. Mit seiner menschenfreundlichen und bodenständig zupackenden Art hat der Bauernsohn und spätere Seelsorger viele Herzen für die Kirche Christi erobert. Am 12. September 2010 feierte das Bistum Aachen im Hohen Dom Karl Regers 80. Geburtstag - und gleichzeitig sein Goldenes Priesterjubiläum, anderthalb Jahre später, im Februar 2012, die 25. Wiederkehr seiner Bischofsweihe durch den Aachener Diözesanbischof Prof. Dr. Klaus Hemmerle.

Aus diesem Anlass traf sich der Autor zum Gespräch mit Reger in seinem Heimatort Giescheid (Gemeinde Hellenthal). Es war vermutlich das erste Bischofsinterview in der Geschichte der KirchenZeitung für das Bistum Aachen, das nahezu ausschließlich in Eifeler Mundart geführt wurde. Flüssig, ernsthaft, ohne gekünstelte Heiterkeitsausbrüche. Weihbischof Reger ist ein humorvoller Mann, aber er hat nichts von der flapsigen Art, die den Eifelern zu Unrecht zugedacht ist.

Das Interview fand im Haus seines Neffen Karl und dessen vielköpfiger Familie statt, in dem Weihbischof Karl über eine kleine Einliegerwohnung verfügt. Zwischendurch gingen Interviewer und Interviewter zur 1669 errichteten Bartholomäus-Kapelle - und zum Grab der Eltern Gertrud und Alfred Reger schräg gegenüber. Der Vater, ein für die Öffentlichkeit engagierter und streng gläubiger Mann, Bundesverdienstkreuzträger, starb 1978, ein halbes Jahr nach der Goldhochzeit.

Die Mutter, eine geborene Breuer, war Nachkömmling einer Lehrerfamilie. Sie erlebte noch Karl Regers Bischofsweihe 1987. An ihrem Sterbetag hatte der Weihbischof abends Firmung: »Ich sagte den Firmlingen, wie sehr ich mich freue, dass ich sie firmen und mit ihnen an dem Tag, an dem meine Mutter starb, gemeinsam Eucharistie feiern darf ...«

Als Bischofsring wurde der Ehering des Vaters von einem Künstler umgearbeitet, ohne seine ursprüngliche Identität als Ehering zu verlieren. Die Initialen der Eltern sind noch eingraviert, ebenso das Hochzeitsdatum 12. Mai 1928. Einen eigenen Bischofsstab hat sich der bescheidene Hirte nie zugelegt. In der Domschatzkammer suchte er seinerzeit - und fand und übernahm den hölzernen »Leprastecken«, wie der verstorbene Weihbischof und Initiator der Schiefbahner Leprahilfe, August Peters, seinen Bischofsstab einst genannt hatte.

Karl Reger: »Auf den kann ich mich gut stützen.« Auch ein bisschen auf August Peters' Wahlspruch: »Sucht, wo Christus ist«. »Sucht aber nicht verbissen und mit hängenden Ohren«, ergänzt Karl Reger. Sein eigener Bischofs-Wahlspruch lautet »Deus caritas«, Gott ist die Liebe, und der Aachener Weihbischof scherzte nach der gleichnamigen ersten Enzyklika von Papst Benedikt XVI.: »Ich muss den Heiligen Vater loben. Er hat zu meinem Wahlspruch eine schöne Enzyklika verfasst«.

Auf Karl Regers Bischofswappen ist neben dem Kreuz des Bistums Aachen ein Pflug abgebildet: Zeichen der bäuerlichen Herkunft, der Heimatverbundenheit, aber auch exegetische Botschaft, die Hand an den Pflug zu legen und nicht mehr vom Pflug zu nehmen und nach vorne und nie mehr zurück zu schauen, wenn der Herr einen erst einmal gerufen hat.

Während des Interviews erschienen Karl Regers Bruder Fritz und der älteste Großneffe Michael sowie die Nichte Angela Jütten kurz in der Wohnung, um dem Bischof guten Morgen zu sagen. Die Männer kamen von der Waldarbeit und berichteten, dass die Rosskastanienmotte einen prächtigen Baum in Regers Forst zerstört hatte. Die Frau checkte einen Termin für die Messdiener mit Onkel Karl.

Auf dem Spaziergang durch Giescheid begegneten wir einigen Leuten aus dem Dorf, die freundlich grüßten – und dem Briefträger, mit dem Weihbischof Karl Reger ebenfalls sofort auf Du und Du war. Es ist Daniel Pützer, ebenfalls ein Neffe des Titularbischofs von Ard Sratha in Nordirland. Im Dorf und in seiner Umgebung sind viele mit Weihbischof Karl Reger verwandt: Er hat drei Geschwister, Bruder Fritz, die Schwestern Maria und Tina, 14 Nichten und Neffen, 21 Großnichten und -neffen und mittlerweile in vierter Generation die Urgroßneffen Kilian, Tobias und Jonas.

In Giescheid und Rescheid kennt er fast jeden, in der alten Dorfwirtschaft gegenüber der Pfarrkirche St. Barbara, die einst »Tant Maria« gehörte und die

Weihbischof Karl Reger (rechts) mit seinem Nachfolger Dr. Johannes Bündgens.
Foto: Manfred Lang/Agentur ProfiPress

in der Familie noch immer so genannt wird, geht er hin und wieder zum Doppelkopfspielen. Die Messdiener waren am Tag des Interviews mit ihm zum Kochen und gemeinsamen Essen verabredet. Am Abend würde Weihbischof Karl Reger die turnusmäßige Wochentagsmesse in der Kapelle St. Bartholomäus halten.

Das ist für den einstigen Arbeitsgruppenleiter für den jüdisch-christlichen Dialog und Mitglied der Ökumene-Kommission der Deutschen Bischofskonferenz ebenso selbstverständlich, wie einst Pontifikalämter zu festlichsten Anlässen und seine Reisen als Bischof, die ihn wiederholt nach Rom, aber auch ins Patenland Kolumbien, nach Irland und auf die Philippinen führten.

Dem Mann, der mit Maria Jepsen, der ersten evangelisch-lutherischen Landesbischöfin weltweit, gemeinsam im Arbeitskreis christlicher Kirchen arbeitete, sind der Landstrich und die 600-Seelen-Pfarrei, aus denen er stammt, vertraut geblieben.

Karl Reger war Sohn einer kleinbäuerlichen Familie mit Land-, Vieh- und Forstwirtschaft, Haus und Hof waren in der Endphase des Zweiten Weltkriegs erheblich beschädigt worden. Wegen der Kriegswirren reichte es für ihn noch nicht einmal für einen soliden Achtklässler-Abschluss in der Rescheider Volksschule.

»Ich war mit 20 landwirtschaftlicher Hilfsarbeiter auf dem elterlichen Hof«, sagt der Episkopos emotionslos. Religion und Spiritualität sog er gleichwohl in diesem Umfeld gläubiger wie lebenstüchtiger Menschen wie Muttermilch ein, eher beiläufig, aber überlebenswichtig: »Das religiöse Leben war in unseren Alltag eingebunden wie Schlafen und Aufstehen. Die Gemeinschaft und der Herrgott waren uns wirklich wichtig.«

Mit 20 begann Karl Reger Fragen laut zu stellen, die ihn im Stillen schon länger beschäftigt hatten. Und er wunderte sich, dass diese Fragen andere Altersgenossen nicht so sehr umtrieb: Fragen nach dem Sinn der Existenz, dem Sinn des Lebens, Fragen nach dem Woher und Wohin, Fragen nach Gott und der Beziehung zu ihm.

Das fiel dem Rescheider Pfarrer Johannes Meurer auf: »Er forderte und förderte mich in meiner Berufung und schickte mich schließlich zum Steinfelder Pater Suitbert nach Schleiden, um Aufsatz und Mathe zu büffeln.« Das waren

Voraussetzungen für das Bestehen der Aufnahmeprüfung am Quirinus-Gymnasium in Neuss, auf dem Karl Reger in nur vier Jahren sein humanistisches Abitur einschließlich großem Latinum und Graecum »bauen« sollte.

Karl Reger selbst war unsicher, auch seine Eltern, ob er das »packen« würde. Doch Pfarrer Meurer glaubte an ihn. Weibischof Karl Reger ist heute sicher: »Es waren die härtesten vier Jahre meines Lebens!« Aber er schaffte Gymnasium und Reifeprüfung am Quirinus – als einer von neun aus einer Klasse von anfangs 32 Schülern.

Karl Reger wohnte während der Neusser Gymnasialzeit im Marianum, einem Internat, in das man nur aufgenommen wurde, wenn man für sich den Priesterberuf zumindest nicht ausschloss. Soweit war auch der Giescheider Bauernsohn zu dem Zeitpunkt schon. »Ausschlaggebend war für mich der Steinfelder Pater Hyazinth, der in Rescheid Vertretung machte: Der fragte mich, ob das nichts für mich sei, zu den Salvatorianern ins Kloster Steinfeld zu kommen.«

Damit war der Keim von Karl Regers priesterlicher Berufung entdeckt, freigelegt und bewusst gemacht. »Ich wusste damals noch nicht, was es heißt, in diese Wolke der Zukunft zu gehen«, sagt Karl Reger im kleinen Wohnzimmer seiner Eifeler Wohnung. Aber er wusste schon, was Gottvertrauen bedeutet.

Dem habe er sich überlassen und anvertraut: »Auch wenn es später schon mal schwer war, habe ich mich immer daran erinnert, dass ich mich nicht alleine auf den Weg gemacht habe.« Diese Lebensauffassung prägte auch die Berufsauffassung: »Für uns junge Kapläne war es damals selbstverständlich, unsere Stellen ohne große Diskussion anzutreten.«

Karl Reger ging nach dem Theologie- und Philosophiestudium in Bonn und Aachen und der Priesterweihe durch Johannes Pohlschneider am 25. Juli 1960 in die schönste, bewegteste und auch wildeste Zeit seiner seelsorgerischen Laufbahn, nach Mönchengladbach-Mitte: »Das war die Zeit des Aufbruchs unmittelbar nach dem Zweiten Vatikanischen Konzil. Das war Pfingsten, da war Bewegung drin. Mein seelsorgerischer Schwerpunkt war die Jugend.«

Kaplan Reger betreute bis zu vier Ferienlager parallel in der Schweiz und in Frankreich und frönte dabei durchaus auch der eigenen Leidenschaft zum ambitionierten Bergsteigen und Skifahren (»Ich bin ein Bewegungsfanatiker«). Manchmal wurde es richtig gefährlich, zum Beispiel im Steinschlag am Pilatus ...

Nach sechs Jahren wechselte der Eifeler als Kaplan nach Viersen, St. Josef, und 1970 für fast 17 Jahre als Pfarrer nach Krefeld. Er räumt ein, das sei nicht sein Traumziel gewesen, dann habe er sich aber gesagt: »Das sind auch gute Leute da, und wenn das so ist, dann kannst Du auch ihr Pastor sein.«

Karl Reger hat nie lange gezweifelt, gefragt und diskutiert, wenn er vor neue Aufgaben gestellt wurde. Der Pflug im Bischofswappen, das Annehmen dessen, was vor einem liegt und was man tun muss, kommt nicht von ungefähr. Gottvertrauen und Pflichterfüllung lagen Karl Reger im Blut: »Ich habe mir nie eine Aufgabe in Gottes Kirche selbst ausgesucht!«

Bei aller anfänglichen Skepsis wurde es eine großartige Zeit für ihn in der 7000-Seelen-Stadtpfarre St. Gertrudis und später auch als Regionaldekan der nördlichsten Aachener Bistumsregion. »Es gab unglaublich viele engagierte Leute, die mitgemacht haben, Haupt- und Ehrenamtler, Geistliche und Laien.« Weihnachten schrieb er jeweils um die 350 Dankesbriefe an engagierte Mitstreiter.

Diese Konstellation kam Karl Regers Naturell als »Teamworker« sehr entgegen. Obwohl er nie ein »Leithammel-Typ« gewesen sei, traf 1987 Post aus dem Vatikan im Aachener Domkapitel ein, in der sein Name an oberster Stelle von drei möglichen neuen Weihbischofs-Kandidaten stand. Bischof Klaus

Ein Bischof zum Anfassen: Karl Reger nimmt in seinem Heimatort Giescheid die Post aus den Händen seines Neffen Daniel Pützer entgegen.

Foto: Manfred Lang/Agentur ProfiPress

Hemmerle reiste nach Krefeld und musste sich dort zunächst sagen lassen, »dass Pastor meine Schuhgröße ist und nicht mehr«.

Doch dann ließ Karl Reger sich von Bischof Klaus umstimmen: »Gerade weil Sie so gerne Pastor sind, möchte ich, dass Sie jetzt Bischof werden.« Und so kam es, dass Karl Reger als Seelsorger und Pastor Dritter im Bunde der Aachener Bischofsriege wurde. Gewissermaßen als Ergänzung an der Seite von Bischof Klaus, dem renommierten Universitätsgelehrten Professor Dr. Klaus Hemmerle, und dem Gymnasiallehrer und Weihbischof Dr. Gerd Dicke.

»Natürlich macht mich das traurig«, sagte der 2005 emeritierte Weihbischof Karl Reger im KirchenZeitungs-Interview, »dass auch in ländlichen Gebieten wie der Eifel immer weniger Leute in die Kirche gehen und Religion nicht mehr das lebensnotwendig tragende Element in ihrem Leben darstellt.«

»Aber das ist nicht mein Schlusswort«, fügte der damals fast 80-Jährige mit den unglaublich hellen, etwas jungenhaften und wachen Augen rasch hinzu: »Insgesamt bin ich optimistisch für die Kirche Christi. Aus einem geknickten Ast ist schön öfter ein neuer Zweig Jesse gewachsen.«

Gleichwohl fiel im Gespräch mit der KirchenZeitung für das Bistum Aachen dann doch noch ein Schlusswort. Wenn auch nicht am Schluss: »Unsere Botschaft, die Bergpredigt, ist unübertroffen«, konstatierte Weihbischof Karl Reger. Und: »Wir müssen freundlich auf die Menschen zugehen, wenn wir sie verkündigen, und wir müssen die Anliegen dieser Menschen ernst nehmen. Das ist die halbe Miete.«

Die »68er« und ihr Lehrer

Ich begegnete Heinz Küpper erstmals 1988, da stellte er zusammen mit »seiner« Abiturientia 1968 am St.-Michael-Gymnasium das Buch »Zeit in Münstereifel« vor. Ich nahm als Lokalredakteur an dem Pressegespräch teil, um über das Buchprojekt in der »Kölnischen Rundschau« zu berichten: Es ging also um eine Abiturklasse aus dem Revolutionsjahr 68, die sich 20 Jahre nach der Reifeprüfung nicht zum obligatorischen Saufgelage mit gegenseitigem Schulterklopfen traf, sondern sich mit ihrem Klassen- und Deutschlehrer darangemacht hatte, zum Abiturjubiläum ein Buch zu schreiben und es tatsächlich auch in gedruckter Form herauszugeben.

Der Klassen- und Deutschlehrer unterrichtete wie 1968 auch 1988 immer noch am Bad Münstereifeler St.-Michael-Gymnasium und hieß Heinz Küpper. Der Mann war zu der Zeit Studiendirektor, hatte keinen leichten Stand an der Seite eines Oberstudiendirektors, dem man eine Opus-Dei-Mitgliedschaft nachsagte, und hatte gerade mit dem Krimi »Wohin mit dem Kopf?« ein literarisches Comeback versucht. Heinz Küpper, so erfuhr ich im Interview mit den Ex-Pennälern, war einmal ein hoffnungsvoller Schriftsteller gewesen, ja Anfang der sechziger Jahre sogar eine Art literarischer Shootingstar.

Seine früheren Schüler, Armin Foxius, zu der Zeit Lehrer und selbst Autor in Köln, Marius Schulten, zu der Zeit selbst Lehrer am St.-Michael-Gymnasium, und Dr. Gerhard Fischer, zu der Zeit Amtsveterinär der Bundeshauptstadt Bonn und bekennender Sozialdemokrat, gaben mir einen Schnelllehrgang in Sachen »Hein«, wie sie Küpper liebevoll nannten. Er sei literarischer Ziehsohn und Freund des Literaturnobelpreisträgers Heinrich Böll gewesen. Dessen Roman »Ende einer Dienstfahrt« gehe auf eine Story Küppers zurück.

Gleich mit seinem Erstlingsroman »Simplicius '45« (»Den kennen Sie nicht?«) habe der junge Euskirchener Autor einen Bombenerfolg gelandet, auch international. Der Simplicius sei ins Englische, Französische, Russische, Niederländische, Polnische und Dänische übersetzt worden.

Ich hörte, dass der avantgardistische Roman »Milch und Honig« des inzwischen bereits mit dem Literatur-Förderpreis der Stadt Köln ausgezeichneten Küpper in den sechziger Jahren außer in der Bundesrepublik auch in der DDR verlegt und ins Französische und Polnische übersetzt worden war.

Foxius, Fischer und Schulten eröffneten mir schon in diesem Interview 1988 eine wichtige Erkenntnis, auf die Kritiker und späte Verehrer Küppers erst nach dessen tatsächlichem Comeback in den 90er Jahren kommen sollten: »Heins« literarische Werke »spielten« vor der eigenen Haustür, in der Eifel, und waren doch alles andere als die zu der Zeit gerade entstehende Regionalliteratur.

Der Schriftsteller Heinz Küpper (l.) bei einer Lesung mit Dr. Helmut Mörchen, dem früheren Leiter der Bad Münstereifeler Kurt-Schumacher-Akademie.
Foto: Manfred Lang/Agentur ProfiPress

»Heimatkunde als Weltkunde« würde der Essayist Christian Linder Küppers Werk einmal nennen. »Alles, was in der Welt passieren kann und passiert ist«, lässt er Küpper in einem Aufsatz einen Satz von Günter Grass variieren, »könnte ebenso in Münstereifel passieren und ist dort auch passiert.« Und Rainer Hartmann titelte 2001 im Feuilleton des »Kölner Stadt-Anzeiger« nach einem eindrucksvollen Küpper-Abend im Kölner Literaturhaus: »Euskirchen, Köln, die Welt.«

Das alles wussten die Jungen aus Küppers Abiturklasse schon 1968, als sie mit wehenden roten Fahnen die Hauptversammlung des Ehemaligenvereins Münstereifeler Gymnasiasten sprengten oder anklagende Fragen an die Kirche (»Wo wart Ihr im Dritten Reich?«) anlässlich des Besuchs von Josef Kardinal Höffner an die Außenfassade ihres erzbischöflichen Internats schmierten.

In dem Städtchen »Nonnenbach« des Küpper-Romans »Zweikampf mit Rotwild« ist unschwer Bad Münstereifel zu erkennen, der Krimi »Wohin mit dem Kopf?« ist an der Rurtalsperre Schwammenauel angesiedelt, Motive des von Heinz Küpper verfassten Fernsehspiels »Ein Mädchen« wurden in Kirchheim, Kalkar und in der »Michelsberg-Kapelle« verfilmt. Küppers Fernsehfilm »Vier Tage unentschuldigt« spielt im Euskirchener Rosental, einem heute bereits legendären sozialen Brennpunkt ganz besonderer Güte, und der Streifen »Stammgäste«, im ZDF einst »Fernsehspiel des Monats«, in Küppers früherem Euskirchener Stammlokal. Im Mikrokosmos der rheinischen Provinz spiegelt sich die Weltgeschichte.

Das Pressegespräch zum Buch »Zeit in Münstereifel« machte mich mit Heinz Küpper bekannt. Kurz darauf sprach ich ihn an, ob er nicht einen Beitrag für eine von mir und Jochen Arlt geplante Eifeler Literatur-Anthologie schreiben wolle. Heinz Küpper wollte und heraus kam ein literarisches Meisterwerk mit dem spröden Titel »Beschreibung einer Fotografie«. Es war und ist eine mittlerweile mehrfach veröffentlichte sprachlich kunstvolle, ausdrucksstarke, sezierende und mit Weiterungen versehene scharfsichtige Analyse eines Bildes vom Rande eines Dorffestes in der Eifel.

Dabei handelt es sich um das Dorf Lückerath, was für das Verständnis nicht wichtig ist und im Text ursprünglich auch gar nicht vorkam, und damit um jenes Dorf, aus dem Heinz Küppers Mutter stammte und in dem er selbst ungezählte Male zu Besuch war, und in dem, so klein das Nest auch ist, eine Brauerei stand, die Heinz Küpper noch Jahrzehnte später schwere Träume bescherte.

Lückerath war und ist auch das Dorf, in dem ich zu der Zeit lebte und noch immer lebe. Heinz Küpper beschrieb in seiner »Beschreibung einer Fotografie« meine Vorfahren, Menschen aus meiner Nachbarschaft und mich selbst. Ich lebe in Lückerath und wurde nur einen Kilometer weiter in einem anderen Dorf dieser Eifelecke geboren. Ich bin dort aufgewachsen, wie Heinz Küpper in Wisskirchen vor den Toren der Kreisstadt Euskirchen aufgewachsen ist. Sein Vater kam von dort, und seine Mutter aus Lückerath. Wie meine Mutter auch. Was für ein Zufall ...

Heinz Küpper und ich wurden, ausgehend von diesen ersten Begegnungen, Freunde, so wie das Angehörige unterschiedlicher Generationen sein können. Er sollte meine Frau und mich und die Kinder noch oft auf unserem Bauernhof in Lückerath besuchen und wir ihn über »dem Griechen« an der Erft und später in anderen Münstereifeler Stadtwohnungen.

»Ihr macht das richtig«, sagte er einmal in Lückerath am Wohnzimmertisch zu Sabine und mir: »Ihr lebt das Leben.« Diese Bemerkung, die keinen am Tisch mehr wunderte, noch zu Nachfragen veranlasste, war ein Seufzer über das eigene literarische Schaffen, in dem der Autor stellvertretend Leben führt, die ihn vom eigenen Leben abhalten.

Ich hatte die Ehre, mich an der geglückten Renaissance seines Werks seit Anfang der 90er Jahre zu beteiligen. Nicht als Herausgeber Eifeler Literatur-Anthologien, an denen Heinz Küpper gleichwohl auch immer mitgewirkt hat. Ich war darüber hinaus viel mehr Heinz Küppers »Agent«, wie er sich scherzhaft auszudrücken pflegte.

Heinz hatte seine nach 15 Jahren Veröffentlichungspause seit Ende der 80er Jahre entstehenden Manuskripte an die ganz großen Verlage der Republik geschickt und sich gefreut, wenn er wenigstens meist sehr positiv formulierte Absagen erhielt. Auch ich schleppte eine Aldi-Rieseneinkaufstüte mit 800 Seiten »Seelenämter«-Manuskript zur Redaktionskonferenz des »Kölner Stadt-Anzeiger« nach Köln, um sie in einer Art konspirativem Treffen dem stellvertretenden Chefredakteur Hans-Werner Kettenbach zur Beurteilung zu übergeben, der ja zu der Zeit selbst ein bekannter Schriftsteller und Drehbuchautor war.

»Dem Mann ist nicht zu helfen«, sagte mir Kettenbach nach der Lektüre: »Der kann alles.« »Aber eins will ich Ihnen sagen«, schickte er hinterher: »Für einen 800-Seiten-Roman finden Sie heutzutage keinen Verleger mehr!« Womit Kettenbach irrte.

Es gab da den kleinen, aber feinen Weilerswister Landpresse-Verlag von Ralf Liebe, den ich ebenfalls von einer Zeitungsreportage her kannte. Ich sprach Ralf an und bat ihn, sich Heinz Küppers Manuskripte anzusehen. Liebe wollte zunächst nicht: »Der schreibt klasse, aber es passt nicht in unser Programm, wir machen doch vorwiegend Lyrik ...«

Um es kurz zu machen: Es bedurfte noch einiger weniger Anfragen mehr, um Ralf Liebe umzustimmen. Dann holte er beherzt Heinz Küppers Werk aus der literarischen Versenkung. Hilfreich für die Wiederentdeckung war eine Serie mit Artikeln Küppers im »Kölner Stadt-Anzeiger«, so sein Weihnachts-Mehrteiler »Vorläufige Auskunft über Willi B.« 1993.

Ralf Liebe verlegte als erstes nicht das Mammut-Werk »Seelenämter«, in dem der Autor seine eigene Alkoholkarriere schriftstellerisch aufarbeitet, die ihn einst aus dem literarischen Olymp hatte abstürzen lassen. Ein ganz neuer Küpper-Roman bahnte den Weg in die zweite Autorenlaufbahn: »Zweikampf mit Rotwild« (1996), gefolgt von dem Erzählband »Hermann Rohr und andere« (1998), dann kamen die Seelenämter (2000), schließlich der in Berlin und Euskirchen angesiedelte autobiographische Roman »Der Zaungast« (2002) und 2004, ein Jahr vor seinem Tod, »Westdeutsche Familiengeschichten, Drei Erzählungen«.

Aus diesem zu Lebzeiten letzten veröffentlichten Werk Heinz Küppers las er bei unserem letzten gemeinsamen Auftritt, einem literarischen Gespräch mit Jochen Arlt und Professor Karl Otto Conrady (»Der große Conrady«) im Kuchenheimer Industriemuseum. Heinz – ich habe ihn im Gegensatz zu seinen »68ern« nie »Hein« genannt, aber über ihn stets von »Hein« gesprochen – fühlte sich im Angesicht des sich selbst darstellenden Lyrik-»Papstes« Conrady geradezu körperlich unwohl. Er, der fundiertere, aber bescheidenere Literat wollte immerzu stiften gehen. Ich musste ihn buchstäblich am Ärmel zurückhalten, wovon das Publikum nichts gemerkt hat.

Und das erinnerte mich an unseren allerersten gemeinsamen Auftritt auf dem Kommerner Kahlenbusch. Dort, im heute längst abgerissenen Lokal der Familie Jacobi am Rande des Rheinischen Freilichtmuseums, stellten Jochen Arlt und ich 1989 unsere erste gemeinsame Eifel-Anthologie vor. Und ich hatte Heinz Küpper nicht gerade gezwungen, aber doch gegen seine Überzeugung überredet, an diesem Abend seine »Beschreibung einer Fotografie« vorzulesen.

Kurz, bevor es soweit war, packte »Hein« auch an dem Abend der Fluchtreflex. Ich musste ihn draußen auf dem Parkplatz beknien, bitten und betteln, damit er wieder mit in den Saal kam und vorlas. Heinz Küpper rezitierte sein Meisterwerk dann so meisterlich, dass man eine Stecknadel hätte fallen hören.

Seinen Zuhörern damals wie seinen Lesern heute war und ist klar: Heinz Küppers Texte sind Literatur auf Weltniveau, auch wenn diese Literatur da »spielt«, wo unsereiner lebt. Literatur von Welt spielt immer da, wo unsereiner lebt. In »Hermann Rohr und andere« definiert Heinz Küpper selbst sein dichterisches Anliegen: »Ich hätte gerne, dass die Leute, über die ich schreibe, bedeutend sind, auch wenn sie es nicht sind; etwas haben, auch wenn sie es nicht haben. Denn ich will ja die Wahrheit über sie schreiben, und alles Lebendige ist nicht nichts.«

Werner Biermann sagte in seiner Laudatio zu Küppers 70. Geburtstag über dessen literarische Figuren: »Du bewahrst ihre Würde, stellst sie, wo nötig, wieder her, denn es sind doch, genauer besehen, vor allem die kleinen Leute, von denen Du erzählst, und das ist gut so.«

Küpper transportierte ihr konkretes Leben und ihre konkrete Bedeutung erzählend und setzte ihnen so literarisch angemessene Denkmäler. Küpper beschrieb sie zwar aus der Distanz, aber keineswegs aus einer überheblichen Position. Küpper beschrieb sie, überhöhte sie aber nicht. Küpper war – bei aller Bildung, bei aller intellektuellen Erfahrung - einer von ihnen.

»Wenn sie sich schon nicht so gerne vor ihre meist winzigen Fachwerkhäuser stellen wollen, auf die unbefestigte Dorfstraße, warum wählen sie dann diese

Brandmauer im Rücken, die das Bild überwältigt und nur am linken Rand einen Fingerbreit Himmel und Welt übrig lässt? Ich werde mich fein hüten, das zum Symbol zu stilisieren, aber der Städter in mir zwingt mich hinzuschreiben: So sind die Eifeler«, schreibt Heinz Küpper in »Beschreibung einer Fotografie«.

Küpper behauptete, er könne nicht gut erklären, bloß erzählen. Indem er das auf seine eigene geniale Art und Weise tat, schlägt er binnen weniger Sätze einen Bogen, der die Lückerather auf dem Foto mit der ganzen Menschheit verbindet: »Die Generation, die da an der Wand steht, war nur bestimmt, verschlissen zu werden. So gesehen ist es egal, ob die Aufnahme in Masuren, auf der Schwäbischen Alb oder am Berliner Wedding gemacht worden ist. Erst ihre Söhne, soweit sie nicht vor Leningrad oder in der Normandie gefallen sind, werden aufsteigen. Für deren Kinder und Enkel sind die auf dem Bild nun schon Vorfahren. Wer heute durch die Stadt geht, kann sie gleichwohl er-

Mechernicher Abturientia im Jahre 40 nach 1968. Foto: Manfred Lang/Agentur ProfiPress

blicken: in den Männern aus Ostanatolien. Das sind, sozial- und mentalitäts-
geschichtlich gesprochen, ihre Großväter und Urgroßväter, die sich aufgerafft
haben und sich zu Subjekten ihrer eigenen Lebensgeschichte zu erheben versuchen.«

In der Titelgeschichte des Erzählbandes »Hermann Rohr und andere« gibt
Küpper Auskunft über Schulfreunde am Euskirchener Emil-Fischer-Gymna-
sium und einen Vetter, Schreinersohn aus Lückerath, die alle eines gemeinsam
hatten: die bereitwillige Verführbarkeit durch die Nazis und den »Tod im
Feld, der alle Unterschiede aufhebt«: »Es führten alle Bildungswege zum gleichen, gleich rasch erreichten Ziel.«

Das »berüchtigte zweite Viertel des 20. Jahrhunderts« nennt Küpper in
»Drei Anekdoten zur Rassenfrage« die unheilvollste Ära in der Euskirchener
Lokal- wie in der Weltgeschichte. Ein Graffiti-Spruch, »Auschwitz, nein
danke – Bergen-Belsen, die hatten den besseren Gas«, den Küpper während
der Renovierung des Bad Münstereifeler Stiftskirche auf einem Bretterverschlag
fand, führte zu Weiterungen: »Der Grammatikfehler, das falsche Geschlecht
für Gas, kann dialektbedingt vernachlässigt werden. Wenn die Mörderbande
wieder einmal zusammenliefe und sich uniformiert um die Blutfahne scharte,
würden sich Schriftkundige schon einstellen, korrekte Verwaltungsleute, Ju-
risten, Historiker, Akademiker aus allen Fakultäten und ganz von selbst.«

Heinz Küpper weiß, wovon er spricht, denn in seinem Anti-Kriegs- und
Anti-Faschismus-Roman »Simplicius '45« klagt sich der Autor in der Person
des erzählenden Jungen selbst an. Er erzählt seine Kindheit in Nazideutschland,
und er sieht sich, das Kind, nicht als Unschuld vom Land, sondern, im
Rahmen seiner bescheidenen Möglichkeiten, als Täter: »Ich war Nazi«, sagt
der Ich-Erzähler gleich zu Beginn.

»Auch Täter meinen es meistens gut«, sagte Heinz Küpper einmal. Indem er
immer wieder die Traumata Auschwitz, Stalingrad und Hiroshima in der Fern-
wahrnehmung von Menschen auf dem Lande erzählt, schwingt die Schuldfrage
gerade für den scheinbar Unbeteiligten unablässig mit. Das führt Küppers
Leser fast zwangsläufig zu einem geläuterten »Nie wieder«.

Im Urteil seiner 68er Abiturientia ist Heinz Küpper die moralische Aufrüstung
gegen die Vereinnahmung nicht nur als Autor, sondern auch als Lehrer gelungen.

»Wir sind als aufrechte Demokraten hier rausgegangen, so stabil, dass keiner von uns sich vor irgend einen ideologischen Karren spannen ließ«, konstatierte Dr. Gerd Fischer im eingangs erwähnten Pressegespräch. Und Armin Foxius schickte hinterher: »Wir haben genügend Freiräume gehabt mit Leitplanken, die uns verkehrstüchtig machten für ein intellektuelles Leben.«

»Öko-Udo«

Er war 38, ein Kerl wie ein Baum und beruflich in guter Position, als ihn schwere Depressionen aus der Bahn warfen. Um wieder auf die Beine zu kommen, machte sich Udo auf den Weg in die Natur. Flussaufwärts in die Hügel, von der Stadt nicht weit vom Rhein, in der er lebte, bis in die Eifel. Dort wurde er fündig, pachtete sich ein Stück Garten mit Wald und einer Hütte an einem Bachlauf.

Zwischen Wirsing, Rosenkohl, freilaufenden Hühnern, Forellen, Bienen, einem alten Kater und einem mordsmäßig riesigen Hausschwein machte er sich unter dem Namen »Öko-Udo« selbstständig von einer verrückten Arbeitswelt, die ihn an den Rand des Wahnsinns gebracht hatte.

Udo ist tatsächlich sein Vorname und »Öko« riefen die Eifelkinder lauthals hinter ihm her, was sie zu Hause von den Eltern gehört haben mochten. »Der Udo, der lebt wie ein Öko, der Udo ist ein Öko. Ein Öko-Udo«. Damit war der Name abgemacht. Sowas geht schnell in der Eifel – und man wird den Spitznamen selbst dann nicht mehr los, wenn sich die Realität weit vom Grund der ursprünglichen Namensgebung entfernt hat.

Seinen Titel trägt »Öko-Udo« wahrscheinlich auch heute noch mit einer gewissen Genugtuung. Auch Kinder und Jugendliche dürfen ihn mit großer Selbstverständlichkeit duzen, wie das früher in der Eifelecke gang und gäbe war.

»Lück wie ich und du« – Eifeler Köpfe

Auf einer Weide in unmittelbarer Nähe des »Biotops«, auf dem sich »Öko-Udo« niedergelassen hat, aber durch einen Weg getrennt, grasen seine beiden Kaltblutpferde »Schalk« und »Lotte«, mit denen er ein wenig ackert und gemeinsam mit dem Forstunternehmer Andreas Heisterkamp im Wald Holz rückt. Neben der Pferdekoppel erstreckt sich Udos »LPG«, die aus ein paar Morgen Acker, Wiese, Obst- und Gartenland besteht.

Eine »LPG«, im DDR-Jargon »Landwirtschaftliche Produktionsgenossenschaft«, eine neudeutsche Kolchose in der Eifel, so weit im Westen, und das auch noch Jahre nach dem Mauerfall? Den Grund und Boden für »seine« »LPG« hat »Öko-Udo« gemeinsam mit Freunden aus der Öko-Szene erworben, beziehungsweise gepachtet.

Ökologie-Experten bei einer Flurbesichtigung (von rechts): Josef Weber, Udo Zerfowski, Dr. Hans-Peter Schick, Klaus-Ludwig Lang. Foto: Manfred Lang/Agentur ProfiPress

Das Land wird gemeinsam bewirtschaftet und abgeerntet, die Ernte geteilt. Deshalb auch der alte DDR-Terminus, wenngleich die Eifeler LPG-Eigentümer politisch schon zu der Zeit völlig unverdächtig waren, als das Gegenteil in der Bundesrepublik noch per Radikalenerlass geächtet wurde.

Viele Freunde und Helfer und Mitstreiter »Öko-Udos« sind Akademiker aus der Stadt: Ein nicht unbekannter Bonner Strafverteidiger befindet sich darunter, Leute vom WDR in Köln, mehrere Lehrer, eine Opernsängerin sogar. Lange Zeit waren auch Beamte einer rheinischen Polizeireiterstaffel in ihrer Freizeit öfters in Udos Biotop anzutreffen. Aber auch ganz normale »grün angehauchte« Zeitgenossen sind ihm in der »LPG« und darüber hinaus verbunden.

Wobei »grün« bei »Öko-Udo« nicht gleichbedeutend mit der politischen Zugehörigkeit zum Bündnis 90 steht. Er selbst bezeichnet sich als »konservativ im besten Sinne«. Die Grünen wählt er nach eigenen Angaben nur, weil sie im bundesdeutschen Parteienspektrum für ihn »das geringste Übel« darstellen. Vasallentreue schulde er ihnen nicht: Windkrafträder beispielsweise sind dem Herrn ein Gräuel.

»Öko-Udo« betätigt sich auch in einem Obstwiesenverein namens »Renette«. Die Vorgängerorganisation, die Öko-Genossenschaft »Föno«, hat er einst mit gegründet, ehe sich die Öko-Genossen aus irgendeinem Grunde irgendwann spinnefeind wurden und getrennte Wege gingen. Seither gibt es im Nordeifeler Streuobstwiesengürtel zwei Öko-Zusammenschlüsse dieser Sorte.

»Öko-Udo« ist auch Aktivist im Verein »Naturnah leben - Eifel«, einem Zusammenschluss ökologisch wirtschaftender Nutzgärtner, die sich unter anderem die Weiterzucht uralter Gemüse- und Kartoffelsorten auf die Vögel scheuchenden Fahnen geheftet haben.

Die Rückkehr »Öko-Udos« in die Natur stand am Ende eines Dramas, das sich vor nunmehr 30 Jahren anbahnte. Udo war damals alles andere als »öko«, und arbeitete als Straßenbau-Projektleiter einer großen Landesbehörde. Dabei fiel ihm eines Tages ein riesengroßes Weizenfeld in der Köln-Bonner Bucht zum Opfer. Es steht ihm heute noch in schwere Nachtträume hinein.

Es war prächtiger in der Sonne und im Wind wogender Weizen, mit dicken Ähren und bauchigen Körnern, allerdings noch grün und unreif, die Körner weich und verletzlich, noch nicht ins Gelbe umgeschlagen und hart genug für die Ernte. Und doch musste der Straßenbau vorangehen. Keine Zeit, keine Zeit hatte seine Zeit.

Und er als Bauleiter war es, der das wogende Feld kurz vor der Ernte schreddern lassen musste, damit das Straßenbauprojekt nicht über Gebühr verzögert würde. Häckseln, zerkleinern, zu Kompost zerwirken. Da war ihm mit einem Mal klar, dass man so nicht leben kann. Dass sie so in Ostpreußen nicht gelebt hatten vor dem Krieg. Dass sie so etwas selbst in ihrem schlimmsten Hungerwahn während der Flucht nach Westen niemals für möglich gehalten hätten, auf der die kleine Schwester starb und irgendwo am Rand des weiter und weiter vorbeiwogenden Trecks begraben wurde.

Mit einem Mal wurde Udo klar, wie selbstzerstörerisch diese Welt und er selbst schon geworden waren.

Er stürzte in schwerste Depressionen, kam in die Psychiatrie, vegetierte. Der gelernte Maurer und spätere Bundeswehr-Pionier, ein Kerl wie ein Baum, bis dahin lebenstüchtiger Vater dreier Töchter, er galt als fröhlich und lebhaft, wurde an einem einzigen Tag, an dem Getreide noch vor der Ernte auf seine Weisung vernichtet wurde, zum Schatten seiner selbst.

Erst Jahre später kam wieder Licht in seine Existenz, allmählich und mit vielen Schatten. Udo erinnerte sich zunehmend an seine Jugend im rechtsrheinischen Brohltal, wo er zwischen allerlei Vieh und einfachen Menschen auf dem Dorf aufgewachsen war. Doch die Kindheit war verloren wie die erste Heimat, ganz weit weg, unwiederbringlich, nur noch ein Traumbild.

Mechanisch machte sich Udo auf der anderen Rheinseite von der Erftmündung quellaufwärts auf die Suche nach einer neuen Heimat, und nach einer neuen Kindheit für die alten Tage. Etappenweise, nach und nach, erst mit dem Fahrrad, dann zu Fuß, erst entlang der Erft und dann des Rotbachs, kam er erst nach Jahren ans Ziel.

»Öko-Udos« Refugium ist ein früheres, von Menschenhand angelegtes Fischteichareal, das zu der Zeit, als Udo auf der Suche war, wegen eines Todesfalls zu pachten war. Er griff zu – und blieb, baute Stall und Hütte, behielt die Teiche. Die Familie hat sich mit seinem neuen Leben arrangiert. Als Udo zum »Öko-Udo« geworden war, drangen Zeitungen und Sender aus der ganzen

Republik auf ihn und in sein Refugium ein. Rasch ließ er es bereitwillig geschehen.

Man hat oft versucht, sein Ziel zu beschreiben und man hat den Ort häufig geographisch genau lokalisiert, wo »Öko-Udo« angekommen ist. Beides ist nicht identisch. Kein Mensch weiß, ob er findet, was er sucht, oder ob er findet, wonach er gar nicht gesucht hat.

Judenfriedhof

Auf halbem Weg zwischen Bleibuir und Wielspütz, zwei Dörfer am Nordostrand des Nationalparks Eifel, liegt ein Friedhof mit nur vier Grabsteinen. Er befindet sich am Fuß eines Steilhangs, unter dem das Bleibergwerk »Gute Hoffnung« und der dörfliche Wohlstandsmüll der fünfziger und sechziger Jahre begraben liegen. Der Ort heißt im Volksmund »Jees«. Dort wurde 100 Jahre lang Bleierz abgebaut und nach der Bergwerksstilllegung eine Müllkippe aufgemacht.

Mein Großvater Nikolaus und sein Bruder Anton arbeiteten beide in der Mine – der eine tagsüber, der andere nachts. Während der zweiten Tageshälfte bewirtschafteten sie einen für diese Ecke mittelgroßen landwirtschaftlichen Betrieb mit Milchvieh-, Schweine- und Geflügelhaltung sowie Ackerbau. Für zwei Pfennige mehr Stundenlohn arbeiteten sie auf der am tiefsten gelegenen dritten Sohle. Die stand mindestens knöcheltief unter Wasser, deshalb gab es mehr Geld, aber das ist eine andere Geschichte.

Hier geht es um die vier Grabsteine auf diesem Friedhof, der überdauert hat, als das Bergwerk »Gute Hoffnung« nach dem Ersten Weltkrieg begraben wurde unter dem Müll – und die Müllkippe nach dem Zweiten Weltkrieg schließlich unter hunderten Lkw-Ladungen Mutterboden verschwand.

Der Grabstein zur linken Hand außen ist mehr als zur angenommenen Hälfte ins moosbedeckte Erdreich eingetaucht. Der Stein ist gedunkelt, fast schwarz, der Stein verwittert. Nicht die Spur einer Inschrift deutet auf den oder die, zu dessen oder deren Andenken er hier – wann? – aufgestellt wurde.

Auch der nächste Nachbar des versunkenen Steines erschwert die Spurensicherung. Der Name des Toten unter ihm und dessen Daten, vielleicht auch ein Sinnspruch, wurden nur in hebräischer Schrift eingemeißelt. Nicht in Hebräisch und Deutsch.

Als drittes und damit gleichzeitig vorletztes von links und zweites von rechts dann das Grab von Andreas Simon. Unter dem Stein ganz rechts liegt Andreas Heumann. Beider Namen sind in der uns geläufigen römischen Schrift quasi als Fußnote eine Handbreit über der Grasnarbe und deutlich kleiner als das großzügige Hebräisch eingraviert.

Die beiden mit Namen Andreas, der, dessen Name nur in Hebräisch erhalten blieb und der unter dem eingesunkenen Stein waren, wie man weiß, Juden und mithin zumindest religions- und sozialgeschichtlich Nachkommen Abrahams, Isaaks und Jakobs, Angehörige des von Gott erwählten Volkes.

Wie ihre Vorfahren aus der Sklaverei in Ägypten zum gelobten Land und zu ihrem Bund mit Jahwe kamen, steht in der Bibel. Wie die Urmütter und Urväter von Andreas Simon, Andreas Heumann und der beiden namentlich Unbekannten in die Eifel kamen, wurde nirgends festgehalten.

In Bleibuir, wo die am Fuße des Bergwerks ruhenden Juden einst lebten, sind sie längst unbekannte Tote – die beiden mit Vornamen Andreas eingeschlossen. Von älteren Leuten erfährt man hier - und die wissen es auch nur vom Hörensagen -, dass es in Bleibuir Juden gab. Viele Juden. Wie viele, kann keiner mehr sagen.

So viele jedenfalls, daß es eine eigene kleine Kultusgemeinde, ein eigenes Bethaus gab. Eine »Synagoge«, wie der Volksmund nachträglich übersetzt, was durchaus berechtigt ist, denn jeder Ort, an dem sich zehn jüdische Männer zum Gebet zusammenfinden, ist im weiteren Sinne eine Synagoge. Ihr Funktionieren ist nicht von einem Rabbiner abhängig. Die Bleibuirer Synagoge stand im Oberdorf, Richtung Voissel, angeblich auf einem Stück Land, das heute als Schafsweide dient und im Hinterland eines Gewerbe- und Genossenschaftsgebäudes liegt.

Dieser Standort wäre auch etwas außerhalb bewohnter Straßen des Dorfes gewesen, aber doch viel eher in Bleibuir integriert als dieser Friedhof so weit draußen, auf der »Jees«, unter hohen Fichten, erst einem Bleibergwerk, dann einer Müllkippe gegenüber.

Was man weiß und bis heute im Dorf als bemerkenswert festhält, ist die Tatsache, dass es bei Anbruch der rabenschwarzen Jahre nach 1933 bereits keine

Juden in Bleibuir mehr gab. Sie hatten sich mit Niedergang der Bleigrube »Gute Hoffnung« und angesichts des wirtschaftlichen Aufschwungs am Bleiberg bereits vor der Jahrhundertwende von Bleibuir weg in Richtung Mechernich orientiert.

Andreas Simon, der unter dem zweiten Grabstein von rechts, war 1866 Vorsteher der Synagogengemeinde von Bleibuir. Diese Kultusgemeinde war gegen Ende des 18. Jahrhunderts von Nathan Kaufmann begründet worden. Das Alter spricht dafür, dass Nathan Kaufmann unter dem schwarzen, halb versunkenen Grabstein beerdigt wurde.

1866 lebten mit dem Gemeindeoberhaupt Andreas noch 48 andere Juden in Bleibuir, acht davon, wie er, mit Nachnamen Simon: Andreas' Ehefrau Fanny, seine älteren Töchter Sibilla und Laura, sein älterer Sohn Alexander und die Kinder Markus, Lena, Regina und Augusta.

Auf dem jüdischen Friedhof in Mechernich. Foto: Manfred Lang/Agentur ProfiPress

Andreas Heumann, der unter dem Grabstein ganz rechts, war Handelsmann. Seine größeren Söhne hießen Abraham und Hermann, seine älteren Töchter Julie und Sara. Unter 14 waren Heumanns Kinder Jakob und Jutha.

Mein Großvater, der noch mit jüdischen Klassenkameraden in die zweiklassige preußische Volksschule von Bleibuir gegangen war, erzählte immer von einem Knaben namens Moses, den er und andere immer zum Quaibach geschleift hatten. Nicht, um ihn wie Moses in einem Weidenkorb auszusetzen, sondern um ihn zu »taufen« wie sie das nannten. Einmal werde die Taufe schon wirksam gewesen sein, vermutete Nikolaus Lang als Greis. Was daraufhin deutet, dass der Spaß nicht mal auf seiner Seite war, wenn er und die anderen Jungen Moses »getauft« hatten. Auf seiner ganz gewiss nicht.

Immerhin ist es besser zu taufen als zu schlagen und zu töten - obschon die Grenzen in der Geschichte fließend sind. Antisemitismus ist älter als die tausend Jahre, die die Nazis herrschen und für den Genozid nutzen wollten.

Zu ernsthafteren Übergriffen als dem »Taufen« ist es meines Wissens in Bleibuir nicht gekommen. Obwohl es hier wie andernorts später Nazis zur Genüge gab. In Bleibuir fehlte es nach dem Fortzug der Israeliten einfach an verletzlicher Substanz, als die Pogrome angeordnet und bereitwillig durchgeführt wurden.

Die Geschichte der Bleibuirer Juden macht vermutlich nicht nur mich traurig. Ich wünschte, sie wären noch da, und der Friedhof durch die Jahrzehnte weiter mit ihren Leichnamen belegt worden. Nach erfülltem Leben und wundervollen Biografien, lebenssatt, alt und weise, ihr Glück mit Händen gefasst, gleiche unter gleichen, Juden unter Christen, Menschen unter Menschen, bis auf den heutigen Tag.

Keine Angst vor braunen Hosen

Draußen regnete es. Jan lief mit Treu quer über den Schulhof. Sie kletterten gegen Lehrer Mohrs Verbot (unter Androhung von Prügel) durch die Hecke direkt zur Kirchenstraße hin, rannten durch die enge Gasse zwischen Blense Hof und Kirchhofsmauer und kamen so ziemlich schnell zur Werkstatt von Louis.

Louis war der Schuster von Rabban, ein Eifeler Weiser und Treus Vater. Seine Werkstatt war, wie die des Schmiedes Jehann im Nachbardorf Leban, der Treffpunkt der Bauern aus dem Grobland, einem Teil des Eifelgebirges. Besonders im Winter, wenn der Stall des Morgens gemacht und auf den Äckern keine Arbeit zu tun war, wenn das Frühstück noch sättigte und das Mittagessen noch nicht verlockend war, dann trafen sich die Leute in den Werkstätten der Handwerker.

Zum einen war es hier stets warm: In der Schmiede wurde das Eisen in der Kohlenglut erhitzt, um es bearbeiten zu können. In Louis' Schusterwerkstatt stand ein Kanonenofen aus Gusseisen zwischen Leistenregal und Ausputzmaschine. Dieser Rundofen wurde mit Holz und Braunkohlebriketts beheizt und strahlte selbst dann, wenn es draußen jämmerlich fror, drinnen Hitze in jeden Winkel der Werkstatt.

Zum anderen suchten die Bauern Schmiede und Schusterwerkstatt nicht nur wegen der leiblichen Wärme auf. Sie kamen auch und vor allem wegen der gegenseitigen Nähe. Sie suchten und fanden Geselligkeit. Und zwar eine Art Geselligkeit, die sich von den Lustbarkeiten in Kneipen und Tanzsälen unterschied.

In den Werkstätten herrschte mal eine eher ernste, mal eine eher heitere, aber immer eine versammelte Stimmung. Da wurde Vergangenes erzählt und Aktuelles besprochen. Das geschah den ganzen Winter über, aber auch, wie jetzt, in der arbeitsarmen Zeit zwischen Frühjahrsbestellung und Heuernte.

Jan und Treu betraten die Schusterwerkstatt, streiften ihre regennassen Jacken ab, hingen sie in der Nähe des Leistenregals an einen Nagel und setzten sich ohne viel Aufhebens irgendwo auf den Fußboden. Die Schemel und die Bank waren trotz der nahen Mittagszeit noch von vielen Bauern besetzt.

Die Alten redeten wieder einmal über den »großen Krieg«, den sie mitgemacht hatten. Ihre Söhne schwiegen über »ihren«, den noch größeren Krieg, der dem ersten gefolgt war. Dieser zweite Krieg, so sagte Jans Vater Rob, der dem Schuster an dessen Arbeitstisch gegenübersaß, sei ein einziges schmutziges Spektakel gewesen. Und die Alten klagten dazu:

Ihr »großer Krieg« sei eben der letzte »anständige Krieg« gewesen: Hoch zu Ross, mit Lanzen, Marschmusik und Ritterlichkeit.

Louis hatte den im Grunde betrüblichen Vorzug, beide Kriege erlebt zu haben. Und so widersprach er den Alten. Ihr »großer Krieg« sei auch ein »schmutziger Krieg« gewesen. Millionen von Soldaten seien von beiden Seiten in ein

Jugendliche auf dem Jugendkreuzweg der Aachener Bistumsregion Eifel nach Urft.
Foto: Manfred Lang/Agentur ProfiPress

Gebiet von der Größe Groblands gesteckt worden. Dann habe man auf beiden Seiten die Geschütze in Tätigkeit versetzt und habe dieses Gebiet immer und immer wieder mit Granaten umgepflügt – Scholle für Scholle, Ar für Ar, Morgen für Morgen.

»Und die Soldaten, die sich in diesen Acker selbst eingegraben hatten«, so erzählte Louis, »sind mit umgepflügt worden. Und dann haben die Generäle auf beiden Seiten das Gefecht unterbrochen und neue Soldaten auf den Acker gebracht. Ganz genau so, wie man im Herbst den Mist auf die Felder streut.«

Darauf schwiegen die Alten. Sie beschimpften Louis nicht, wie sie die Jüngeren beschimpft hätten, wenn sie ihnen widersprochen hätten.

Louis fuhr fort: »Leute, macht Euch nichts vor. Beide Kriege waren schmutzige Kriege.«

»Nur mit dem Unterschied, dass unser Krieg von den braunen Hosen angezettelt und verloren wurde«, ergänzte Vater Rob: »Und was die braunen Hosen betrifft, so haben sie nicht nur Millionen von Soldaten auf dem Gewissen, wie die kriegführenden Seiten im ersten Krieg, sondern sie haben, wie Ihr wisst, auch Millionen von Frauen, Kindern und Greisen umgebracht. Lauter Leute, wie wir, Bauern, Handwerker und Kaufleute, die mit dem Krieg gar nichts zu tun hatten.«

Die jüngeren Leute in Robs Alter sahen zu Boden, die Alten starrten ins Leere. Louis aber brachte ein Lächeln zustande: »Leute, lasst uns nicht schweigen.«

Und Rob ergänzte: »Lasst uns drüber reden, damit es nie wieder geschieht. Hier: Treu und Jan, die sollen nicht mehr drauf reinfallen, wenn nochmal braune Hosen auftauchen.«

Und dann erklärte Louis den Jungen, wer die braunen Hosen waren. Es waren Leute, die die Macht im Land haben wollten. Alle, die zu ihrer Partei gehörten, trugen braune Hosen. Und als sie an die Macht gekommen waren, war es plötzlich gefährlich, keine braunen Hosen mehr zu tragen. Wer keine braunen Hosen trug, wurde leicht als Staatsfeind verdächtigt, eingesperrt und viele wurden umgebracht.

Dann begannen die braunen Hosen damit, alle Leute zu verhaften, die anders waren als sie. Am schlimmsten traf es die Leute, deren Vorfahren ganz früher einmal aus dem Land Palästina hatten auswandern müssen und die herüber gekommen waren. Viele Tausend von ihnen wurden von den braunen Hosen aus dem Grobland und dem Flachland weggebracht.

Louis: »Hier in Rabban waren es sechs Familien, in Leban neun. Nathan und Jakob und Benjamin waren meine Freunde.«

Rob ergänzte: »Es waren Grobländer, wie wir. Nur, dass ihre Vorfahren einmal vor langer, langer Zeit von Palästina nach hier gekommen waren. Und weil die Leute aus Palästina auch ihre Religion und neben der unseren auch ihre Sprache beibehielten, waren sie den braunen Hosen fremd. Sie hassten die Leute aus Palästina, weil sie anders waren als sie selbst. Ich glaube, sie fürchteten sich vor ihnen. Aber warum eigentlich? Es gab keinen Grund. Sie redeten es sich ein.«

Wieder ergriff Louis das Wort: »Sie redeten es nicht nur sich selber ein, sondern allen Leuten im Land. Immer mehr von den Unbeteiligten zogen braune Hosen an und schimpften mit auf die Leute aus Palästina.«

»Und als sie schließlich damit anfingen, die Leute aus Palästina zu verhaften und wegzubringen, da stellte sich ihnen kaum jemand im Grobland und im Flachland in den Weg«, sagte Rob: »Viele, die sich in den Weg gestellt hätten, waren vorher von den braunen Hosen schon verhaftet und weggebracht worden. Louis war auch dabei.«

Treu hielt den Atem an. Es war neu für ihn, dass sein Vater im Gefängnis gesessen hatte. Rob streichelte Treu über den Kopf: »Du kannst stolz sein auf Deinen Vater. Er hat sich auch von der Geheimpolizei die braunen Hosen nicht aufnötigen lassen. Er ist ein Gegner geblieben bis zuletzt. Allerdings ist er mit den Jahren vorsichtiger geworden. Er konnte nicht mehr alles Unrecht hinausschreien, das die braunen Hosen begingen. Sonst hätten sie Louis genauso umgebracht, wie die Leute aus Palästina.«

Jan war es trotz des Ofens neben ihm kalt. »Alle?«, fragte er.

Louis nickte: »Aus Rabban waren es sechs Familien, aus Leban neun. Nathan und Jakob und Benjamin waren meine Freunde.«

Rob ergänzte: »In Grobland und Flachland zusammen waren es fast Zehntausend, 4000 Kinder wie Ihr, Jan und Treu, waren darunter. Im ganzen Land und in den eroberten Gebieten waren es viele Millionen.«

Louis zog Treu zu sich hin und hob ihn auf seinen Schoß:

»Hör gut zu, Junge. Nicht nur die Leute aus Palästina wurden von den braunen Hosen mit Gas erstickt und verbrannt. Schließlich fingen sie damit an, alle, die anders waren und anders dachten als sie selbst, einzusperren und umzubringen.«

»Und wenn wir den Krieg nicht verloren hätten und die Siegerländer nicht die braunen Hosen von der Macht abgesetzt hätten, dann wären schließlich alle umgebracht worden im Land, die keine braunen Hosen anhatten.«

Treu schlug seine Arme um den Hals seines Vaters. Er schluchzte.

Jan fragte: »Haben die Sieger die braunen Hosen getötet?«

Rob schüttelte den Kopf: »Nur die ganz großen und mächtigsten von ihnen. Die kleinen Leute, die die braunen Hosen aus falscher Begeisterung oder aus Angst angezogen hatten, ließ man laufen.«

Einige der Alten und auch eine Reihe von Robs Altersgenossen schauten betreten zu Boden. Obwohl es längst Zeit gewesen wäre, sich für die Dauer des Mittagessens zu trennen, blieben die Männer in Louis' Werkstatt. Keiner wollte als erster aufstehen. Keiner wollte zeigen, dass ihm das Gesprächsthema unangenehm sei, keiner wollte davonlaufen.

Jan und Treu schauten sich an. Sie dachten das Gleiche: »Wer von diesen Männern hatte braune Hosen getragen? Wer von ihnen hatte sie aus Begeisterung, wer aus Angst angezogen?«

Es würde viele Wochen dauern, viele Nachfragen kosten und vieler Antworten bedürfen, ehe Jan begriffen haben würde. Dann sagte er es eines Tages im Hinausgehen nach dem Frühstück zu seinem Vater: »Rob, ich habe keine Angst vor braunen Hosen.«

Rob sah ihn verwundert an.

»Man muss sich nur beizeiten gegen sie wehren. Wenn sie keine Macht bekommen, dann sind sie eigentlich nicht gefährlich.«

Rob lächelte seinen Sohn an. Dann nahm er ihn auf den Arm.

»Weißt Du, viel entscheidender ist noch, ihnen erst gar nicht zu glauben. Du musst wach bleiben, um die Lüge von der Wahrheit zu unterscheiden.«

Rob setzte Jan wieder ab und klopfte ihm auf die Schulter:

»Ich denke, Du wirst wach bleiben, Junge!«

Jan nickte, dann lief er über den Hof zum Talweg. Hier drehte er sich noch einmal um und er rief zu Rob hinüber, der noch immer im Hof stand und Jan nachgeblickte:

»Ich habe doch Angst vor braunen Hosen«.

Rob nickte, hob seinen Arm und winkte, dann verschwand er im Pferdestall.

Euthanasie – Szenen einer Lesung

D a waren Gestalten bei, das kann man sich gar nicht vorstellen, Menschen mit Löwenköpfen, Erwachsene mit weit aufgerissenen Augen und Mündern, völlig entstellt. Aber, das sollst du dir mal angeguckt haben, als die weggebracht werden sollten, die haben sich an die Heizkörper festgekrallt – und an den Beinen der Ordensschwestern. Das waren Schreie, ich sage dir, die armen Geschöpfe haben genau gemerkt, was mit ihnen passieren sollte.«

Ein Zitat aus dem Gedächtnis, ohne Anspruch auf Wortgenauigkeit und Vollständigkeit, denn es ist lange her, ich habe es aus dem Gedächtnis zitiert und mein Gewährsmann sprach Platt. Ich war damals ein Jugendlicher und er war offensichtlich einer, der dabei war, als psychisch kranke Menschen aus der Heil- und Pflegeanstalt des Zülpicher Klosters Marienborn »abtransportiert« wurden.

Was da genau geschehen ist, wusste er selbst nicht ganz genau, wie es schien. Er hatte offenbar mit dafür sorgen müssen, dass die Patienten möglichst unspektakulär in fensterlose Busse verladen und weggebracht wurden. In eine »kriegsfreie Zone«, wie es im Nazijargon offiziell hieß, und zwar in die »Pflegeanstalt« im hessischen Hadamar bei Limburg, die aber in Wirklichkeit eine Tötungsanstalt im 1939 angelaufenen Euthanasieprogramm in Nazideutschland war.

80 000 behinderte Erwachsene wurden zwischen September 1939 und August 1941 in sechs dafür eigens eingerichteten deutschen Mordanstalten

getötet. Darunter 480 psychisch Kranke aus den Kreisen Euskirchen, Monschau und Schleiden, die in Marienborn in Zülpich-Hoven untergebracht waren. Sie wurden in Hadamar in der Gaskammer ermordet und in Krematorien verbrannt. Ihre Angehörigen bekamen Urnen und Beileidsbriefe mit erlogenen Todesursachen.

386 von ihnen wurden an einem einzigen Tag in Zülpich »abgeholt«, am 18. August 1941. Ob mein Gewährsmann aus Jugendtagen an diesem Tag mit dabei war oder an einem der anderen Tage, an denen weniger Mordopfer von Zülpich nach Hadamar deportiert wurden, kann ich nicht sagen. Und er kann nicht mehr befragt werden, weil er gestorben ist.

Die Sache holte mich ein, als Helmut Limper vom Zülpicher Geschichtsverein mich im Herbst 2008 fragte, ob ich bereit sei, bei einer »Szenischen Lesung« über die Ermordung von psychisch Kranken aus der Eifel mitzuwirken, die am Rande der Märtyrerausstellung »Zeugen für Christus« des aus Euskirchen stammenden Prälaten Professor Dr. Helmut Moll im Kloster Marienborn stattfinden sollte.

Zehn Schüler des Zülpicher Frankengymnasiums, der Moderator Helmut Limper, die Schauspieler Petra Grupe und Max Limper sowie Pflegedienstleiterin Rosemarie Simonis und ich erinnerten an die Menschen, deren Leben die Nazis für »lebensunwert« befunden und gegen sie im Umkehrschluss den »Gnadentod« angeordnet hatten.

Es war ein schwerer Abend, für das voll besetzte Auditorium, aber auch für die Akteure, besonders für die Jugendlichen, die jeweils einen der Er-

Wegekreuz in Bescheid.
Foto: Manfred Lang/Agentur ProfiPress

mordeten mit Namen und Lebensdaten vorstellten. Aber es wollte getan sein, Helmut Limpers Konzept war gut und wichtig und es war an der Zeit, es umzusetzen.

Übrigens nahm niemand Anstoß daran, dass die Lesung am Rande einer Ausstellung über christliche Märtyrer des 19. und 20. Jahrhunderts stattfand, die ja auch in aller Regel Opfer der Nazis und von Unrechtsregimen im Ostblock und in aller Welt geworden waren. Rosemarie Simonis nannte die 480 ermordeten psychisch Kranken aus Marienborn »Märtyrer der Psychiatrie«.

Während Limper senior mit historischer Distanz durch das unfassbare Geschehen führte, lasen Max Limper und ich abwechselnd Textfragmente aus amtlichen und kirchlichen Dokumenten, Briefen, Predigten, Zeitungsberichten und Zeugenaussagen, die den Zuhörern im proppenvollen Hermann-Josef-

Kriegswitwen und Mütter gefallener Soldaten am Ehrenmal Bergheim.
Foto: Stadtarchiv Mechernich/Agentur ProfiPress

Saal unter die Haut gingen – und mir mehrfach die Stimme versagen ließen.

Zum Beispiel, als ich folgenden Passus über die mit deutscher Gründlichkeit durchgeführte Tötung der psychisch Kranken aus der Eifel und anderswo vorzutragen hatte: »In einem gegenüberliegenden Raum mussten die Männer und Frauen noch warten, bis sie in den Keller geführt wurden. Manche unruhige Kranke erhielten eine Beruhigungsspritze. Das Begleitpersonal brachte die Kranken bis zur obersten Treppenstufe, dann fand ein Wechsel statt. Zwei Pfleger führten die Kranken die Treppe hinunter in den Keller, in die etwa 14 Quadratmeter große Gaskammer.

Anfangs sollen in der Gaskammer noch Bänke gestanden haben, doch als die Größe der Transporte zunahm, wurden sie entfernt.

Nachdem die Menschengruppe, wahrscheinlich im Höchstfall 60 Personen, in die als Duschraum getarnte Gaskammer gezwängt worden war, schlossen die Pfleger die gasdichten Türen. Der Arzt, der eben noch die »Untersuchung« durchgeführt hatte, betätigte den Gashahn in einem kleinen Nebenraum, und ließ das tödliche Kohlenmonoxydgas in die durch den Raum laufende Rohrleitung der Gaskammer strömen.

Das Gas trat durch die Löcher aus und führte zu einem Erstickungstod bei den Opfern. Die Ursache für die Kohlenmonoxydvergiftung war Sauerstoffmangel. Die Inhalation des Gases führte zu Hör- und Sehstörungen, Schwindelgefühl, Herzsensationen, Muskelschwäche, Erregung und Blutdruckanstieg.

Der Tötungsarzt beobachtete das Sterben der Menschen durch ein kleines Fenster in der Wand und stellte die Gaszufuhr ab, wenn seiner Meinung nach alle Kranken tot waren. Im Allgemeinen dämmerten die Kranken vor sich hin. Manche, die die Situation erkannten, schrien, tobten und hämmerten in Todesangst gegen Wände und Türen.

Nach etwa einer Stunde wurde durch die Ventilationsanlage das Gas ins Freie geleitet. Anschließend begannen die Brenner, die »Desinfektoren« genannt wurden, mit ihrer Arbeit. Sie mussten die ineinander verkrampften Leichen aus der Gaskammer tragen und die vorher gekennzeichneten Toten zur Gehirnentnahme in den angrenzenden Sektionsraum schaffen.

Dort wurden auf zwei Seziertischen den Opfern die Gehirne entnommen und zu »wissenschaftlichen Forschungszwecken« wahrscheinlich an die Universitäts-Nervenklinik in Frankfurt und die Universitätsklinik Würzburg verschickt. Dort wurden ihnen auch die Goldzähne herausgebrochen. Anschließend verbrannten die Brenner die Leichen der Opfer in den Krematorien.«

Im Kontrast dazu wurde unter anderem eine Schilderung der »Herrenmenschen«, Ärzte und Apotheker der 58. SS-Standarte im Gau Köln-Aachen, die die Heil- und Pflegeanstalt Kloster Hoven im Oktober 1933 besucht hatten, wiedergegeben: »Hinter diesen Fenstern vegetieren Menschen, lebt der Wahnsinn. Hinter diesen Fenstern findet der Besucher die lebenden Ankläger eines entthronten Zeitalters, das achtlos, wie an so vielem, auch an der fundamentalsten Voraussetzung zur Gesundung unserer Nation, nämlich an dem zielbewussten Kampfe gegen die Vererbung der Geisteskranken, vorbeiging. Hinter diesen Fenstern wohnen Menschen, deren Geist tot, deren Augenleuchtkraft erloschen ist. Des Blickes irre Stiere klagt dem Besucher: Hier wohnt die Finsternis und ihr Eigentum!«

In einem Augenzeugenbericht der Hovener Schwester Maria Valeria heißt es: »Mutter Remberta versetzte mich im Oktober 1936 nach meinen ersten Gelübden ins Kloster Marienborn. Ich wurde auf der Station Cäcilia eingesetzt, einer geschlossenen Station mit 120 Geisteskranken. Die Station war meist überbelegt, so dass wir in Badewannen oder auf dem Fußboden oft sechs bis acht Notbetten einrichten mussten.

Ich kam als examinierte Krankenschwester und wurde gleich voll eingesetzt. Die Umstellung aus dem Krankendienst in die Psychiatrie fiel mir zunächst schwer, vor allem hatte ich sehr viel Angst im Umgang mit dem völlig anderen Krankengut. Wir waren auf der Station Cäcilia bei diesen 120 und mehr Patienten zu zwölf Ordensschwestern im Dienst. Einige Kranke halfen uns, wenn sie in einer guten Verfassung waren.

Medizinische, d. h. medikamentöse Behandlung gab es ganz minimal. Das war es, was unter anderem die Nachtwachen so schwer machte. Jede von uns hatte drei Wochen Tagdienst und dann eine bis zwei Wochen Nachtwache. In der Wache waren wir normalerweise zu dritt. Eine Schwester wachte bei den so genannten »Lebensmüden«, zwei bei den unruhigen Kranken.

Wenn Kranke in eine schlimme Phase von Unruhe kamen, gab es landesweit zwei Methoden: einmal das »Wasserbad«, zum anderen die »Packung«. Dem tobenden Kranken musste ein nasses Tuch, darüber ein Wolltuch, um den Körper gewickelt werden einschließlich der Arme und Beine. Nur der Kopf blieb frei. Diese Tücher wurden vernäht, so dass es sehr schwer war, sich daraus zu befreien.

Die Patienten brauchten dann auch Einzelwache, die ihnen zuredete und auf das Herz und den Kreislauf achtete, der bei der ungeheuren Unruhe der Leute gefährdet war. Natürlich vertrugen die Patienten die Enge nicht und wurden blau; dann musste sehr schnell gehandelt und alles wieder entfernt werden. Nachts konnte es passieren, dass wir fünf Leute »packen« und einnähen mussten. Diese Tortur ist mit Worten überhaupt nicht zu schildern. Es kam dann vor, dass die Kranken sich gegenseitig die Nähte aufbissen, und wenn die fünfte Packung fertig war, fing man bei der ersten wieder an. Daneben aber wurden durch dieses ganze Spektakel alle übrigen Kranken auch »in Belebung« gehalten. Das Herz blutete uns bei solchen Behandlungen, aber: Es gab nichts anderes.«

Bevor die Gestapo mit ärztlicher Hilfe damit begann, die Zülpicher Patienten zu selektieren, wurden möglichst viele fortgeschafft. Besonders die Assistenz-

Nazikundgebung in Mechernich. Foto: Stadtarchiv Mechernich/Agentur ProfiPress

ärztin Dr. Hamacher und der Anstaltspfarrer Cremers sollen Angehörige alarmiert haben, ihre Leute schleunigst in Marienborn abzuholen und nach Hause in die Dörfer der Eifelkreise Schleiden, Monschau und Euskirchen zu bringen.

Bei denen, die bleiben mussten, sickerte durch, dass der Codename »Verlegung in kriegsfreie Zonen« eine Verschleierung für ihren Abtransport in Vernichtungslager sei. Schwester Maria Valeria: »Lähmender Schrecken befiel uns, als bei einem Kontrollgang der Gestapo belesene Kranke in Panik ausbrachen und die Kommission anschrien: ›Da kommen unsere Mörder, wir sind die nächsten, die vergast werden.‹«

Die Cellitinnen erhielten den Auftrag, den zum Abtransport »ausselektierten« Patienten Pflaster mit Name und Alter in den Nacken zu kleben, was sie bis dahin nur bei Toten gemacht hatten, damit es zu keinen Verwechslungen

Stolpersteine erinnern in vielen Eifelstädtchen an von den Nazis deportierte und ermordete Mitmenschen. Archivfoto: Agentur ProfiPress

kam. Sie ignorierten die Anordnung. »Im Küchenhof fuhren Busse vor«, berichtet Schwester Maria Valeria, »an dem Tag verließen etwa 100 Kranke unser Haus. Es gab grausame Szenen. Die hilflosen Kranken krallten sich an uns Schwestern fest und schrien: ›Halt mich hier, die machen uns doch tot!‹«

80 000 behinderte Erwachsene wurden zwischen September 1939 und August 1941 in sechs Mordanstalten Nazideutschlands getötet. Dann stoppten die Staatsterroristen die Massentötung kranker und behinderter Erwachsener – vor allem, weil wegen des katholischen Widerstandes um den »Löwen von Münster«, den seligen Erzbischof Clemens August Graf von Galen, öffentliche Empörung gegen die Euthanasiemorde um sich griff.

Von Galen hatte bei der Staatsanwaltschaft Münster Strafanzeige wegen Mordes erstattet und predigte von der Kanzel herab gegen den Massenmord der Nazis an »unproduktiven« Mitgliedern der Gesellschaft, der irgendwann nach den psychisch Kranken auch Alte, Schwache und verwundete Soldaten zum Opfer fallen würden.

Von Galens Predigten kursierten bereits vervielfältigt unter den Frontsoldaten, wo sie Angehörige hingeschickt hatten, da ließ Hitler die Euthanasie an Erwachsenen im Sommer 1941 tatsächlich aussetzen – und zwar bis Kriegsende, dann sollte sie fortgesetzt werden, und dann sollte auch Bischof von Galen »vor die Gewehre kommen«, wie sich Hitler ausdrückte, und man wollte sich nach den Behinderten und Juden dann auch vermehrt engagierter Christen im Land »annehmen«.

Wenn auch der Massenmord an psychisch kranken Erwachsenen gestoppt wurde, so wurde Hitlers »Gesetz zum Schutz der Erbgesundheit des deutschen Volkes« unvermindert fortgesetzt. 400 000 Deutsche wurden zwangssterilisiert – 6000 davon starben während oder nach den entsprechenden Operationen.

In 22 Krankenanstalten Deutschlands gab es Stationen, in denen Ärzte behinderte Kinder ermordeten und zwar schon vor den Euthanasiemorden an Erwachsenen – und auch weit über deren Stopp hinaus. Man ließ die Kinder verhungern oder spritzte ihnen Überdosen von Veronal oder Luminal, Morphium oder Skopolamin.

Das letzte Kind, das dem Euthanasieprogramm der Nazis zum Opfer fiel, war der vierjährige Richard Jenne. Er wurde am 29. Mai 1945 in der Heil-

und Pflegeanstalt Kaufbeuren umgebracht – 21 Tage nach der bedingungslosen Kapitulation Nazideutschlands. In seinem Totenschein steht, das Kind sei an Typhus gestorben ...

Blei

Silvester 1957 war wirtschaftlich gesehen der schwärzeste Tag in der Geschichte der Eifel: Auf »Spandau«, wie das Mechernicher Bleibergwerk im Volksmund genannt wird, fuhren die Knappen zur letzten Schicht ein. Eine mehr als zweitausendjährige Bergbaugeschichte in der Eifel fand ihr Ende. Ohnmächtige Wut herrschte bei den zuletzt noch knapp tausend Beschäftigten und ihren Familien, aber auch bei den Offiziellen der damaligen Kreise Euskirchen und Schleiden. Denn das Ende des bedeutendsten Wirtschaftsbetriebes und wichtigsten Arbeitgebers in der Region kam für die meisten völlig überraschend.

Mechernich war Anfang 1957 mit 1200 Beschäftigten und einer Tageskapazität von rund 6000 Tonnen Roherz eine der größten Bleiminen überhaupt. Weltweit. Außerdem waren die Mechernicher Anlagen nach dem Krieg mit einem beispiellosen Aufwand von damals 27,5 Millionen Mark auf den modernsten Stand gebracht worden.

Die Betreiberfirma war die »Gewerkschaft Mechernicher Werke« (GMW), zu 99,7 Prozent der Aktiengesellschaft Preussag zugehörig. Das GMW-Bergwerk war 1955, am Ende der Wiederaufbau- und Modernisierungsphase, das in Europa führende Technologie-Zentrum für den Bleiabbau und die Bleiverhüttung. Der Grund: Die in Mechernich vorkommenden Erze mit einem Bleianteil von unter 1,2 Prozent erforderten spezielle Verfahren der Aufbereitung. Die Ingenieure am Bleiberg mussten sich eine Menge einfallen lassen, um die »armen Erze« auszubeuten. Zahlreiche weltweit anerkannte Patente entstanden auf Spandau. Aus einer Besucherliste für 1954 geht hervor, dass unter anderem Abordnungen der Technischen Hochschule Berlin, der Bergbauschule und Geologischen Gesellschaft Essen, der Uni Würzburg und der Bergakademie Freiberg sich im Mechernicher Werk Rat holten, ebenso die argentinische Atomkommission, die belgische Universität Gent, ein Expertenstab aus Belgisch-Kongo, die Bergakademie Dhanbad (Indien) sowie Kommissionen aus Schweden und Indonesien.

Wer dachte da an eine drohende Schließung?

Möglicherweise hat man zu der Zeit ein übles Spiel mit den Mechernicher Knappen und ihren Familien gespielt. Böse Zungen behaupten, die modernisierte Bleimine sei ein Abschreibungsobjekt der Preussag gewesen, längst hätte

In den Stollen der Grube Günnersdorf, heute Besucherbergwerk Mechernich.
Foto: Manfred Lang/Agentur ProfiPress

»Verlöss« wurde das Schichtgebet vor der Einfahrt unter Tage am Mechernicher Bleiberg genannt. Foto: Stadtarchiv Mechernich/Agentur ProfiPress

die Bundesrepublik Deutschland und mit ihr die NATO Begehrlichkeiten am Bleiberg unter Tage entwickelt.

Nach der Bergwerksschließung wurden »auf Spandau« mit einem Riesenaufwand mächtige Untertage-Anlagen durch die Blei führende Buntsandsteinschicht hindurch bis tief in den tieferen Eifelgneis hinein gegraben. Jahrelang fuhren unaufhörlich Lastwagen auf Lastwagen durch das Mundloch des Stollens bei Kalenberg leer ein und beladen mit Gesteinsbrocken wieder aus.

Die Anlage wurde so konzipiert, dass später Züge aus Bonn (Bundeshauptstadt) oder aus irgendwelchen Kommandostrukturen des nordatlantischen Bündnisses durch dieses Mundloch geradewegs im Innern der Erde verschwinden konnten: nahezu in voller Zugfahrt unter die Erde, in volltreffergesicherte Atombunker. Offiziell war die »UTA«, wie die Anlage als militärische Abkürzung Eingang in den allgemeinen Sprachgebrauch am Bleiberg fand, eine Art Ersatzteillager für die Luftwaffe, eben das »Untertage-Depot« des in der Garnisonsstadt Mechernich stationierten Luftwaffenversorgungsregimentes 8.

Die Bevölkerung dachte sich schon da ihren Teil und spekulierte, »auf Spandau« würden Atombomben für das Nörvenicher Jagdbombergeschwader »Boelcke« gelagert. Wenn auch diese Annahme falsch gewesen sein mag, so war doch das Misstrauen der Leute im Kalten Krieg insgesamt berechtigt, dass man mit der vollen Bedeutung der »UTA« hinter dem Berg hielt. Berechtigt war nach Lage der Dinge auch ihre Furcht, dass in den Raketensilos der UdSSR einige Interkontinentalraketen auf die Eifel gerichtet waren, darunter auch auf den Mechernicher Bleiberg.

Mechernich war Teil eines gigantischen unterirdischen Bunkersystems von der Ahr bis an die Rur. Bunker, aus denen heraus Politiker und Militärs einen eventuell heiß gewordenen Kalten Krieg hätten weiterführen, und die übriggebliebene verstrahlte menschenleere Welt weiter regieren können.

Dieses Kapitel des Kalten Krieges wurde 1957 aufgeschlagen. Unmerklich. Am 21. Oktober, einem Montag, in Mechernich ahnte kaum jemand etwas, trat in Köln der Aufsichtsrat der Preussag zusammen. Auf der Tagesordnung standen »Maßnahmen mit dem Ziel einer Stilllegung der Betriebe«. Zunächst gab es sieben Neinstimmen. Doch schließlich entschied das 21-köpfige Gremium an diesem für Mechernich »schwarzen Montag« sogar einstimmig, Spandau zu schließen.

Die Nachricht schlug ein wie eine Bombe. »In Mechernich ging das Licht aus«, kommentierten Kommunalpolitiker später das Szenario. Der »Kölner Stadt-Anzeiger« zitiert am 4. November 1957, zwei Tage nach der Betriebsversammlung auf Spandau eine Erklärung aus Bonn: »Wir können auf die jährlich 13 000 Tonnen Mechernicher Blei verzichten, da eine Überproduktion von 200 000 Tonnen vorhanden ist. Auslandsblei ist billiger«.

So schnell geht das. Dabei hatte dieses eine chemische Element das Leben der Menschen am Bleiberg und in weiten Teilen der Nord-, Rur-, Schnee-, Hoch- und Vulkaneifel über Jahrtausende bestimmt: Blei, lateinisch Plumbum, Zeichen Pb., Ordnungszahl 82, Atomgewicht 207,2. Seit den Tagen der Kelten und Römer wird in der Eifel nach diesem Schwermetall geschürft.

Blei verwendete man für Bleche, Wasserleitungs- und Abflussrohre, für Akkumulatorenplatten, zur Umkleidung von Kabeln, in der chemischen Industrie, für Bleikammern, Pfannen, verbleite Gefäße, Batterien, zur Fabrikation von Schrot und Kugeln sowie für die Mäntel der meisten Gewehr- und Pistolengeschosse.

In der Blütezeit am Bleiberg waren dort bis zu 4500 Menschen (1882) gleichzeitig mit dem Abbau der Erze, deren Aufbereitung und Verhüttung beschäftigt; zu Arbeitsbedingungen, die denen der Preußischen Strafanstalt nahe Berlin geähnelt haben müssen, denn aus dieser Zeit stammt der im Volksmund bis heute für das Bleibergwerk gebräuchliche und ursprünglich wenig schmeichelhafte Name »Auf Spandau«.

Ein Steiger namens Bender aus dem Siegerland, der bei der Garde in Berlin gedient hatte, kannte wie alle Berliner Soldaten zumindest vom Hörensagen die Festungshaft mit Zwangsarbeit in Spandau. In seiner Zeit als Schichtleiter im Mechernicher Bleibergwerk soll er in einem Streit mit dem Bergrat Werner Kreuser ausgerufen haben: »Eigentlich gehört ER (also Kreuser) nach Spandau!«

Berühmt ist ein Gemälde, das in der legendären Ausstellung »Preußen« in den 1980er Jahren in Berlin hing und das heute im Mechernicher Besucherbergwerk zu besichtigen ist. Es zeigt Dutzende Arbeiter, die in der treppenartig ausgebauten Wand des Tagebaues Virginia stehen, und das unten auf der Sohle abgebaute Erz zur Aufbereitung am Rand des Tagebaus schaffen, indem sie es mit der Schaufel mühsam von Stufe zu Stufe, immer höher schaufeln.

Auf einem Felsvorsprung ist ein Mann zu sehen, der in jeder Hand einen Hammer hält und damit den Arbeitstakt vorgibt, indem er wie auf einer römischen Sklavengaleere damit weithin hörbar rhythmisch auf einen Holzbock einhämmert. Das Gemälde zeigt am linken Rand vornehm gekleidete Menschen, Damen darunter, die sich die Sache angucken. Auch ihnen wird im Volksmund der Ausruf zugedacht, der die Arbeitsbedingungen im Mechernicher Bleibergbau auf dem Zenit des Manchester-Kapitalismus unmittelbar mit den Zuständen in der preußischen Strafanstalt bei Berlin vergleicht: »Hier geht es ja zu wie in der Festungshaft«.

Die Geschichte des Erzabbaus am Bleiberg geht in das erste vorchristliche Jahrhundert zurück. Die Kelten waren die Pioniere. Sie bargen das Erz in engen niedrigen Stollen im oberflächlichen Bereich. Vor allem aber bauten die Kelten und später die Römer nicht Blei ab, sondern Eisen. Eisenabbau und Verhüttung sowie eine frühere Takenplatten-Industrie bestimmten die Wirtschaftsverhältnisse in der Eifel lange Zeit. Eisenschmelzen und Hochöfen sowie Metallhämmer gab es entlang der Eifeler Flüsse und Bachläufe, vor allen Dingen des Schleidener Tales, aber auch im Raum Blankenheim. Das Erz, das in Kirschseiffen (Hellenthal), Müllershammer (Schleiden), Oberhausen, Wiesgen und Gangfort verarbeitet wurde, kam aus bis zu 350 einzelnen Kleinbergwerken, sogenannten »Eisenstein-Konzessionen«, und wurde mit Hilfe der im Kermeter in Meilern gewonnenen Holzkohle verhüttet.

Für die Herstellung eines Wagens Roheisen benötigte man viereinhalb Wagen

Maschinenarbeit im Tagebau Kallmuther Berg. Foto: Stadtarchiv Mechernich/pp/Agentur ProfiPress

Holzkohle, die zuvor wiederum aus 36 Wagenladungen Kohlholz gewonnen wurden. Hierfür mussten rund 1,5 Hektar (15 000 qm) Buchenwald gefällt, d. h. in der Regel gerodet werden. Weder Bergbau noch Forstwirtschaft waren damals von dem bestimmt oder auch nur berührt, was wir heute Nachhaltigkeit nennen.

Die Eifelwälder wurden buchstäblich »verheizt«. Eine frühe Umweltkatastrophe war die Folge. Der ursprünglich hier vorherrschende Buchenurwald verschwand, erst später unter den Preußen wurden die kahlen Eifelhöhen wieder aufgeforstet und zwar mit den bis dahin hierzulande unbekannten Fichten, die deshalb »Preußenbaum« genannt werden.

Wie später das Blei, so wurde auch das Eifeler Eisen zu einem beträchtlichen Teil für die Waffenproduktion verwendet und verließ die Eifel zu den Lütticher Waffenfabriken. Ihre größte Blüte hatte die Eisenindustrie im Kreis Schleiden während der durch Krieg angeheizten Konjunktur der napoleonischen Zeit (1794-1814). Die Hütten waren bis an die Grenzen ihrer Kapazität ausgelastet. Im Frieden kam das schnelle Ende.

Ursache war der wegbrechende Absatz. Hinzu kamen Holzknappheit und die Erschließung der Steinkohlevorkommen im Ruhrgebiet. Die Hüttenbetriebe des Schleidener Tales wanderten dorthin ab. Hinzu kam, dass die Qualität der Eifeler Eisensteine nicht mit der Güte neu erschlossener Erzvorkommen in Lothringen konkurrieren konnte. Und die Einführung der Dampfkraft – sie war bereits seit Mitte des 18. Jahrhunderts in England für die Eisenverarbeitung genutzt worden – machte die Industrie von den durch Wasserkraft betriebenen Eisenhämmern an Eifeler und Hunsrücker Bachläufen unabhängig.

Im 19. Jahrhundert verlagerte sich die Eisenindustrie vollständig in die Steinkohlegebiete oder in deren Nähe. 1881 wurde der letzte Eisenhammer des Kreises Schleiden in Kirschseiffen (Hellenthal) stillgelegt. In manchem Eifeler Haus hielt nun Not Einzug. Die Eisenindustrie war neben der Landwirtschaft die Existenzgrundlage vieler Familien überhaupt.

Da war es ein Glück, dass zeitgleich der Bleibergbau florierte. Es gab kleine Bleibergwerke in Rescheid, Bleialf, Mutscheid und Bleibuir und es gab Spandau, wo die Erwerbslosen der ehemaligen Eisenindustrie unterkommen konnten.

Das Mechernicher Bleierzvorkommen liegt in der Trias (geologische Formation des Erdmittelalters). Im Osten der Lagerstätte ist nur ein etwa 30 Meter mächtiger Sandsteinkörper vorhanden, der von Konglomeraten, das sind aus Bruchstücken zusammengekittete Gesteine, unter- und überlagert wird.

Das Erz tritt in Form so genannter Knotten auf, dabei handelt es sich um bis zu fünf Millimeter große, rundliche Konkretionen aus Sand und Bleimineralien. Der Bleigehalt der Roherze in Mechernich schwankte zwischen einem und 2,5 Prozent. Lange bevor auf Spandau im großen Stil mit tausend und mehr Beschäftigten Blei abgebaut und verhüttet wurde, waren zwischen Kommern und Kall zahlreiche Klein- und Kleinstbergwerke in Betrieb.

Seit dem 15. Jahrhundert, als erstmals die »Bergfreiheit« für die Baronie Kommern von den Herzögen von Arenberg erlassen wurde, durfte jeder auf eigenem, gepachtetem oder freiem Grund Schächte abteufen und Erz fördern. Die Privat-Konzessionen – zeitweise mehrere Hundert – trugen Namen wie »Hornpreuß«, »Freundschaft«, »Sieh Dich für«, »Zuckerhut«, »Einigkeit«, »Alte Trompete«, »Käsekaul«, »Unverzagt«, »Emma«, »Kurzweil«, »Schmierbusch«, »Tellus« oder »Verspätetes Glück«.

Die Landesherren bekamen nicht, wie in der Landwirtschaft üblich, »den Zehnten«, sondern lediglich den zwanzigsten Teil der Einnahmen aus dem Bergbau, allerdings strichen sie zusätzlich Gebühren für die Bleiwäsche, das Wiegen und Schmelzen ein. So wurde der Bergbau schon im Mittelalter zu einer bedeutenden Einnahmequelle für die Menschen am Bleiberg, vor allem aber für die Landesherrn.

Im Lauf der Jahrhunderte gab es einen Konzentrationsprozess auf wenige größere Konzessionäre am Bleiberg. Mit der Zahl der Beschäftigten stieg auch die Einwohnerzahl des einstigen Bergarbeiterdorfes Mechernich. 1798 hatte das Dorf 353 Einwohner, etwa so viele wie damals Bleibuir, Glehn oder Eicks, die heute noch genauso groß oder vielmehr klein sind.

Anders in Mechernich: 1828, also nur 30 Jahre später, hatte sich die Bevölkerungszahl fast verdoppelt (604), 1864 waren es schon 1976 und 1885 4042 Einwohner. Das einstige Dörfchen am Fuße des Bleibergs wuchs wie eine Goldgräberstadt im Wilden Westen in urbane, industrielle Strukturen.

Natürlich waren unter den Unternehmern viele Glücksritter und Spekulanten am Werk. Der Umfang der Betriebe war sehr verschieden. Hubert Becker aus Kommern betrieb mit Consorten zeitweise 25 bis 38 Schächte, Valentin Klein aus Strempt zehn bis 15, Emmerich Schweitzer aus Kommern eben so viele. Valentin Hamacher aus Hostel für einen Herrn Offermann aus Embgenbroich auch etwa zehn. Für diesen verwaltete auch Hubert Pünder aus Bleibuir zeitweise 15 Schächte.

Mit Napoleon kam der Aufschwung. Der kleine Korse okkupierte 1794 nicht nur das Rheinland und mit ihm den Bleiberg, er hatte für seine Eroberungszüge auch einen wahnwitzigen Bedarf an Waffen und Munition. Napoleons Truppen brauchten Blei. Rasch stiegen die Bleigruben von Mechernich zum bedeutendsten Bleibergwerk des französischen Reiches auf. Der Preis für einen Zentner besten Glasurerzes stieg zwischen 1800 und 1811 von 1 1/3 auf 4 1/2 Taler.

Das veranlasste viele, die in den Jahren angewachsenen Poch- und Waschhalden nochmals zu verarbeiten. Aus den Sanden wurden tatsächlich nochmals 30 bis 50 Prozent Bleierz gewonnen. 1806 befanden sich am Bleibach von Mechernich bis Wichterich etwa 800 Waschmulden, in denen die bleihaltigen Sande aufgearbeitet wurden. Ein bis zwei Taler bekam der einzelne Bleiwäscher für diese Tätigkeit, ein immenser Verdienst.

Die Folgen der Bleisandwäscherei und auch der Aufbereitung entlang des Bleibachs waren vor allen Dingen in den Nachkriegsjahren des 20. Jahrhunderts noch häufig zu spüren. Zwischen dem Bleisandabsetzbecken in der »Bärenschweiz«, dem heutigen Kommerner See und den Bleibach-Niederungen bei Erftstadt fielen immer wieder Kühe mit Blei-Vergiftung ins Koma und mussten notgeschlachtet werden.

Früher wurde aber nicht nur das Weidevieh Opfer von Bleivergiftung, sondern auch die Arbeiter. Insbesondere die Belegschaft der Bleihütte war stark gefährdet. Und das wussten auch die Bergwerksbetreiber, die dem Hüttenpersonal Sonderrationen an Milchprodukten zukommen ließen. Wer Anzeichen von Bleivergiftungen hatte, wurde außerdem in ungefährlichere Betriebsteile versetzt – wogegen sich die Betroffenen häufig wehrten, weil sie so ihre Sondervergütungen verloren.

Die Bergarbeit ist noch heute, im frühen 21. Jahrhundert, neben der Forst-wirtschaft, der gefährlichste Beruf, den die Berufsgenossenschaften in der Bundesrepublik Deutschland verzeichnen. Die Bergarbeit im 19. und auch im 20. Jahrhundert »auf Spandau« lief allerdings unter noch weitaus härteren und gefährlicheren Rahmenbedingungen ab als heute. Eine Expertenrunde um den Mechernicher Heimatforscher Anton Könen hat im Laufe der Jahre zahlreiche Todesfälle am Mechernicher Bleiberg recherchiert.

Ihre Statistik weist allein für die Jahre 1853 bis 1866 »86 Verunglückungen mit tödlichem Ausgang« aus. Insgesamt wurden bis zur Jahrhundertwende 105 Todesopfer im Mechernicher Bleibergbau verzeichnet. Das sind inoffizielle Zahlen, die Dunkelziffer ist womöglich hoch. Amtliche Statistiken wurden nicht geführt, hiesige Zeitungen berichteten nicht über tödliche Unfälle am Bleiberg, offenbar gab es dort entsprechende Absprachen mit den Bergwerks-betreibern oder eine Art freiwillige Selbstverpflichtung aus Gründen der Staats-raison. Die Rücksichtnahme auf Anzeigenkunden dürfte damals noch keine Rolle gespielt haben, Pressefreiheit im heutigen Sinne gab es ohnehin nicht.

Frühere Bergwerksknappen legen glaubhaft Zeugnis dafür ab, dass die Ärzte am Mechernicher Bleiberg grundsätzlich keine Staublunge attestierten. Das sei eine Krankheit des Kohlebergbaus und am Bleiberg unbekannt. Dabei litten die alten Bergleute, die lebenslang unter Tage dem Feinstaub nach Sprengungen ausgesetzt waren, natürlich unter Staublunge. Der spätere Berg-bauingenieur Matthias K. aus Kalenberg erinnert sich: »Wenn ich als Kind in Kalenberg aus dem Fenster unseres Hofes schaute, dann blickte ich auf die Häuser der Bergleute, deren Fensterläden in den Obergeschossen, wo sich die Schlafzimmer befanden, allesamt weit aufgerissen waren. Und in den Fenstern hingen die Bergleute, schnappten nach Atem, und husteten sich die Lunge aus dem Leib ...«

Den Bericht über einen Unfall beim Schornsteinbau, der allein sechs Tote ge-fordert hatte, fanden die Mechernicher Quellenforscher um Anton Könen in einer Ausgabe der Berliner SPD-Zeitung »Der Agitator« von 1872. Andere Fälle, wie z. B. den des Mechernichers Hubert Zöllner, der 1951 bei einer Schachtabteufung in der Peterheide ums Leben kam, können Könen und Mit-arbeiter mit Fotos von der Unfallstelle und vom Begräbnis dokumentieren.

Dr. F. Imle (das »F« steht möglicherweise für Franziska), eine vermutlich sozialwissenschaftlich gebildete Publizistin, die Ende des 19. Jahrhunderts die Arbeitsbedingungen am Mechernicher Bleiberg untersuchte und in einem Buch festhielt (»Der Bleibergbau von Mechernich – Eine wirtschafts- und sozialpolitische Studie«) schrieb: »Die Bergarbeit ist überall gesundheitsgefährdend, besonders diejenige im unterirdischen Betrieb. Die Arbeiter klagen kaum über etwas so viel, wie über die Wetterzustände ihrer Gruben. Die Hauptursache der großen Unzufriedenheit liegt in der Verwendung des so genannten Chedit (Chedit besteht zu 70 - 80 % aus Chlorat, zu 15 - 19 % aus Dinitritoluol, zu 5 % aus Rhizinusöl und zu 1 % aus Nitronapthalin) eines Sprengstoffes, der weniger explosionsgefährlich und weit billiger als Dynamit ist, aber dabei doch ausreichende Sprengkraft zur Lösung des loseren Gesteins besitzt. Der bei der Cheditsprengung entwickelte Dunst soll ganz abscheulich sein, selbst Knappschaftsärzte sollen seine ruinöse Einwirkung auf die Gesundheit zugegeben haben.«

An diesem Zitat der Wissenschaftlerin auffällig ist die Bemerkung, dass »sogar die Knappschaftsärzte« die gesundheitsgefährdende Wirkung zugegeben hätten. Es suggeriert, dass die Ärzte weniger Heilsachverständige ihrer Patienten als vielmehr Sachverwalter des halbstaatlichen Knappschaftswesens waren und es im Normalfall mit der Wahrheit nicht sehr genau genommen haben können.

Man muss davon ausgehen, dass die Verwaltungshierarchie des Mecher-

Sprengung des Großen Förderturms im September 1981, der kleinere Malakowturm links blieb stehen. Foto: Reiner Züll/Kölner Stadt-Anzeiger/Agentur ProfiPress

nicher Bleibergwerks Dr. Imle bei ihren Recherchen und Untersuchungen behindert hat. Bergrat Werner Kreuser nannte sie abschätzig »ein fussisch Frauenzimmer, das Pfeife raucht«. Und in einem Rückblick schreibt ein Journalist noch in den fünfziger Jahren des 20. Jahrhunderts faktenfrei und voreingenommen: »Bergleute sind schlichte, zurückhaltende und unaufdringliche Menschen. Aber diese Publizistin fand nicht nur beim Bergrat, sondern auch noch bei einigen anderen Männern vom Bleiberg nicht gerade freundliche Förderer ihrer Absicht, die Verhältnisse am Bergbau zu ›durchleuchten‹.«

Immerhin schwingt Achtung für Imles Arbeit in dem »Bericht« mit – und das im Brustton des Vorwurfs vorgetragene Eingeständnis, dass die Bergwerksleitung und Hierarchie Imles Untersuchungen eher boykottiert als befördert hat: »Sie tat ihre Arbeit, die Verhältnisse am Bleiberg zu »durchleuchten«, sehr gründlich, aber sie tat das auch mit einiger Einseitigkeit, der man immer wieder den Aerger darüber anmerkte, daß sie bei der Bergwerksleitung in ihren Absichten nicht besonders gefördert worden war.«

In ihrem 1909 im Verlag von Gustav Fischer in Jena erschienenen Buch schreibt Dr. F. Imle: »Die Cheditluft mache, so berichteten Arbeiter, schwindelig und übel. Mehrfach schon habe sie die Bergleute so angegriffen, ja betäubt, dass sie stundenlang zum Aussetzen gezwungen gewesen seien. In engen Strecken, die keinen Luftabzug haben, sollen die Grubenlampen vielfach erlöschen, ein unleugbarer Beweis unhaltbarer Wetterverhältnisse. Es komme vor, dass Arbeiter längere Zeit nach dem Schießen wie betrunken auf der Erde liegen.«

Franziska (?) Imle berichtet über die Versuche der Mechernicher Bergleute, sich gegen die unhaltbaren Arbeitsbedingungen unter Tage zur Wehr zu setzen: »Wenn die Wetterzustände unerträglich werden, nehmen die Arbeiter ihre Zuflucht zu den Knappschafts-Ältesten, die ja Arbeiterausschussmitglieder sind. Vor deren Mobilmachung scheint das niedere Beamtentum eine große Scheu zu haben, mindestens wurden mir Fälle genug erzählt, wo die Oberhauer das Heranholen der Ältesten und damit die bergratliche Untersuchung zu verhüten gewusst haben. Meist wird, wenn die Leute mit dem Ältesten drohen, der Betriebsführer von den Unterbeamten gerufen, und man lässt längere Zeit vorher nicht schießen, wodurch die Luft natürlich rein bleibt. Der Betriebsführer kommt dann und findet alles in Ordnung; der Arbeiter aber wird als Hetzer gebrandmarkt.«

Schließlich wird im Zuge der »Durchleuchtung« die Cheditsprengung tatsächlich verboten, und das kam laut Dr. F. Imle so: »In einer Strecke, wo die Grubenlampen nicht mehr brannten, kam auf Reklamation eines Arbeiters der Betriebsführer in Begleitung des Bergassessors (bergpolizeiliche Aufsicht, die mit der Überwachung der Arbeitsbestimmungen und Sprengvorschriften betraut ist). Letzterem wurde derart übel, dass er kaum die Grube verlassen konnte und zu Bett gebracht werden musste. Daraufhin wurde die Cheditsprengung in Strecken ohne Luftabzug verboten.«

Im Übrigen war auch der Alkoholismus am Bleiberg ein ernsthaftes Problem. Reichlicher Schnapskonsum war an der Tagesordnung. Die Halbliterflasche Hochprozentiger, das so genannte »Bergmannsmaß«, galt als Ration für eine Schicht. Die Knappen betäubten sich so angesichts der wahrscheinlich sonst unerträglich harten Arbeitsbedingungen »auf Spandau«. In einer Zeitungsveröffentlichung der 60er Jahre sind zwei Tonkrüge aus dem Besitzstand eines Mechernicher Hauers abgebildet, der eine für Schmieröl am Luftdruckhammer, der andere für Schnaps ist mehr als doppelt so groß ...

Um das Alkoholproblem einigermaßen in den Griff zu bekommen, legten die Bergwerksbetreiber einen riesigen Bierkeller an. Das weniger alkoholhaltige Getränk war zu relativ niedrigen Preisen erhältlich. In Lückerath, einem nur 200 Einwohner großen Dorf in der Nähe des Bleibuirer Bergwerkes »Gute Hoffnung« errichtete die Bauern- und Unternehmerfamilie Pünder eine eigene Mühle und eine Brauerei, die zur Blütezeit des Bleibergs Bier an die Bergwerksgesellschaft lieferte.

Sozialgesetze sollte es erst nach der Reichsgründung 1871 unter Bismarck geben. Vorerst war es neben der am Marxismus orientierten Arbeiterbewegung unter anderem die katholische Kirche, die sich der vom nackten Elend bedrohten Arbeiterschaft annahm. Den Anstoß kirchlichen Engagements hatte der Mainzer Bischof Wilhelm Emmanuel von Ketteler (1811-1877) gegeben. Noch im Jahr des Erscheinens von Kettelers richtungsweisender Schrift »Die Arbeiterfrage und das Christentum« wurde am Bleiberg der »Katholische Bergmannsverein der Pfarre Mechernich unter dem Schutz des Heiligen Johannes des Täufers und der Heiligen Barbara« gegründet. Johann Kier hieß der erste Vorsitzende.

Wöchentlich 1,50 Mark im Krankheitsfall und 16,50 Mark als Zuschuss zu den Beerdigungskosten zahlte dieser Katholische Bergmannsverein an seine Mitglieder oder deren Hinterbliebene. 1,50 Mark die Woche im Krankheitsfall, das war nicht viel, aber man konnte dafür drei achtpfündige Consumbrote in der 1873 gegründeten bergwerkseigenen »Consum-Anstalt« kaufen und damit auch eine vielköpfige Familie notfalls vor dem Verhungern retten.

Denn die Mechernicher Bergleute waren in vielen Fällen nicht nur Arbeiter, sondern auch Kleinbauern. Sie kamen aus den Dörfern rings um den Mechernicher Bleiberg, aber auch aus weiter entfernt liegenden Teilen der heutigen Kreise Euskirchen, Schleiden, Ahrweiler, Rhein-Erft-Kreis, Kreis Düren, Kreis Aachen, Rhein-Sieg-Kreis, Vulkaneifel-Kreis und Eifelkreis Bitburg-Prüm.

Als der »Katholische Bergmannsverein« 1864 gegründet wurde, gab es keine soziale Absicherung für die damals rund 2000 Arbeiter »auf Spandau«. Wer krank wurde, der verdiente nichts mehr. Und mit ihm seine Familie. Es kam »nix op de Desch«, wie das hierzulande heißt. Die industrielle Revolution hatte auch in der Eifel das Proletariat als »vierten Stand« hinter Bauern, Bürgern und Adligen entstehen lassen. Frauen- und Kinderarbeit waren an der Tagesordnung, die Wohn- und Hygienezustände im bevölkerungsmäßig explodierenden »Bleigräberdorf« waren unhaltbar. In Mechernich war die Sterblichkeitsrate sehr hoch.

Die zweite Hälfte des 19. Jahrhunderts war am Bleiberg nicht nur unter sozialen Gesichtspunkten von Ausbeutung geprägt. Ursache enormer Gewinne der Bergwerksbetreiber waren neben günstigen Bleipreisen vor allem ein maßloser Raubbau an reichen Erzpartien, wobei man die bleiärmeren Formationen einfach stehen ließ und eine vorsorgliche Aus- und Vorrichtung neuer Feldesteile und Sohlen versäumte.

Auf dem Höhepunkt wurden knapp unter 40 000 Tonnen Glasurerze von einer Belegschaft von 4500 Mann erbeutet. Die Aktionäre des von den Gebrüdern Kreuser dominierten »Mechernicher Bergwerks-Actien-Vereins« konnten sich die Hände reiben. Zwischen 1868 und 1891 zahlte die Aktiengesellschaft jährlich regelmäßig zwischen acht und 18 Prozent Dividende.

Man kann sich heute kaum noch eine Vorstellung davon machen, welche riesigen Industrieanlagen den Mechernicher Bleiberg überzogen. Dort stand bis 1937 das Königspochwerk, Europas größte Erzzerkleinerungsanlage, es gab riesige Klär- und Absetzteiche sowie Seen und Staubecken für die Frischwasserzufuhr, zwei Aufbereitungen, Verhüttungsbetriebe, ein eigenes Werkseisenbahnnetz und eine Materialseilbahn.

1869 wurde die erste Erzschmelze, die »Magdalenenhütte«, in Betrieb genommen. Ihr Schornstein, der 134,60 m hohe »Lange Emil« wurde zum neuen Wahrzeichen des aufstrebenden Dorfes Mechernich. Er war lange Deutschlands höchster Industrieschornstein – und wurde 1961 bei einer militärischen Übung von Bundesgrenzschutzleuten gesprengt.

Der »Mechernicher Bergwerks-Actien-Verein« und später die »Gewerkschaft Mechernich Werke« betrieben seit 1859 zahlreiche »Nebenbetriebe«. Besonders die Mechernicher Waggonfabrik mit bis zu 400 Beschäftigten warf zum Teil stattliche Gewinne ab. Von 1909 bis 1925 wurden dort 5301 Staatsbahn-Güterwagen gebaut und 1346 wieder hergestellt. Auch Privatbahnen gehörten seit 1911 zu den Auftraggebern.

Ein weiterer Nebenbetrieb am Bleiberg war die bereits 1864 von der Firma Gottfried Hagen in Köln-Kalk verkaufte Schrotfabrik. 1875 errichtete der Actien-Verein eine Fabrik für feuerfeste Steine. Als Material dienten tonige Abfallprodukte aus der Bleierzaufbereitung. Der Waggonfabrik angegliedert, und mit ihr 1927 gemeinsam wegen Auftragsmangel geschlossen, wurde eine sogenannte Gesenkschmiede. Auch gab es am Bleiberg eine eigene Gasfabrik und ein Sägewerk. In werkseigenen Pferdeställen wurden bis zu 100 Vierbeiner gehalten, die für die Fuhrgeschäfte über und unter Tage eingesetzt wurden.

1910 beteiligte sich die »Gewerkschaft Mechernicher Werke« an der »Baugesellschaft für elektrische Anlagen M.B.H.«. Dieses Unternehmen elektrifizierte weite Teile des Altkreises Schleiden – 1934 unter anderem auch die Ordensburg Vogelsang.

Der »Mechernicher Bergwerk-Actien-Verein« musste außerdem einiges unternehmen, um die Massen von Arbeitern zu beherbergen und zu beköstigen. Zwischen 1860 und 1888 wurden in der Mechernicher Weierstraße, in der Bergstraße und in der Friedrich-Wilhelm-Straße 248 Werkswohnungen mit Hausgärten gebaut. Als soziale Errungenschaft darf auch das 1858 »Auf Bach-Revier« eingerichtete, erste Mechernicher »Krankenhaus« gelten. Es konnte jedoch nur bis zu 20 Verunglückte oder erkrankte Bergarbeiter aufnehmen. Weil das nicht ausreichte, baute die Aktiengesellschaft am Standort des heutigen Kreuserstiftes an der Bahnstraße ein neues Krankenhaus mit 52 Betten in 14 Krankenzimmern.

1882 wurde die Schlaf- und Speiseanstalt, später »Menage« genannt, an der Friedrich-Wilhelm-Straße errichtet. Hier gab es 46 Schlafräume mit bis zu je zwölf Betten, in denen die Arbeiter aus weiter entfernten Eifelteilen unter der Woche schlafen konnten. Die »Consum-Anstalt« hatte ein Hauptgeschäft in der Nähe des Mechernicher Bahnhofs, außerdem Filialen an den Hauptbetriebspunkten des Werkes, sowie in Orten der Kreise Schleiden und Prüm. Die »Consum-Anstalt« hatte eine eigene Bäckerei, Metzgerei, Dampf-Getreidemühle, Schusterei und Schneiderei.

Das Königspochwerk in Mechernich war Europas größte Erzzerkleinerungsanlage.
Foto: Stadtarchiv Mechernich/Agentur ProfiPress

Wo so viele Menschen arbeiten wie im Mechernicher Bleiberg, lassen sich Kriminalität und Verbrechen nicht vermeiden. Wilddiebstahl und das Entwenden von Brennholz galten keineswegs als Kavaliersdelikte, wenngleich sie weit verbreitet waren. Auch gab es Fälle von Körperverletzung und Diebstahl unter den Bergwerksknappen. Im so genannten Pünderstollen bei Kallmuth wurde eine professionelle Falschmünzerwerkstatt ausgehoben. Das mit Abstand spektakulärste Verbrechen »auf Spandau« aber war der Lohngeldraub am Freitag, 16. August 1929.

Vier unbekannte Täter erbeuteten damals 7000 Mark in 240 Lohntüten, die für die Arbeiter am Kallmuther Berg bestimmt waren. Bei dem brutalen Überfall wurden die Bewacher des Lohngeldtransportes, Werkspolizist Jakob Bolz (41 Jahre) und Hilfsförster Theodor Thelen (43) getötet.

Trotz einer damals beispiellosen Fahndungsaktion im ganzen Rheinland, die auch auf das benachbarte Ausland ausgedehnt wurde, blieb die Bluttat zunächst unaufgeklärt. Josef Wilden aus Lückerath, den ich erst kennenlernte, als er ein alter Mann war, war zu der Zeit Knappe »auf Spandau« und trug den Geldkoffer für den Zahlmeister August Fritz.

Ich erinnere mich an Zeitungsberichte nach Interviews mit Josef Wilden, die den kahlköpfigen alten Mann zeigen, wie ihm die Tränen über das Gesicht rannen, wenn er, übermannt von den eigenen Erinnerungen, über diesen vermutlich schrecklichsten Tag seines Lebens immer wieder berichten musste.

»Anders als sonst üblich, mussten die Geldtransporteure an diesem Tag ein weites Stück durch einen Hohlweg im Bereich der »Grube Virginia« zum Tagebau am Kallmuther Berg zu Fuß gehen. Wegen Umbauarbeiten fuhr der Werkszug ausnahmsweise nicht. Das müssen die Räuber gewusst haben«, sagte Wilden in einem der Interviews.

Je zwei der Täter hatten sich rechts und links des Weges in der Böschung verborgen. Sie ließen den Geldtransport zunächst passieren, dann sprangen sie auf den Weg und riefen »Hände hoch!«.

Josef Wildens Schilderung geht weiter: »Förster Thelen dreht sich herum und zielt sofort mit seiner doppelläufigen Schrotflinte vom Typ »Sauer & Sohn«, Kaliber 16, Selbstspanner, auf einen der maskierten und bewaffneten Räuber. Bevor der Förster jedoch abdrücken kann, setzt ein wahrer Kugelhagel aus den Waffen der Banditen ein. Thelen wird aus etwa drei Metern Entfernung von einer Schrotladung voll im Kopfbereich getroffen. Der lebensgefährlich Verletzte lässt das Gewehr fallen. Er taumelt zurück und kann sich noch etwa hundert Meter weit schleppen, bevor er zusammenbricht.«

Das Rheinland war seit 1923 von Franzosen und Belgiern besetzt. Nach den Bestimmungen der Alliierten durfte Werkspolizist Bolz keine Waffen tragen. Er rannte davon, so schnell er konnte, und verunglückte dabei tödlich. Er stürzte einen 40 Meter tiefen, fast senkrechten Abhang hinunter. Wilden und Fritz hatten keine Chance gegen die Räuber. Sie wurden laut Kriminalakte »retiriert«, das heißt in Schach gehalten. Die Banditen entrissen Wilden die Geldtasche, nahmen das Gewehr des Försters an sich und verschwanden in Richtung Kallmuth.

Die jahrelangen Untersuchungen von Polizei und Staatsanwaltschaft ergaben zwar gewisse Verdachtsmomente, doch nie wurde auch nur einer der vier Täter ermittelt. Erst 1996 meldete sich eine nach Australien ausgewanderte Frau bei dem Redakteur Franz-Albert Heinen (»Kölner Stadt-Anzeiger«) und behauptete »Mein Vater ist einer der Mörder!«

Die damals 67-jährige Frau erklärte, ihr Vater habe die Mutter häufiger misshandelt. Während derartiger Streitigkeiten habe die Mutter ihm mehrfach die Beteiligung an dem Lohngeldraub vorgeworfen. Und der Vater soll die Mutter mehrfach mit dem Satz bedroht haben, sie solle »aufpassen, sonst geht es dir wie dem Förster«. Die Mutter soll auch oft gesagt haben, der Vater gehöre »wegen des Mordes am Förster ins Konzentrationslager«.

Ob diese Frau den Vorwurf gegen ihren Vater zu Recht oder zu Unrecht erhoben hat, lässt sich nicht mehr feststellen. Die Staatsanwaltschaft Bonn respektive die Kriminalpolizei Euskirchen interessierten sich zwar zwischenzeitlich kurzfristig für die Aussagen der Australierin gegenüber dem Stadt-Anzeiger-Redakteur Heinen, aber insgesamt verlief die Sache im Sand, im Bleisand, wie so vieles ...

Das Mysterium des Lohngeldraubes »Auf Spandau« war vor allen Dingen, dass niemals herausgekommen ist, wer es war. Nur eines stand fest: Es waren Insider. Leute die genau am Mechernicher Bleiberg Bescheid wussten. Und die Knappen unter und über Tage wussten nie ganz genau, ob der links oder rechts neben ihnen nicht in Wirklichkeit einer der Lohngeldräuber und Mörder war.

Am Ende des Bergwerks Spandau stand ein Kuriosum, das allerdings symptomatisch ist für die zahllosen Aufs und Abs während der zweitausendjährigen Bergbaugeschichte der nördlichen Eifel. Immer wieder brachten Krisen, Kriege und bewaffnete Auseinandersetzungen einen »Run« an den Bleiberg, Friedenszeiten und Zeiten der Entspannung bedeuteten fast immer Rezession und Pleite.

So ist es immerhin bemerkenswert, dass die Kaller Metallhütte als letzter Betrieb in der zweitausendjährigen Eifeler Bergbaugeschichte »Spandau« deutlich überlebt hat. Die Kaller Metallhütte schloss erst am 30. September 1971. Das

Berühmtes Gemälde, das in der legendären Ausstellung »Preußen« in den 1980er Jahren in Berlin hing und das heute im Mechernicher Besucherbergwerk zu besichtigen ist. Es zeigt Dutzende Arbeiter, die in der treppenartig ausgebauten Wand des Tagebaues Virginia stehen, und das unten auf der Sohle abgebaute Erz zur Aufbereitung am Rand des Tagebaus schaffen, indem sie es mit der Schaufel mühsam von Stufe zu Stufe, immer höher schaufeln. Repro: Stadtarchiv Mechernich/Agentur ProfiPress

Unternehmen, das bis zu 150 Arbeiter beschäftigte, hatte durch das Einschmelzen Eifeler und rheinischer Kirchenglocken für Kriegszwecke zwischen 1916 und 1918 eine gewisse, allerdings eher fragwürdige Berühmtheit erlangt.

Zeitweise wurde in Kall – teils in Konkurrenz zum Mechernicher Bleierzabbau und der dortigen Schmelze – auch importiertes, billiges Bleierz aus Australien verhüttet. So wurde am südlichen Ende des Mechernicher Bleibergs, in Kall, noch 15 Jahre länger Blei verhüttet, als in Mechernich selbst welches gefördert wurde. Und dieses letzte Eifeler Blei, das man in Kall verhüttete, wurde aus australischem Bleierz gewonnen. Es war weltwirtschaftlich preiswerter gemacht worden, dieses Erz mit einem unverantwortlichen Aufwand an Energie und Logistik vom anderen Ende der Erde in die Eifel zu schaffen, als es aus dem vier Kilometer entfernten Mechernich zu holen.

Der Ritter und der Abt

V on den Sagen und Legenden, die man sich früher in der Eifel erzählte und die man heute noch in Büchern nachlesen kann, sind die meisten von der bekannten Art, in denen das Gute siegt und das Böse unterliegt. Gerade darin, dass das Leben in Wahrheit nicht immer so klar entscheidet, offenbart sich das »Sagenhafte« dieser Kaminfeuer-Geschichten. Ließe man den moralisierenden Schlussstrich der Erzählenden am Ende fort, wäre es oft eine Bereicherung - wie eine Kohlezeichnung, die plötzlich Farbe bekäme, oder doch wenigstens viele Grautöne zwischen Schwarz und Weiß. C'est la vie.

So ist das Leben. Eben: Und so war es vermutlich auch zu der Zeit, als die realen Figuren lebten, die den Stoff für die Eifelsagen lieferten, wie etwa der Ritter und die Mönche von Maria Laach. Geben wir dem in der Sage namenlosen Ritter ruhig einen Namen. Nennen wir ihn Trutz, das könnte gepasst haben, denn Trutz, so erzählt die Sage, soll ein Bösewicht gewesen sein. Ein richtiger Eifeler Knüppel. Punkt.

So was gibt es im so genannten richtigen Leben ja auch. Trutz raffte und schaffte, was wertvoll war oder aus sonst einem Grund begehrenswert. Er schaffte es in die eigenen Vorratskammern, und ins eigene Bett, je nachdem, und er scherte sich dabei nicht um Mein und Dein. Ob er den Bauern die ohnehin erbarmungswürdig karge Ernte vom Feld raubte oder ihr knochiges Vieh forttrieb, auch Frauen und eher noch die Töchter der Bauern sollen nicht vor dem Ritter sicher gewesen sein.

Aber das eigentliche Objekt seiner Habgier sollen gar nicht die Kleinbauern und Handwerker der Gegend gewesen sein, sondern das Kloster am anderen Ufer des Laacher Sees. Irgend etwas mochte Abt und Ritter verbinden, wenn auch auf die dunkle Art, die keiner verstand.

Die Erzähler der im Eifelraum verbreiteten Sage warnen mit Nachdruck davor, den raubenden Ritter auch nur in die Nähe jener edlen Wegelagerer zu rücken, die den Reichen ihren Überfluss nehmen, um ihn unter die Armen zu verteilen. Deshalb folgt in der Überlieferung stets mit dem nötig erscheinenden Nachdruck der Hinweis: Ritter Trutz war böse – und zwar ausschließlich böse.

Als ob es so etwas gäbe – mit einer Ausnahme abgesehen, natürlich.

Doch egal, wie durchtrieben und gierig sein Lebenswandel tatsächlich gewesen sein mag, die Strafe folgte jedenfalls auf dem Fuße. Denn die Mönche von Maria Laach hatten sich entsprechend ihrer gewaltlosen Glaubensideale nicht mit Prügeln und Sensen gegen den Bösewicht am anderen Seeufer zusammengerottet. Auch hatten sie den Bauern nicht geraten, sich mit Waffen zur Wehr zu setzen. Sie hatten Trutz vielmehr, was ihnen naheliegend erschienen sein muss zu jener Zeit, beim Papst in Rom und beim für das Kloster zuständigen Landesherrn angeklagt.

Auch Letzterer schickte keine Truppen gegen den Bösewicht vom Laacher See aus, um ihn zu fangen und in den Kerker zu sperren, dafür schickte Ersterer den Kirchenbann aus Rom, was schlimmer war zu der Zeit als Geldstrafe und Kerker. Denn es bedeutete doch in einem mittelalterlich noch wohlgeordneten Kosmos Strafe über den Tod hinaus bis in alle Ewigkeit. Und damals war es nicht das Höchste für die Menschen, ins Fernsehen zu kommen. Sie wollten in den Himmel ...

Kaum hatte man Trutz die schlechte Nachricht des Papstes überbracht, er sei von Kirche und Sakramenten und damit von ewiger Glückseligkeit ausgeschlossen, da wütete er – immer laut Sage - in einer Art und Weise, dass seine früheren Taten nahezu harmlos erscheinen mussten. Er legte Feuer und plünderte die Wagen und Reiter aus, die vom und zum Kloster unterwegs waren. Alleine den Abt, der den Bannstrahl auf ihn gelenkt hatte, konnte er auf seinen Streifzügen nicht greifen. Der wusste vermutlich, was ihm hätte blühen können und bewegte sich fortan nur noch in der Sicherheit der Klostermauern.

Da klopfte es eines Tages an die Klosterpforte, und ein Reiter in kriegerischer Rüstung verlangte nach dem Abt. Es war harter Winter und er war direkt über den zugefrorenen See ans Klosterufer geritten. Der Mönch an der Pforte schloss Tor und Riegel und führte ihn zum Abt. Der Reiter hatte ausdrücklich nach ihm verlangt.

»Wer bist Du und was willst Du?«

»Ich bin Harre, einer von den Leuten des Ritters Trutz, der, wie Ihr wisst, auf der Burg am anderen Ufer wohnt.«

»Trutz schickt nach mir?«, warf der Abt ein – und er sah möglicherweise entsetzt dabei aus.

Weder verwandt noch verschwägert mit dem Abt von Maria Laach in der Legende: Abt Dom Josef nach seiner Weihe im Trappistenkloster Mariawald/Eifel.
Archivfoto: Manfred Lang/pp/Agentur Pro-fiPress

»Trutz will sich mit Euch versöhnen. Ihr sollt kommen. Und es eilt, denn er wird sterben. Er hat nicht mehr lange, vielleicht zwei Tage, vielleicht drei, höchstens vier.«

Solche Auskunft freute den Abt, das sah man ihm an. Was ihn befriedigte, so steht zu vermuten, das war mehr der nahe Tod des Ritters als dessen Wunsch nach Frieden.

»Gut, wenn er bereut, dann wird der Herr ihm verzeihen. Ich werde Dir einen Pater mitgeben. Der kann Trutz die Sakramente geben.«

»Nein, der Herr Trutz hat ausdrücklich nach Euch verlangt, ehrwürdiger Abt. Kommt Ihr.«

Und als der Abt weiter darauf bestand, einer seiner geweihten Mönche sei dazu viel eher als er selbst geeignet, da er wichtige Aufgaben im Kloster zu erfüllen habe, da kniete der Gefolgsmann des Ritters vor ihm nieder: »Ich bitte Euch, kommt. Trutz will sich mit Gott und mit Euch versöhnen. Kommt, bevor er stirbt.«

»Und in die ewige Verdammnis kommt ...«, warf der Abt ein und schüttelte den Kopf, Triumph im Gesicht.

Der Gefolgsmann des Ritters war längst ohne die erhoffte Antwort und ohne den Abt im Gefolge abgetreten, da regte sich beim Abt doch so etwas wie Mitgefühl mit dem Ritter auf der anderen Seite des Laacher Sees. Und er erwog einen Augenblick lang, dem Boten über das Eis nachzureiten und sich zum sterbenden Trutz bringen zu lassen. Dann packten ihn wieder Zweifel – und er ließ es bleiben.

Ein weiterer Tag verging, da ließ der Abt von einem Nu zum andern den Schlitten anspannen: »Lasst uns keine Zeit verlieren. Es geht um seine unsterbliche Seele«.

Zwei Mönche und das, was er zum Spenden der Sakramente brauchte, nahm er mit und befahl dem Kutscher, geradewegs über das Eis zum anderen Ufer zu fahren.

In der Mitte des Sees, es schneite schwere Flocken, kam dem Gespann ein einzelner Reiter entgegen. Er wies sich nicht aus, er sagte nicht, woher er kam und wohin er ritt, er hielt nur kurz in Höhe des Schlittens und raunte: »Wenn ich Ihr wäre, ehrwürdiger Abt, würde ich umkehren. Sofort. Da hinten habe ich Reiter im Harnisch gesehen und sie kommen wohl nach hier zu. Und es scheint mir, sie haben nichts Gutes vor mit Euch und Euren Gefährten.«

Noch ehe der Abt etwas sagen oder fragen konnte, wendete der Reiter sein Pferd und ritt dahin zurück, woher er gekommen war. Für Augenblicke schien der Abt wie eingefroren, eine dicke Flocke schwebte ihm geradewegs in den geöffneten Mund. Dann packte ihn unversehens die Angst und er befahl hastig: »Wendet, Kutscher. Wendet sofort. Zurück.«

Gerade war das Schlittengespann in entgegengesetzter Richtung angetrabt, da schien die Eisdecke unter dem dicken Schneeteppich zu beben. Galoppierende Pferde kamen rasch näher.

»Schneller, Mann Gottes, treibt die Pferde an.«

Der Kutscher knallte mit der Peitsche, die Pferde streckten sich im Galopp, doch die Schemen aus dem Schneegestöber kamen immer näher. So nahe schließlich, dass man sie schreien hörte. Sie riefen etwas, doch man konnte es nicht verstehen. Der Schnee in der Luft und der Schnee auf dem zugefrorenen See dämpften alles wie in Watte. Hinzu kam das dumpfe Geräusch der Eisdecke, auf der die Pferdehufe in schwingender Abfolge trommelten.

Dann, sie waren vielleicht noch eine Minute vom Klosterufer entfernt, berichtet die Sage, fing einer der beiden Mönche einen Wortfetzen aus der wollenen Luft: »Sie rufen, wir sollen warten. Wir sollen um Gottes Willen warten.«

Der Abt warf den Kopf herum, starrte über die Schulter und durch den aufgewirbelten Schnee nach hinten. Er sah, wie die schemenhafte Front aus Reitern näher kam. Und schüttelte den Kopf ...

War es das Entsetzen, das ihn nun vollends packte? Oder hieß das Kopfschütteln, es solle auf keinen Fall angehalten werden?

Der Mönch, der das Rufen verstanden hatte – und es hatte für ihn etwas Flehendes darin geklungen – er klopfte dem Abt auf die Schulter: »Sollen wir anhalten? Sagt doch, soll der Kutscher anhalten?«

Und während der Abt weiter mit weit aufgerissenen Augen in die Schneefront starrte, zerriss die Eisdecke. Es krachte, als würden mehrere Stämme hundertjähriger Eichen zerbrechen. Die Eisdecke zerriss zwischen dem Schlitten des Abtes und der heranstürmenden Reiterschar. Der Abt auf der sicheren Seite – die Reiter und Pferde in der eisigen Flut.

Die Geräusche, die der Todeskampf von Mensch und Tier verursachte, drangen nicht bis ans Ufer. Vom Kloster aus, wie von der Burg des Ritters Trutz aus war nichts zu hören und nichts zu sehen.

Der Schlitten des Abtes setzte sich Richtung Ufer in Bewegung – unsichtbar, eiskalt und stumm schwebte der Tod über den treibenden Eisschollen hinter ihm. Der Leichnam des Ritters, so überliefert die Sage, ruht noch heute irgendwo auf dem Grund des Laacher Sees. Aber ganz sicher sei das nicht ...

War es eine Falle? Wollte der Ritter dem Abt ans Leben? Oder wollte er Versöhnung und Frieden finden? Ist es wahr, dass sich beide kannten? Stimmt es, dass der Abt etwas murmelte, als der Ritter und seine Leute im See versanken? Stimmt es, dass manchmal in der Nacht der Wind wie ein Geist um die Maria Laacher Klostermauern streicht und ein einziges Wort murmelt. Stimmt es, dass dieses Wort so ähnlich klingt wie »Bruder«?

Das Kreuz der Verlobten

Schnee, nichts als Schnee, auf der Erde, am Himmel, und überall dazwischen. Es ist der 26. Dezember 1969, zweiter Weihnachtstag. Ich bin Messdiener und im Schneesturm von unserem abgelegenen Bauernhof zum Gottesdienst im Dorf unterwegs. Aber alles ist weiß, es ist kalt, es staubt, sogar die Luft ist nicht farblos. Ich atme Schnee, und weiß nicht mehr, wo ich dran bin, und auch nicht mehr, wo es hergeht.

Da ist es ein Glück, dass die Kirchenglocken anfangen zu läuten. Ich gehe ihrem Klang nach, querfeldein nehme ich an, aber ich weiß es nicht genau. Immer wieder breche ich ein, vermutlich ein zugewehter Straßengraben. Dann treten meine Füße knietief und unsicher auf gepflügte Erdschollen. Mit einem Mal versperrt ein Stacheldrahtzaun den Weg, ich steige nicht drüber wie sonst, sondern krieche drunter durch. Endlich Obstbäume, eine große Mauer, eine Scheune, Höfe, eine Straße, das Dorf. Gerettet.

Nicht, dass solche Schneestürme in der Eifel an der Tagesordnung wären. Aber es gibt sie, und sie sind auch heute noch eine Bedrohung, wenn man sich ihnen womöglich leichtsinnig, unzureichend bekleidet, ohne Ortskenntnis und ohne Orientierungsmöglichkeit aussetzt. Es gibt viele Geschichten um im Schneesturm verschollene und schließlich erfrorene Zeitgenossen, die der Eifelschnee zunächst bedeckt wie ein Leichentuch und erst im Frühjahr wieder hergibt.

Die bekannteste dieser Geschichten ist die von François (Franz) Reiff und Maria Josepha Solheid, die im Schneesturm auf dem Hohen Venn erschöpft zusammenbrachen und starben. Ihre Geschichte hat den traurigen Vorzug, dass sie unbedingt wahr ist und sich festmachen lässt an Daten, Fakten und Orten.

Für die zwei verliebten jungen Leute, die schnell heiraten wollten, weil die Liebe so groß war, hat man das »Kreuz der Verlobten« unweit des Touristen-magneten Baraque Michel mitten im Hohen Venn aufgestellt, dort wo die Grenze zwischen Deutschland und Belgien verläuft .

Sie starben in der Umgebung dieses Kreuzes am 21. Januar 1871 an unterschiedlichen Orten. Sie blieb erschöpft zurück, während er sie für tot hielt und Hilfe holen wollte. Beide sind erfroren, ohne sich wiederzusehen. Sie waren ausgerechnet auf dem Weg, um die Hochzeitspapiere in ihrem wallonischen Heimatdorf zu holen. Der Weg war weit, zu weit im Schneesturm, bei Neumond und mit schlechter Kleidung. François Reiff wurde 32, Maria Josepha Solheid nur 24 Jahre alt.

Das Hohe Venn war damals größer als heute, es gab weniger Wald und noch weniger Bäume auf der ebenen Hochfläche. Nur Moor, Heide, Büsche, braune dunkle Rinnsale und Flüsse, und nochmals Moor. Charakter und Ruf des Venns waren sagenumwoben, gespenstisch, düster und wild. So mysteriös und mystisch, wie man es heutzutage selbst in der Eifel eher von den Mooren Irlands oder Schottlands erwartet.

Im Winter war und ist die weite Einöde aus Mooren, Sumpf und Heide noch tückischer als sonst, weil man der unschuldigen Schneedecke nicht ansieht, wo Weg und Steg sind und wo das Moor ist, das einen verschlingt. Es gibt viele Kreuze im Venn, und fast alle erinnern an bittere Schicksale. Doch die Tragödie von Maria-Josepha Solheid und François Reiff ist die, die am meisten zu Herzen geht.

So viel man weiß, trafen sich die beiden auf der Kirmes in Jalhay. Sie tanzten miteinander, flirteten, wie man heute sagen würde, und versenkten dabei vermutlich irgendwann den berühmten Blick, der nicht der erste sein muss, in der Iris des anderen, um darin die eigene Seele gespiegelt zu finden.

Haben sich Franz und Marie Sophie umarmt oder sogar heimlich, draußen vor dem Dorfsaal in einer dunkleren Dorfpartie, erstmals geküsst? Vielleicht eher nicht, weil man damals nicht so forsch zur Sache kam wie heute.

Oder war alles nur halb so romantisch, und in Wirklichkeit viel stürmischer und leidenschaftlich handfest auf Anhieb? François, der 1849 in Bastogne geboren worden war, arbeitete zu der Zeit mit am Bau der Gileppe-Talsperre. Er wohnte mit anderen Arbeitern in einer Baracke in Bethane. Maria stammte aus Xhoffraix und war Magd und Hausmädchen auf dem Hof Niezette in Haloux.

Egal was auf dem Ball in Jalhay passiert sein mag: Maria Josepha und François hatten es eilig. Sie wollten schnell heiraten. Obwohl die Wirtsleute in Jalhay, in einer anderen Erzählvariante Marie Sophies Bruder, aufgrund der winterlichen Großwetterlage davon dringend abrieten, machten sich Maria und Francois um die Mittagszeit auf den Weg ins Venn. Ihr 20 Kilometer entferntes Ziel war Xhoffraix, der Geburtsort Marias, dort wollten sie die erforderlichen Urkunden für die Hochzeit besorgen.

20 Kilometer waren damals für einen Fußmarsch nichts Ungewöhnliches. Einer meiner Großonkel lief jeden Tag soweit zur Arbeit und zurück und einmal brachte er meinem in Köln stationierten Großvater etwas vom Kirmeskuchen in die Kaserne, zu Fuß, 60 Kilometer hin und 60 Kilometer zurück ...

Aber 20 Kilometer durchs Hohe Venn sind etwas anderes, etwas völlig anderes als 120 Kilometer auf befestigter Landstraße. Und 20 Kilometer im Winter durchs zugeschneite Hochmoor, das war und ist lebensgefährlich. Bestimmt, wenn man unpassend gekleidet ist, schlechtes Schuhwerk trägt und

Kranichpaar am Rande des Nationalparks Eifel zwischen Düttling und Hergarten.
Foto: Manfred Lang/Agentur ProfiPress

Kleider, die selbst vor dem einsetzenden Sturm schon zu dünn waren, um richtig warm zu werden.

Wir stellen uns die beiden durch den Schnee stampfenden Gestalten vor, vielleicht Hand in Hand, Schal oder Sacktuch um den Mund gebunden, die Beine übertrieben hoch hebend, um in Schneewehen den nächsten Schritt vorwärts überhaupt tun zu können. Kannten sie leidlich den sicheren Weg, um die gefährlichen Moorpartien zu umgehen, so änderten Schneegestöber und die rasch einsetzende Dunkelheit doch alles, immer wieder und rasch.

Wo waren sie hingekommen? Konnten sie noch andere Dinge wahrnehmen außer einer endlosen weißen Wüste? Brachen sie an manchen Stellen durch den Schnee und den Moorboden ein? Rappelten sie sich jedes Mal wieder auf, ein Stück schwächer geworden als zuvor? Konnten sie noch etwas anderes hören als das Heulen des Sturms? Mussten sie oft stehen bleiben, um wieder zu Atem zu kommen? Stellte sich Hunger ein, blaugefrorene Finger, taube Füße? Sagte Maria als erste: »Ich kann nicht mehr«?

Nach stundenlangem Kampf, völlig erschöpft, bricht die junge Frau schließlich zusammen. Und zwar dort, wo sich heute das aus Eichenbalken gezimmerte »Kreuz der Verlobten« befindet. Auch François ist fast am Ende. Kraftlos, vermutlich resignierend, macht er sich auf den Weg, um Hilfe zu holen. Hat er überhaupt noch Hoffnung, welche zu finden? Oder treibt ihn nur noch der Überlebenswille mechanisch voran?

Angeblich fand man später einen Zettel bei ihm, aus dem hervorgeht, dass Maria tot sei. »Marie vient de mourir et moi je vais le faire« (Maria ist gerade gestorben, ich werde jetzt auch sterben), soll François mit steifen Fingern aufs Papier gekritzelt haben. Wäre die Szene filmreif gewesen, so wäre er dann vermutlich zu seiner sterbenden Marie gekrochen und bei ihr geblieben, eng an sie geschmiegt, Ausblendung, »Fine«, »The End«.

Nein, François Reiff lässt seine Maria Josepha Solheid in Moor und Schnee zurück, obwohl sie noch lebt. Er versucht wohl noch, den Rückweg nach Jalhay zu finden, kommt aber vom Weg ab und verirrt sich im Venn. Er stirbt, wird aber erst Monate später gefunden – wie Marie.

Aber nicht an der Stelle, an der François sie sterben zu sehen vermeint und verlässt. Maria kommt wieder zu sich aus tiefer Ohnmacht, sieht sich allein, von ihrem François keine Spur. Befällt sie der Schrecken, der Verlobte, der Geliebte könnte sie im Stich gelassen haben? Verzweifelt rafft sie sich noch einmal auf, um sich mit letzter Kraft weiterzukämpfen.

Weit kommt sie nicht. Sie kann nicht mehr. Der nahende Tod gewinnt den Wettlauf. Maria Josepha Solheid bricht 250 Meter weit vom Grenzstein 151, nur 1800 Meter von der rettenden Postkutschenstation Baraque Michel entfernt, ein letztes Mal zusammen.

Erst Wochen später, nach der Schneeschmelze im Venn, am 22. März 1871, einem Mittwoch, fand ein preußischer Zollbeamter auf Patrouille ihren Leichnam. Die sterblichen Überreste ihres Verlobten François Reiff (32) hatten Bauern eine Woche zuvor, am 13. März 1871, im Biolètes-Venn nahe Solwaster gefunden – gut zwei Kilometer weit von seiner Verlobten Maria entfernt war er offensichtlich noch in der gleichen Januarnacht zusammengebrochen und gestorben.

Einerseits ist der Tod der beiden Verlobten in Venn und Eifel verklärt und romantisiert worden, andererseits gibt es einige Ungereimtheiten, die kriminalistisch interessierte Gemüter bis heute bewegen. Warum hat François den Zettel mit der Bemerkung, Marie sei tot, nicht mit sich genommen, damit auch nach ihr gesucht würde, falls er zusammenbrach? Oder hinterließ er den Zettel gerade deshalb an ihrem auf ihn leblos wirkenden Körper, damit man auch nach ihm suchen würde, falls man auf Maria stieß?

»Der Schnee, der zwei Monate lang die beiden Toten bedeckte, hat die Leichen konserviert. Deshalb wissen wir ausführlich Bescheid über die für eine winterliche Venn-Durchquerung völlig unzureichende Bekleidung von François Reiff«, schreibt der Journalist und Autor Christoph Leuchter: »Im damaligen Polizeibericht ist alles detailliert aufgelistet – bis hin zu den »fast neuen leichten Schnürschuhen«. Und der Pfarrer von Xhoffraix notiert im Sterberegister, der Körper der Marie Solheid sei »unverletzt und ohne Anzeichen von Verwesung«. Ein totes Schneewittchen!«

Christoph Leuchter ist es auch, der das Schicksal der Verlobten in einem Bericht für die Aachener Zeitung historisch einzuordnen weiß: »Jenseits der belgisch-deutschen Grenze hat man gerade Besseres zu tun, als das Unglück zweier Vermisster zu beklagen: Am 18. Januar ist der preußische König in

Versailles zum deutschen Kaiser proklamiert worden. Da geht das Drama des jungen Paares im verordneten Jubel unter. Ganz anders auf der belgischen Seite, wo die Berichterstattung ausführlich und die Anteilnahme der Bevölkerung groß ist. Von hier aus wird bald nach Marie und François gesucht.«

Nicht nur Christoph Leuchter fragt sich, wie Maria Josepha Solheid am deutsch-belgischen Grenzpfahl erfrieren konnte – keine zwei Kilometer von der Baraque Michel entfernt, die 1856 an der Straße Eupen-Malmedy eröffnet worden war. Deren Glocke und das Leuchtfeuer der kleinen Kapelle Fischbach haben im Laufe der Jahrzehnte vielen Verirrten das Leben gerettet.

Hatte es nicht geleuchtet, die Glocke nicht geläutet, obwohl Sturm war - und Neumond, bei dem man nach Sonnenuntergang im Venn die Hand vor Augen nicht mehr sehen konnte?

Was die möglicherweise von François Reiff gekritzelte letzte »Botschaft« angeht, so ist sie zu banal, um als »Abschiedsbrief« zu gelten. Wären beide tot, wäre es unerheblich, wann und in welcher Reihenfolge man sie fände. Entweder

In Schnee und Nebel, das Haus ganz nah. Foto: Manfred Lang/Agentur ProfiPress

ist der Zettel Legende und man brauchte ihn, um die wahre Geschichte von Maria Josephine und François mittels einer schriftlich fixierten Art Liebesbotschaft zu einem Drama à la Romeo und Julia zu stilisieren.

Oder es gab den Zettel wirklich, dann sollte er möglicherweise François von jeglicher Schuld freisprechen, vielleicht sogar etwas vertuschen und von den tatsächlichen Ereignissen ablenken. Egal, ob er tatsächlich von ihm selbst geschrieben – oder möglicherweise Marie Sophies Leichnam nach dessen Auffinden von einem Dritten untergeschoben worden sein sollte.

Hartnäckig wie im Schatten eines dichten Fichtenbestandes liegender Altschnee im Frühjahr halten sich auf dem Venn neben der Romanze um das »Kreuz der Verlobten« auch Gerüchte um Eifersucht und Mord.

Übrigens wurden zunächst zwei Kreuze aufgestellt, eines von Marie Sophies Vater am alten Xhoffraixer Weg, eins von Bauern aus Solwaster am Fundort des toten François Reiff. Beide Kreuze verfielen rasch, 1893 errichtete man ein gemeinsames Kreuz für das junge Paar neben dem Grenzstein 151. Die Stelle ist dieselbe geblieben bis heute - 1906, 1931 und zuletzt 1984 wurde das »Kreuz der Verlobten« erneuert.

Es ist heute eine Art Wallfahrtsstätte, an der man das Schicksalhafte mit Händen zu greifen scheint. Es ist zwei Menschen gewidmet, die selbst noch im Sterben getrennt wurden, obwohl sie vielleicht für immer zusammenbleiben wollten. Die der Tod jäh und unerwartet erwischte, obwohl sie jung und voller Liebe waren. Die sterben mussten, obwohl sie gerade mit der Vorbereitung ihrer Hochzeit beschäftigt waren.

Es ist gut, dass man ein Kreuz zur Erinnerung genommen hat und keinen Stein. Der Diakon in mir zwingt mich, es hinzuschreiben: Im Kreuz ist Heil, davon waren unsere Vorfahren in der Eifel jedenfalls noch beseelt. Ihr Glaube war lebens- und alltagstauglich wie das Wissen um die Notwendigkeit von Essen, Schlafen und wieder Aufstehen. Sie ahnten oder waren sogar überzeugt: Am Kreuz starb Gottes eigener Sohn – und löste dauerhaft alle Widersprüche auf, die Leben und Sterben mit sich bringen ...

Der »Rob Roy« der Eifel

Am Mittwoch, dem 18.November 1801, beendete in Coblenz das Fallbeil einer französischen Guillotine das Leben von Johann Müller aus Schönau. Zehn Verbrechen wurden dem Eifeler in der Anklage-Akte zur Last gelegt, 55 weitere und zwei versuchte Diebstähle soll Müller nach seiner Verurteilung zum Tod noch nachträglich gestanden haben. Unter welchen Umständen gestanden? Er wurde 29 Jahre alt, hinterließ eine Witwe und drei Kinder. Auf frischer Tat ertappt worden war er kein einziges Mal.

Sein Kopf befinde sich, sorgfältig präpariert, in den Händen der Justiz, konstatiert Johann Nicolaus Becker, der Verfasser einer 1804 in Cöln erschienenen »Actenmäßigen Geschichte der Räuberbanden an den beyden Ufern des Rheins« drei Jahre, nachdem Müllers Kopf von der Guillotine gerollt war. Zu der Zeit gehörten Coblenz, Cöln und Münstereifel zu Frankreich.

Napoleon Bonapartes Armee und Beamte hatten an beiden Ufern des Rheins alles im Griff, und Johann Müller hatte, zumindest zeitweise und das heftig, Jagd auf französische Militairs und Zivilpersonen gemacht. Und zwar, nachdem französische Dragoner seine Frau überfallen, beraubt und sich an ihr vergangen hatten.

»Eine Verbrecherlaufbahn war Johann Müller gewiss nicht in die Wiege gelegt worden«, heißt es in Beckers Criminalbericht. Und man fragt sich (aus heutiger Sicht): Bei wem ist das schon der Fall? Wo ist der geborene Verbrecher? Sind die Gene Schuld oder die Erziehung? Wie gerät ein begabter Eifeler Knabe, Kind wohlhabender Eltern, das man auch noch – und das mit erkennbarem Erfolg - zu den Jesuiten nach Münstereifel aufs Gymnasium schickt, auf die so genannte schiefe Bahn?

Und: War Johann Müller wenigstens im Ergebnis jener »eiskalte Verbrecher, Räuber, Mörder und Brandschatzer«, als der er gerne dargestellt wurde und wird? Oder war er am Ende eine Art Eifeler »Robin Hood«, der sich gegen die Besatzung auflehnte? Oder ist er einfach nicht damit fertig geworden, dass

Soldaten seinen Hof geplündert und die junge Frau vergewaltigt hatten? Hat er daraufhin, mehr oder weniger blindwütig, Rache genommen?

Der Schönauer wird oft in einem Atemzug mit dem »Schinderhannes« Johannes Bückler und dem »Fetzer« Mathias Weber genannt. Keiner der drei vollendete das 30. Lebensjahr, Schinderhannes wurde 20, Fetzer 25, Johann Müller 29. Alle drei wurden hingerichtet, im Laufe der Zeit verklärt, sie wurden romantisiert und »Der Schinderhannes« in der Legende tatsächlich zum »Robin Hood vom Hunsrück« überhöht, von Carl Zuckmayer literarisch geadelt und mit Curd Jürgens in der Titelrolle verfilmt.

Auch bei dem Eifeler Johann Müller aus Schönau gibt es Parallelen zu einem anderen britischen Nationalhelden, dem Schotten Robert Roy MacGregor (»Rob Roy«), einem schottischen Volkshelden und Geächteten des frühen 18. Jahrhunderts. Der 1995 gedrehte Spielfilm mit Liam Neeson in der Titelrolle des »Rob Roy« machte ihn berühmt. Er basierte auf der Legende um Robert Roy MacGregor und dem davon inspirierten und 1817 veröffentlichten Roman von Sir Walter Scott.

Nicht wirklich gefährlich: Die »Eifel-Gäng« mit (von rechts) Ralf Kramp, Günter Hochgürtel und Manni Lang macht heute die Eifel unsicher.
Foto: Paul Düster/Agentur ProfiPress

Eigentlich war der Highlander Rinderhändler, wurde dann aber zum Rinderdieb, der seinen Nachbarn Schutz vor anderen Rinderdieben verkaufte, eine Art frühe Schutzgelderpressung. Als das Schutzgewerbe fehlschlug, wurde Rob Roy wegen Betruges angeklagt und zum Geächteten erklärt. Als sein Hauptgläubiger, James Graham, Erster Herzog von Montrose, sein Land beschlagnahmte, kam es zum Aufstand, zur offenen und bewaffneten Auseinandersetzung.

Im Roman, wie in der Verfilmung, ist eine der emotional nachdrücklichsten Szenen der Überfall der Engländer auf den Bauernhof der MacGregors mit der Schändung von Rob Roys Ehefrau Mary Helen. Auch am Beginn der so genannten Verbrecherkarriere des Schönauers Johann Müller stand ein ähnlicher Übergriff, allerdings nicht von Briten, sondern von französischen Besatzungs-

Geschauspielerte Aufruhr beim »Jahrmarkt anno dazumal« im LVR-Freilichtmuseum Kommern. Die Gendamerie muss eingreifen. Foto: Manfred Lang/pp/Agentur ProfiPress

soldaten, wobei es in solchen Dingen nicht im Geringsten um Nationalitäten geht, sondern um den Umgang von Siegern mit Besiegten, von Besatzern mit Besetzten.

Eine Handvoll französischer Dragoner, die in Schönau stationiert waren, raubten Johann Müllers Frau, die für andere Familien zu waschen pflegte, die ihr anvertraute Leinwand, und zugleich »ihre Ehre«, so Johann Nicolaus Beckers Criminalbericht, der 1993 zur 1100-Jahr-Feier Schönaus von dem Münstereifeler Heimatforscher Harald Bongart im Auftrag des Dorfverschönerungsvereines Schönau e. V. neu herausgegeben wurde, »um der weiteren Mythologisierung der Person des Johann Müller« entgegenzuwirken.

Johann Müller stammte aus und lebte in Schönau bei Bad Münstereifel. Das noch heute recht mittelalterlich und verschlafen wirkende Städtchen lag zur Zeit der napoleonischen Besatzung der Rheinlande im Canton Rheinbach im Rhein- und Mosel-Departement. Johann Müller hatte keine Chance. Als die französischen Dragoner seine Frau überfallen, bestehlen und sich an ihr vergehen, ist er nicht einmal zu Hause.

Wie Liam Neeson in der Rob-Roy-Verfilmung, kommt Müller erst zum Schauplatz, als alles vorbei ist. Die Täter sind über alle Berge. Offensichtlich ohne große Hast und Eile, sie waren schließlich die Besatzer und Sieger im Land, waren die Dragoner »abgereist«, so nennt Johann Nicolaus Beckers den Sachverhalt in seinem Bericht.

Dass der Hof überfallen und die Textilien geplündert wurden, ist offensichtlich. Dass sie vergewaltigt worden ist, verschweigt seine Frau Müller offensichtlich. Sie wird sich geschämt haben wie Rob Roys Mary Helen. Müller erfährt von Dritten von der »Untreue seiner Frau« (!), so Beckers Formulierung im Criminalbericht, und reagiert »wie ein angeschossener Eber«.

Möglicherweise zu Pferde und im gestreckten Galopp, jedenfalls schnellstens und auf dem kürzesten Wege soll Müller nach Münstereifel geeilt sein und sich dort eine Doppelflinte gekauft haben. Laut Criminalbericht mit dem festen Vorsatz, den ersten besten französischen Soldaten damit niederzuschießen.

Zu diesem Zweck soll Müller auf der Straße zwischen Schönau und Münstereifel hinter einer Hecke Posten bezogen haben. Dort habe er einer französischen Militärpatrouille aufgelauert, die mit Depeschen nach Blankenheim unterwegs war. Als die beiden Soldaten vorüberritten, drückte er ab.

Aber es regnete, das Pulver war nass, es zündete zwar, aber nicht mit der sonst üblichen durchschlagenden Wirkung. Eine Kugel verließ nicht einmal den Lauf, die zweite zerfetzte einem der beiden Reiter »den Schenkel« und verletzte das Pferd so schwer, dass es tags darauf in Münstereifel »krepierte«, wie Becker bemerkt: »Die beyden zum Tode bestimmten Schlachtopfer aber entkamen glücklich dem Mörder«.

Johann Müller stammte offenbar aus gutem Hause, seine Eltern waren vermögend, es reichte sogar für eine höhere Schullaufbahn. Die Eltern schickten den Jungen zu Studien zu den Jesuiten in Münstereifel, und in den ersten Jahren war Johann Müller immer einer der besten Schüler.

Doch dann endet die Schulkarriere, offenkundig abrupt und überraschend. Als er 13 oder 14 Jahre alt war, wird sein Anteil am elterlichen Vermögen an einen Vormund ausgezahlt, der ihn von der Schule holt. Offensichtlich sind beide Eltern gestorben, vermutet Johann Nicolaus Becker, dessen Criminalbericht übrigens die einzige Faktenquelle zu Johann Müllers Existenz darstellt.

Die 1804 in Cöln erschienene »Actenmäßige Geschichte der Räuberbanden an den beyden Ufern des Rheins« ist allerdings keine um journalistische Abwägung oder Objektivität bemühte Darstellung, sondern eine Aufzählung und detailreiche Schilderung von vornherein abscheulich eingestufter Verbrechen, was erkennbar der Urteilsbegründung und Rechtfertigung der Hinrichtung dienen soll. Außerdem macht Beckers kommentierte Faktensammlung große Sprünge und ist sehr holzschnittartig. Für Farbtupfer ist kaum Platz.

Wie wir lesen, heiratete Johann Müller mit 19, weder der Name seiner Frau, noch Name und Geschlecht seiner drei Kinder sind überliefert. Seine Rückkehr von der höheren Schule in den Bauernstand war sicher nicht einfach für ihn, und das nach dem Verlust der Eltern, und mit einem Vormund an seiner Seite, der möglicherweise nichts taugte. Der junge und geschäftlich unerfahrene Müller lässt sich auf einen Gerichtsprozess ein und verliert fast alles an Geld und Vermögen.

Er besitzt noch 20 Kronentaler und schließt sich als Marketender der österreichischen Armee in Brabant an – und mit ihm noch vier weitere Kameraden aus der Eifel, »die noch weniger zu verlieren hatten als er«.

Ein raffgieriger, wenn nicht betrügerischer Wirt macht den Schönauer möglicherweise erstmals zum Dieb. Weil der den fünf Eifelern für ein schmales Nachtessen und Nachtlager sieben Taler abfordert, stehlen sie in der Nacht den Kopf eines eben geschlachteten Schweines - und verschwinden damit.

Nach der Rückkehr aus dem Krieg wird Johann Müller aus Schönau in der erwähnten Gerichtsakte ohne große Umschweife und rasch zum brutalen und skrupellosen Menschen. Er habe das Stehlen und andere Verbrechen zu seinem normalen Broterwerb gemacht. Das unstete Leben, an das er sich im Krieg gewöhnt hatte, habe ihn »zur Arbeit völlig untüchtig gemacht«. Er soll sein Geld in den Wirtshäusern vertrödelt haben, behauptet Becker, »und wenn abends Weib und Kind nach Brot winselten, dann vergriff er sich an fremdem Eigentum, an Kartoffeln und Früchten, um seine Familie zu ernähren«.

Theatralisch, mit einem Zitat aus William Shakespeares Hamlet, eröffnet Johann Nicolaus Becker die Schilderung von Johann Müllers möglicherweise einziger nachgewiesener Mordtat. Opfer ist ein französischer Fuhrknecht aus dem Elsass. Als Motiv gibt Johann Müller später im Verhör an, »das Gefühl über die meiner Frau angethane Unbild, ergriff mich mit allen Furien meines ganzen Wesens bey dem Anblicke dieses Menschen.«

Tatsächlich scheidet Raubmord als Motiv aus, wenn Becker selbst festhält, der Elsässer habe nur zwei geflickte Mäntel besessen, wovon er den einen hatte verkaufen müssen, um sich seine Schuhe flicken zu lassen, »denn er ging barfuss«.

Müller soll dem Elsässer, der in Schönau auf der Durchreise Station machte, auf Schritt und Tritt gefolgt sein, in der Kirche soll er während der Sonntagsmesse sogar hinter ihm gekniet und beobachtet haben, wie er »sehr fromm betete«. Dabei soll Johann Müller laut Becker-Akte den Mordplan ausgeheckt haben.

Der Fuhrknecht reiste montags frühmorgens ab. Müller schlich ihm nach, und holte ihn in den so genannten Wohlheimer Benden, unweit Schönau ein. »Ohne ihn anzurufen« soll er ihm von hinten die erste Ladung Schrot aus eigenhändig zerhackten Bleikugeln in den Rücken gefeuert haben.

Der verwundete Elsässer soll sich in eine Hecke verkrochen haben, aber von Müller wieder herausgezerrt worden sein. Mit »großer Kälte« und sogar »mit Hohngelächter« (wer war dabei?) soll Müller dem etwa gleichalten Mann angekündigt haben, dass er nun sterben müsse.

Das Opfer »rang und flehte jedoch um Schonung seines Lebens«, betonte, dass er als Elsässer selbst ein Deutscher sei und er bat Johann Müller, hiernach ihn im Namen seiner Eltern leben zu lassen, die sonst nie erfahren würden wie, wann und wo er gestorben sei. Als der junge Mann schließlich »nicht mehr flehte, sondern nur noch betete«, so die Kriminalakte, soll Müller seine Flinte nachgeladen und ihm aus nächster Nähe in die Seite gefeuert haben.

Dann lud er ihn laut Becker-Bericht auf die Schulter, trug ihn einige Minuten weit den Berg hinauf ins Gebüsch und kehrte heim. Am anderen Tag soll Müller früh aufgestanden sein, Harken und Spaten mitgenommen und den Leichnam verscharrt haben. »Auf dem Grabe des Ermordeten bethete der Mörder fünf Vater unser. Jahrs darauf rodeten die Bauern von Schönau in den Hecken und bei dieser Gelegenheit ward der nicht tief genug verschaarte Leichnam gefunden.«

Johann Nicolaus Becker schreibt 1801: »Als uns Müller diese beyspiellose Geschichte nach seinem Thodes-Urteile im Kerker erzählte, sahen wir einen alten Criminalisten, der schon oft auf Rad und Galgen erkannt hatte, Thränen vergießen. Nur der Mörder blieb ungerührt, und wir haben auch bis zu seiner letzten Minute keine Spur der Reue über diese Gräuelthat bey ihm entdeckt. Wir gaben uns zu gleicher Zeit alle Mühe, um etwas Näheres von der Person des Ermordeten zu entdecken, und seinen Verwandten von seinem Schicksale Nachricht zu ertheilen. Müller konnte aber selbst nichts Näheres angeben.«

Die einzige Tat, die Johann Müller (immer laut Becker-Bericht) jemals bereut haben soll, war der Überfall auf eine alte Frau, Barbara Brück, am 3. Advent 1798. Das Datum, 16. Dezember 1798, heißt in den Aufzeichnungen Beckers übrigens laut auf die französische Revolution zurückgehende Zeitrechnung 26. Frimaire VII.J.

In dem Augenblick, als die Frau das Haus verlassen wollte, um die Kühe im Stall zu melken, soll sich Müller ins Haus gedrängt haben, die Frau gepackt, zu Boden geworfen und ihr die Pistole auf die Brust gesetzt und sie mehrmals mit dem Tode bedroht haben, falls sie nicht alles im Haus befindliche Geld herausgebe. Er erbeutete bei dem Überfall tatsächlich 27 Kronentaler.

Als Müller vor dem Präsidenten des peinlichen Tribunals in Koblenz später der alten Frau gegenübergestellt wird, konnte er unter Tränen kaum reden, so

Ein Karrenfuhrmann ist auf dem Kommerner Jahrmarkt unterwegs.

Foto: Manfred Lang/Agentur ProfiPress

sehr ist ihm diese Sache, bei der im Gegensatz zu vielen seiner anderen Taten noch nicht mal jemand zu Tode gekommen war, nahe gegangen.

Nun zu weiteren Parallelen mit Rob Roy, dem Viehdiebstahl und der Schutzgelderpressung. Das diesbezügliche Geschäft Johann Müllers könnte zu der Zeit recht einträglich gelaufen sein. Darauf deutet die Existenz von Trittbrettfahrern, die es zu der Zeit auch schon in kriminellen Kreisen gab. So hatten sich mehrere andere Diebe verabredet, einen »dem Joseph Pfahl zu Esch gehörenden fetten Ochsen«, zu entwenden, und die Tat dann Johann Müller in die Schuhe zu schieben.

Dieser kam ihnen aber auf die Schliche und machte sich eines Nachts auf, um den Ochsen selbst zu stehlen. Er brachte ihn auch wirklich aus dem Stall, und führte ihn eine Stunde fort, als der Ochse den Jochriemen zerriss und wieder zurück lief.

Die Sache stand jedenfalls unter keinem besonders glücklichen Stern, denn mehrere Tage später kamen die eben erwähnten Trittbrettfahrer zurück, um ihrerseits den Ochsen zu stehlen, »fanden ihn aber bewacht« und ließen die Finger von der Sache. Müller wiederum tat sich mit anderen Dunkelmännern zusammen, führte den Diebstahl schließlich erfolgreich zu Ende und sie schlachteten den Ochsen in einem benachbarten Wald.

Weil aber schon der Tag über die Arbeit zu grauen anfing, so ließen die Diebe das Fleisch zurück, um es in der folgenden Nacht abzuholen. Der Eigentümer war, weil es in der Nacht des Diebstahls stark geregnet hatte, mit noch einigen anderen Bürgern der Spur gefolgt, und nahm das Fleisch mit sich nach Hause.

Johann Müller soll über diese Wendung so aufgebracht gewesen sein, dass er zwei Brandbriefe ins Dorf schickte, worin er von dem Eigentümer des Ochsen das zurückgeholte Fleisch und zusätzlich 60 Kronentaler verlangte. Zusätzlich sollte jeder Bürger, der mit nach dem verschwundenen Ochsen gesucht hatte, drei Kronentaler bezahlen. Vom Vorsteher der Gemeinde Söller, der Nachtwachen angeordnet hatte, verlangte er die Aufhebung dieser Wachen. Andernfalls versprach Müller, die Dörfer Esch und Söller niederzubrennen.

Einer von diesen Brandbriefen, als deren Verfasser sich Müller übrigens selber nie bekannt hat, endete mit den Worten: »Oder meint ihr, wir hätten nicht Pistolen und Flinten genug? Ein für allemal, liefert was vorgeschrieben ist, oder das ganze Dorf wird verbrannt, und denn können alle Pfaffen machen, was sie wollen und prophezeien.« Als nach den Aufforderungen nichts passierte, brannte Müller (?) tatsächlich das Backhaus in Söller nieder.

Sodann schrieb er einen dritten »poetischen« Brandbrief, in dem es ultimativ heißt: »Wir haben kein Papier mehr, sondern Feuer und Gewehr, und Kugeln und Bley, nun macht das es bleibt dabey!« Müller hat vor Gericht bestritten, Verfasser der Brandbriefe gewesen zu sein, erst nach dem Todesurteil habe er es eingestanden.

Der Schönauer wird in den Kriminalakten als Meuchelmörder, Erpresser und Brandstifter bezeichnet. »Über alle diese Verbrechen war er angeklagt, und wenn er noch mehr von dieser Art gesündigt haben sollte, so liegt das Geheimnis darüber in der Brust des Geistlichen begraben, der seine letzte Beichte gehört hat, und das wäre hier der Ort nicht, darüber zu sprechen.«

Versucht man seine Verbrechen in Kategorien einzuteilen, so bleibt, ähnlich wie bei dem Schotten Rob Roy, vor allen Dingen das Bild des blitzartigen Zugriffs auf Reisende und Militärpersonen. Johann Müller stahl Pferde, Ochsen, Kühe, Rinder, Schafe, Ziegen, sogar Bienen, Wäsche, Kleider, natürlich Geld, Kirchen-Silber, Krämerwaren und Feldfrüchte.

Bemerkenswert bleibt, dass man ihn lediglich wegen zehn Delikten anklagte, er anschließend nach seiner Verurteilung zum Tode durch das Fallbeil 55 weitere gestanden haben soll, aber dass er während seiner gesamten so genannten Verbrecherlaufbahn nicht ein einziges Mal auf frischer Tat ertappt worden ist.

Johann Müllers Gefangenschaft bis zur Hinrichtung hat 40 volle Monate gedauert. 77 Wochen lang war er in Eisen geschmiedet, und zwar so, dass er beide Hände nicht aneinander bringen konnte. Eine solche Verfahrensweise ist sicher aus heutiger Sicht unmenschlich und stark übertrieben, muss den damaligen Strafverfolgungsbehörden aber nahe liegend erschienen sein, nachdem es Johann Müller mit einem Komplizen, dem Saarländer Niclas Kohl, gelungen war, mit einem selbst gegossenen Nachschlüssel die Kerkertür zu öffnen und zur Nachtzeit zu entkommen.

Mehrere Wochen trieben sich die Entflohenen im Saar-Departement sowie in der Eifel herum, verübten mehrere Diebstähle, wurden aber schließlich verhaftet, als sie versuchten, Mittäter zu rekrutieren.

Johann Nicolaus Beckers Kriminalakte über Johann Müller aus Schönau, den Rob Roy der Eifel, steckt in sich voller Widersprüche. Einerseits wird Müller als hochintelligent und schulisch begabt dargestellt, an anderer Stelle als Mann mit erheblichem Intelligenzdefizit.

In einem Atemzug behauptet der Autor, Müller habe ein solches Entsetzen in der Gegend verbreitet, dass »ganze Familien ausgewandert seyn würden, wenn er nicht gefangen worden wäre.« Im gleichen Atemzug schildert er, wie Johann Müller sich in Münstereifel, einem »ziemlich beträchtlichen Städtchen«, völlig unbehelligt bewegen konnte, wo ihn die Kinder auf der Straße grüßten und »kein Mensch es wagte, ihn anzugreifen«.

Einerseits wird der Eindruck erweckt, Johann Müller aus Schönau habe

Ein Blick in den Korb neben der Guillotine lässt das Blut gefrieren. Allerdings ist bei »Abendgrauen – Die Gruselnacht«, einer Inszenierung von Ralf Kramp und Manni Lang, alles nur Show. Foto: Anna Lang/pp/Agentur ProfiPress

ähnlich wie Bückler (Schinderhannes) und Weber (der Fetzer) Bandenkriminalität betrieben. Andererseits heißt es in der Kriminalakte: »Er ging meist allein, und hielt sich nur selten an seine Cameraden, mit denen er auch keine eigentliche Verbindung hatte.«

Als Johann Müller verhaftet wurde, saß er seinen letzten freien Nachmittag über im Gasthaus Niclas Karbach »bey warmem Zucker-Wein und Brat-Würstchen, und bewirthete alles, was in die Stube kam, mit der größten Freygebigkeit.«

Johann Nicolaus Beckers aus heutiger Sicht fragwürdiger Kriminalbericht endet mit der Hinrichtung: »Am 27. Brumaire J. X. (Mittwoch, 18. November 1801) ward er enthauptet. Er bethete sehr ämsig und lief zur Guillotine.« Sein Beichtvater, der dem zu dieser Zeit verbotenen Jesuitenorden angehörte und mit Nachnamen Nuck hieß, soll Johann Müller ermutigt haben, alle Taten zu bekennen, an die er sich erinnerte.

Seine diesbezüglichen Bekenntnisse wurden von seinen Verteidigern zu Papier gebracht und befanden sich zum Zeitpunkt des Kriminalberichts von Johann Nicolaus Becker in der »Canzeley des Directors der Geschworenen des Bezirks von Bonn«.

In der öffentlichen Anhörung vor Gericht leugnete Johann Müller alles. Und zwar »auf die unverschämteste Weise«, kommentiert der einzige Gewährsmann, Johann Nicolaus Becker. Müller habe Zeugen bedroht und »den Narren gespielt«. Diese Rolle habe er aber »nach ernsthaften Ermahnungen des Gerichtspräsidenten« rasch wieder aufgegeben.

Johann Müller war erst 29 Jahre alt als er starb, hatte einen »kräftigen untersetzten Körper und eine lächelnde freundliche Miene.« Und: »Sein merkwürdiger Kopf war von einem Arzte anatomisch zubereitet und der Schädel befindet sich in unseren Händen…«, schreibt Johann Nicolaus Becker in seiner »Actenmäßigen Geschichte der Räuberbanden an den beyden Ufern des Rheins«, Cöln, verlegt bei Keil XII. J. (1804).

Robert Roy MacGregor (1671-1734) starb eines natürlichen Todes. Er wurde nach seinen Scharmützeln mit dem Herzog von Montrose inhaftiert, aber im Jahr 1727 begnadigt. Rob Roy starb am 28.12.1734 in seinem Haus in Inverlochlarig Beg, Balquhidder. Sein Grab existiert noch heute. Sein Haus wurde im November 2004 gegen die Einwände der Scottish National Party versteigert.

»Jeder schiebt die Eifel gern so weit wie möglich von sich,
als wenn von einer ungesegneten oder gar versegneten Wüste die Rede sei.«
(Ernst Moritz Arndt)

Landschaften

In der Eifel wollte früher keiner leben: höchstens dicht daneben. Kam man von der Mosel her, dann fing die Eifel weiter im Norden an, näherte man sich von der Köln-Bonner Bucht aus, dann konnte man sich darauf verlassen, dass die Einheimischen auf eine Eifel verwiesen, die weiter südlich beginne.

Heutzutage, im Zeitalter der Rursee-Dampfschifffahrt, des zur heimlichen Hauptstadt der Niederlande avancierten Städtchens Monschau, der nicht verebbenden Touristenströme und des Bitburger Bieres von Weltruf, kann man sich auf das genaue Gegenteil einstellen. Da wollen die Trierer und Cochemer ebenso zur Eifel gehören wie die Bewohner der »Zuckerrübensteppe« zwischen Euskirchen und Zülpich.

Die Eifel als angezeigtes Erholungs- und Urlaubsgebiet ist ebenso neudeutsch »in«, wie sie vor mehr als hundert Jahren als armseligster Landstrich Preußens verpönt war. »Die Eifel ist sexy«, sagte unlängst ein Aachener, Funktionär der Zukunftsinitiative Eifel. Und Helmut Etschenberg, der amtierende Präsident dieses grenzüberschreitenden Zusammenschlusses eifelweiter Kreise und Wirtschaftskammern, nennt den Landstrich ein »wachgeküsstes Dornröschen«.

Gleichzeitig hat auch das Spektrum der Eifellandschaften zugenommen. Es erstreckt sich mittlerweile von den Niederungen der in den Rhein mündenden Erft zwischen Bad Münstereifel und Lechenich bis zum Quellgebiet der Rur in den Ardennen, je nach Geschmack der Bevölkerung auch in die Niederungen

Richtung Roermond hinab, wo sie, die Rur ohne »h«, in die Maas mündet.

Die Kyll, die vom rheinland-pfälzischen Hallschlag/Ormont einen kurzen Umweg durch das nordrhein-westfälische Kronenburger Land nimmt, ehe sie über Gerolstein und Kyllburg erneut und endgültig dem Bundesland Rheinland-Pfalz und der Mosel zufließt, gehört ebenso dazu wie Our und Sauer, die über alle Maastrichter Verträge hinweg als Grenzflüsse zwischen Deutschland und Belgien beziehungsweise Luxemburg herhalten können.

Dabei ist der Begriff »Grenze« ein gutes Stichwort für Eifel und Ardennen und ihre vielen verschiedenen Landschaften: Ahrtal, Brohltal, Laacher See, Dauner Maare, Vulkaneifel, Liesertal, Salmtal, Westeifel, Ostbelgien, Hohes Venn, Lac de la Gileppe und Eifeler Seenplatte, Kermeter, Urfttal, Oleftal, Kylltal, das Umfeld der Nürburg, die Schnee-Eifel, die Luxemburger Schweiz und das Maifeld beispielsweise.

In luftiger Höhe über der Eifeler Seenplatte. Luftbild: Felix Lang/pp/Agentur ProfiPress

Bei dieser willkürlichen Auswahl allein gerät man gleich mehrfach über Landes- und Staatsgrenzen hinweg.

Man nehme, was den Eifelern stets gefehlt hat, nämlich wirkliche urbane Siedlungen und setze diese, die Eifel umgebenden großen Städte, als Eckpfeiler. Heraus kommt ein geometrisch nicht ganz exaktes Rechteck, das sich zwischen Bonn, Aachen, Trier und Koblenz erstreckt. Hinzu packe man die ehedem zu Deutschland gehörenden, heute aber nahezu problemlos zu Belgien zählenden Ostkantone (Deutschsprachige Gemeinschaft) und die Luxemburger Schweiz - und zwar auf der von Norden nach Süden etwas gekrümmt verlaufenden Linie Aachen - Botrange - Malmedy - Sankt Vith - Reuland - Dasburg - Vianden - Beaufort - Echternach – und heraus kommt: »Die Eifel«!

»Die Eifel ist ein rauher, unfruchtbarer Landstrich ... von düsterem Ansehen, mit sehr wenigen, meist unfreundlichen Dorfschaften, die von armen, größtenteils wenig gebildeten, aber treuherzigen und genügsamen Menschen bewohnt wird.«
(Brockhaus, Leipzig, 1883)

Städte und Dörfer

Eisenbahn und Autobahnen, geteerte Wege bis zum entlegensten Dörfchen haben der Eifel binnen von nur hundert Jahren ihren Schrecken genommen. Hier verhungert keiner mehr, hier gibt es ein Sozialprodukt weit über und eine Arbeitslosenquote unter dem Durchschnitt. Die Auswanderungswellen sind verebbt, die früher nach Köln und Düsseldorf führten in einer Kopfzahl, dass es für eine eigene kleinere Eifeler Großstadt gereicht hätte, oder die via Antwerpen direkt bis nach Amerika gingen.

Die Eifeler wandern nur noch für die Dauer eines Arbeitstages aus; am Abend kehren sie heim ins Dorf, setzen sich vor den Fernsehapparat, gehen in die Wirtschaft – oder fahren als sogenannte »Nebenerwerbslandwirte« aufs Feld.

Die Zahl der Städte und Städtchen ist gewachsen - im nordrhein-westfälischen Teil als Folge der kommunalen Neugliederung, die beispielsweise aus dem einstigen Bergarbeiterdorf Mechernich unter Eingemeindung von Kommern und zahlreicher ehemals selbstständiger Gemeinden eine »Stadt« gemacht hat.

Auch die Siedlungen selbst sind größer geworden. Manche Städte und Dörfer haben sich seit dem Krieg an Häusern und Menschen mehr als verdoppelt. In die Neubaugebiete ziehen mehr und mehr Stadtflüchtige ein. Nordeifeler Randgemeinden wie Euskirchen, Zülpich oder Swisttal sind zu Schlafstätten des Köln-Bonner Mittelstandes geworden. Vor allem Behördenbedienstete und Beamte schätzen das Häuschen im Grünen, ohne die großstädtische Infrastruktur missen zu wollen.

Die Eifeler Siedlungen sind aber nicht nur größer geworden – ihr ganzes Aussehen hat sich gewaltig verändert und mit ihm die soziale Struktur. Wo früher Kuhfladen und Kies gleichberechtigt den Straßenbelag bildeten, da erstreckt sich heute häufig eine geteerte Paradeallee, flankiert von prächtig herausgeputzten Wohnhäusern mit ebenso reich wie exotisch bepflanzten Vorgärten. Der Wettbewerb »Unser Dorf soll schöner werden« hat Spuren hinterlassen.

Mit dem Niedergang der Landwirtschaft seit Anfang der sechziger Jahre war die Zunahme an gewerblichen Arbeitsplätzen verbunden. Die Leute hatten plötzlich Geld in der Tasche. Und das verwendeten sie meist schleunigst dazu, die vorgeblich »ärmlichen« Fachwerk- oder Bruchsteinfassaden ihrer Häuser mit Teerpappe, Bitumen oder Eternit zu vernageln. Mit Lehm verputzte »Frankfurter Decken« wurden mit Hilfe von Gipsplatten »aufgewertet«, Bretter- und Steinböden durch PVC-Beläge oder Teppichboden ersetzt, uralte Möbel verheizt. Ihren Platz nahm häufig nahtlos »vollwertige« Fabrikware ein.

In diese Phase fielen die Beutezüge urbaner Antiquitätenhändler. Und die Eifeler ließen sich in ihrem Erneuerungswahn auch noch gerne übers Ohr hauen. Vieles, was heute in den Antiquariaten für eine Handvoll Hundert-Euroscheine zu haben ist, wurde ehedem einem ahnungslosen Landmenschen für fünf Euro abgeluchst. Oder die »Sammler« haben es einfach von einer der zahlreichen Müllkippen aufgelesen, die in den sechziger Jahren vor »nutzlosem Plunder« überquollen.

Mittlerweile hat eine neue Welle die Eifel erfasst: Nostalgie steht hoch im Kurs. Zum Teil mit staatlicher Hilfe (Dorferneuerungsprogramme) wurden Bitumen- und Kunststoffplatten wieder von den Wänden gerissen und die ehemaligen Strukturen herausgearbeitet. Modern und wasserdicht verlegte Dachplatten werden wieder heruntergenommen und die Dächer mit glasierten »Firmenicher Pfannen« neu eingedeckt.

Ganz stilsicher sind die Eifeler Bauherren allerdings noch nicht geworden, wie der Zülpicher Architekt Markus Ernst einmal bedauerte: »Viele Häuser quellen über von allem, was die Baumärkte so zu bieten haben.« Beklagens-

Ein Fachwerkidyll ist die Altstadt von Kommern (Stadt Mechernich).
Foto: Manfred Lang/pp/Agentur ProfiPress

werter mag es sein, dass sich die soziale Struktur in den häufig zu »Schlafdörfern« gewordenen Ortschaften gewandelt hat.

Das Dorf als in sich geschlossener sozialer Verband existiert nicht mehr, in dem jeder auf jeden angewiesen war und in dem alleinstehende Greise oder Behinderte mit der größten Selbstverständlichkeit durchgefüttert wurden, wenn sie keinen nahen Angehörigen mehr hatten. »Dorfgemeinschaft« ist heutzutage häufig keine treffende Zustandsbeschreibung mehr, sondern plakatives Aushängeschild von entsprechenden Vereinen.

Dazu drei Zitate aus einem Aufsatz des Schriftstellers Heinz Küpper (»Beschreibung einer Fotografie«, Eifel-Lesebuch, Rhein- Eifel-Mosel-Verlag):

»Indem sie ihre steinigen, rostroten Äcker mit rotbunten Ochsen und gar Kühen umbrechen, leben sie damals noch am Rand des Alten Testaments, und auch die Ährenleserin geht mit dem heiligen Recht der Armut über das abgeerntete Feld.«

»Man sieht es mit Augen, man spürt es sinnlich, hier ist ein Geflecht von Personen mit je besonderem Namen und Inhalt, das, als es später auf den Begriff gebracht wurde, Dorfgemeinschaft, schon längst im Schwinden begriffen war.«

»Die Aufzählung der Wohltaten und Greuel, die zu der Veränderung geführt haben, kann ich mir schenken, sie sind inzwischen notorisch, und ihre Behandlung könnte unter dem Titel stehen: Heimatvertrieben zuhause.«

»Die Bewahrung der bodenständigen Sitten und Gebräuche, Sang und Sage, Fröhlichkeit und Schelmerei und ein echtes Heimatbewußtsein bilden das Fundament für die Treue unserer Eifelbevölkerung zur angestammten Heimat.«
(Konrad Schubach)

Menschen

E del sei der Mensch - milchreich die Kuh«, wandelte ein Karnevalsjeck das Goethezitat um. Er hätte Eifeler sein können. In Ulmen erzählt man sich einen anderen Witz: Treffen sich zwei Eifeler, dicke Freunde, nach 30 Jahren Trennung wieder. Sie fallen sich nicht um den Hals, stehen eher verlegen beieinander und schweigen. Sagt der eine unvermittelt zum anderen: »Und?!«

Wie ist er denn nun, »der Eifeler«?

Ein Heimattümler, wie ihn sich der ehemalige Staatssekretär und Eifelvereins-Vorsitzende Konrad Schubach in dem oben angeführten Zitat wünschte? Falsch.

»Der Eifeler an sich ist ein ausgemachter Knalldepp«, hielt der bissig-bitterböse Jung-Satiriker Volker A. Zahn im ersten Eifel-Lesebuch »Vaters Land und Mutters Erde« (Rhein-Eifel-Mosel-Verlag, 1989) dagegen. Noch falscher.

In der Eifel gibt es genauso viele Knalldeppen und Heimattümler wie im Hunsrück oder im Westerwald. Auch die Zahl der Spitzbuben, Ewiggestrigen, der Intellektuellen, Treudeutschen und Treudoofen dürfte sich, an der Bevölkerungszahl gemessen, mit der Rheinschiene oder dem Moseltal die Waage halten. Warum will man wissen, wie »der Eifeler« ist und nicht »der Kölner«, »der Trierer«, »der Bäcker« oder »der Studienrat«? Weil man weiß, dass es letztere an und für sich gar nicht gibt.

So ist es, man glaubt es kaum, auch in »der Eifel«. Der Eifeler ist zunächst einmal ein Individualist.

Es gibt Anhaltspunkte dafür, dass die Menschen hier etwas weltoffener, etwas europäischer, vielleicht sogar eine Spur anarchistischer sind, als sie selbst

Gut gelaunt: Missionsschwester Jutta aus Afrika auf Besuch in der Eifel mit Küster Konrad Hamacher. Archivfoto: Agentur ProfiPress

ahnen, und als es die Bewohner der zentraler gelegenen Deutschländer sind. Kein Wunder:

Kelten und Germanen kloppten sich schon in der Eifel, dann die Römer mit beiden Volksstämmen.

Schließlich kamen die Franken und machten sich breit. Durchziehende Soldatenheere kämpften nicht nur auf dem Schlachtfeld, sondern auch an der amourösen Front und »verdünnten« das Blut der »Einheimischen« durch die Jahrhunderte.

Auch ließen sie ihre Fußkranken zurück und die, die keine Lust mehr hatten. Heraus kam ein Vielvölkergemisch, das sich wohl eher zwangsläufig »Eifeler« nennen musste, weil die am Rhein und die an der Mosel die Menschen dieses Landstrichs nicht als »Rheinländer« wollten durchgehen lassen.

Aus der Not mangelnder Akzeptanz und aus der Not ungerechtfertigter verbaler Ohrfeigen heraus (»kleines, diebisches Bergvolk«) haben die Eifeler schließlich eine Tugend entwickelt: Sie nahmen alles etwas gelassener, als das Menschen anderer Landstriche vielleicht getan haben. Genutzt haben ihnen ihr trockener Humor und ihre abwartende Skepsis selten etwas.

Der Literatur-Nobelpreisträger Heinrich Böll: »Merkwürdiger Gedanke beim Gang über diese schönen, friedlichen Täler: In dieser Landschaft hat es nachweislich die wenigsten Nazis in Deutschland gegeben, und sie wurde von den deutschen Divisionen am härtesten bestraft, bestraft bis ins ›zweite Geschlecht‹: Wie viele Kinder sind hier noch, lange nachdem der Krieg zu Ende war, auf Minen gelaufen, von Granaten verletzt und getötet worden.« Nicht »der Eifeler« starb hier, sondern jeder einzeln und jeder für sich selbst ...

Die denkbar beste Hommage an die Rheinländer, zu denen zweifelsfrei auch die Eifeler gehören, stammt aus der Feder von Carl Zuckmayer. Es ist ein Auszug aus seinem Stück »Des Teufels General«:

General Harras: Was'n mit Ihnen los?

Leutnant Hartmann: Nichts, Herr General.

Harras: Na ... stehn Se mal bequem, knöppen Se Ihr Innenleben auf. Toter Punkt – oder Liebeskummer? ... Na also ... Also wat is'n mit der kleenen Morungen?

Hartmann: Es ist aus, Herr General. Wir werden uns nicht verloben.

Harras: Ach! Warum nicht?

Hartmann: Ich weiß es nicht. Wahrscheinlich wegen ... es ist da etwas mit meinem ... Nachweis. Eine meiner Urgroßmütter scheint aus dem Ausland gekommen zu sein.

Harras: Ach da sind Se wohl nich janz arisch. Was?

Hartmann: Man hat das oft in rheinischen Familien. Jedenfalls sind die Papiere nicht aufzufinden.

Harras: Naja. Dann begreif ich natürlich Fräulein Morungen. Dann sind Sie ja 'n Mensch zweiter Ordnung. Da könn' Se ja keene Parteikarriere machen.

Hartmann: Nein, Herr General.

Harras: Schrecklich. Diese alten verpanschten rheinischen Familien! ... (lacht vor sich hin) Stell'n Se sich doch bloß mal Ihre womögliche Ahnenreihe vor: da war ein römischer Feldherr, schwarzer Kerl, der hat einem blonden Mädchen Latein beigebracht. Dann kam 'n jüdischer Gewürzhändler in die Familie. Das war 'n ernster Mensch. Der 's schon vor der Heirat Christ geworden und hat die katholische Haustradition begründet. Dann kam 'n griechischer Arzt dazu, 'n keltischer Legionär, 'n Graubündner Landsknecht, ein schwedischer Reiter ... und ein französischer Schauspieler. Ein ... böhmischer Musikant. Und das alles hat am Rhein gelebt, gerauft, gesoffen, gesungen und ... Kinder jezeugt. Hm?

Und der Goethe, der kam aus demselben Topf, und der Beethoven, und der Gutenberg, und der ... Matthias Grünewald. Und so weiter, und so weiter. ... Das war'n die besten, mein Lieber. Vom Rhein sein, das heißt: vom Abendland. Das ist natürlicher Adel. Das is Rasse. Sei'n Sie stolz drauf, Leutnant Hartmann, und hängen Sie die Papiere Ihrer Großmutter auf den Abtritt!

»Jede ärbet op seng Art am Dörf, jede lääch seng Jedanke dren.
Me hätt dieselbe Strooße, dieselbe Kerch on Scholl.
Dobeij konn noch Verwandte, Noobere on Frönde, wo et Hetz draan hänk.
Wuezele, die dörch et janze Dörf john ...«
(Ida Schröder)

Solidarität

D ie Eifel ist ein herrliches Jagdrevier, nur schade, dass da Menschen wohnen«, soll Kaiser Wilhelm II. einmal über sein »Preußisch Sibirien« gesagt
haben. So nannte man das wirtschaftlich unterprivilegierte und bis auf die
kriegswichtigen Eisenbahnlinien infrastrukturell sträflich vernachlässigte Land
im äußersten Westen des deutschen Kaiserreiches. Wilder Westen, armes Land,
das die Schwalben einem Schmähwort zufolge rücklings überflogen, um das
Elend unten auf der Erde nicht zu sehen ...

Nun hat dieses Land, das vor den Preußen von den Franzosen besetzt war,
keine tumben Toren hervorgebracht, auch wenn das im Königreich Preußen
und später im Kaiserreich anders die Runde machte: »Die Eifel ist ein rauher,
unfruchtbarer Landstrich«, schreibt der Brockhaus, Leipzig, 1883: »... von
düsterem Ansehen, mit sehr wenigen, meist unfreundlichen Dorfschaften, die
von armen, größtenteils wenig gebildeten, aber treuherzigen und genügsamen
Menschen bewohnt wird.«

Die Eifel, heute kerneuropäische Kernprovinz, die sich aus Teilen dreier
Staaten, Deutschland, Belgien und Luxemburg, zusammensetzt sowie sich auf
der deutschen Seite sowohl über den Süden des Bundeslandes Nordrhein-
Westfalen als auch über den Norden des Bundeslandes Rheinland-Pfalz er-
streckt, hat heutzutage zwar eine knappe Million Einwohner, aber keine einzige
Metropole, die den Namen verdiente.

Die Eifel besteht aus Dörfern und Kleinstädten. Dabei haben die Eifeler über die Jahrhunderte die sie umgebenden Großstädte mit Menschen gefüllt. Mit Armutsemigranten, Landflüchtigen von der Eifel vor allem nach Köln, Düsseldorf und ins Ruhrgebiet, aber auch nach Trier, Koblenz und Aachen. Emigranten in einer Zahl, dass es durchaus für eine eigene kleinere Großstadt gereicht hätte, nämlich 160 000, verließen die Eifel zwischen 1840 und 1914, um in Nordamerika oder an Rhein und Ruhr neue Heimat zu finden.

345 000 blieben an der Schwelle zum Ersten Weltkrieg in der preußischen Rheinprovinz. Sie lebten in einem dörflich geprägten Lebensumfeld, das in sich weder sprachlich noch geografisch einheitlich ist, »ohne spezifische Gesamtkultur«, so die Volkskundlerin Prof. Sabine Doering-Manteuffel, aber von einem »mächtigen volksfrommen Katholizismus« geprägt, der einen »religiös fundierten Fortschrittsskeptizismus« und ein »bemerkenswertes Traditionsbewusstsein« hervorbrachte.

Ohne das stilisieren zu wollen, war das der Nährboden für eine solidarische Dorfgesellschaft, in der mehr oder weniger jeder auf Solidarität und Schutz der anderen angewiesen war. Nächstenliebe in der Form von Gastfreundschaft und solidarischem Beistand kam vermutlich nicht immer von Herzen, aber das Wohl des Mitmenschen war den meisten Leuten heilig.

Unter der Besatzung und Beherrschung durch andere, durch die Jahrhunderte ein Dauerthema in der Eifel, entstand eine Dorfgesellschaft, in der beispielsweise auch allein zu stehen gekommene Greise und Behinderte mit großer Selbstverständlichkeit durchgefüttert wurden, wenn sie keine nahen Angehörigen mehr hatten.

Es gab vielfach eine den Kleinbauern des Dorfes gemeinsame Viehherde, die vom »Küert« auf Ödland in Gemeinschaftsbesitz gehütet wurde. Gegenseitige Hilfe etwa bei Geburten von Mensch und Tier oder beim Dreschen des Getreides war eine Selbstverständlichkeit. Pferde- und Ochsenhalter verrichteten meist gegen kleines Entgelt Fuhrdienste für die Kleinbauern, die kein eigenes »Fahrvieh« besaßen. Kam es zu einer Notschlachtung, so war es üblich, dass jedes Haus (Familie) im Dorf ein wenig von dem Fleisch kaufte, um die betroffene Familie nicht allein auf dem existenzbedrohenden Verlust einer Kuh sitzen zu lassen.

Apropos »jedes Haus«: Bis heute hat sich auf den Eifeldörfern der Brauch gehalten, dass aus jeder Familie mindestens eine oder einer an der Totenwache teilnimmt und ein/e andere/r aus der Familie mit zur Beerdigung geht, um der trauernden Familie die Solidarität von Haus zu Haus anzuzeigen.

Materielle Unterstützung und die eigene Arbeitskraft waren gefragt, wenn Familien in Notlagen gerieten. Brannte die Scheune ab, in der Streustroh und Futterheu lagerten, so musste das Vieh ja gleichwohl weiter fressen, auch wenn es Winter war. Ich habe es selbst in den 60er Jahren erlebt, als ein Teil unseres Bauernhofes abbrannte. Nicht nur, dass das ganze Dorf auf den Beinen war, um zu helfen, keineswegs nur die Freiwillige Feuerwehr. Ich kann mich auch gut erinnern, dass ein Bauer aus einem Nachbardorf uns einen ganzen Traktoranhänger voll Heu vor den Kuhstall stellte, als es Futterzeit war. Ungefragt und zu einem Zeitpunkt, als die Löscharbeiten noch andauerten ...

Zu der Zeit hatte unsere Gemeinde wie viele andere in der Eifel noch eine eigene Gemeindeschwester. Nicht nur wir Kinder liefen mit jedem Wehwehchen zu ihr – und meistens konnte sie helfen. Nur bei gravierenden Dingen mussten wir zum Arzt, den es auch im Dorf gab. Ein richtiger Eifeler Landarzt, der sich im Winter

Humanität am »Täterort«: Fotoaktion des Roten Kreuzes im Kreis Euskirchen, das heute auf dem Gelände der früheren NS-Ordensburg Vogelsang ein Internationales Rotkreuz-Museum unterhält.
Foto: Rolf Zimmermann/pp
Agentur ProfiPress

bei Schneeverwehungen auch nächtens mit dem Traktor zu den zu Hause bettlägerigen Patienten bringen ließ, wenn es Not tat.

Die Gemeindeschwester war übrigens auch morgens und abends auf Achse, um die zu Hause pflegebedürftigen Dorfgenossen in den sieben zur Gemeinde gehörenden Dorfschaften zu versorgen. Schwester Maria, so hieß unsere Gemeindeschwester, machte erst relativ spät, in den siebziger Jahren, wenige Jahre vor ihrem Tod, den Führerschein. Bis dahin war sie mit dem Fahrrad oder zu Fuß zu ihren Patienten auf den Dörfern unterwegs.

Zusammenhalt und Solidarität in den Dörfern waren natürlich nicht durchgängig und aus einem Guss. Es gab Ausbrüche, und natürlich hatte das System auch Schattenseiten. Ein so engmaschiges soziales Netz bedeutet Kontrolle und Abhängigkeit. Es hatte Konsequenzen, wenn man dem obligatorischen Kirchgang fernblieb oder in Mode- und Verhaltensdingen von der Norm abweichende oder gar extravagante Wege ging.

Kein Wunder, dass viele in den Nachkriegsjahrzehnten bis in die 70er Jahre hinein den Ausbruch suchten und fanden. Diesmal kaum durch Abwanderung und Landflucht, als vielmehr durch einen ungesteuerten unmerklichen Umbau der dörflichen Gesellschaften zu Milieus mit Vorstadtcharakter. Das Dorf als in sich geschlossener sozialer Verband existiert nicht mehr, viele Dörfer sind zu Schlafdörfern geworden, in anderen sind Zusammengehörigkeitsgefühl und Solidarität noch ausgeprägt.

Andererseits entstand in den letzten 20 Jahren ein neues Eifelselbstbewusstsein, nicht auf das einzelne Dorf, aber auf die Region bezogen, die im Zeitalter von Eifelkrimis, Tourismus und Nationalpark Eifel gewaltig an Image zugelegt hat.

»Meine Mutter war Näherin und Köchin und Bäckerin und der Nikolaus
des Mitteldorfes am 6. Dezember. Meine Tante hielt den Nutzgarten
gedeihlich. Meine Oma hütete Kühe, machte Heu, säte Getreide,
steckte Kartoffeln und Runkelrüben auf kleinen Feldern vor dem Ort.«
(Klaus Hansen)

Arbeitswelten

Zunächst waren da die Jäger und Sammler: Altsteinzeitliche Siedlungen wurden bei Eiserfey (Kartstein- oder Kakushöhle), Nettersheim (Aulsheck), Gerolstein (Buchenloch), Trier (Genovevahöhle) und Bad Bertrich (Falkenlaygrotte) entdeckt.

In der Jüngeren Steinzeit und in der Bronzezeit kamen die Bauern und Handwerker dazu. Vervollkommnet wurden Ackerbau und Viehzucht zumindest, als sich die Franken nach dem Jahre 400 n. Chr. in der Eifel breitmachten.

Die Landwirtschaft mit ihren verschiedenen Spielarten bestimmt das Bild der Eifel bis heute. Am Nordrand liegt die »Zuckerrübensteppe« der Euskirchen-Zülpicher Börde mit ihren Weizen- und Knollen-Monokulturen. In den Mittelgebirgslagen wird Braugerste angebaut. In der Hocheifel herrscht die »Grünlandwirtschaft« vor mit

Der Bagger muss warten bis der erste Spatenstich
von prominenter Hand getan worden ist: Jean-
nette Gräfin Beissel zu Gymnich und Mecher-
nichs Bürgermeister Dr. Hans-Peter Schick.
Archivfoto: Agentur ProfiPress

Wiesen und Weiden, Milch- und Fleischproduktion.

Im Ahrtal gedeiht der Spätburgunder, an der Mosel vor allem Riesling. Exotischer schon sind die Tabakplantagen bei Wittlich und die Hopfenfelder bei Irrel. Auch Schnaps wird gebrannt, in der Zülpicher Kante aus Roggen (Korn), in der Südeifel aus Obst, an Mosel und Ahr aus den Rückständen der Weinproduktion (Trester und Hefeschnaps). Bekannt sind auch diverse Liköre wie der Monschauer »Elz«, die Rockeskyller »Hexe«, der Mariawalder »Klosterlikör« oder der Ahrweiler »Eifelgeist«.

Im Dunstkreis der Landwirtschaft florieren auch Molkereiwirtschaft und Käseherstellung, Fleisch- und Wurstverarbeitung. Als Handelsplätze für Vieh waren einst Hillesheim, Prüm und Bitburg berühmt – letztere Stadt erlangte Weltruf natürlich wegen der Qualität ihres Bieres.

Altes Handwerk, moderne Technik: Strohdachdecker mit Handy bei der Arbeitspause.
Foto: Manfred Lang/Agentur ProfiPress

Standortvorteile nutzten ehedem einmal die Backofenbauer aus Bell (Laacher See), die sogar eine eigene Sprache entwickelten: das »Lebber Talp«. Richtig: »Lebber Talp« ist nichts anderes als »Beller Platt«, verdreht gesprochen. So konnten die Beller Backofenbauer Preis- und andere Absprachen im ganzen Umland treffen, ohne dass sie jemand verstand.

Berühmt-berüchtigt waren ehedem die Mausefallenhersteller aus Neroth (Kreis Daun); an Bedingungen der Preußischen Strafanstalt nahe Berlin müssen die Arbeitsbedingungen am Mechernicher Bleiberg erinnert haben, der im Volksmund den wenig schmeichelhaften Spitznamen »Spandau« abbekam. Zur Blütezeit, Ende des 19. Jahrhunderts, gingen hier 4500 Menschen unter Tage ihrer oft mörderisch gefährlichen Arbeit nach. Wer die zahllosen Einstürze und die harte Knochenarbeit überlebte, der starb häufig an der mit »Bergmanns-Krankheit« verharmlosten Staublunge. Bleibergwerke florierten auch in Bleialf, Bleibuir und Rescheid. Mechernich, Bleialf und Rescheid sind wieder als sogenannte »Besucherbergwerke« zugänglich.

Textil- und Lederproduktion florierten früher einmal in Monschau, Prüm, Malmedy und Münstereifel, wasserkraftbetriebene Eisenhämmer und Blasewerke in Eisenschmitt, bedeutende Verhüttungsbetriebe mit einer frühen Takenplatten- und Ofenindustrie im Schleidener Tal. Energielieferant war hier die Köhlereiwirtschaft, die aus den Eifelwäldern Holzkohle und Heidelandschaft machte.

Heute finden die Eifeler in ihrer Heimatregion eine Menge mehr Arbeitsplätze als Anfang der sechziger Jahre, als die kleinbäuerliche Landwirtschaft den Anfang ihres Endes fand. Militärgarnisonen der amerikanischen, belgischen und deutschen Streitkräfte gehörten lange dazu, aber vor allem neue Betriebe in den vielen aus dem Boden gestampften kommunalen Gewerbegebieten.

Umweltverträglicher als die Truppenübungsplätze und Militärflugplätze sind vielfach die boomenden Beschäftigungsmöglichkeiten in Mineralwasservermarktung und Fremdenverkehr. Berühmt sind natürlich auch Eifeler Lava-, Basalt- und Tuff-Absatz, Schieferplatten, Kirchenglocken, Glas und Senf – letzterer heißt hier allerdings, wie im gesamten Rheinland, »Mostert«.

»Gottlob, endlich was Lebendiges! Dort auf dem Acker, den man dem
Wald abgewonnen hatte, dort, hinter dem Pflug her, ging eine Gestalt
in brauner Kutte, barhaupt und barfuß. Das war einer aus dem Kloster!
Schnell ging Drück auf ihn zu, aber der Schweiger wandte noch schneller
sein Haupt und zeigte sein Antlitz nicht.«
(Clara Viebig)

Kirchen und Klöster

Germanische und keltische Gottheiten bestimmten die religiösen Vorstel-lungen der Eburonen und Ubier (Nordeifel), der Treverer (Südeifel) und der Caerosi (Westeifel), dann kamen die Römer, übernahmen aber großzügig deren Gottheiten und Heiligtümer und gemeindeten sie solcherart in den rö-mischen Götterhimmel ein.

Letzteres taten auch die Mönche, die ab dem 6. Jahrhundert die inzwischen fränkisch gewordene Eitel christianisierten. So fand sich bei Renovierungsar-beiten in der Kirche Weyer (Stadt Mechernich) ein keltischer Matronenstein, der von den Römern übernommen, an die Franken weitergereicht und schließ-lich an Ort und Stelle von der christlich gewordenen Bevölkerung – vermutlich mit missionarischer Duldung – in den Altar eingemauert worden war.

Als Basislager der Eifeler Missionierung durch Benediktinermönche gilt die von St. Remaclus 650 gegründete Doppelabtei Stablo-Malmedy. Die angelsächsischen Missionare errichteten für die Missionierung des Moselraums ihre Hauptstützpunkte in Trier (Abtei St. Maximin) und Echternach (Kloster St. Willibrordus).

Die Klöster verbreiteten nicht nur den christlichen Glauben, sie nahmen auch viel Wildland unter den Pflug. So bewirtschaftete das Kloster Prüm im 9. Jahrhundert rund 50 000 Morgen Land. Die Abteien entwickelten sich zu kulturellen Mittelpunkten, in denen das Erbe der Antike gepflegt und weiter-gegeben wurde.

Die römische Kirche machte die Eifel rasch zu »Gottesland«. Dabei übernahm sie zum Aufbau ihrer Organisation vorhandene Strukturen. Die Dekanate entsprachen den fränkischen Gauen, die Bischofssprengel den römischen Civitates, die Bistümer Köln und Trier ursprünglich den Provinzen Niedergermanien und Belgica.

In der Karolingerzeit (750-900) erlebten Eifel, Kirche und Klöster gleichermaßen ihre Blütezeit. Vom östlichen Grenzland rückte die Eifel mit der neuen Hauptstadt Karls des Großen, Aachen, plötzlich als »Rom des Nordens« ins Zentrum des Frankenreiches. Karl unterhielt zahlreiche Residenzen in der Eifel, das Kloster Prüm avancierte zum »Familienkloster« der Karolinger. Kaiser Lothar I. beendete hier 855 als Mönch sein Leben.

Im Mittelalter machten die Bischöfe den Feudalherren mächtig Konkurrenz

Salvatorianerkloster Steinfeld mit Hermann-Josef-Kolleg im Überflug.
Luftbild: Manfred Lang/pp/Agentur ProfiPress

in äußerst irdischen Dingen wie Macht und Besitztum. Sie schickten die päpstliche Inquisition, die ein Blutbad wegen vorgeblicher Hexereien anrichtete, und sie verhinderten mit Waffengewalt, dass Land und Leute der Reformation anheimfielen.

Spätestens mit der Säkularisation (1802) ging die weltliche Macht der Kirche zu Ende – die Klöster wurden aufgelöst.

Heute gibt es wieder eine ganze Reihe monastischer Niederlassungen, geistliche Zentren in Eifel und Ardennen mit religiöser Ausstrahlung weit über sie hinaus: Abteien und Klöster wie Maria Laach, Maredsous, Clerf, Chevetogne, Himmerod, St. Matthias, Steinfeld oder Kornelimünster.

»Ich muss noch einmal ins Venn. Ich muss noch einmal in dieser wilden, weiten Einsamkeit versinken. Ich will noch einmal ganz mit mir allein sein.«
(Ludwig Mathar)

Freizeit

Das ist so eine Sache mit der Einsamkeit. In der Eifel, meine ich. Nach Lage der Dinge sollte derjenige, der Einsamkeit sucht, das Land unter die Füße nehmen. Wandern. Wozu gibt es einen Eifelverein und ein von ihm bestens ausgeschildertes, Tausende von Kilometern langes Wegenetz?

Zwangsläufig zu Fuß gehen muss der geneigte Eifelbesucher, wie auch der Einheimische, in den sogenannten »touristischen Hochburgen«. In Monschau oder Bad Münstereifel etwa, in Ahrweiler, Altenahr oder im historischen Teil von Trier bleibt einem auch gar nichts anderes übrig. Fußgängerzonen und mangelndes Parkplatzangebot gesellen sich treffsicher zueinander. Und an »Einsamkeit« ist bei einem solchen Spaziergang auch nicht zu denken, zumindest an Wochenenden im Sommer nicht, weil dann zahllose Zeitgenossen zeitgleich dasselbe tun.

Wie wäre es also mit Wassersport? Mit dem Motorboot auf der Mosel vielleicht, paddelnd im Kajak über die Sauer, mit dem Tretboot über den Bitburger Stausee, segelnd über den Zülpicher See oder gleich im geräumigen Fahrgastschiff auf der Rurtalsperre?

In die Lüfte erheben kann man sich auf der Dahlemer Binz, als Besitzer eines Segelflugzeugs oder als Passagier in einem gecharterten Motorflieger. In der Zülpicher Börde gibt es die Gelegenheit, an Bord eines Heißluftballons zu steigen, um sich die Siedlungen und Kirchtürme als höchste Erhebungen dieser flachgehobelten Rheinebene aus der Luft anzuschauen. Ultraleichtflieger starten und landen unter anderem in Müggenhausen (Gemeinde Weilerswist).

Auf der Dahlemer Binz kann man gegen Bezahlung als Passagier an Bord eines Crycopters gehen. Foto: Manfred Lang/pp/Agentur ProfiPress

Schwimmbäder »open air« oder »eingehaust« gibt es zuhauf. An den Seen warten Badestrände auf menschliche Wasserratten. Hinzu kommen exklusive Freizeitbeschäftigungen wie die Jagd, der Golfsport oder das Reiten.

Sackhüpfen, Seifenkistenrennen, Bullen-Rodeos und zahllose Volksfeste verschaffen ausreichende Genugtuung auch denen, die sich in ihrer sauer erarbeiteten Freizeit nicht als Wandervögel oder Aktionshungrige verschleißen wollen.

Zahllose Bälle auf den Dörfern und Tanz-Happenings in den Kurstädten, Diskotheken in jedwedem »Mittelzentrum«, Spielkasinos beispielsweise in Aachen und Bad Neuenahr, auch einsam gelegene Nachtclubs, locken die Bohème und diejenigen, die sich für Bohemien halten.

Gastronomie und Hotellerie, Feriendörfer und Campingplätze, zahllose Pensionen und private Ferienwohnungen bieten denjenigen Obdach, die für längere Zeit in der Eifel bleiben wollen, als jene 20 Millionen Kurzzeiturlauber und Tagesgäste, die aus dem weiten rheinischen, belgischen und niederländischen Umland jährlich die Eifel besuchen. Was im Übrigen sehr zu empfehlen ist: länger bleiben. Die meisten, die die Eifel in ihrer Freizeit »erobert« haben, sind später wiedergekommen – einige für immer.

»Hier ist des Volkes wahrer Himmel, Zufrieden jauchzet groß und klein:
Hier bin ich Mensch, hier darf ich's sein!«
(Johann Wolfgang von Goethe, Faust)

Feste und Folklore

Das oben angeführte Goethezitat verweist auf drei Grundmerkmale von Folklore und Festen: Sie sind ein Ort des Volkes (siehe »Volksfest«), sie sind Kindern wie Erwachsenen gleichermaßen zugänglich – und sie wirken heilsam auf die Seele, sie haben, wissenschaftlich ausgedrückt, »katalytische Wirkung«. Oder einfacher gesagt: Es macht Spaß dabei zu sein, es tut gut, mitzumachen, und es ist, mit Verlaub, ein inneres Bedürfnis und hat therapeutische Wirkung, wenn man ab und zu das tut, was man volkstümlich »die Sau rauslassen« nennt.

Wittlicher Säubrennerkirmes
Und dazu gibt es in der Eifel sogar im Wortsinn reichlich Gelegenheit bei der Wittlicher »Säubrennerkirmes«, bei der ganze Schweine über offenem Feuer zubereitet werden. Die Sache geht auf eine Legende zurück: Ein nachlässiger Wächter soll das Stadttor statt mit einem Balken mit einer Rübe verkeilt haben. Ein Schwein soll die Knolle gefressen und so dem Feind Tür und Tor geöffnet haben. Wittlich fiel in deren Hände und die Stadtväter beschlossen aus Gram, alle Schweine der Stadt zu brennen und aufzuessen. Der Brauch hat sich bis auf den heutigen Tag gehalten. Die »Säubrennerkirmes« wird drei Tage lang im August gefeiert.

Fastelovend
Beim Rauslassen der innersten Sehnsüchte und deren Ausleben (siehe »Sau rauslassen«) denkt man auch im Land zwischen Köln und Mainz, den beiden höchsten Karnevalshochburgen, natürlich zuerst an den »Fastelovend«, wie

die fünfte Jahreszeit in der Eifel genannt wird. Der Karneval in der Eifel verläuft zwischen dem »Elften im Elften« und Aschermittwoch getreu dem Motto: »Wehe, wenn sie losgelassen«. In den zur Eifel gehörenden belgischen Ostkantonen (DG = Deutschsprachige Gemeinschaft) wird zum Teil auch darüber hinaus weitergefeiert, wie beim Mittfastenzug in Stavelot. Während zwischen dem 11. November um 11.11 Uhr und dem vorletzten Fastnachtswochenende meist der Sitzungskarneval in Sälen, Hallen und Zelten tobt, wird ab »Wievedonneschdaach«, »Wieverdaach«, »fetten Donneschtisch« oder »Wieverfastelovend« (Weiberfastnacht) das närrische Treiben ins Freie und auf die Straße verlegt. In der ripuarischen (zum Rhein gewandten) Nordeifel ruft man »Alaaf«, auf der moselfränkischen Eifelseite »Helau«.

Blankenheimer Geisterzug

Lediglich im Britzenlied der Bad Münstereifeler Wollweber ist der Blasiustag (3. Februar) als Beginn der »Fasenacht« angegeben. In Stroheich bei Hillesheim wurde an Blasius die »Winterkirmes« gefeiert. Das älteste und dazu noch lebendige Karnevalstreiben der Eifel aber ist der Blankenheimer Geisterzug, ein möglicherweise vorkarnevalistisches Brauchtum, das an die Vertreibung der Winterdämonen in vorchristlichen Zeiten erinnern soll.

Der Blankenheimer Geisterzug zieht immer am Karnevalssamstagabend durch die Straßen und Gassen des Burgdorfs an der Ahrquelle. Im Ritual hat der »Jecke-Böönchen-Marsch« einen festen Platz. Er gibt Ton und Motto an: »Ju-jah, Krebbel en dr Botz. De Fasenacht es do. Ne richtije Fastelovendsjeck, dä freut sich övver jede Dreck. Juh-jah, Krebbel en dr Botz! Wär dat ne hätt, dä es nix notz!« Die Geister tragen Bettlaken, deren Zipfel hörnerartig vom Kopf abstehen. An der Spitze ziehen drei vermummte Männer. Der Mittlere trägt ein Schellenbäumchen, die beiden Geister an seiner Seite gehen als Trommler und Pfeifer.

»Schinecker Eierloag«

Bei der Schönecker Eierlage (Verbandsgemeinde Prüm) handelt es sich um einen der ältesten Osterbräuche Westeuropas. Laut einer Sage soll sie bereits um 1500 Auftakt des gleichnamigen Volksfestes am Ostermontag gewesen sein. Die Eierlage ist ein Wettlauf nach der Art des legendären Rennens von

Hase und Igel. Ein Raffer und ein Läufer treten in Schönecken gegeneinander an. Der Läufer muss von Schönecken ins Nachbardorf Seiwerath laufen, dort einen Brief abgeben und mit der Empfangsbestätigung wieder zurück nach Schönecken rennen. Dabei hat der Läufer etwas über sieben Kilometer Strecke und 150 Meter Höhenunterschied zurückzulegen.

Der Raffer muss dieweil im Abstand von jeweils einer Elle 104 Eier zusammenraffen, also einzeln in einen Korb legen, ohne ein Ei dabei zu beschädigen. Er legt hierbei nach der »Gaußschen Summenformel« 6,6 Kilometer zurück. Lediglich das letzte Ei darf auf dem Weg zum Ziel auch beschädigt werden, üblicherweise wird es in die Luft geworfen. Sieger ist, wer seine Aufgabe als Erster erledigt hat. Anschließend wird auf einem Festball gefeiert. Veranstalter der »Schinecker Eierloag« ist die Jungesellensodalität, genannt »Zalditschen«. Ein regionaler Publikumsmagnet!

Palmwösch und Klappern

Zum vorösterlichen Brauchtum der Eifel gehören unbedingt »Palmwösch« oder »Pälem« und das Klappern. An Palmsonntag nehmen die Gläubigen seit alters her gebundene Palmbüschel (»Wösch«) aus Buchsbaum zum Segnen mit in die Kirche, um die einzelnen Buchsbaumzweige danach als sichtbarer Haus- und Feldersegen an ihren Immobilien (Haus, Stall, Scheune, Garten, Weiden und Felder) anzubringen.

Von Karfreitag bis zur Osternacht schweigen die Kirchenglocken als Zeichen der Trauer über den Tod des Heilands. In der Eifel übernehmen die durch das Dorf ziehenden Kinder mit hölzernen Ratschen und Klappern den Weck- und Kläpperdienst statt der Morgen-, Mittags- und Abendglocke sowie des Läutens vor den Gebets- und Gottesdienstzeiten. Als Belohnung sammeln die »Kläpperjonge« am Karsamstag bei einem Heischegang Eier und Geld von den Dorfbewohnern.

St.-Georgs-Ritt

Sankt Georg, der Reiterheilige aus Kappadozien, wird seit dem Mittelalter in Mechernich-Kallmuth verehrt. Bis zu 400 Pferde und Reiter sowie mehrere Tausend Zuschauer und Fußpilger kommen alljährlich in das Dorf am Südrand

des Mechernicher Bleiberges, um den legendären Sankt-Georgs-Ritt mitzumachen. Die Prozession, in der das Allerheiligste in einem von Kaltblütern
gezogenen »Sakramentenwagen« mitgeführt wird, zieht alljährlich am 1. Mai
um 10 Uhr vom Kirchdorf durch die Straßen und Fluren zum Georgspütz
zwischen Kallmuth und Urfey, an dem seit vielen hundert Jahren am 1. Mai
unter freiem Himmel Heilige Messe gefeiert wird. Schon 1666 wird die »jähr-
liche Prozession St. Georgij mit wollherbrachter Feyher« in Kallmuth abge-
halten. Aus der ursprünglichen Fußwallfahrt zum »Georgspütz« zwischen Kallmuth und Urfey machte Pfarrer Eugen Kranz dann 1953 mit Unterstützung
der Bauern und ihrer Ackerpferde eine Reiterprozession. Heute ist der 1. Mai
in Kallmuth eine Mischung aus tiefer Volksfrömmigkeit und Folklore.

*Auf dem Historischen Jahrmarkt im LVR-Freilichtmuseum Kommern, der Jahr für
Jahr von Ostersamstag bis einschließlich Weißen Sonntag stattfindet.*
Foto: Manfred Lang/Agentur ProfiPress

Folklorefestival Bitburg

Apropos Folklore: Jedes Jahr am zweiten Juli-Wochenende ist die wegen ihres Bieres weltberühmte Brauerstadt Bitburg Gastgeber des »Internationalen Folklorefestivals«, der größten alljährlich stattfindenden Veranstaltung dieser Art. Für mehrere Tage verwandelt sich die Stadt in einen Treffpunkt für Völkerverständigung, an dem sich Menschen aus allen Ecken Europas und darüber hinaus bei Musik und Tanz die Hand reichen. Mehr als 1500 Musiker, Tänzer und auf andere Art die Folklore ihrer Heimatländer darstellende Teilnehmer präsentieren sich auf dieser Veranstaltung. Über 60 000 Besucher verfolgen diesen Megaevent jährlich. Es gibt Darbietungen der einzelnen Gruppen auf verschiedenen Bühnen. Besonders spektakulär sind der Einzug der Nationen am Samstagabend und der große Festumzug am Sonntagnachmittag.

Burgfestspiele und Lukasmarkt in Mayen

Mehrere Wochen im späten Frühjahr finden im Innenhof der Genovevaburg jährlich unterschiedliche Theateraufführungen statt, die Mayener Burgfestspiele. Ebenfalls für die Südeifelstadt typisch ist das Stein- und Burgfest mit Handwerker- und Bauernmarkt am zweiten September-Wochenende. Am berühmtesten jedoch ist der Mayener »Lauksmaat« (Lukasmarkt), ein traditionelles Volksfest, das seit 1405 jährlich in der Mayener Innenstadt stattfindet und Jahr für Jahr Hunderttausende von Besuchern aus der ganzen Welt anlockt. Der Lukasmarkt findet um Lukas (18. Oktober) statt. Er dauert in der Regel neun Tage – von Samstag bis zum übernächsten Sonntag und endet traditionell mit einem großen Abschlussfeuerwerk auf der Genoveva-Burg.

Monschau Klassik

Wildromantisch liegt Monschau im Rurtal – und zwar dort, wo der Fluss, der talwärts das System der Rurtalsperren im Nationalpark Eifel füllt, noch den Charakter eines wilden Gebirgsflusses besitzt. Monschau ist das ganze Jahr über eine Reise wert, aber seit einigen Jahren besonders im Sommer und im Winter. Während der kalten Jahreszeit wegen eines fulminanten Weihnachtsmarktgeschehens – und im Sommer wegen eines kulturellen Ereignisses, das sich »Monschau Klassik« nennt und sich zunehmender Beliebtheit erfreut.

Weit über 15 000 Zuschauer lassen sich in jedem Jahr auf der Monschauer Burg in die Welt der Oper und Operette entführen. Ob Verdi oder Mozart, Bizets »Carmen« oder Puccinis »Tosca«, in Monschau standen und stehen die großen Meisterwerke der Bühnenliteratur auf dem Spielplan. Und das auf gehobenem künstlerischem Niveau vor der mittelalterlichen Kulisse der Burg. Ergänzt werden die Opernaufführungen durch ein hochwertiges Rahmenprogramm, in dem es schon eine »Kinderoper« gab oder eine »Nacht der Liedermacher« mit den großen Chansonniers Georges Moustaki, Konstantin Wecker, Hannes Wader und Klaus Hoffmann.

Satzveyer Ritterspiele

Burg Satzvey (Stadt Mechernich) ist die in ihrer originalen Bausubstanz am besten erhaltene Wasserburg des Rheinlands. Sie ist Austragungsort der berühmten Satzveyer Ritterspiele an den Wochenenden im Mai und September und anderer meist mittelalterlicher Events wie historische Basare, saisonale Märkte und Feste, Musikveranstaltungen, Theateraufführungen, Bühnenshows und spezielle Veranstaltungen für Kinder.

Advent im Museum

Wer die Vorweihnachtszeit »wir früher« feiern will, also mit allen Sinnen erleben, der muss sich für das erste Adventswochenende ganz fest einen Besuch im Rheinischen Freilichtmuseum in Kommern vornehmen. Das nordrheinwestfälische Landesmuseum für Volkskunde lässt dann jeweils Tausende Besucher in die vielen Zimmer und Stuben historischer Häuser, um sie in diesem Ambiente bei Kerzenschein und am offenen Feuer unter Anleitung Plätzchen backen, Musik machen, Märchen und Geschichten lauschen zu lassen. Es gibt Glühwein, heiße Waffeln und Bratäpfel zur Musik von Alphornbläsern, Weihnachts-Jazzern und traditionellen Hausmusikern. Im und am Pingsdorfer Tanzsaal des Museums ist ein klassischer Weihnachtsmarkt zu finden. Das Rheinische Freilichtmuseum ist auch berühmt für seinen Historischen Jahrmarkt (Ostersamstag bis Weißen Sonntag) und die »Tage nach der Ernte« im September.

»Schlösser ohne Zahl, wehrhaft im Mittelalter, kunstsinnig in galanteren Zeiten erdacht und erbaut, sind steinerne Relikte weltlicher Herrschaft und Größe. Daß ihr Schöpfungsakt oft mit bitterer Zinslast und Frondienst der Untertanen verbunden war, soll die Freude der Heutigen an ihrer besonderen Ausstrahlung nicht schmälern.«
(Wolfgang Segschneider)

Burgen und Schlösser

Große mittelalterliche Territorien, wie in den Niederungen, entstanden in der zerklüfteten Eifel nicht. Hier waren selbst kleine Edelherren nicht so schnell aus dem Feld zu schlagen. Außerdem fehlten Reichtum, fruchtbare Felder und Hauptverkehrsstraßen mit lukrativen Zolleinnahmen sowie eine entsprechend große Menschenschar, die man hätte zu Untertanen machen können.

Gute Verteidigungslage und schlechte Infrastruktur ließen es den Großen im Reich wenig lohnend erscheinen, die Eifel zu erobern. So gedieh eine Vielzahl von Zwergterritorien. Allein zwischen dem 11. und dem 13. Jahrhundert erbauten die zahlreichen Territorialherren 140 Burgen in der Eifel.

Die berühmtesten Herrscher waren die von Neuerburg, Manderscheid, Schönecken, Gerolstein, Daun, Nürburg, Virneburg, Kronenburg, Dollendorf, Aremberg, Blankenheim, Schleiden, Reifferscheid, Wildenburg, Heimbach und Monschau.

Die Verschuldung der kleinen und meist ärmlichen Eifeldynastien hatte bereits im 14. Jahrhundert erhebliche Ausmaße angenommen. Wirtschaftlicher Wohlstand stellte sich nur vereinzelt ein – beispielsweise durch die Wollerzeugung und Hautverarbeitung in Monschau, Malmedy, Prüm und Münstereifel, oder im Schleidener Tal ab dem 15. Jahrhundert mit einer bedeutenden Takenplatten-, Ofen- und Kugel-»Industrie«.

So blieben nur wenige Eifeldynastien unabhängig. Fast alle traten ihre Herrschaften über kurz oder lang als Lehen an Stärkere ab. Sie blieben damit Nutznießer und konnten sich auf die schützenden Heere des Lehnsherren verlassen. Vier große Territorien aus den Ebenen machten das Rennen unter sich aus: Kurköln und Jülich vereinnahmten die Nordeifel, Kurtrier und Luxemburg den Süden. Das geschah nicht auf freiwilliger Basis. Den größeren Teil der Nordeifel beispielsweise brachte Jülich erst nach erbitterten Kämpfen mit dem Erzstift Köln unter seine Fittiche.

Manche Territorialherren wechselten im Spannungsfeld der großen Vier mehrfach ihren Lehnsherrn, nur wenige behaupteten ihre Unabhängigkeit: Blankenheim und Aremberg etwa.

Die Herren von Manderscheid, Gerolstein und Salm-Reifferscheid erlangten die landesherrliche Selbstständigkeit erst nach einigen Waffengängen.

Herbstliches Schloss Wachendorf. Luftbild: Manfred Lang/Agentur ProfiPress

Mit den großen Vier wurde die Eifel vom 16. bis 18. Jahrhundert zum Spielball noch größerer Machthaber – und mehrfach zum Kriegsgebiet. Mit Luxemburg etwa fielen Schleiden, Kronenburg, St. Vith, Prüm, Wittlich und Bitburg 1555 an Spanien, 1715 an die Habsburger. Kurköln verbündete sich mit Frankreich, Jülich ab 1777 mit Bayern.

In den heftigen Reformationskämpfen verwandelten sich zahlreiche Burgen und Schlösser in Ruinen. Im Jülicher Krieg 1543 wurde die Festung Nideggen zerstört, Düren niedergebrannt und Monschau verwüstet. Der Kölner Krieg (1583) tobte besonders im Gebiet von Erft und Urft. Im Dreißigjährigen Krieg vervollkommneten sengende und plündernde Soldaten das einmal begonnene Vernichtungswerk. Generalfeldmarschall Piccolomini machte sich 1631 vor Ort selbst ein Bild über das Aufeinandertreffen seiner Kaiserlichen mit den Franzosen und Schweden.

Nach dem Westfälischen Frieden ging der Krieg mit Spanien weiter. Lothringische Truppen fielen in die Eifel ein – einmarschierende Holländer rückten gegen sie vor: Burg Heimbach geriet dazwischen und wurde zerstört. In den Reunionskriegen Ludwigs XIV. wurden unter anderem St. Vith, Stablo, Malmedy, Ahrweiler, Bitburg, Gerolstein, Hillesheim und Kaisersesch niedergemacht, die Burgen und Schlösser in Münstereifel, Wittlich, Prüm, Saffenburg, Nürburg und Altenahr zerstört.

Nachdem Pest und Hungersnot vorüber waren, kämpften und fraßen sich im Spanischen Erbfolgekrieg (1701 - 1714) wieder Soldaten durch die Eifel. Auch der Kampf um die polnische Krone und der Österreichische Erbfolgekrieg wurden von entsprechenden Scharmützeln und Schlachten in der Eifel begleitet.

Erstaunlich ist eigentlich, dass dennoch eine ganze Reihe Burgen und Schlösser dieses Mittelalter und die frühe Neuzeit überdauert haben.

»Auch jetzt, da noch die Nacht auf dem Venn liegt, habe ich mehr zu
schauen, kann mich an mehr laben, als da unten in den himmelhohen
Schneebergen oder in dem lachenden Lande am Rheine. Mir ist zumute, als
seien die Sterne hier heller und freundlicher als in den Alpen, und schöner erscheint mir die Mondsichel, als jüngst, wo ich sie über dem Taunus stehen sah. «
(Hermann Löns)

Natur

Es gibt ansehnliche Naturparks in der Eifel, den deutsch-belgischen beispielsweise, und den deutsch-luxemburgischen, die Naturparks Nordeifel,
Hohes Venn und den Naturpark Rheinland (früher Kottenforst-Ville) sowie
seit einigen Jahren auch den sogenannten »Nationalpark Eifel«.

Man darf sie jedoch nicht mit den »Nationalparks« anderer Länder vergleichen,
wo ursprünglich gelassene Flora und Fauna vegetieren, und wo sich Grizzlybär
und Elch gute Nacht sagen wie in Kanada, oder Elefant und Warzenschwein wie
in Afrika. In der Eifel sind selbst die Naturparks Kulturlandschaft.

Der Geobotaniker und Eifelkenner Professor Dr. Wolfgang Schumacher
weiß es am besten: Indem die Bauern über die Jahrhunderte Wald rodeten
und grüne Wiesen, Weiden, Äcker und Heiden daraus machten, schufen sie
erst die Basis für eine Artenvielfalt, wie es sie bis dahin in der Eifel gar nicht
gegeben hatte.

Und noch eins sagt der Professor: Wenn die Landwirtschaft weiter den Bach
heruntergeht und die Höfe allesamt aufgeben müssen, dann wird auch die Eifeler Landschaft wieder vom Wald zurückerobert, der die zahllosen Blumen,
Kräuter und Orchideen, die auf »Kulturland« gedeihen, wieder ersticken wird.

Keine Sorge: Auch heute wird nicht die gesamte Eifel niedergemäht und ab-
geweidet. Vorläufig gibt es noch große, ausgedehnte Waldgebiete, von denen
die meisten allerdings ebenso »kultiviert« sind wie das Acker- und Weideland

auch. Der »Preußenbaum« (Fichte) steht selbst im Nationalpark Eifel in riesigen Monokulturen in Reih und Glied und hat weitgehend die »standortgerechte« Buche verdrängt. Letztere war durch die Köhlereiwirtschaft zur Beschickung der Eisenschmelzöfen in der Eifel im 18. Jahrhundert fast ausgerottet worden.

Jetzt rottet das Nationalpark-»Forstamt« (Nomen est Omen!) seinerseits die Douglasie aus, das ist nicht Fichte, nicht Kiefer, sondern eine eigene Gattung aus Nordamerika, die es bis zur bislang letzten Eiszeit auch in Europa gab, und die aus forstwirtschaftlichen Gründen im 20. Jahrhundert in der Eifel großflächig und erfolgreich wie standortgerecht angepflanzt wurde.

Nun hat man sie ideologisch verbrämt und willkürlich herausgegriffen, da sie in ausreichender Stückzahl vorhanden ist, um sie mit industriellen Methoden schnell zu Geld zu machen. Vom einst fast sakral artikulierten Ursprungsziel, in der Eifel wieder Buchen-»Urwald« zu »erschaffen«, sind die Experten längst

Im Hochwildpark Rheinland in Kommern. Foto: Hochwildpark Rheinland/Agentur ProfiPress

wieder abgerückt. Auch die nach unten korrigierte Variante mit einem »überwiegenden Anteil an Laubhölzern« ist Schnee von gestern.

Zurzeit führen im Nationalpark Eifel Forwarder und Harvester, riesige Holzvollerntemaschinen, auf Geheiß von Ideologen in Politik und Landesforstverwaltung eine Art skurrilen Krieg gegen eine Baumart – und rechtfertigen so auf Dauer schwere Eingriffe des Menschen in den Naturhaushalt eines vorgeblichen »Nationalparks«.

Als sich Leserbriefschreiber in den Zeitungen unlängst über die Douglasienvernichtung mit massivem Großmaschineneinsatz beschwerten und stattdessen die Verwendung umweltschonender Rückepferde im Nationalpark verlangten, ernteten sie Hohn. Es sei »nicht erwiesen« hieß es seitens des Nationalpark-»Forstamtes«, ob Rückepferde den Waldboden weniger ver-

Störche auf Zwischenlandung in der Nähe der Wallenthaler Höhe.
Foto: Manfred Lang/Agentur ProfiPress

dichteten, als die Vollernter mit ihren gewichtsverteilenden »Ballonreifen«.

Der Exkurs in die fast nicht mehr vorhandenen Douglasienbestände im Kermeter zeigt, wohin der »Nationalpark Eifel« den Landstrich, außer zu politischen Fensterreden und angeblich kollektivem Glücksgefühl, auch geführt hat: Nämlich zu mehr Bürokratismus und Staatswillkür im Eifelwald.

Bereits im ersten oder zweiten Jahr des »Nationalparks Eifel« wurden über Nacht alle (aus Douglasienholz gefertigten) Nationalpark-Schilder zersägt. Warum, weiß keiner. Vermutlich aber aus Protest: Eifeler haben einen nachhaltigen Bedarf an Holz und Bäumen, besonders wenn sie jung sind (Maibäume, Martinsholz). Es zeugt nicht gerade von Fingerspitzengefühl, wenn man sie wieder einmal versucht auszusperren und abzukanzeln, wie früher unter den Feudalherrn und Großgrundbesitzern und vor Einführung des freiheitlichen Waldbetretungsrechtes 1969.

1994, in der ersten Version dieses Essays, schrieb der Autor noch fast euphorisch über die bevorstehende Einrichtung des Nationalparks:

Das größte geschlossene Waldgebiet, der Kermeter rings um die Eifeler Seenplatte, soll in den nächsten hundert Jahren wieder zu dem werden, was es einmal war: Urwald. Die nordrhein-westfälische Landesregierung hat die Unterschutz-Stellung des Kermeter in der Gesetzesnovelle »Wald 2000« beschlossen. Für die nächsten hundert Jahre haben die Förster und Waldarbeiter hier allerdings noch alle Hände voll zu tun, um dem jungen Urwald auf die Beine zu helfen. Das Nadelholz muss bekämpft werden, manche Buchenhaine müssen eingezäunt werden, damit der »natürliche Nachwuchs« aus den Bucheckern überhaupt groß werden kann, ehe ihn ein dahergelaufenes Reh wieder abbeißt.

Deshalb wurde in Düsseldorf wohl auch das Parallelprogramm »Jagd 2000« beschlossen, das die Eifel von vierbeinigem »Unrat« befreien soll. Die Waidleute nämlich haben in der Eifel zum Teil Wildbestände heranwachsen lassen, die zwar dafür herhalten können, dass die Jäger ständig was zu schießen haben, die dem Wald und dem freien Feld in dieser Masse ökologisch aber nicht bekommen.

Hirsch und Reh müssen sich nach dem Willen des Gesetzgebers auf gefährliche Zeiten einstellen. Die Wildschweine, als landwirtschaftliche »Schädlinge« seit jeher gnadenlos bejagt, »kennen« das schon. Anderen, »nicht standortgerechten« Tierarten wie Damwild, Sikawild oder den in der Rureifel ausgewilderten Mufflonschafen droht sogar die völlige Vernichtung wenn »Jagd 2000« umgesetzt wird.

Doch, gemach: Es wäre das erste Gesetz, das in der Eifel mit letzter Konsequenz durchgesetzt würde. Bis dahin kann man mit gesundem Misstrauen darauf spekulieren, dass die Jäger auch weiterhin nicht alles niederstrecken werden, was sich bewegt. Sonst hätten sie ja auf absehbare Zeit selbst nichts mehr zu tun.

Und es bleibt das gesunde Vertrauen in die Tiere selbst: Wenn auf nordrhein-westfälischer Seite tatsächlich die große Hatz beginnen sollte, dann bleibt den Tieren noch immer der kleine Grenzverkehr mit Belgien, Luxemburg und Rheinland-Pfalz. Was im Übrigen die belgischen Feisthirsche längst tun. Zur Brunftzeit unternehmen sie lange Wanderungen, um auf deutscher Seite heißgeliebte Hirschkühe zu treffen.

»Das Wetter war umgeschlagen. Es war kalt, es goss, ein halber Sturm wehte, und vor uns lagen wie eine Mauer die schwarzen Forsten der Schnee-Eifel, wo die Drachen hausten.«
(Ernest Hemingway)

Winter

Weiße Weihnachten gab es hierzulande schon lange nicht mehr. Statt beißendem Frost und tanzenden Schneeflocken wehten meist laue Lüftchen über die Eifelhügel. Da werden Kinder und jüngere Leute glatt neidisch, wenn die Altväter die Winter ihrer Kindheit beschreiben.

Mag sein, dass das vergangene Jahrhundert im Vergleich zu unserer Ära ein »Jahrhundert der strengen Winter« war, eine »kleine Eiszeit« vielleicht, aber mit biedermeierlicher Weihnachtsromantik oder den Freuden des wintersport-lichen Schneetourismus hatte das anno dazumal überhaupt nichts zu tun.

»Es fiel so viel Schnee wie selten, es schneite bis April; im April und Mai wurde Hafer gesät; der Schnee lag in dem Steinkaulensiefen bis zum 2. Juni; das Vieh war matt vor Hunger. Der Hafer wuchs bis zum halben Oktober, am 9. November fiel Schnee, während noch viel Hafer im Felde stand, die Kar-toffeln waren erfroren und wässerig; sie wurden unter das Brot gebacken. Es kam Korn von der Ostsee, war aber sehr theuer«: So schrieb Hilarius Jost, 1807 bis 1818 Pfarrer von Udenbreth, in seinem »Winterberichte« über den Eifelwinter 1816/17.

»Bis 20. Februar 1817 gehen die Leute noch immer auf die Felder und suchen nach Erdäpfeln. Ostern gingen sie hinaus, um den Hafer einzuholen.

Kraniche starten nach einer winterlichen Zwischenlandung zwischen Bergbuir und Berg zum Weiterflug in den Süden. Foto: Manfred Lang/pp/Agentur ProfiPress

Paradox, aber wahr: Bergisches Land im Eifelwinter. Unser Bild entstand im LVR-Freilichtmuseum Kommern, das über fünf Baugruppen unterschiedlicher rheinischer Landschaften verfügt, hier die Baugruppe mit Gebäuden eines bergischen Dorfes.

Foto: Manfred Lang/Agentur ProfiPress

Nach Ostern gab es wieder Schnee und Frost und schlechte Witterung bis zum halben Juni. Man sucht jedes Kraut auf und probiert es, aß überhaupt allerlei Zeug. Das Vieh wurde krank in Folge des faulen Strohes und Hafers.«

1816/17 war nicht der erste beinharte Eifelwinter gewesen – und auch nicht der letzte, der Todesopfer forderte. Aber der von 1816/17 hatte gravierende gesellschaftliche Folgen. Denn Tausende von Eifelern hatten nach einer Serie von Missernten und Hunger von ihrer kargen Heimat die Nase voll.

Schließlich hatten sie von einem sagenhaften Land Amerika gehört. Ausgemergelte Gestalten aus »Preußisch Sibirien« zogen zu Tausenden – manche Dörfer komplett – nach Antwerpen oder Hamburg und kletterten in Schiffsbäuche, um sich ins gelobte Land fahren zu lassen.

Als Gegenstück zu diesem tragischen Eifelwinter erscheint der sagenhafte Winter von 1280: Da wurden im Januar Erdbeeren geerntet. Am Dreikönigstag sollen sogar Kränze aus frischen Veilchen und Kornblumen geflochten worden sein. Der Eifelwinter von 1882/83 war so mild, dass im November die Bäume wieder blühten und im Februar an geschützten Stellen Birnen geerntet werden konnten.

1393 wurde Münstereifel überschwemmt, und Menschen und Tiere starben in der reißenden Erft. 1439 erreichte die Schneehöhe manchen strohgedeckten Eifeler Dachfirst; vom 14. Februar 1666 sind dreieinhalb Meter Schnee aus Gemünd und Olef überliefert.

1709 erfroren im Raum Hillesheim alle Weinstöcke, Nuss- und Obstbäume; in Monschau starben Menschen und Vieh. Am 25. Februar 1749 blieb ein Wanderer im heute zu Belgien gehörenden Büllingen im Schnee stecken und erfror.

Wenige Monate vor der Französischen Revolution, im Eifelwinter 1788/89, wurden in Düren minus 30 Grad gemessen, viele Menschen und Tiere erfroren.

1812/13 fanden nicht nur viele zwangsrekrutierte Eifeler bei Napoleons Russlandfeldzug den Tod, auch daheim in der Eifel fror es erbärmlich. Ebenso im Jahr darauf: Während der Befreiungskriege – diesmal ging es gegen Napoleon Bonaparte – überquerte Feldherr Blücher in der Neujahrsnacht 1813/14 den zugefrorenen Rhein.

1815/16 fiel in der Eifel so viel Schnee wie selten zuvor – es schneite von Weihnachten bis nach Ostern. An geschützten Stellen blieb die weiße »Pracht« bis zum 2. Juni liegen. Bereits am 9. November 1816 setzte neues Schneetreiben ein und eröffnete den bereits erwähnten Katastrophenwinter 1816/17, dem nach dem Verfüttern der abgedeckten Strohdächer ans Vieh die Auswanderungswelle nach Amerika folgte.

Am 19. Januar 1963 erreichte der Rekordwinter des 20. Jahrhunderts mit minus 23,4 Grad in Euskirchen seinen Höhepunkt. In den schneereichen Höhen blieb es etwas »wärmer« in dieser kältesten aller Nächte - die Wetterstation Sistig überlieferte exakt minus 20 Grad, die in Udenbreth »nur« minus 17,3 Grad. Was den Winter 1962/63 Rekordhalter unter den Eifelwintern machte, das waren allerdings nicht die Rekordtemperaturen einer Frostnacht, sondern seine Beständigkeit. In Aachen wurde eine mittlere Wintertemperatur von minus 2,7 Grad gemessen — als »normal« zwischen 1900 und 1990 dürfen im Urteil der Meteorologen plus 2,5 Grad gelten.

Trotz einiger kalter Ausrutscher in den Wintern von 2009 bis 2012 und dem »Jahrhundertwinter« 1962/63 sprechen die Wetterkundler von einem viel zu warmen 20. und andeutungsweise auch bereits 21. Jahrhundert. Die mittlere Wintertemperatur stieg in der Eifel von durchschnittlich 1,7 Grad im 19. Jahrhundert auf 2,5 Grad. Der »Treibhauseffekt« lässt auch in Eifeler Landen grüßen.

Während harte Eifelwinter noch im vorigen Jahrhundert den Existenzkampf der meisten Menschen dramatisch verschärften, hat sich das Bild winterlicher Auswirkungen im technisierten 21. Jahrhundert gewaltig gewandelt: Moderne Schneepflüge, Fräsen, ausgetüftelte Streuverfahren, der ganze sogenannte »Winterdienst« ist perfekt organisiert.

Und wenn die Schneemassen allzu gewaltig werden und eine Straße auch nur für Stunden nicht passierbar ist, dann wird auch schon geklagt und geschimpft, wie so etwas möglich sei. Aber wenn der Winter heutzutage »wieder einmal katastrophale« Ausmaße annimmt, dann werden die Schäden nicht mehr nach Menschenleben beziffert, sondern in Euro ...

»Es sind drei große › W‹, die das Gesicht der Eifel bestimmen:
WEIN, WALD und WASSER.«
(Josef Schramm)

Wasser

Festzuhalten bleibt, dass selbst der Wein ohne Wasser nicht gedeihen kann. Das gilt natürlich nicht für die Kelter, denn da ist die Wasserzufuhr strengstens untersagt. Aber das Weingewächs, die Rebe, bedarf nicht nur der Zufuhr von Flüssigkeit aus der Luft, sondern in unseren Breiten auch der idealtypischen Flusstäler, die die Weinberge so hoch im Norden wie auf einem Präsentierteller der Sonne zuwenden.

Der feurige Burgunder kommt von der Ahr, dem nördlichsten Weinanbaugebiet überhaupt — sieht man einmal von 99 Rebstöcken auf dem Berliner Kreuzberg ab, die als Hobbywinzerei gelten, denn erst ab 100 Pflanzen beginnt nach den Buchstaben der Weingesetze der Professionalismus.

Auch die besten Lagen der Mosel liegen auf Eifeler Seite. In Winden an der Rur, um ein drittes, allerdings ausgestorbenes Weinanbaugebiet an einem Eifeler Flusslauf nicht unerwähnt zu lassen, wurde im Herbst des Jahres 1914 die letzte Lese eingebracht.

Berühmter ist die Rur seither trotzdem geworden. Und zwar wegen ihrer Talsperren, die sich heute zur »Eifeler Seenplatte« zusammenfügen.

Das älteste der Eifeler Staubecken hingegen wurde bereits 1874 an der Gileppe aufgestaut, es versorgt noch heute die Textilindustrie von Verviers mit Weichwasser. 1904 wurde die 53 Meter hohe, zur Rur hin terrassenförmig absteigende Staumauer des Urftsees fertiggestellt.

Unmittelbar nach dem gerade verlorenen Ersten Weltkrieg wurden in dem nunmehr zu Belgien gehörenden Teil der Eifel zwei Talsperren im Tal der Warche, einem Nebenfluß der Amel, gebaut: Robertville und Bütgenbach.

177

Bereits 1911 ließ man die Dreilägerbachtalsperre bei Roetgen vollaufen.

An der Rur begannen die Wasserbauingenieure ihr Werk mit zwei kleineren Vorspielen, dem Ausgleichsbecken Heimbach (1,5 Millionen Kubikmeter) und dem Stauwehr Obermaubach (1,7 Millionen Kubikmeter), dann kamen sie endlich zur Sache: In den Jahren 1934 bis 1937 wurde die Rurtalsperre Schwammenauel mit einem Fassungsvermögen von 100 Millionen Tonnen Wasser errichtet - und 1955 bis 1959 durch eine Erhöhung des Staudammes von 56 auf 72 Meter über der Flusssohle in ihrem Volumen auf 205 Millionen Kubikmeter verdoppelt.

Stauwerke an Kallbach, Wehebach und Perlenbach, Madbach, Steinbach, im Wirfttal und an der Oberen Kyll (Kronenburger See) vervollständigten die

Bleibuirer Pfarrjugend tobt beim Ferienlager »Camp St. Agnes« in der Rur.
Foto: Anna Lang/Agentur ProfiPress

Eifeler Seenplatte gemeinsam mit der imposanten Zellenstaumauer des Olefsees bei Hellenthal (20 Millionen Kubikmeter Fassungsvermögen).

Ebenso künstlich wie erwähnenswert wären noch der Stausee bei Bitburg und das Pumpspeicherkraftwerk im luxemburgischen Vianden. Die Our, ein reizvoller Nebenfluß der Sauer, wird oberhalb von Vianden zu einer Talsperre von 10 Millionen Kubikmetern aufgestaut. In der Nacht wird etwas mehr als die Hälfte dieses Wassers mit der überschüssigen Energie des europäischen Stromnetzes in eine abgetragene und ausgehöhlte Bergkuppe, das sogenannte »Oberbecken«, gepumpt. Kohle- und Kernkraftwerke werden nicht etwa abgestellt, weil gerade niemand Strom braucht.

Am Tage aber, wenn die Hausfrauen in der EUREGIO wie auf ein Kommando die Elektroherde andrehen, die Mittagszüge in den Bahnhöfen Fahrt aufnehmen und die Fabrikationsanlagen auf Hochtouren geraten, dann lässt man in Vianden das Oberbecken ab. Das Wasser fließt durch das Berginnere, in dem man gewaltige Wasserkraft-Turbinen installiert hat, und produziert für maximal viereinhalb Stunden umweltfreundlichen Zusatzstrom für Europa.

Die Mär vom »perpetuum mobile« stimmt allerdings nicht ganz: In der Nacht laufen die 94 000 PS starken Pumpen - die leistungsfähigsten, die je in der Welt gebaut wurden - über acht Stunden, um die fünf Millionen Kubikmeter Wasser wieder aus dem Unter- in das Oberbecken zu befördern.

High-, High-, High-Society

Es gibt Dörfer von hohem gesellschaftlichem Ansehen in der Eifel, solche mit weniger ausgeprägtem Ruf und solche ohne Reputation. So heißt ein Sprichwort am Mechernicher Bleiberg:»Wenn De Deng Köngde wells vederfe, scheck se no Kalebersch unn Schwerfe«.

Sinngemäß: Der ethisch-moralische Einfluss auf das Wertekostüm Deiner Nachkommenschaft fällt möglicherweise nicht ganz nach Deinen hohen Erwartungen aus, wenn Du Deine Kinder vorwiegend dem Umgang mit Altersgenossen aus Kalenberg (Stadt Mechernich) oder Schwerfen (Stadt Zülpich) überlässt.

Nicht weit von diesen beiden nicht ganz so überragend »geratenen« Nordeifeldörfern liegt Kommern-Süd. Kommern-Süd ist das genaue Gegenteil von Kalenberg und Schwerfen. Kommern-Süd ist die Perle der Schavener Heide, der Platz an der Sonne zwischen Greesberg und Filzkaul, das St. Tropez der Nordeifel, die Wiege der jungen, aber aufstrebenden North-Eifel-High-Society.

Vor allem Ärzteschaft und Lehrkörper siedelten sich in der Trabantenstadt vor knapp 40 Jahren im zeitgemäßen Bungalowstil zwischen Mechernich, Kommern, Katzvey und Schaven an. Hinzu kamen Finanzbeamte, Offiziere, Geschäftsleute, eine veritable Seniorenresidenz, deren wohlklingender Name an ein Greifvogelnest erinnert, und mit der Zeit auch ein unscheinbares Freudenhaus, in dem keineswegs nur der stillen Heiterkeit gefrönt wurde.

Nun, Kommern-Süd war immer noch eine vorzeigbare Adresse, der Lack leicht angekratzt, keineswegs aber ab, höchstens mit der Patina einer gewissen mondänen Verruchtheit überzogen, seit eine Mordaffäre unter betuchten Eheleuten Schlagzeilen gemacht hatte.

Das Spektakulärste, das im Lauf von vier Jahrzehnten in dem Eifeler Nobelviertel passiert ist, soll im Folgenden während eines fiktiven Dialogs zwischen zwei Eifeler Freunden wiedergegeben werden. Es ist zwar nie passiert, aber so gut ausgedacht, dass man es für wahr erzählen kann.

Die beiden Freunde haben sich aus den Augen verloren und sehen sich nach langen Jahren erstmals wieder. Sagt der eine zum andern: »Ich hann och jehierod!«

»Oh, sieh mal einer an: Du hast geheiratet«, denkt der andere – und aus lauter Verzückung entfährt ihm der Freudenseufzer: »Datt öss äver schön!«

»Su schön öss datt jarnett«, entgegnet der Kumpel schroff. Und zur Begründung nach einer Kunstpause hinterherschickend: »Meng Frau öss nämlich hässlich!«

»Au« entfährt es dem andern, und es sieht so aus, als sei sein Gesicht von einem plötzlichen Schmerz verzerrt. Nein, eine abgrundtief unansehnliche Person wünscht man seinem ärgsten Feind nicht an den Hals, geschweige denn dem Intimus, dem alten engen Freund. Mitleidsvoll sagt er deshalb: »Datt öss äver schlääch (schlecht)!«

Doch der jung, aber offensichtlich nicht mit einer halbwegs schönen Frau Vermählte weist das Bedauern weit von sich mit den Worten: »Su schlääch öss datt jarnett, meng Frau öss nämlich rich (reich)«.

Das wiederum, findet der andere, sei eine so bemerkenswert gute und erfreuliche Eigenschaft, dass man dazu eigentlich nur gratulieren könne: »Datt öss äve schön!«

»Su schön öss datt jarnett«, beschwert sich der Freund, dem man es offensichtlich mit keiner Einschätzung dieser Welt recht machen kann. So schlecht, findet er, sei das Aussehen seiner Angetrauten überhaupt nicht, dass es nicht vom Glanz ihres Reichtums überstrahlt werden könne.

Nur leider – und darauf zielt seine Bemerkung, dass auch der Reichtum der Gattin so uneingeschränkt schön nun auch wieder nicht sein könne: Frau Gemahlin neige nämlich zum Geiz. O-Ton: »Su schönn öss datt jar nett, meng Frau öss nämlich kaaschtisch!«

»Au, datt öss äve schlääch«, entfährt es darob dem Freunde halblaut.

»Nee, so schlääch öss datt jar nett«, behauptet hingegen der andere: »Se hätt me nämlich vürjester (vorgestern) en Kommern-Süd en staatse Villa jekoof.«

»Was? Das ist doch nicht möglich! Deine hässliche, aber reiche, wenngleich geizige Gattin hat Dir an diesem noblen Örtchen eine angemessene Wohnstatt käuflich erworben?« Preise Dich glücklich, küsse den Boden der Schavener Heide, scheint der Freund dem Freunde sagen zu wollen. Er tut es mit den schlichten Worten des Eifelers: »Datt öss äve schönn!«

Sie haben es sicher schon geahnt.

Es ist mir, der ich diesen Dialog an dieser Stelle wiedergeben muss, fast peinlich.

Aber auch diese Bemerkung findet nicht die unwidersprochene Zustimmung des ob seines unverschämten Glücks Gelobten, der in der Eifel nicht länger unter seinesgleichen würde leben müssen, sondern unter den Noblen und Schönen, der High-Society dieser Gegend. Und das, weil die optisch vielleicht nicht makellose, aber mit einem großen Herzen so bewunderungswürdige Angetraute ihn mit einer zweifelsohne einzigartigen Immobilie in Kommern-Süd reich beschenkt habe.

Doch der Ehemann entgegnet sofort: »Su schön öss datt jar nett, die Villa öss nämlich jestere affjebrannt.« Feuer im Bungalow? Abgebrannt? Die brandneue Villa? Das ist ja furchtbar! Mit einem Seufzer: »Datt öss äve schlääch.«

»Su schlääch öss datt jarnett«, gibt sich schließlich der frisch Vermählte als rasch Verwitweter zu erkennen:

»Su schlääch öss datt jarnett, die Ahl öss nämlich mött verbrannt!«

Fotografin Sabine Heinen mit Modell in ihrem früheren Atelier in der Firmenicher Kultur- und Freizeitfabrik Zikkurat. Foto: Manfred Lang/pp/Agentur ProfiPress

Die seligen Ubier

Der Eifeler »Mannsmensch« gilt als wortkarg, wobei die Moselfranken schweigsamer sein sollen als die mediterraneren Rheinfranken. Letztere, das sind wir hier im sprachlichen Dreieck zwischen Köln, Ahrweiler und Aachen. Wir, das sind die Nachfahren der keltischen Ubier, die schon von Natur aus ziemlich lebenslustig und durchaus römerfreundlich gewesen sein sollen, was man von anderen Keltenstämmen wie den Treverern, Eburonen und Sugambrern nicht behaupten konnte.

Die Ubier waren einer der ersten germanischen Stämme, die sich auf regen Handel mit den Römern einließen, ihnen ihre Söhne in die Ausbildung gaben und den Römern schließlich sogar Hilfstruppen, bevorzugt Reiterei, gegen die anderen Germanenstämme zur Verfügung stellten. Das brachte unseren diplomatischen Vorfahren Misstrauen und Neid benachbarter, aber geistig unflexibler Stämme ein.

Um die ursprünglich zwischen Sieg und Lahn lebenden Ubier vor diesen rechtsrheinischen Neidhammeln in Sicherheit zu wissen, siedelte Agrippa sie in den Jahren 19 - 18 vor Christus auf das linke Rheinufer um. Dort fühlen wir uns seit fast 2031 Jahren wohl, und unsere Aversion gegen die »schäel Seck« ist erklärbar.

Gelten die Ubier und ihre Nachfahren gemeinhin als in mehrfacher Hinsicht selige Menschen, nämlich leutselig, redselig und weinselig, so kann man das von den Nachfahren der Eburonen und Treverer südlich der zwischen Blankenheim und Gerolstein verlaufenden Äerpel-Jrompere-Linie nicht behaupten.

Wie unsereiner leicht als »Schwaadlappe«, »Kallmann« oder »Breijmuhl« (alles Ausdrücke für Vielredner und Angeber) diskriminiert wird, so gilt das nachdrücklich zelebrierte Understatement des Südeifelers fast schon als stoisch.

Die Mannsmenschen südlich von Nettersheim gelten als derart wortkarg, dass sie angeblich sogar an ihrem Hochzeitstag nur drei Wörter sprechen. Das erste am Traualtar, nämlich auf die Frage des Pastors: »Wollen Sie die hier an-

Johann-Josef Wolf, der Erfinder und Betreiber der Firmenicher Kultur- und Freizeitfabrik Zikkurat, ist ein kunstsinniger Mensch und ein Unternehmer mit Werten. Seine Fabrikantenfamilie pflegte schon im frühen 20. Jahrhundert den Grundsatz, dass ein Arbeiter nicht nur satt zu essen und ein Dach über dem Kopf haben müsse. Sondern er soll sich auch einen guten schwarzen Anzug leisten können, damit er sonntags gut gekleidet in die Kirche gehen konnte. *Archivfoto: Agentur ProfiPress*

wesende Billa Schmitz ehelichen, ihr die Treue halten bis dass der Tod euch scheidet?« Darauf pflegt der Eifeler »Mannsmensch« mit »Jooo« zu antworten, wohlgemerkt nicht mit »Ja«, denn »Ja« ist verbindlich, preußisch (Steigerungs-form »Jawoll«), irreversibel. Wenn ein Eifeler »Jooo« sagt, also Jott mit lange-dehntem »o« hintendran, so kann das alles bedeuten, aber nichts Verbindliches. »Jooo« heißt so viel wie »Ens kicke«, »Vielleicht«, »Wenn nix anderes dezwesche kütt«.

Das zweite Wort seines Hochzeitstages spricht das Eifeler Mannsbild mittags an der Hochzeitstafel: »Pross!« Das dritte abends nach Ende der Feierlichkeiten und vor dem Austausch diverser Zärtlichkeiten im Hochzeitsbett: »Da jö!«

Den Kirchturm nicht
aus den Augen verloren

Werner Rosen sammelte in 23 Jahren als Mitarbeiter der Schleidener Kreisverwaltung und in 20 Jahren als Hellenthaler Amts- und Ge-meindedirektor orginelle Mundart-Bonmots, die er bei seinen Vorträgen zum Besten gibt. Er tradiert beispielsweise die fast lyrische Erklärung einer Mutter, die im Standesamt die Geburt eines unehelichen Enkelkindes zu Protokoll gab: »Oss Trien, 15mohl op de Kirmes: Nühs. Oss Dröck, eemohl Katholi-kendaach: Dä!«

Rosen lernte im Hellenthaler Ländchen noch Leute kennen, die nie weiter von zu Hause weggewesen waren, als dass sie den Blickkontakt zum heimischen Kirchturm verloren hätten.

Beispielsweise ein Goldhochzeitspaar, das man zum Festtag in ein Auto ge-laden und bei einer Spritztour über Wildenburg und Reifferscheid rund um den heimatlichen Sprengel chauffiert hatte: »Jetzt«, so hatten die Goldhochzeiter beim Aussteigen aus der Limousine konstatiert, »wösse me iesch ens, wie schönn de Welt öss!«

Eine andere Goldhochzeit fand am 21. Dezember statt. Die Festgemeinde, allen voran die Honoratioren, stapften im Fackelzug von Oberschömbach über Heiden nach Unterschömbach durch den Schnee, als Rosen hinter sich den folgenden Dialog erlauschte: »Wie ka me bloß am 21. Dezembe hieroode?« »Datt Draut war frööde e jlöhnisch Loode, demm wore die Sommernaahte ze kuert.«

»Komm, Tant Angenies:
Doo flüch en Klock no Rom!«

Das Geräusch, das Kirchenglocken von sich geben, wird in rheinischer Mundart nach »kläppe« und »lögge« unterschieden. Wenn es zur Messe läutet oder die Morgen-, Mittag- und Abendglocke erklingt, dann sagt der Eifel- und Bördenbewohner: »Et lögg.« Wenn die Kirchenglocke aber nur angeschlagen wird, also zur viertel, halben und vollen Stunde, dann sagt in Sonderheit der Eifeler »et kläpp«.

»Et kläpp hallev« oder präziser »Et kläpp hallever Dreij« heißt also »Es schlägt gerade halb drei.« Analog gibt es folgenden Kommentar im Hochdeutschen wie im Dialekt, wenn jemand den Bogen allzu sehr überspannt: »Jetz kläpp et Drüzehn« = »Jetzt schlägt es aber 13!« Vom Läuten der Totenglocke hingegen stammt der Ausdruck »Et hät ömm jekläpp« = »Er ist gestorben«. An der Art des Totenglockenanschlags, des »Kläppens«, konnte man laut Mundart-Experte Fritz Koenn früher heraushören, ob Mann, Frau oder Kind verschieden war.

Die Dorfgenossen kommentierten das Ableben eines der ihren auch mit anderen Ausdrücken: »Der hüert de Kuckuck nemmieh sönge« oder »Her hät de Knööf zohjedohn«. Mit dem »Kläppen« eng verwandt ist das »Klappern«, also jene geräuschvolle Tätigkeit, mit der die Eifeler Dorfjugend zum Ende der Fastenzeit die »nach Rom geflogenen Glocken« im Kirchturm ersetzt. Nach dem Gloria beim Abendmahl am Gründonnerstag bis zum Gloria in der Osternachtsmesse schweigen bekanntlich die Glocken als Zeichen der um den toten Jesus trauernden Gemeinde. Gottesdienstzeiten, Morgen-, Mittag- und Abendzeit werden dann mit hölzernen »Klappern« und Rasseln von der durchs Dorf ziehenden Jugend angezeigt. Den Kindern sagte man früher auf die Frage, warum die Glocken denn in der fraglichen Zeit nicht läuteten, sie seien - quasi zur Inspektion - nach Rom geflogen. Der als »Takendoktor« bekannt gewordene Dr. Jacob W. Flosdorff hat die Mär in einem wunderschönen Gedicht auf Monschäuer Platt festgehalten. Es heißt »De Klocke fleje noh Rom«.

»Komm Kengk, komm! Jetz fleje de Klocke no Rom«, lockt »Tant Angenies« den kleinen Jungen auf den Monschauer Marktplatz. Und der schaut in den Himmel, kann aber keine fliegenden Glocken am Firmament ausmachen: »Tant Angenies, Tant Angenies/ Wo send se dann? Ich senn doch nüüs.«

Doch dann, dank kindlicher Fantasie und Einbildungskraft, ist doch am Himmel etwas auszumachen: »Do stong ich doo, do stong ich doo/ on maat de Ooge op on zoo/ Sooch wiss on schwatz on ruet on jäll, Doo, ... och en Klock am lange Seel!/ Komm, Tant Angenies, komm/ Doo flücht en Klock no Rom.«

Die Erinnerung daran lässt den alt gewordenen Dichter am Schluss schreiben: »Kengderlangk, Kengderlangk/ Wie wick liss du zeröck un langk:/ De Bleck nom Hemmel steeje/ Ich senn se hüek noch fleeje:/ Die Klocke all no Rom/ Bim ... Bam ... Bom ... .«

Wie en Sou seck

Manche arbeiten wie bekloppt, an einem Stück, ohne Unterlass. Man nennt sie landläufig »Malocher«, was ursprünglich aus dem Westjiddischen und später Rotwelschen kommt. In der Eifel ist der Schwerarbeiter hingegen ein »Bräkker«, »Bragger« oder »Brasseler«. Das Gegenteil, der Faulpelz, wird hier »Fuhlhoof« oder »fuhl Sou« genannt.

Die große Mehrheit der Menschheit, die zwischen Ville-Rücken und Hohem Venn angesiedelt ist, dürfte sich selbst irgendwo in der Mitte einordnen: nicht faul, aber auch keine »Workaholics«, die sich selbst zu Tode schuften. Letzteres funktioniert übrigens dank Stress (»Brass«), Hektik (»Brassel«) und Nachrichtenüberflutung (»domme seck Vezäll«) auch im Computerzeitalter.

Nun gibt es außer den Extremen nach oben und unten und dem breiten Mittelfeld in punkto menschlicher Betriebsamkeit in der Eifel noch eine vierte Sorte Arbeitsmenschen. Nämlich die, die »esu wirke, wie en Sou seck«, also mit vielen Pausen und wenig messbarem Resultat..

Ich lernte den Begriff in meiner Jugend kennen, als ich mit meinem Vater, einem Eifeler Bauern, beim Zäune-Reparieren beschäftigt war. Ein anderer Landwirt, der auf dem Nachbarfeld mit der Gabel Rübenblätter auf Haufen schichtete, unterbrach seine Arbeit immer und immer wieder, marschierte 100 Meter zu uns herüber, um den erst vor Minuten beendeten Dialog mit meinem Vater wieder aufzunehmen.

Nach erfolgtem Mundart-Smalltalk (»Jebubbels«, »Pläne«, auch »Kall«) wandte er sich plötzlich wieder um, marschierte zu seinem originären Arbeitsplatz zurück, wo er maximal drei, vier Gabeln Rübenblätter auf den begonnenen Haufen schichtete, um erneut die Gabel ins Erdreich zu stoßen und zu uns zurückzuschreiten, um weiter »de Muhl ze schwaade«.

Nach fünf, sechs taktischen Wechseln dieser Art war mein Vater »es satt«, also der von der Arbeit abhaltenden Stopp-and-Go-Kommunikation überdrüssig. Er sprach zu dem guten Mann: »Ruddi, su küss Du zo nix. Du ärbeets, wie enn Sou seck! Du moss Dich jetz ens drahnhahle ...«

Seither habe ich ein gutes Auge für Zeitgenossen, denen während der Pflicht jede Ablenkung willkommen ist, es dürfen auch andere Arbeiten sein, nur nicht die, die sie tun sollen. Sie kennen das auch? Manchmal muss ich mit dem Kopf schütteln, wenn ich solchen Leuten ins Gesicht gucken muss, zum Beispiel morgens beim Rasieren ...

Meng Frau jefällt me net

Wenn in der Eifel Hühnersuppe und/oder Hühnerfleisch auf den Tisch kam, war entweder der Bauer krank - oder das Huhn. Wer trotz Hühnerbrühe, Klatschkiesömschlääch oder einem Leinenkragen mit dampfenden Kartoffeln »net op de Been jereet« (nicht wieder auf die Beine kam), »malaad« blieb und weiter »onge Pengk« (Pein = Schmerz) leiden musste, tat gut daran, medizinische Hilfe in Anspruch zu nehmen.

Bei uns im Dorf war die Hauptanlaufstation in Krankheitsfällen

Der Autor Manfred Lang mit seiner besseren Hälfte Sabine Roggendorf, die mit zum schauspielernden Personal des LVR-Freilichtmuseums Kommern gehört – und auch Langs und Ralf Kramps Event »Abendgrauen« als umhergeisternde »Untote« effektvoll unterstützt.

Foto: Anna Lang/pp/Agentur ProfiPress

die von der Zivilgemeinde angestellte Krankenschwester Maria (Mertens), und erst bei noch ernster zu nehmenden Erkrankungen wie »zebrauche Knauche« (Knochenbrüchen), »Häzzklabastere« (Herzrhythmusstörungen), »Schwindsuch« (Tuberkulose) oder einem »Schwäere« (Karfunkel) wurde der ebenfalls im Dorf niedergelassene Arzt Dr. Paul Hissen aufgesucht.

»Schwester Maria« wusste hingegen bei allen Alltags-Wehwehchen Rat, wenn »me vekaald wohr« (Grippe), »sich vestuch hat« (Verstauchung, auch Zerrung), »Plack« oder »Schap« (Ausschlag) sich unangenehm bemerkbar machten oder man sich »en kodde Hangk« oder e »kot Been« (kot = »böse« im Sinne von entzündet) zugezogen hatte.

Höchste Zeit, zum Arzt zu gehen oder ihn »ze roofe«, war es, wenn jemand dauerhaft und grundsätzlich »de Fluudze hange leet«, »schläet drahn blevv« oder »vejeng wie en Jreev en de Pann« (sichtlich verfiel). Dann rief man mit den Worten nach dem Doktor: »Kott ens kicke, der Hannes jefällt me net ...«

Eine Eifeler Schnurre (»Stöckelche«, »Verzällche«) weiß von einem Bauern, der in erkennbarer Eile zum Arzt unterwegs war, um medizinische Hilfe für seine Gattin zu holen, und der dabei von einem Dorfgenossen gefragt wurde: »Watt renns Du esu?« Antwort: »Nohm Dokte, meng Frau jefällt me net.« »Unn do kann dä Dokte hellepe?« »Jajooh!« »Waht enne Moment, dann kommen ich mött: Meng Frau jefällt me nämlich och net!«

Heiß, heißer, am heißesten

D as Eifeler Liebesleben hat natürlich nicht nur platonische Gesichtspunkte, die an dieser Stelle schon häufiger erörtert wurden. Es gibt mit großer Selbstverständlichkeit auch erotische Komponenten, allerdings redete man ehedem nicht groß drüber, sondern tat »es«.

»Su senn se« – Der Eifeler »an sich«

Das entsprechende Vokabular hat kaum Eingang in den allgemeinen Sprachgebrauch gefunden, und orientiert sich im wesentlichen am gleichen »Schmuddel«-Vokabular wie in der hochdeutschen »Umgangssprache«.

»Watt sich jehuert« (das kommt nicht von »huren«, wie es sich anhört, sondern von »sich gehören«) oder »nett jehuert«, also den allgemeinen sittlichen Normen widersprach, war streng und hat sich im Laufe der vergangenen fünf, sechs Jahrzehnte gewaltig verändert. Vorzeiten ging es weder »liberal« noch »tolerant« in Eifeler Schlafzimmern zu, »mött Leet ahn« (also mit eingeschalteter Deckenbeleuchtung) galt schon als gewagtes erotisches Unterfangen.

Dass es gleichwohl auch zu nach landläufiger Meinung unschicklichen Verbindungen kam, soll nicht verschwiegen werden. Eher tragisch das ins Greisenalter gekommene Männerpaar, der eine Junggeselle geblieben, der andere verheiratet worden, die nachts nach dem Kirmesball Händchen haltend auf einer Wartebank an der Posthaltestelle angetroffen wurden. Damit war es rund im Dorf, dass die zwei »Hahne« (Hähne) »kenn Hohnde pecke«, sondern Gefallen aneinander behalten hatten.

Eher heiter kommentiert die Eifeler Folklore das Thema Vielweiberei: Da

stellt der Pastor eines Tages einen ländlichen »Don Juan« zur Rede, wie er sich unterstehen könne, auf jedem der umliegenden Dörfer eine Liebschaft zu unterhalten. Auf Eifeler Platt

Züchtig im Dirndl zeigten sich diese drei Eifelschönheiten auf einem Fest zugunsten der Hilfsgruppe Eifel für tumor- und leukämiekranke Kinder in Lorbach. Foto: Reiner Züll/Kölner Stadt-Anzeiger/pp/Agentur ProfiPress

fragt der Pastor mehrdeutig: »Wie kanns de datt dann dohn?« Und der Wei-
berheld beantwortet die Frage rein technisch: »Datt öss kee Problem, Herr
Pastuer, ich hann e Motorrad«.

In einem anderen Fall zog der Seelsorger zu einem Altgesellen, der im Begriff
stand, eine sehr junge und attraktive Dorfschönheit ins Ehebett zu führen.
»Et öss jo nur, Höllep unn Jewalt,« lässt Mundartdichter Fritz Koenn den Ak-
tiv-Senior in einer Rechtfertigungsrede sagen, »weil et mir naahts em Bett esu
kalt!« Worauf der Pastor klugen Rat weiß und meint: »Wenn onge Kält Ihr
legge mooht, ne Ziejelsteen ent Bettche doht«.

Immerhin galten im Backofen vorgeheizte Feldbrandziegelsteine als probates
Mittel gegen Eiseskälte zwischen Eifeler Bettlaken. Doch »Karel«, so der Name
des ehewilligen Greises im Gedicht, weist den »joode Rohtschlaach« des Geistlichen schroff zurück: »Der Roht, der jitt me jedereen«, dichtet Fritz Koenn:
»Säht Karel unn kniep de Ohre kleen: Nee, nee, wärme wie zehn Ziejelsteen,
hält mich e inzisch Fraulöcksbeen!«

*Technisch sei es kein Pro-
blem Liebschaften auf mehreren Dörfern zu haben,
versicherte ein Eifeler »Don
Juan« seinem Pastor: Vo-
rausgesetzt, man habe ein
Motorrad. Szene einer Old-
timer-Rallye durch die
linksrheinischen Lande.* Foto:
Manfred Lang/pp/Agentur ProfiPress

Rheinische Toleranz:
»Jeck loss Jeck elanz«

Jeck loss Jeck elanz.« Mit diesen Worten rät der ältere Rheinländer seinem Nachfahren zu Gelassenheit und friedlicher Koexistenz: Mit diesem Sprichwort meint er, was man im Hochdeutschen mit »Leben und leben lassen« umschreibt, formuliert es nur etwas anders, rheinisch eben: »Mensch, lasse deinen Nächsten, den du für verrückt hältst, friedlich passieren, denn bedenke: Du selbst bist auch nur ein Jeck!«

Instinktiv weiß der rheinische Vielvölkerapostel nämlich, zu dessen Vorfahren Germanen, Kelten, Römer, Franken sowie vielfach Deserteure, Fußkranke und kleben gebliebene Marketenderinnen durchziehender Soldatenheere gehörten, dass er selbst einem reichhaltig gemischten »Genpool« entstammt.

Treppen- und Thekenwitz war hierzulande früher der boshafte Ratschlag: »Bös für jede Mann freundlich, et könnt de Vatte senn« - »Grüße jeden Mann auf der Straße, es könnte dein Vater sein ...« Westfalen sind zu spurtreu, Schwaben zu bodenständig, Preußen zu pflicht- und Bayern zu selbstbewusst, um akzeptieren zu können, was der Rheinländer bereits mit der Muttermilch eingesogen hat, nämlich: »Jede Jeck ös anders.«

Und dieses Hohelied der Toleranz gegen alle mentalen und optischen Unterschiede stimmt er nicht nur auf Angehörige unterschiedlicher Nationen und Völkerstämme an. Es gilt, auch wenn es schwer fällt, im Prinzip selbst für den Verwandten aus der Großstadt Köln, den Bekannten drei Dörfer weiter oder den Nachbarn um die Ecke. Fast hat dieses rheinische Toleranzedikt, das »Jeck loss Jeck elanz«, eine religiöse Dimension, deren liturgische Ausprägung dann freilich der Karneval wäre.

Denn in ihm erstreckt sich seit alters her die Toleranz selbst auf Männer in Frauenkleidern, auf »Wiever« und »Möhne« außer Rand und Band (von wegen »Wehe, wenn sie losgelassen«) und auf freche Narren, die von Kanzeln herab ungestraft das Militär, die Obrigkeit und die Amtskirche verhohnepiepeln dürfen. Da dieses Hochfest rheinischer Unbekümmertheit wieder vor der Tür steht, an dieser Stelle ein kleines Sammelsurium von Umschreibungen für den närrischen Toleranzbegriff »jeck«.

Wovon »verröck«, »beklopp« und »jeckisch« noch die harmlosesten sind. »Rammdösisch« beispielsweise markiert den schmalen Grat zwischen »raadedoll« und »plemmplemm«. So wie der Eskimo hunderte verschiedene Wörter für Eis und Schnee kennt, mit so reichhaltigem Vokabular weiß der ripuarisch redende und denkende Mensch den Zustand mentaler Entrücktheit zu charakterisieren.

Hermann-Josef Kesternich nennt in seinem Mundartwörterbuch »Woat für Woat« einige Grade geistiger Extravaganz: Der betreffende »Jeck« hat etwa »de Melle« (eine bestimmte Blattlausart), »de Nük wärem« (seinen Babyschnuller heiß gelutscht), »ene Ratsch em Kappes« (einen Riss in der Schädeldecke), »ene Stech« (Stich), »se net mieh all em Koffe« (unvollzähliges Reisegepäck), »se net mieh all em Seff« (Siffon), »op de Latz« (Latte) oder »em Kaaste« (Kasten).

Oder: »Her hät eene drbeij, der die andere dörjeneen wirp« (Er hat einen im Kopf dabei, der die anderen durcheinanderbringt.), »de Söck am kieme« (Kartoffeltriebe aus seinen Strümpfen wachsen), »et Schaus eruss« (die Schublade offen stehen) oder schlichtweg »ene Hau« (Schlag).

Er ist »mött Schuure jeplooch« (schauergleich unterschiedlichen Gemütszuständen ausgesetzt), »et spellt em« (wörtlich »es spielt (mit) ihm«) oder »et rappelt emm«, was so ungefähr das Geräusch treffen dürfte, das eine gelockerte Schraube verursacht, die in einem bekannten hochdeutschen Sprichwort durch den ansonsten ziemlich hohlen Hirnkasten poltert.

Schmähreden

Man kann über die Eifeler sagen, was man will: Es stimmt immer. Jedenfalls in den Schmähreden über das vorgeblich »krummbeinige diebische Bergvolk«.

Will sagen: Es ist nichts zu absurd, dass man es der über die Jahrhunderte wegen ihrer Herkunft gefoppten Landbevölkerung von »Preußisch Sibirien« nicht noch ungerechtfertigter Weise andichten könnte. Weit verbreitet ist zum Beispiel der biologisch unhaltbare Verdacht, Kinder würden hierzulande blind geboren.

Einem Großstädter, der explizit nachfragte, ob es denn zutreffend sei, dass dem Eifeler Nachwuchs erst im Alter von neun Tagen wie den jungen Katzen- und Hundewelpen die Augen aufgehen, verschlug es allerdings ob der Antwort, die er im Monschauer Land bekam, die Sprache.

Denn der »Monschäuer« widersprach keineswegs, sondern sagte: »Jau, datt stemmp! Äve, wenn se dann de Ohre ophahn, dann sehn se su ne Ößel wie dich dörch en zoe Eeechedühr«: »Das stimmt, wenn die kleinen Eifelbabys die Augen aber erst offen haben, dann erkennen sie so einen ausgemachten Esel wie dich durch eine geschlossene Eichentür hindurch.«

Manchmal sind die Mittelgebirgsbewohner zwischen Ville, Venn und Islek aber auch untereinander ziemlich grob. Zum Beispiel gegen nicht besonders ansehnliche Exemplare ihres Menschenschlages. »Dreckesse Jösef« war der mit Abstand hässlichste Mann im Dorf. Als der eines Tages einem Nachbarn klagte, er habe schon drei Nächte schlafend im Kuhstall zugebracht, weil die »Bless« drauf und dran sei zu kalben, bekam auch er eine typisch Eifeler Antwort der beschriebenen Sorte.

Der Nachbar sagte nämlich: »Osem Dreckes senge joode Jösef, bliev blooß uss em Stall unn jangk nom Bett: Söss meent deng Koh, die Bless, jedes Mohl, wenn se sich erömm dräht unn dich do leije sitt, seij hääv at jekallev«: »Josef, Sohn des Heinrich, bleibe bloß aus dem Stall und geh ins Bett, sonst meint die »Bless«, jedes Mal, wenn sie sich umdreht und dich da liegen sieht, sie habe schon gekalbt«.

Die Monschäuer

Menschen aus Monschau und Umgebung, die so genannten Monschäuer, stehen innerhalb der Eifel in einem, sagen wir, besonderen Ruf. Das hängt möglicherweise schon mit ihrer Entstehungsgeschichte zusammen. In einer alten Legende wandert Jesus durch die heutige Eifel und erschafft den ersten Monschäuer auf Bitten seiner Jünger aus einem Eichenknüppel am Wegesrand.

Als der Ex-»Knöppel« sich nicht für seine Erweckung zur menschlichen Existenz bedanken will, sondern laut losschimpft, soll ihn der Apostel Petrus vergeblich zur Mäßigung gerufen haben: »Willst Du nicht niederknien und Deinem Schöpfer danken?« Doch Jesus soll im Angesicht des spektakelnden Vennbewohners sofort abgewunken haben: »Loss en loofe, Petrus, datt öss ene Monschäuer!«

Später waren Monschäuer, die als fahrende Händler unterwegs waren, weithin als »Heufresser« verrufen. Eine Frau vom Niederrhein, die noch nie einen Leibhaftigen dieser Sorte Eifeler gesehen hatte, rief deshalb vom Speicher herunter, als man ihr meldete, ein Monschauer sei auf den Hof gekommen: »Doht en en de Stall und jefft em enne Pöngel Heu, ich konn stracks eraff für ze kicke!«

Monschäuer Mannsbilder können nicht unbeliebt gewesen sein in der Eifeler Damenwelt, denn eine andere Anekdote berichtet von einem Fräulein, das sich die Augen aus dem Kopf heulen will, als der von ihr angebetete Monschäuer in der örtlichen Pfarrkirche von einer anderen zum Traualtar geführt wird. Doch der Monschäuer »Männ« weiß Trost für die Untröstliche: »Böss stell unn freu Dich! Wer mich net kritt, der witt et beiss fahre!« (»Nach Lage der Dinge wird diejenige am besten dran sein, die mich nicht zum Mann bekommt.«)

Tatsächlich war Galanterie unter Monschäuer Männern so schwach ausgebildet, dass eine Gattin ihrem Gatten selbst auf dem Sterbebett kein »süßes Wort« mehr zu entlocken vermochte: »Sag doch wenigstens jetzt ein süßes Wort zu mir ...« Doch der Monschäuer soll mit ersterbender Stimme nur noch geraunt haben: »Honesch ...« (»Honig«).

Von »Muuskönegelche«, »Mäerdel« und »Merkel«

Wenn ein Vogel ausgerechnet im Eifelwald Hochzeit machen wollte, wie sie im Volkslied besungen wird, würde er leicht ein blau gefiedertes Wunder erleben. Denn Amsel (»Mäerdel« oder »Schwazzmäerdel«), Fink (»Booxföngk«) und Eichelhäher (»Merkel«) heißen hierzulande vollständig anders als in der deutschen Hochsprache.

Da gibt es die noch lautverwandten »Kroohe« (Krähe) und Ühle« (Eulen), aber auch die sprachlich völlig gemauserte »Jöll Jüllch« (Goldammer), die »Hollejans« oder »Schniejäns« (Kranich) und last not least »Mösche« (Spatzen) und »Schworbele« (Schwalben). Der in der Regionalforschung bekannte Manscheider Manfred Konrads nennt in seinem Buch «Wörter und Sachen im Wildenburger Ländchen« außerdem »Muuskönegelche« (Zaunkönig) und »Drueschel« (Drossel).

Sehr einprägsam sind auch einige Eifeler Insektenbezeichnungen wie »Seck-Ohmes« (Ameise), »Drössköbbel« (Mistkäfer), »Hoern-Eichel« (Hornisse) oder

»Hommel« (Hummel). Sehr beeindruckend sind die ripuarischen Mundart-Namen für die Brumm- und Schmeißfliegen: »Vomsch« oder »Paerdsvomsch« (Pferdefliege). Manfred Konrad und die übrigen Ländchener kannten vorzeiten außerdem »Kameezebeen« (Riesenschnaken) und »Tsaiche« (Zecken). Weit verbreitet waren im Gegensatz zu heute nicht nur in der Eifel »Vlüü« (Flöhe) und »Lüüs« (Läuse).

Noch heute sollte man sich in der Eifel hüten, aus einer Mücke einen Elefanten zu machen, wobei dieses Sprichwort für maßlose Übertreibungen hierzulande nahezu unbekannt ist. Rheinisch-deftig heißt es stattdessen: »Maach nett uss jedem Futz (Pupser) ne Dondeschlaach« (Donnergrollen).

Möm Bömmel jeklätsch

Auch schon vor Apollo 11 und Neil Armstrongs gewaltigem Schritt für die Menschheit konnte ein Eifeler einen anderen, den er nicht leiden kann, sprichwörtlich »op de Moond scheeße«. Wer sich dem Verdacht aussetzte, bei Vollmond besondere Extravaganzen an den Tag zu legen, galt als »Moondsjeck«. »Mondes« hingegen ist die Eifeler Kurzform von Edmund.

Wer ohne jahreszeitliche Schwankungen und vom Mondzyklus unbeeindruckt immer weiter spinnt, »öss« im Eifeler Sprichwort, »möm Bömmel jeklätsch«, »hätt de Söck am kieme«, »et Schauss eruss«, »enne drbeij, der die andere dörjeneen werep«, oder »se nett mie all« »om Siffon«, »em Chressboom« oder »op de Reih«.

Wer im Hochdeutschen zu einer Rutschpartie vom Kreuz in Richtung Po-Falte eingeladen wird (»Rutsch mir doch den Buckel runter«), der bekommt auf Platt eher Rätsel aufgegeben: »Du kanns me de Mai piefe« (ein Maienlied flöten) oder »Du kanns me ens de Naachem döie«.

Letzteres impliziert zwar exakt das, was Goethe dem Götz von Berlichingen in den Mund gelegt hat, klingt aber weit harmloser. Der Ausdruck kommt aus der Binnenschiffersprache: Der Nachen war ein kleines Boot, beispielsweise am Rhein, aber auch an den Eifelseen. Die Nachen wurden vom Ufer aus mit Stangen geschoben, eine anstrengende Angelegenheit.

Wer mit einem wenig Nachsicht übt, macht »kuerte Fuffzehn« mit ihm. Der Ausdruck soll vom mittelalterlichen Brettspiel »Tricktrack« stammen, das man mit 15 Steinen spielte. Mit etwas Glück konnte man das Spiel mit einem Wurf beenden und alle Steine herausnehmen. Auch die kurze (15minütige) Essenspause am Bau galt im Rheinland und in Westfalen als »kurze 15«.

Herrlich sind auch ripuarische Sprichwörter für Armut (»Do fönge sebbe Katze kenn Muus mie«), die Tugend des Teilens (»Jedem et senge, dann krett dr Düvel nüüs«) , Hochnäsigkeit (»Dämm räänt et en de Naslauche«) oder für die Kombination der unangenehmen Eigenschaften der Zänkigkeit und der Dummheit: »Der öss esu domm wie Bonnestrüh, äve drbeij esu frech wie Dreck!«

Schäng, breng meng Schohn ...

Die Backofenbauer aus Bell am Laacher See, die Mausefallenkrämer aus Neroth, die Steinguthändler aus Oberkail, die Kesselflicker und Scherenschleifer aus Stotzheim und die Hausierer aus Speicher und anderen Eifelorten haben zur Legende werden lassen, was noch im 19. und frühen 20. Jahrhundert bittere Realität war: Aus der Armut der Eifel heraus begaben sich viele auf Wanderschaft, um überall und weit weg als fliegende Händler Geld zu verdienen und dieses Geld in die von der preußischen Regierung sträflich vernachlässigte Heimat zu schaffen.

Ihre Not kaschierten die Eifeler seit jeher mit einer Menge trockenem Humor. Eine ihrer Storys spielt im Paradies: Als Adam und Eva nach dem Sündenfall ihre Nacktheit erkannten und nach einem Feigenblatt verlangten, aber keines fanden, da soll bereits ein fliegender Eifelhändler hinter dem nächsten Busch aufgetaucht sein – und ihnen eins verkauft haben.

Die Speicherer behaupten von sich, dass welche aus ihrem Dorf als erste in Amerika gelandet sind. Also nicht Leif Eriksson, der Wikinger, und schon mal gar nicht Christoph Columbus. Dass es zwei Eifeler waren, die Amerika entdeckten und den indianischen Markt für den Handel mit Knöpfen, Zwirn und Mausefallen bereiteten, klingt plausibel. Erklärt diese Konstellation doch sehr anschaulich, warum Columbus bis zu seinem Tod geglaubt haben soll, er habe den westlichen Seeweg nach Indien gefunden und sei dabei in China gelandet.

Auch ohne Schuhe machen diese Bodybuilder eine ansehnliche Figur, in der Mitte Bodo Fröbus aus Bad Münstereifel. Archivfoto: Agentur ProfiPress

Ursache dieses historischen Irrtums des genuesischen Kapitäns in spanischen Diensten war demnach die lautmalerische Ähnlichkeit zwischen Chinesisch und Eifeler Platt. Denn als die Männer der Santa Maria in der Karibik an Land gingen, sahen sie unweit des Strandes eine Hütte, aus deren Schornstein Rauch aufstieg.

Und auf einmal sahen die Amerikaentdecker jemanden aus der Hütte treten. Und der sprach zu einem offenbar noch in der Hütte verweilenden Landsmann: »Schäng, stank opp, unn bräng meng Schohn: De Sonn schengk att schönn!« Die Seeleute trauten ihren Ohren kaum: Kein Zweifel: Das war Chinesisch!

Eine andere Variante der selbstironischen Eifel-Anekdote endet damit, dass die beiden Eifeler Händler Columbus schließlich doch aufklären, wo er gelandet ist und wo sie herkommen. Anschließend sollen sie dem tapferen Seefahrer zwei Töpfe und ein Paar Hosenträger verkauft haben ...

Do laachs De Dich kapott

Laache unn Krieche, Lachen und Weinen, liegen bei kleinen Kindern ganz nahe beieinander. Später verlernt man häufig beides. Das Lachen verkneifen Erwachsene sich manchmal, oder sie gehen - wie angeblich der Westfale - dazu in den Keller, damit es keiner mitkriegt. Und Weinen »tut man(n) suwiesu nisch(t)«: »Indiane krieche net« sangen schon die Bläck Fööss in den Siebzigern.

Wer sich schon nicht »schibbelich«, »kromm« oder gar »kapott laache« well oder »Bööcke für Laache« (Brüllen vor Lachen), der sollte sich andere, mildere Arten Eifeler Lachens aneignen. Es muss ja nicht gleich »jrieläächele«, eine Art hinterfotzig-überlegenes Grinsen sein.

Schön ist es zum Beispiel, wenn einer etwas spöttisch, aber doch ganz gutmütig »jriemelt«, »stellich en sich erenn laach« oder »kechert«. Zuviel sollte man hierzulande keineswegs »de Jeck maache«, sonst gilt man als »Schaute« oder »Paies«, der nicht alle Tassen im Schrank hat.

Negativen Gefühlen, also seinem Jammer, kann man in der Eifel zumindest sprachlich trefflich Ausdruck verleihen. Man kann beispielsweise »kriesche«, »bautze«, »kaie«, »hüüle«, »jöömele«, »jrangele«, »jriene« oder »knaatsche«. Wer sich überhaupt nicht mehr einkriegen kann vor Gram, der »kriesch blödlije Träne« (blutige Tränen).

Wer sich »draan hält«, also immer weiter seiner Trauer lautstarken und tränenreichen Ausdruck verleiht, gilt allerdings rasch als »Knaatsch« (Heulsuse), »Jrenglauch« (»Greinloch«) »Kailauch« oder »Jrenges«.

Der Kölner Stimmungssänger Ludwig Sebus (r.) und Dieter Pritzsche bei einer Veranstaltung der Arbeiterwohlfahrt im Kreis Euskirchen. Archivfoto: Agentur ProfiPress

»Du mähs us jedem Futz
ne Donderschlaach«

Zugegeben: Es klingt vornehmer, aus einer Mücke einen Elefanten zu machen, als aus einem »Futz« einen »Donderschlaach«. Dabei trifft beides den gleichen Sachverhalt. Während die hochdeutsche Umschreibung den Umstand einer maßlosen Übertreibung optisch besser hinkriegt, liegen die Vorzüge der deftigen rheinischen Beschreibung eindeutig im lautmalerischen Bereich: »Du mähs us jedem Futz ne Donderschlaach.«

Die Wirkung dieser zu 50 Prozent etwas anrüchigen Redensart verstärkt sich noch, wenn man bedenkt, dass das Wort »Futz« (Furz) in Eifel und Börde weit öfter als Verniedlichungsformel, denn in seiner ursprünglichen Form benutzt wird: Da trifft der kleinwüchsige Mensch, der »Stoppe«, einen noch kleineren und nennt ihn »Futzstoppe«. Da setzt sich der Mopedfahrer auf ein Mofa und nennt es »Futz-Mopedche« und da fragt die Eifeler Banneux-Wallfahrerin den Devotionalienhändler, was denn so ein »Futz-Muttejöddesje« kostet.

Ebenfalls todernst und gar nicht blasphemisch verwendet der Linksrheinländer die Vorsilbe »Dress-«. Auch dies selten in der ureigenen Bedeutung für Ausschuss aller Art, auch »dr Dress« wird vorzugsweise im übertragenen Sinn verwendet. Wobei das Mofa, als kleines Moped vom Mopedfahrer zum »Futz-Mopedche« ernannt, zum »Dress-Mopedche« oder auch »Dress-Futz-Mopedche« avanciert, wenn es denn nicht anspringt.

Die Vorsilbe »Dress-« verniedlicht nicht wie »Futz«, sie verwirft als unbrauchbar: das »Dress-Thiaterstöck«, den »Dresskerl«, die »Dress-Dreischmaschin«. Ein »Dresser« oder »Drieshüsje« ist ein besonders ängstlicher Mann, mit »Pellendresser« wird in der Eifel respektlos der ehrbare Berufsstand der Apotheker verhunzt. Ein eitler Fatzke wird gern »Herr Jedresse« genannt, ein unlauterer Zeitgenosse heißt »scheef Jedresse«. Und dem Emporkömmling sagt man nach: »Wenn Dress Möss witt, wellt her jefahre wäre!«

Karl Theodor zu Guttenberg, e jewixx Männche

Gesetzt den Fall, Sie wollen Platt einsetzen wie Business-English, also »blenden« und Ihr Gegenüber mit einzelnen Vokabeln verblüffen, die Ihr Insiderwissen über Eifeler Mundart und Eifeler Lebensart offenbaren. Falls Sie das einmal ausprobieren wollen, dann sollten Sie sich in diesen Tagen unauffällig in ein Gespräch über Bundesverteidigungsminister Karl Theodor zu Guttenberg verwickeln lassen. Das dürfte nicht schwerfallen.

Allerdings sollten Sie sich nicht allzu sehr bei der Frage aufhalten, ob und in welchem Umfang die Doktorarbeit des Oberkommandierenden der Bundeswehr getürkt sein könnte. Das interessiert hierzulande kaum jemanden. Denn »Dokte« ist in Eifel und Börde kein akademischer Grad, sondern eine Berufsbezeichnung.

»Dokte« ist der Arzt, für Kinder auch »Onkel Dokte«, Mehrzahl »Döktesch«. Die Gattin des Hausarztes heißt selbstverständlich »Frau Dokte«, auch dann, wenn sie nie eine medizinische Hochschule von innen gesehen haben sollte und/oder niemals in der Sprechstunde als Hilfe auftauchte. Der Tierarzt ist »Veehdokte«. Bei Spezialisten wie Hals-, Nasen-, Ohren-, Augen- und Zahnärzten stellt man das betreffende Körperteil dem »Dokte« voran.

Zurück zu Karl Theodor zu Guttenberg und seinem »Dokte«. Sagen Sie, er habe sich vielleicht ungeschickt verhalten, als er leichtfertig mit Wissen und Satzkonstruktionen anderer umging, »wie ene Talpes« oder »ene Taatebär«, eine Art rheinisches Pendant zum hochdeutschen Elefanten im Porzellan-Laden.

Zudem habe er Nerven gezeigt, sich als leicht reizbar erwiesen, als er dabei ertappt wurde, eben wie »ene Bletzpuckel«, der sich »flög op et Päerdche höffe lätt«.

Sagen Sie im Insidergespräch weiter, der Baron habe sich als »eekennisch« (wörtlich »einer, der nur einen kennt«, sinngemäß also versnobt wählerisch, sortierend, Leute ausschließend, die einem nicht passen) erwiesen, als er vor handverlesenen Medienvertretern Hof hielt, während er das gemeine Journalistenvolk der Bundespressekonferenz vergebens warten ließ.

Vermuten Sie ruhig gesprächsweise weiter, dass der CSU-Blaublüter es als Kind womöglich schwer hatte, weil die Großtante früh starb oder man ihn gegen seinen Willen zum »vewönnte Panz« machte. Dass Ansehen und Erfolg dem »ärm Loode« und »ennjebeldtem Käerl« als wichtiger suggeriert wurden als »e joot Jemööt«.

Halten Sie Karl Theodor zugute, dass er keineswegs »knaatschtisch« (weinerlich), rechthaberisch (»knüülestisch«) oder frech (»freiche Pöngel«) reagiert, wenn er darob kritisiert wird. Dass er sich auch nicht beleidigt zurückzieht (»lätt nett de Leppe bommele«), wenig »verschmeulich« (empfindlich) oder »huufäedisch« (eingebildet) reagiert.

Konstatieren Sie ruhig, dass sich Karl Theodor von Guttenberg wie »e Krüeniese« oder »en Jekrüente« (Spitzname für eine sich erhaben dünkende Gartenhacke) erwies, als er seinen möglicherweise kritikwürdigen Titel von sich wies. Eben als »lues Jöngelche« (schlau), »jewixx Männche« (gewitzt) und »nickelisch Käerlche« (schlitzohrig).

Wie jener »Fütteler« in einer Erzählung Fritz Koenns, der nach dem Kartenspielen in der Eifelwirtschaft aufsteht und nach Hause geht mit den Worten: »Do hann me äve noch ens fein jespellt – Ihr hatt nües veloore unn ich hann nües jewonne!« So einfach ist das.

Schmerz oder Liebesspiel?

L öttsche«, »schröme«, »schibbele«, »sich tirvele«, »wängsele«, »stawere«, »dötze«, »floddere« »biese« und »bunzele« sind »Zeitwörter in Bewegung«, über die sich der frühere Mechernicher Rektor Peter Zimmers, ein gebürtiger Dahlemer, im Jahrbuch 1971 des Kreises Schleiden äußert. Einige der Wörter sind nordeifelweit verbreitet, andere dürften zumindest in dieser Aussprache als Dahlemer »Spezialitäten« gelten.

»Biese« übersetzt Zimmers mit raschem Davonlaufen, panikartiger Flucht, etwa vor Ungeziefer. Ein Scherzwort lautet: »Op die Art unn Wies öss oss Lies en dr Hemmel jebies«. »Bunzele« vergleicht der Autor mit dem hochdeutschen Verb »purzeln«, den Purzelbaum übersetzt er mit »Bunzelöüt«.

»Dötze« oder »dözele« ist langsames Gehen (»bummeln«), »floddere« das krasse Gegenteil, nämlich überschnelle (»flugs«), fast flatterhafte Bewegung. »Löttsche« ist bewegungstechnisch und sprachlich dem »latschen« verwandt, »schröme« (»häer schrömp(t)«) übersetzt Peter Zimmers mit Zielstrebigkeit beim Gehen, eben wie auf einem »Schrom« (gerader Strich) gehen, einer Linie als kürzester Verbindung zwischen A und B.

Wenn etwas rollend bewegt wird, dann »schibbelt« der Eifeler beispielsweise einen Ballen Stroh in den Futtergang des Stalles, ein Fass oder eine dicker werdende Schneekugel zum Schneemannbau. Peter Zimmers Vermutung, das Wort könnte mit dem hochdeutschen »schieben« zu tun haben, halte ich persönlich für »Schiebung«.

Denn wer »schibbelt« »schiebt« nicht etwas auf »planem« Grund, sondern dreht es immerfort und fortbewegend, also »Kopp öve Aasch«, rollt es sozusagen, auch wenn es viereckig ist. Außerdem kann man sich in der Eifel auch vor Lachen »schibbeln«. Als Kinder haben wir keine Gegenstände, sondern uns selbst spaßeshalber Böschungen hinunter »geschibbelt« oder besser, von der Schwerkraft beflügelt »schibbele losse«.

»Stawere« übersetzt Zimmers mit wichtigtuerischem Schreiten (»stolzieren«),

»sich tirvele« (von frz. »terre« = Erde) mit »sich überschlagen«, zu Boden gehen, »wängsele« mit »sich wälzen«. Als Bild bietet Zimmers in seinem Artikel sich vor Schmerzen am Boden windende Tiere an. Als Bauernsohn kann ich mir das genau vorstellen. Allerdings bin ich skeptisch, ob Schmerz alles ist, dessentwegen man »sich wängsele« kann. Schließlich hält der Eifeler Wortschatz für das leidenschaftliche Liebesspiel zur Frühlingszeit einen nicht minder anschaulichen Begriff bereit, den »Mai-Wängsel«.

»Tun« ist das Wichtigste

Ich doohn/ Du deehs/ her, seij, ött deeht/ mir doohn, ihr dooht, seij doohn: So geht die grammatikalisch saubere Konjugation von »tun« in rheinischer Mundart. Wir haben fast sieben Jahre Kolumnen unter »Platt öss prima« veröffentlicht, um endlich mit der Sprache rauszurücken, was die wichtigste Vokabel ist: »Doohn« (tun) ist das wichtigste Wort des Rheinländers, selbst dann, wenn er Hochdeutsch spricht.

Morgens tut er aufstehen (opstohn), tut sich waschen und die Zähne putzen, tut frühstücken, auf die Arbeit gehen, tut Pause machen, Mittagessen, Kaffeetrinken – und wenn er »lange arbeiten tun muss« und nicht zwischendurch mal »austreten tut«, dann tut er sich auch noch in die Hose machen.

»Doohn« (tun) taugt aber nicht nur zu Hilfsverbkonstruktionen: In Eifeler Platt ersetzt »doohn« häufig das eigentliche Tätigkeitswort. So »tanzt« man auf dem Kirmesball nicht Walzer oder Foxtrott, sondern »deeht ene Walze ode Föx«. »Gib mir ein Bier« heißt »Dooh mir e Bier«. Wer als Jugendlicher schnell in die Höhe wächst, »deeht enne Schoß«. Und wer alt wird und rüstig bleibt, der »deeht et ömme noch«.

Nach einem nächtlichen Unwetter sagt der Eifeler: »Dess Naaht hätt et äve jedoohn«. Wenn sich die Nachbarn zusammentun, um einem Verblichenen (der hat dann »de Ohre zojedoohn«) die letzte Ehre zu erweisen, dann »doohn se ömm enne Kranz«. Wer Kartoffeln erntet, der »tut sie aus«: »De Äerpel uss-doohn«. Wer sich entkleidet, »deeht sich uss«, und wer die Lider auf und nie-derschlägt, der »deeht de Ohre op unn zoh«.

Wer Fleisch und Gemüse ordentlich würzt, »deeht Salz unn Peffe draahn«, wer dem auf den Dörfern selten gewordenen Herrn Pastor (der übrigens »de Mess deeht«) begegnet, der kann den langsam wieder in Mode kommenden Hut vor ihm ziehen = »affdoohn«. Die Tür kann man op- unn zoodoohn, ebenso das Mundwerk. Wer jemandem schmeicheln will, der »deeht ömm leev«.

Fritz Koenn überliefert ein Sprichwort: »Mr kann en Koh an de Baach dohn, ävver net dohn suffe«. Denn saufen tun muss sie schon selber, die Kuh ...

Tun ist das Wichtigste, nicht nur sprachlich, auch im richtigen Leben: Mechernicher Hauptschüler proben für die Aufführung einer getanzten »Carmina Burana«.

Foto: Manfred Lang/pp/Agentur ProfiPress

Puuspaafs

P uuspaafs«, plötzlicher als plötzlich, ist eine gute Vokabel, um die Überlegenheit der rheinfränkischen über die deutsche Hochsprache zu demonstrieren. »Paaf« ist eigentlich Lautmalerei. Ein Luftballon zerplatzt ebenso »mött enem Paaf«, wie es einen »Paaf« gibt, wenn ein Auto gegen die Mauer fährt. Und beides geschieht in der Regel von einem Augenblick auf den nächsten, also »puuspaafs«.

Ob das »Puus« aus »puuspaafs« mit dem »puese« (pausieren, rasten) zu tun hat, lässt sich nicht mit Bestimmtheit sagen. Sinn macht es schon, denn, wenn man den »Paaf« kommen sieht, dann hält man vor dem Knall gewissermaßen automatisch die Luft an. Es herrscht einen Augenblick Atemlosigkeit, ehe das Malheur passiert.

Der Kollege Günter Hochgürtel (Redakteur und »Wibbelstetz«-Frontmann) hatte dieser Tage folgenden Satz im Bekanntenkreis aufgeschnappt: »Pitter hät se Lövve lang gewöhlt wie ne Jeck. Un jeister hät e puuspaafs ene Paafdich kreje, un do wor et eröm möt öm.«

In Platt ging es noch kürzer, etwa so »Hätt Pitte puuspaafs de Paafdich kreije. Erömm!« Sieht man einmal von der Tragik eines tödlichen Schlaganfalls ab, dann ist hier mit zwei Sätzen in aller Klarheit und Deutlichkeit gesagt, was im Hochdeutschen einer minutenlangen Schilderung bedürfte.

»Stellen Sie sich bloß vor, Frau Schmitz, der Peter Q., ja genau, der fleißige, überpünktliche, immer zuverlässige Mann aus der Hauptstraße, der hat doch sein ganzes Leben lang nur Arbeit gekannt, aber wirklich nur Arbeit. Und, stellen Sie sich vor, dieser Peter Q., sagt gestern zu seiner Frau, kurz nach dem Mittagessen, es sei ihm nicht gut.

Er steht vom Küchentisch auf, packt sich plötzlich an die Brust, und mit einem Mal, was sage ich Ihnen, wie vom Blitz getroffen, bricht er zusammen. Da haben sie direkt den Notarzt und den Rettungswagen gerufen, und die haben wohl auch noch versucht, ihn wiederzubeleben. Aber das hat dem armen Mann auch nicht mehr auf die Beine gebracht.«

Sehen Sie? Das dauert viel zu lange, womit meine Grundthese sich wieder einmal bewahrheitet, dass, wer Platt spricht, vor allem viel Zeit spart. Wa? Ne! Da jö!

Beethovens Weckes

Maanes ist die Eifeler Form des Vornamens Hermann. Dreckes kommt von Heinrich, Weckes von Ludwig, Schäng von Johann und Rönnemöss von Hieronymus. Man muss es nur wissen, dann ist es ganz einfach.

Schwieriger ist die Sache bei den Nachnamen. Auch bei denen gibt es nämlich Spezialformen, meistens handelt es sich um Hausnamen oder Kürzel, die sich unabhängig vom tatsächlichen Familiennamen für ganze Clans eingebürgert haben.

So heißt der Autor zwar dem Taufregister nach Lang, aber in seinem Dorf stört das kaum einen. Die Familie wird seit altersher hartnäckig »Halffe« genannt. Genauso wie dort die Leute mit dem Nachnamen Beul mit der größten Selbstverständlichkeit »Lü-esch« gerufen werden. Schmitz, der alte rheinische Adel, kommt in diesem Dorf gleich mehrfach vor. Die einen Schmitz' heißen »Heede«, andere »Posse«, wieder andere »Weckesse«.

Merke: «Weckes« kann Ludwig heißen, »Weckes« kann aber auch Schmitz heißen. Im schlimmsten Fall, also wenn ein Mensch auf den Namen Ludwig Schmitz beim Standesamt gemeldet ist, heißt er bei seinen Miteingeborenen »Weckes Weckes«. Allerdings käme in der Eifel keiner auf die Idee, zuerst den Vornamen zu nennen. Stets wird eine Form gebildet, die zuerst den Nachnamen, dann den Vornamen nennt. Also: Schmitze Ludwig oder Meiers Tünn. Auf Platt in höchster sprachlicher Vollendung: »Weckesse Weckes«.

»Su senn se« – Der Eifeler »an sich«

Ein Glück, dass Ludwig Uhland nicht in der Eifel geboren wurde. Oder auch Beethoven, der hätte dann Beethovens Weckes geheißen. Es hätte einen Goethes Schäng, einen Kleists Dreckes oder einen Schillers Fritz gegeben. Aus Jacques Offenbach wäre Offenbachs Köbes, aus Hieronymus Bosch ein Boschs Rönnemöss geworden.

Auch andere Eifeler Namensvariationen klängen wenig respektvoll, wie etwa Cheruskesch Maanes (Hermann der Cherusker), Kaiser Käggel, Marxe Karel un Engelse Fritz, Stresemanns Weckes, Lübkes Dreckes, Kiesingers Küert Schösch, Brandts Wellem oder Schrödesch Jeret.

Ebenso verwandelt (respektive misshandelt) werden in Eifeler Mundart weibliche Vornamen. Die Palette reicht noch von wortverwandten Kreationen (Maria =

Nicht Bonn, sondern Köln, nicht Klassik, sondern Jazz: WDR-BigBand bei einem Gastspiel in der TON-Fabrik der Firmenicher Kultur- und Freizeitfabrik Zikkurat.

Foto: Manfred Lang/Agentur ProfiPress

Marie, Anna = Änn, Elisabeth = Lies, Liss, Lisbet) bis hin zu völlig fremd klingenden Schöpfungen wie Vrönn (Veronika), Dröck (Gertrud), Trien (Katharina), Stien (Christine), Plön (Appolonia), Jien (Regina), Ei (Agnes) oder Seef (Josepha).

Auch hier böte sich die versuchsweise verbale Integration berühmter Frauen an: Die Queen wäre Windsors Lisbet (Lies), ihre frühere Premierministerin hieße Thatchers Jreet(-che), Gesang von Valentes Trien und Weltrekorde von Vanalmsecks Ziss.

Vielleicht ist der erbarmungslose Umgang mit Namen einer der Gründe dafür, dass die Eifel so wenige wirklich weltbekannte Persönlichkeiten hervorgebracht hat. Da gab es den erwähnten Marxe Karl aus Trier, aber der ist beizeiten nach Köln und später nach London abgehauen. Oder Bönickhausens Dreckes...

Bönickhausens Dreckes, der 1710 aus Marmagen nach Frankreich emigrierte und sich dort flugs in »Eiffel« umbenannte. Ein Glück, denn sein Urenkel Alexandre Gustave hat den Eiffelturm erbaut. Der hieße sonst womöglich »Bönickhüsjens Türnche« oder »Dreckesse Spetz«.

Mit Knubbeln

Was ist langlebiger als die rheinische Mundart? Die Grammatik der rheinischen Mundart. Sie wird auch von Nicht-Mehr-Mundartsprechern weiter tradiert – und zwar im Hochdeutschen. Dort nennt man diese grammatikalisch ursprünglich richtigen, aber im falschen Zusammenhang angewendeten Beugungen landläufig »Huhdütsch mött Knubbele«, auch vornehmer »Hochdeutsch mit Knaubeln«, was wörtlich übersetzt so viel bedeutet wie »Hochdeutsch mit Unebenheiten«. Das trifft die Sache ziemlich gut.

»Rallef, kommst Du wahl aus dem Prummbaum?!« ist so ein unebener Frage-Befehlssatz, der sich aus mundartlichen und hochsprachlichen Elementen zusammensetzt. Auf Platt würde der Junge die Aufforderung, das Geäst des Pflaumenbaumes unverzüglich zu verlassen, so vernehmen: »Rallef, küss Du wahl ußem Prommboom?«. Vermutlich würde das mit einem Zusatz verbunden, der dem Angerufenen die Folgen eines eventuellen Zuwiderhandelns plastisch vor Augen führte: »Söss konn ich, hollen Dich eruss und wammessen Dich, datt de vierzehn Daach kenn Loss mie häss ze klömme«.

»Das Franziska und das Maria«, ist eine andere beliebte Variante der grammatikalischen Verzerrung à la »Hochdeutsch mit Knaubeln«: Frauen und Mädchen sind im Rheinischen ein Neutrum, bei manchen Zeitgenossen selbst dann, wenn sie Hochdeutsch reden und das Weibliche folgerichtig feminin zu benennen hätten. Ganz zu schweigen von »der Auto«, »die Bach«, »der Brell«, »der Klo«, »die Fenster«, »die Gürtel« oder »das Leib«.

Berühmt ist die Zeugenaussage einer Bleibuirerin in »Huhdütsch mött Knubbele« vor dem Gemünder Amtsgericht. Es ging um eine Straßenschlägerei, deren Ausbruch die Zeugin aber nicht unmittelbar, sondern nur mittelbar mitbekommen hatte, weil sie zu dem Zeitpunkt noch drinnen im Haus mit der Zubereitung des Abendessens beschäftigt war: »Ich saß da und las Schlaat (Salat), da hörte ich was auf der Jass, da kamen zwei durch die Suuden (von »Soot« = Straßenrinne) geschliffen, und als ich eraus kam, waren sie schon zu Zoch ...«

Überschwang mit und ohne »r«

Ieschtens kütt et angesch, zweitens als wie Du denks, beziehungsweise »jedaaht« oder auch »jedääch häss«. Wir sprechen zwar wissenschaftlich betrachtet nur eine einzige Sprache in Börde und Nordeifel und weit darüberhinaus, nämlich das Rheinfränkisch-Limburgische oder auch Ripuarische. Gleichwohl gibt es sprachliche Varianten in erheblicher Breite.

Etwa für »Sein«: Isch senn (»benn«), Du böss (»bess«), her/seij/ött öss (»oss«, »ess«). Hier werden »Buene« (Bohnen) gekocht, zwei Dörfer weiter »Bonne«, noch weiter weg »Bunne«. »Kommen« hat auch eine große Aussprachenvielfalt: »komme«, »konn«, »kuen«, »kumme«, »kue«, »ko«, ebenso das Beten (»bödde«, »bedde«, »bäede«), das Läuten (»lögge«, »logge«, »lügge« – et »hätt jelöck«) und die meisten Substantive haben lokale Varianten wie Zeit (»Zitt«, »Zegg«, »Zigg«) oder Vater (»Vatte«, »Vatter«, Vade«, »Vattech«.

In »Öveschjau« (Engelgau), »Öngeschjau« (Frohngau) und Umgebung wird »jedääch«, jemääch« und jelääch« statt »jedaaht«, »jemaaht« und »jelaaht«. Das Endungs-»t« verwandelt sich oft in ein »p«: »Amp«, »bestemmp«, »zimp«. Da gibt es die Scherzfrage, in welchem Hauptwort mit drei »t« keines ausgesprochen wird? Richtisch: »Haup-poss-amp«

Andererseits hängen die Rescheider und Udenbrether auch Wörtern ein »t« an, von dem man sonstwo in Eifel und Börde nichts ahnt, wie »Hankt« (Hand), »Honkt« (Hund) oder »Könkt« (Kind). Am Mechernicher Bleiberg wird das Endungs-»r« komplett verschluckt (»Vatte«, »Motte«, »Pitte«, »Jewitte« (»Dondewödde«), auf das die »Ländchener« zum Beispiel besonders gesteigerten Wert legen: »Vatter«, »Motter«, »Pitter«.

Dummerweise kann man aber keine durchgängige Endungssystematik ausmachen, weil gerade zwischen Wildenburg und Wolfert das Endungs-»r« ebenfalls weggelassen und vielfach durch ein »h« ersetzt wird. Da heißt es dann »Buuh« statt »Buhr« (Bauer), »Schuh« statt »Schur« (Schauer) und »Hää« statt »Häer« (er).

Da geht man nach der Messe gegen ellef »Uh« (Uhr) zum »Bee« (Bier), das hoffentlich nicht zu teuer ist (»düh« statt sonstwo »dühr«) und wenn sie genug getrunken haben, lassen es manche an Übermut nicht fehlen. Was umgangssprachlich in Hochdeutsch mit »Sau rauslassen« umschrieben wird, heißt in Eifeler Platt »et Dier (im Ländchen »Dee«) maache«, »de Jeck maache«, »de Molly maache« oder auch »de Aaap maache« oder »de Hubäert maache«. Pross!

»Blootwoosch« mit und ohne »Musik«

W eihnachten gab es bei uns früher Spekulatius, Spritzgebäck und Mandel-
hörnchen, Mundartbegrifflichkeiten für diese Leckereien gab es nicht.
Im Gegensatz zu anderen rheinischen Spezialitäten, die bei uns »op de Desch
kohme« wie zum Beispiel Rheinischer Sauerbraten (»Suurbroode«), vorzugsweise aus Pferdefleisch (»Päerdsfleesch«) – und mit Zuckerrübensirup (»Röö-
bekröckche«), dem Gold der Euskirchen-Zülpicher Börde (»Zuckerknollen-
Steppe«) oder mit mindestens einer »Ööecher Prent« (Aachener Printen).
Oder »Hemmel unn Äerd«, Himmel und Erde, wobei die Kartoffeln (»Äer-
pel« = Erdäpfel oder »Jrompere« = Grundbirnen) für die Erde stehen und die
vorzugsweise säuerlichen Äpfel (»Bossköpp«) für den Himmel, in manchen
Gegenden werden auch Birnen (»een« (1) »Bier«, zwei »Berre«) genommen.
Im südlichen Kreis Euskirchen, zwischen den Gemeinden Nettersheim und
Dahlem verläuft die Äerpel-Grompere-Linie, Grenze zwischen zwei verwandten
rheinischen Mundarten, dem Rheinfränkischen, dem sprachwissenschaftlich
»Ripuarisch-Limburgischen«, und dem Moselfränkischen.

*An der Schaschlikbude:
Der Gaukler »Gilbert«
(r.), eine Institution aus
der Szene der Straßen-
künstler vor dem Pariser
»Centre Pompidou«, und
der stellvertretende Kom-
merner LVR-Museums-
leiter Dr. Michael Faber.*

Foto: Manfred Lang/pp/Agentur
ProfiPress

Zu »Hemmel unn Äerd« wurde gerne eine Wurst gereicht, deren Name angeblich nur der Kölner richtig aussprechen kann: »Blootwoosch«, bei uns auch »Blootwuersch« und »Flönz« genannt. »Kölsche Kaviar« besteht übrigens nicht aus kostbaren Störeiern, es handelt sich vielmehr um »Blootwoosch« mött »Musik« (kleingehackte Zwiebeln) und »Mostert« ((Düsseldorfer) Senf).

Pellkartoffeln heißen hierzulande »Quellmänn«, dazu gab es früher gerne »Herreng« (Hering) oder direkt an den Ufern des Stromes auch »Rheinsalm«, bis der nach 1936 nach Phenol schmeckte. Der »Streichhering« war nichts anderes als ein Hering, den die wirtschaftlich armen Eifeler an einem Stück Kordel von einem Deckenbalken über dem Tisch baumeln ließen.

Mit trockenen Brotscheiben strichen sie bei ihrem Heringsmahl am Fisch entlang, um wenigstens mit der Krume das Heringsaroma aufnehmen zu können: »Me hatten nett fell, äve me han ömme jelöff«: Das ist eine der rheinischen Mentalitätsformeln, die Mangel und »gutes Leben« in Ausgleich bringt.

Weitere kulinarische Köstlichkeiten aus dem Platt sprechenden Rheinland sind »Rievkooche«, »Riesflaadem«, »Weckmann«, auch »Kloosmann«, »Döppekooche«, »Endive ongedeneen«, »Suure Kappes«, »Muuze«, »Muuzemändelche« und »Nonnefützje«. »Jon Apptitt!«

Laut und deutlich

Dä Telefon jeht« sagte Tante Trautchen, wenn der Fernsprecher bimmelte. Und sie hatte nicht den Ansatz eines Verständnisses dafür, wenn wir fragten »Wohenn jeht et dann?« und uns beömmelten. Bei fortschreitender Demenz ging sie übrigens zuerst an den Spiegel und kämmte sich die Haare, ehe sie den Hörer abhob.

Meine Jött Liesa wiederum pflegte bei ihrem obligatorischen Sonntagsmittagsanruf so laut in die Sprechmuschel zu trompeten, dass mein Vater nach dem Abheben den Hörer auf das Sideboard zu legen pflegte, um dann zum Weiteressen seinen Platz am Tisch wiedereinzunehmen. »Jött« redete zwar unverschämt laut, war aber keineswegs taub, so dass wir alle fünf (Eltern und drei Söhne) vom Mittagstisch aus mit der lieben Tante Liesa telefonieren konnten.

Die klare und deutliche Aussprache sowie vor allem die laut vernehmbare Artikulationsweise hat sich in der Familie über Liesas Tod hinaus gehalten. Auch der Autor stand in dem Ruf, seinerzeit als Stadtanzeiger-Redakteur von Euskirchen aus mit dem von ihm nicht sehr geschätzten früheren Bürgermeister Heinrich Schaper in Mechernich am Telefon zu »bööken«, so der Mundartbegriff für »lauthals schreien«.

Redaktionsleiter Wolfgang Rau pflegte dann aus seinem drei Zimmer entfernt liegenden Büro seinerseits lauthals die Frage zu stellen: »Manni, wenn Du mött Mechernich sprechs, warömm benotz Du dann nett et Telefon?«

Da es der gelernte Tageszeitungs-Redakteur und Platt-öss-prima-Autor inzwischen unter anderem zum Ständigen Diakon mit Zivilberuf in der katholischen Kirche gebracht hat, ist es unvermeidlich, dass er hin und wieder in großen Gotteshäusern das Wort ergreift. Ehefrau Sabine hat ihn schon des Öfteren darauf hingewiesen, dass heutzutage Lautsprecheranlagen in Kirchen installiert sind und sich am Ambo wie am Altar Mikrophone befinden.

Da das die Lautstärke des Vielredners (»Schwaadlappe«) nur unmaßgeblich zu drosseln vermochte, ist die Gattin mittlerweile zu unverhohlenen Drohungen übergegangen: »Wenn Du beim Prädije nochens esu brölls, dann john ich für de Düer!«

Andererseits hält sie schon zu ihrem geistlichen Gefährten, wie beim Mairitt 2010 in Kallmuth, als sich skeptische Passanten beim Anblick des auf einer Kaltblutstute einherreitenden Diakons laut fragten: »Off der Pastuer och regge kann?« Darauf meine Frau: »Velott Üch dropp: Der Pastuer öss menge Mann unn kann regge zönk e sechs Johr alt öss!«

Prominente Rheinländer

Von Elsa Scholten, Konrad Adenauer, Willy Millowitsch, Jean Pütz, Josef Kardinal Frings, Reiner Calmund, Heinrich Böll und Trude Herr wissen wir es: Sie beherrschten oder beherrschen noch immer das rheinische Idiom aus dem Effeff, »oss Mottersprooch«, sie sprachen Mittelrhein-Platt, auch wenn sie es nicht so genannt haben werden.

Von dem Bonner Ludwig van Beethoven (1770–1827), den Düsseldorfern Heinrich Heine, Gustaf Gründgens und Andreas Frege (»Campino«) sowie NS-Propagandaminister Joseph Goebbels aus Mönchengladbach-Rheydt oder dem »Ööcher« Karl dem Großen (742–814) können wir es nicht mit Bestimmtheit sagen, ob sie »Niederdeutsch«, also mundartliche Umgangssprache redeten.

Aber sie waren Rheinländer wie im übrigen auch Heidi Klum, Marius Müller-Westernhagen, Günter Netzer, Wolfgang Overath, Hannes Löhr, Heinz Flohe, Oswald von Nell-Breuning, Karl Marx, Wim Wenders, Friedrich Wilhelm Raiffeisen und Michael Schumacher.

Prominente Rheinländer: Der aus Euskirchen stammende Prälat Professor Dr. Helmut Moll (r.) mit dem Kölner Erzbischof Joachim Kardinal Meisner.

Foto: Manfred Lang/pp/Agentur ProfiPress

Auch August Bebel, Joseph Beuys, Hildegard von Bingen, Jupp Derwall, Friedrich Engels, Wilhelm Conrad Röntgen, Gerhard Mercator, Johannes Rau, Ferdinand Sauerbruch und Alice Schwarzer dürfen bei großzügiger geographischer Auslegung immerhin als Rheinländer gelten.

Man muss davon ausgehen, dass sie, wenn sie vielleicht auch keine waschechten »River-Rhine-Native-Speaker« waren, doch mit den Tücken der rheinischen Mundart vertraut waren. Zum Beispiel mit dem Unvermögen, »Jeeh« (G) und »Jott« (J) sowie »sch« und »ch« sprachlich an der richtigen Stelle unterscheiden zu können.

Rheinländer bestellen in der Buchhandlung »Ficher-Taschenbüscher«, bei ihnen kommt »mittags Fleich auf der Tich – unn freitags Fich«. Sie sagen Meschernisch und Leschenisch und finden es gar nicht läscherlisch, dass »vor der Nikolauskirsche eine herrlische Baum voller Kirchen« steht. »Misch kannste mit dem Fich auf dem Tich nischt hinters Lischt führen – datt ess nämlisch oss Katz!«

Vier Jrosche im »Hous«

Ohweia, wenn ältere Herrschaften nochmal auf Freiersfüßen wandeln. »Ahl Schüüre fange flögg Führ« sagt das Sprichwort, und wenn sie erst lichterloh brennen, dann hilft das Löschen mit rationalen Überlegungen eh nicht mehr weiter. Allerdings gibt es in der Herren- wie in der Damenwelt Exemplare, die sozusagen das Verfallsdatum jeglicher Vermittelbarkeit überschritten haben.

Da hilft es auch nicht mehr, wenn man sich »op de Mau tiert«, sich also fein macht und neudeutsch »aufbrezelt«, denn schon das Eifelplatt des 19. und 20. Jahrhunderts wusste solches vergebliches Tun zu entlarven: »Ahl Hüser stricht mer aan, wenn me se vekoofe wellt.«

Überhaupt spielt das Haus (je nach Eifelecke »Huus« oder »Hous«) auch im übertragenen Sinne eine große Rolle im rheinfränkischen Wortschatz, wie Hans-Peter Schiffer einmal in seinem Buch »Heimat an der Oberahr« (1998) für das zur Gemeinde Blankenheim gehörende Waldorf gesammelt hat, wo er, Schiffer, in den 50er Jahren seine erste Stelle als »Schüll-Lehre« an der örtlichen einklassigen Volksschule erhielt.

Wer von Schwermut oder Langeweile geplagt ist, dem droht demnach »et Hous op de Kopp ze falle«. Mangelnde Aufsicht zieht auch an der Oberahr Übermut nach sich: »Wenn de Katz uss em Hous öss, dann danzen de Müüs üver Stöhl unn Desch«. Bringt einer kein Wort heraus, fragen die Waldorfer besorgt: »Häss de ding Muul drheim jelosse?«

Ein gutmütiger Mensch wird dort »e joot Hous« genannt, ein gutmütiges »Lämmert« hingegen »a alt Hous« und ein Filou »e schlau Hous«. Wer nicht mit Geld umzugehen vermag, »hous de Baach eraff«. Gut beraten ist hingegen der (und zwar nicht nur in Waldorf), der Finanzreserven besitzt, so ein weiteres von Hans-Peter Schiffer tradiertes Sprichwort : »En jedes Hous jehüere vier Jrosche: enne Zehr- (Verzehr), enne Ihr- (Ehre), enne Nuet- (Not) on enne Wehrjrosche«.

Am Sterbebett

Die Behauptung, Eifeler hätten weder Angst vor Tod noch Teufel ist falsch. Ich selbst musste als Siebenjähriger »Ohm Chress« (Onkel Christian) regelmäßig am Friedhof (»Kirchhoff«) vorbei eskortieren, wenn es dunkel geworden war. Außerdem neigen viele männliche Eifeler nicht nur zur Angst, sondern auch zur Sentimentalität. So übermannte den einen am Sterbebett des Freundes die Trauer über den bevorstehenden Verlust so sehr, dass er

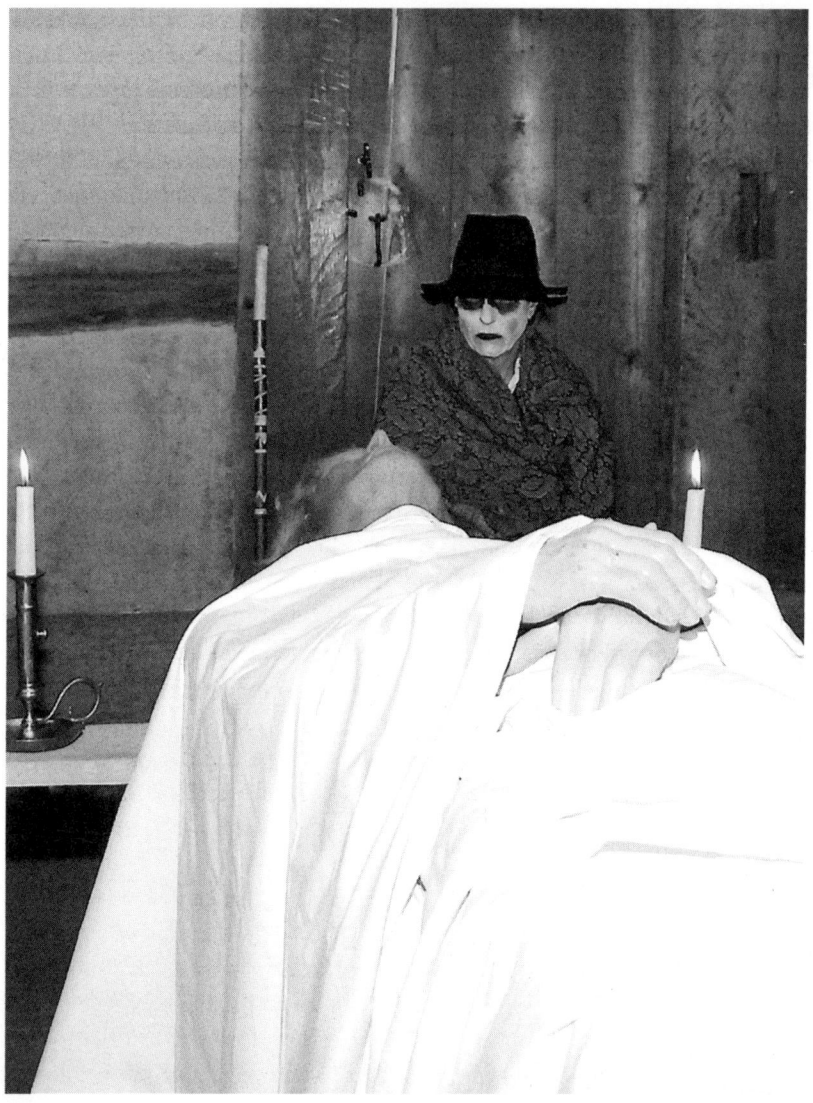

Keine echte Szene vom Tode, das Bild wurde aufgenommen bei dem Gruselevent »Abendgrauen«: Der aufgebahrte »Tote« ist eine Puppe aus der »WirRheinländer«-Ausstellung des LVR-Freilichtmuseums Kommern.

Foto: Erasmus Scheuer/pp/Agentur ProfiPress

lauthals schluchzen musste – und der Verscheidende sprach: »Nu hüer bloß op, Schäng: Stervs Due oder sterven ich?«

Frauen hingegen trieb im bitterarmen »Preußisch Sibirien« selbst im Angesicht des Todes eher die Sparsamkeit um. So ist das Sprichwort »Naht Matthes, futz de Lamp uss« die ironische Verballhornung einer eher tragischen Bemerkung, die eine Frau nach durchwachter Nacht am Sterbebett ihres Mannes sprach, als sie die Kammer verlassen musste, um den Stall zu machen und die Kühe zu melken: »Matthes, blooß de Käerz uss, wenns de duet böss!«

Eine andere Gemahlin verspürte wenig Lust, die Gästeschar, die zum Scheiden ihres Mannes ins Haus gekommen war, eine weitere Mahlzeit lang zu beköstigen und bat daher den Sterbenden: »Nu jangk, Matthes, maach ens vöran: Mir senn all an Dengem Bett vesammelt, Du böss fix unn fäerdig, jeweische unn jekämp. Nu hal de Löck nett noch lang op, unn jangk, datt se wedde heem komme!«

Pfarrer Paul Spülbeck (Dollendorf) schreibt von einer Totenwacht im benachbarten Üxheim, wie bei den damals im 19. Jahrhundert verbreiteten Totenstreichen ein Jüngling zu Tode gekommen sei. Um die anderen Wachenden während der nächtlichen Gebetssitzung am aufgebarten Leichnam, dem »Schoof«, zu foppen, hatten der Junge und einige »nexxnötzije« Altersgenossen den Toten entfernt – und der Junge hatte sich statt seiner unter das Laken gelegt.

Als nun alle den Rosenkranz »am beten waren«, richtete der Jüngling sich unter dem Laken langsam in die Höhe. Während die meisten Frauen und Männer aus der Gebetsrunde kreischend nach draußen flohen, griff ein in der Stube befindlicher Schuster geistesgegenwärtig nach seinem Schusterhammer, um dem Spuk ein Ende zu machen. Er hieb dem Jüngling unter dem Laken ein paar Mal auf den Kopf mit den Worten: »Watt duet öss, soll duet blieve!«

In der Woche, so Paul Spülbeck, soll es im Dorf zwei Beerdigungen gegeben haben ...

Verschlafene Dörfer im Enztal

Von einem verwunschenen Schloss, ganz von Dornen umrankt, die Bewohner in tiefen, jahrhundertelangen Schlaf versunken, hat man bei den Gebrüdern Grimm schon gelesen. Weit weniger bekannt ist ein Dörfchen in der Eifel, das in diesen bedauernswerten Zustand gefallen ist. Und das, obwohl sich Massen von Touristen wenig abseits aufzuhalten pflegen, in der Luxemburgischen Schweiz, entlang der Sauer, auf dem Ferschweiler Plateau, in Echternach, Irrel und Bitburg.

Das Dörfchen, sein Name tut hier nichts zur Sache, liegt im Enztal, eben am Fuße jener Steilfelsen, die das Ferschweiler Plateau umgeben. Viele der Weiler dort wirken verschlafen, manche wie ausgestorben – und die Brennnesseln und wilden Hopfenranken haben dort scheinbar die Aufgabe der Dornen im Märchen übernommen.

Die meisten dieser halb zerfallenen Weiler, Wohnplätze und einsamen Mühlen wirken aber nur verlassen, sie sind es nicht. Neben den von Wind und Wetter abgedeckten Höfen mit den zugenagelten Fensterläden und den mit Balken verstellten Eingangstüren gibt es hier und da noch bewohnte Häuser, die meist schon vor Jahrhunderten, als das Enztal noch eine fruchtbare Landwirtschaft hatte, aus den Buntsandsteinen erbaut wurden, die die Eifeler aus den Plateaufelsen gebrochen hatten.

In diesen Dörfern dauert die Landflucht an. Die jungen Leute pendeln zunächst nur zur Arbeit über die Echternacher Brücke nach Luxemburg, dann, irgendwann, bleiben sie übers Wochenende aus, den Urlaub, den Winter, bis sie ganz fort sind und nicht mehr im Enztal gesehen werden. Zurück bleiben die Alten, die geistig Zurückgebliebenen, die Verrückten und die Verschrobenen. Da sie sich nicht mehr vermehren, sterben diese Dörfer langsam aus.

225

Wer einmal versucht hat, dort eine Nacht zu verbringen oder gar ein längeres Wochenende, der kann sich ein Bild von dieser seltsamen Auslese der Bewohner machen, die das Leben dort selbst vorzunehmen pflegt. Und es heißt, schon manchen habe allein der kurze Aufenthalt in den sterbenden Dörfern dermaßen mit Grauen erfüllt, dass er lange vor Ende der geplanten Verweildauer die Koffer gepackt hätte, nicht weiter nach Rechnung oder Restgeld gefragt hätte und entsetzt abgereist wäre.

Von mindestens einem wird berichtet, der sogar sein Auto zurückließ und zu Fuß die Flucht ergriff, weil über Nacht die Enztaler ihre Bruchsteinbehausungen verlassen und Außenspiegel, Antenne und einen sternförmigen Talismann sowie vor allem alle vier Reifen abmontiert hätten. Vermutlich haben sie damit ein Wasser- oder Jauchefass wieder mobil gemacht, das bis dahin auf einen Karren oder eine Lafette geschraubt war, die die Deutschen oder die Alliierten während der Ardennenoffensive im Enztal zurückgelassen hatten.

Vom bedauerlichen Aussterben der südlichen Eifeldörfer abseits der Touristenströme soll an dieser Stelle aber nicht die Rede sein, sondern von eben jenem verwunschenen Dorf, dessen genaue Lage ich hier und heute und auch nirgendwo anders preisgeben darf.

Ich habe es gelobt, als ich meinen Fuß vor nunmehr als dreißig Jahren erstmals über seine Grenzen setzte. Und ich habe mich bis heute daran gehalten. Der Schlaf seiner Bewohner ist mir heilig. Doch ihr Geheimnis, das mir in einer wachen Stunde der kleinwüchsige, runzelige und weißhaarige Bürgermeister preisgab, das – so sagte er – dürfe ich in die Welt hinaustragen, damit die Welt davon lerne. Wenn ich nur alles Übrige, auch die schaurigen Einzelheiten der dortigen Lebensumstände und die Schrecken des Schlafes seiner Bewohner, im Detail für mich behalten würde.

Ich gebe zu, dass Ende Februar nicht die beste Reisezeit für diese Ecke so wie für die Eifel überhaupt ist. Da ich von der zum Rhein hin abfallenden nördlichen Eifel komme, wo zwischen Weiberfastnacht und Rosenmontag der Ausnahmezustand herrscht, erschien mir damals aber jeder andere Ort auf der Welt besser als das Getümmel der im Karneval verkleideten Hexen, Möhnen und Untoten. Das »Juja« der Geister im Blankenheimer Geisterzug flößte mir zu der Zeit ebenso Furcht ein wie die Schlachtrufe der anderen außer Rand und Band geratenen Jecken.

Ich hatte genug vom »Alaaf« der losgelassenen ripuarischen Geister, und auch das »Helau« der moselfränkischen Narren vermochte ich nicht mehr zu ertragen. Und weil ich von einer wirklich abgeschiedenen und selbst von Karneval und Fastnacht gänzlich unberührten Gegend gehört hatte, begab ich mich damals am Mittwoch vor Weiberdonnerstag mit dem R 4, den ich damals fuhr, in Richtung Luxemburg.

Kurz hinter Bitburg, in Wolsfeld, zweigte eine kleine Straße rechts ab, aus dem fruchtbaren Tal in die Berge. Und es gab keinen weiteren Grund als die magische Anziehungskraft dieser parallel zum Tal verlaufenden Bergkette, die mich bewog, den Blinker zu setzen und in Richtung Wolsfelder Berg in die dichten Wälder abzubiegen.

Ich fuhr geraume Zeit bergan durch die Forsten, dann öffnete sich die Landschaft mit einem Mal auf der anderen Seite der Bergkuppe, und ich blickte in ein Tal von so großer Schönheit und offenkundiger Fruchtbarkeit, wie ich es noch nie gesehen hatte. Ganz tief unten schlängelte sich ein Fluss, der sich als die Prüm entpuppen sollte, links und rechts zu den Bergketten beidseits des Tals stiegen terrassenförmig Äcker und Obstgärten an und umschlangen ein Dorf, das seinerseits auf viele verschiedene Geländeebenen gebaut worden war und dessen Name Holzthum lautete, wie mir das leicht verblasste gelbe Ortseingangsschild später verriet.

Ich suchte eine Pension und wurde schnell fündig. Metty Meier, der Wirt, war ein ausgesprochen liebenswürdiger und zuvorkommender Zeitgenosse, wie sich zeigte, und seine Frau eine Seele von Frau und außerdem einen Meisterin im Zubereiten einfacher, aber delikater Eifeler Küche. Ich lebte mich schnell ein, fühlte mich ausgesprochen wohl und durchstreifte die Gegend exakt entlang jener Wege und Pfade, die Metty Meier mir empfohlen hatte. Ich besuchte die Schankweiler Klause, eine ehemalige Einsiedelei und noch immer hoch verehrte Wallfahrtsstätte, ich stattete der sagenhaften Teufelsschlucht, dem Felsenweiher bei Ernzen sowie dem Fraubillenkreuz und anderen keltischen Menhiren, Opfer-, Kult- und Hinrichtungsstätten aus prähistorischer Zeit meine Besuche ab.

Ins Enztal verirrte ich mich am Rosenmontag. Nicht, dass es auf einem jener Wege gelegen wäre, die mir Metty Meier bezeigt und zum Nachwandern empfohlen hätte. Ich hatte mich vielmehr auf dem Ferschweiler Plateau in der Gegend einer prähistorischen Schutzwallanlage, der so genannten Wikinger- burg, verlaufen, und war schließlich quer durch die Felsabbrüche des Plateaus irgendwo wieder zu Tale gestiegen.

Es lag Schnee, ein halber Sturm wehte, und es dämmerte schon, als ich am späten Nachmittag aus dem Wald trat. Unter mir lag ein Dorf, spärlich be- leuchtet vom Widerschein des letzten Tageslichts. Nur aus den Fenstern eines halb zerfallenen Bruchsteingehöftes drang schwaches Licht nach außen.

Als ich mich dem Dorf näherte, vernahm ich keinerlei Geräusch, was unge- wöhnlich war. Meistens bellten mehrere Hunde, man hörte einen Traktor

»Im Zimmer nebenan lag auf dem Bett ausgestreckt, die Augen fest geschlossen, die Leiche einer Frau. Sie sah nicht alt und verhunzelt aus wie mein Gastgeber, sondern mochte um die dreißig Jahre alt sein und wirkte, so viel ich sehen konnte, trotz ihrer erschreckenden Blässe noch immer sehr attraktiv.« Foto: Anna Lang/pp/Agentur ProfiPress

fernab oder das Blöken von Rindern oder Schafen in diesen Ortschaften. Dieses Dorf hier war offenbar schon am Nachmittag zur Ruhe gegangen. Und wären die spärlich beleuchteten Fenster in dem einen Haus nicht gewesen, ich wäre gewiss wieder abgedreht. Denn weiter unten im Tal erkannte ich einen Bachlauf. Das musste die Enz sein, und ich hätte ihr nur zu folgen brauchen, sie hätte mich auf ihrem schlängelnden Pfad wieder zu meiner Pension in Holzthum geführt. Denn dort mündete die Enz unwiderruflich in die Prüm.

Stattdessen klopfte ich an die Tür des einzigen beleuchteten Hauses. Doch nichts regte sich. Ich klopfte ein weiteres Mal: Nichts. Erst, als ich beim dritten Mal dreimal an die ausgebleichte Holztür schlug, vernahm ich drinnen Geräusche. Es klang gerade so, als ob jemand eine alte Wanduhr aufzöge und die Gewichte an langer Kette wieder in eine weit oben gelegene Position bringe. Dann kam so etwas wie ein Gähnen. Dann näherten sich schlurfende Schritte.

Die Zeit dauerte unendlich, bis sich die Tür öffnete.

Zwischenzeitlich vermeinte ich, ein Huschen auf der nebligen Straße vernommen zu haben. Eine verspätete Dachlawine hatte sich gelöst und ihre weiße Pracht über mich ergossen. Normalerweise fror es um diese Tageszeit bereits wieder. Vermutlich hatte die Schneelast vergessen, während der paar wärmenden Sonnenstunden abzugleiten.

Es war ein von Runzeln und Falten durchzogenes Gesicht, das mich durch den geöffneten Türspalt ansah. Der Mann wirkte auf den ersten Blick ungepflegt, sein weißes Haar war widerspenstig, die Strähnen stippten ihm nach allen Seiten vom Kopf ab. Und als er den Mund öffnete, um mich anzusprechen, blickte ich in eine zahnlose Höhle.

»Watt wellst Dau dann?«, schnarrte es mir entgegen, worauf ich mich räusperte. Ohne meine Antwort abzuwarten, schnarrte der Greis mich weiter an: »Du bess dis Weich al der zweijte, der sich verlaufen hätt.«

Und nach einer Pause: »Kumm renn!«

Er schlurfte vor mir her in das Zimmer mit der Wanduhr, deren Tacken ich schon im Flur vernommen hatte. Umso erstaunter war ich, als ich, ins Zimmer tretend, bemerkte, dass die Uhr keine Zeiger hatte. Und das Ziffernblatt hatte keine Zahlen, wie sie sonst jede Uhr vor Erfindung der Quarzzeitmesser besaß.

Es waren noch mehr Dinge, die nicht stimmten. Während der Alte mir Platz anbot und sich in die Küche verabschiedete, um eine heiße Milch aufzuschütten, wie er sagte, sah ich mich um. Als Nächstes nach der Uhr fiel mir ein Buch auf, das aufgeklappt auf dem Tisch vor mir lag. Ich warf einen flüchtigen Blick darauf und erkannte auf Anhieb, dass es in einer mir völlig unbekannten Schrift verfasst war. Die Buchstaben oder Schriftzeichen oder wie man es nennen mochte, waren weder arabisch noch römisch, keine kyrillischen und auch keine chinesischen Schriftzeichen. Selbst auf das Hebräische oder Altgriechische habe ich schon einen Blick geworfen in der Vergangenheit, aber das hier war eine völlig andere Geschichte.

Dann fiel mein Blick auf eine Katze in der Nähe des offenen Feuers. Sie schlief, was ja nicht ungewöhnlich ist, aber zu ihren Pfoten lag eine fette schwarze Ratte. Normalerweise ekle ich mich vor diesen Nagern erheblich, aber diese Ratte hier war in ebenso tiefen Schlummer gefallen wie das vermeintliche Raubtier, zwischen dessen Fängen sie lag.

Ich erhob mich vom Tisch und schlich, jedes Geräusch meidend, zu einer offenen Türe, die genau am anderen Ende der Stube und auf der anderen Seite jener Tür lag, durch die der Alte in der Küche verschwunden war. Ich lugte vorsichtig um die Ecke und in das dahinterliegende Zimmer hinein.

Und erschrak bis in die Haarwurzeln: Im Zimmer nebenan lag auf dem Bett ausgestreckt, die Augen fest geschlossen, die Leiche einer Frau. Sie sah nicht alt und verhunzelt aus wie mein Gastgeber, sondern mochte um die dreißig Jahre alt sein und wirkte, so viel ich sehen konnte, trotz ihrer erschreckenden Blässe noch immer sehr attraktiv. Ihr dichtes schwarzes Haupthaar fiel ihr fast sinnlich ins Gesicht, eine Strähne umspielte ihre ebenmäßige Nase von, wie mir schien, geradezu mediterranem Zuschnitt.

Ein Gesicht, so edel und kantig mit etwas tief sitzenden Augen, wie andere Gesichter, die man in der Eifel häufig zu sehen bekommt und die in direkter Linie auf die Soldaten Roms zurückgehen mögen, die einst Belgica und Niedergermanien für Cäsar erobert hatten. Diese Italiker und Römer hatten bekanntlich auch an der amourösen Front manches Scharmützel ausgetragen –

und nicht nur Belgica und Niedergermanien erobert, sondern auch die Herzen mancher keltischen Schönheiten.

Ich hatte mich noch nicht ganz von der Mischung aus Schrecken und Faszination erholt, als ich die schlurfenden Schritte aus der Küche vernahm. Ich schnellte auf dem Absatz herum, um in einigen hastigen leisen Schritten zum Tisch zurückzukehren. Doch da war es schon zu spät.

Mein Hutzelmännchen hatte mich an der Tür zum Nachbarzimmer stehend erwischt. Er blieb im Rahmen der Küchentür stehen und warf mir einen missbilligenden Blick zu.

»So, so, su eener bess Dau«, raunte er. Dann schüttelte er den Kopf, wandte sich um, trug anscheinend den Topf mit der dampfenden Milch zurück in die Küche, um gleich wieder mit einem kastenähnlichen Gegenstand vor der Brust im Zimmer aufzutauchen, den er mit einem Krachen auf den Tisch fallen ließ.

»Maach opp!«

»Ich verstehe nicht«, stammelte ich.

»Mach auf!«

Zögernd trat ich näher und hob, mich zunächst weiter zierend, schließlich doch den Deckel der Kiste an, um ihn gleich wieder fallen zu lassen. Bei dem Zwielicht der Stube hatte ich zwar nichts erkennen können, gleichwohl war mir ein so abscheulicher Geruch daraus entgegengeschlagen, wie ich ihn nie zuvor hatte wahrnehmen müssen.

»Was ist das?«

»Du sollst aufmachen«, raunte der Greis, und seine Augen schienen Funken zu sprühen.

Ich nahm tief Luft und öffnete den Kasten ein zweites Mal. Der Alte hatte inzwischen einen Kienspan am Feuer entzündet und hielt ihn über das Innere des Kastens.

Darinnen lag, das Horn spröde und das Fleisch in Verwesung übergegangen, der Huf eines Gauls.

Ich sah den Alten fragend an.

Sein Gesicht zeigte keine Regung. Es war totenstill. Nur das Feuer knisterte.

Meine Gedanken überschlugen sich, und ich wusste nicht einmal, warum mir die Frage wie aus der Pistole geschossen über die Lippen kam: »Das ist kein normaler Pferdefuß, oder?«

Der Alte schüttelte den Kopf.

Ich klappte den Deckel des Kastens wieder zu, er nahm ihn und trug ihn, Gott sei Dank, wieder aus der Stube. Als er wiederkam, ich stand noch immer, bezeigte er mir, ich solle mich setzen. Dann nahm auch er Platz und begann.

Ich gebe seinen Monolog in hochdeutscher Sprache wieder. In Wirklichkeit bediente er sich des Enztaler Dialektes, der dem Lützeburgischen ähnelt und den ich nur mühsam verstand. Ich musste oft nachfragen, aber ich denke, dass ich schließlich die ganze grausame Wahrheit so gut verstanden habe, dass ich sie an dieser Stelle nach bestem Wissen wiedergeben kann.

Der Alte, er stellte sich als Bürgermeister des Dorfes vor, begann seine Rede mit der Frau im Zimmer nebenan.

»Macht Euch kein Sorg, das ist mei Fraa, die schläft nur, die ess net doot.«

Wie im Übrigen das ganze Dorf nicht tot, sondern in tiefen Schlaf versunken sei. Auch er verschlafe den großen Teil des Tages und des Jahres und erwache eigentlich nur, wenn sich jemand Fremder dem Dorf auf weniger als tausend Schritte näherte.

»Der Pferdefuß? Ach ja, der Pferdefuß«, unterbrach sich der Alte plötzlich selbst: »Ihr habt Recht, das ist kein normaler Pferdefuß.«

Und nach einer bedeutungsschweren Pause: »Datt iss der Fuß vom leibhaftigen Deibel!«

Sie können sich vorstellen, dass mir mit einem Schlag das Blut in den Adern gefror. Es rann mir eiskalt den Rücken herab. Meine Kehle war wie zugeschnürt, und am Fenster vermeinte ich, einen Schatten vorbeihuschen zu sehen.

Die Touristen spazierten so mir nichts dir nichts durch die Teufelsschlucht, fuhr der Alte fort, ohne sich was dabei zu denken und ohne zu ahnen, was der Name eigentlich zu bedeuten habe.

»Die ganze Gegend gehört ihm und das seit alters her«, sagte der Bürgermeister und fuhr sich mit dem Handrücken über seinen Mund, in dessen Winkeln der vor Aufregung fließende Speichel schon Blasen warf.

Wie aus dem Zeittunnel einer anderen Dimension taucht dieses Model bei einer Castingveranstaltung der TON-Fabrik (Kultur- und Freizeitfabrik Zikkurat) in der Stadt Mechernich auf. Archivfoto: Agentur ProfiPress

Die Teufelsschlucht sei doch eine Art tektonischer Verwerfung, mischte ich mich ein einziges Mal ein: Eine Verschiebung des Buntsandsteingebirges, aus dem das Ferschweiler Plateau besteht und dessen steil aufragende Ränder sich langsam vom übrigen Massiv absetzen.

»Richtig«, sagte mein Gegenüber, und es klang ein wenig schulmeisterhaft, als er fortfuhr: »Die Wissenschaft ist ein Ding, mein Sohn. Der alte Glaube an Geister, Hexen, Untote und den Leibhaftigen eine andere Sache. Ihr Leute habt verlernt, mit den Wahrheiten umzugehen, die ihr nicht hört und seht, nicht riecht und nicht schmeckt und nicht fühlt – und die dennoch da sind.«

Dann belehrte er mich, dass der Leibhaftige und seine Spießgesellen einst sicher im Schoß der Erde verschlossen waren, ehe sie durch die sich trennenden Felsen der Teufelsschlucht eines Tages in ferner Vergangenheit ans Tageslicht gekommen seien. Von da an spukte es rund um das Plateau, im Enztal nicht mehr und nicht weniger als in Irrel, Bollendorf oder Holsthum.

Aber dann sei es einem Bauern eines Tages gelungen, den Leibhaftigen selbst im Hühnerstall zu stellen, als er gerade dabei war, die Eier zu schlürfen. Der Bauer sei gerade vom Feld gekommen, habe die Sense gleich von der Schulter genommen, als er das wilde Gegacker und Gekrähe im Stall vernahm, weil er an den Fuchs dachte. Dessen einzige Fluchtmöglichkeit durch die halb offene Stalltür gleich einkalkulierend sei der Mann in Stellung gegangen und habe dann, trotz des Schreckens, dass er statt eines Fuchses einen Menschen aus der Tür treten und fortlaufen sah, wie im Reflex zugeschlagen.

Ein wahnsinniger Schrei, dem Brüllen der Stiere vor dem Schlachten nicht unähnlich, sei das Nächste gewesen. Doch der Flüchtende sei weder gefallen noch weitergerannt, sondern einfach verschwunden. Wie vom Erdboden verschluckt. Kein weiteres Geräusch sei gefolgt, kein Blutstropfen auf der Erde gefunden, die Sense sei weder verbogen, noch sonst wie beschädigt oder verschmiert gewesen. Die ganze Szene wie verhext. Der keuchende Bauer mit der Sense in den verkrampften Fäusten zurückbleibend, das verängstigte Gegacker im Hühnerstall schon wieder verebbend.

Unwirklich eben, als wäre gar nichts geschehen. Alles nur Hirngespinst, alles nur Einbildung.

»Erst am nächsten Tag, weitab des Hühnerstalls in einer Ecke des Hofes in der Nähe des Misthaufens ...« Der Alte machte eine Pause, während der er mir fest in die Augen sah. Dann zeigte er, mit dem ausgestreckten Daumen über die rechte Schulter weisend, in Richtung jener Tür, durch die er eben den Kasten hinausgetragen hatte.

Ich muss ihn schafsdämlich angeglotzt haben, denn er lächelte mich verschmitzt an. Als Antwort auf meine stumme Frage, ob es der Pferdefuß gewesen sei, der am nächsten Tag in der Nähe des Misthaufens gefunden worden war, nickte er nur – und das bedeutungsschwer.

Nach einer Pause kam er schließlich auf den Schlaf zu sprechen, mit dem der Teufel und seine Gesellen die Dörfer im Enztal aus Rache für den abgehackten Fuß verhext hätten. Die einen Dörfer habe es weniger getroffen, da seien nur die jungen Leute fortgezogen und die Alten und Verrückten zurückgeblieben. In anderen sei der Kindersegen ausgeblieben, und so habe sich auf völlig natürlichem Wege die Zahl der Einwohner über die Jahrzehnte dezimiert.

»Mein Dorf aber, in dem ich der Bürgermeister war und bin, hat es am schlimmsten erwischt. Wir wurden mit Schlaf bestraft. Nicht mit einem erholsamen angenehmen, wie wenn man müde gearbeitet vom Feld kommt und sich nach Bratkartoffeln, Speck und einem Krug Viez auf das Bett und die »Fraa« und den wohligen Schlummer danach freut. Sondern mit einem nervösen fiebrigen Schlaf, aus dem man sich fortreißen und befreien möchte, aber nicht kann.«

Hinter den geschlossenen Augenlidern sei alles hellwach, aber die Kraft reiche nicht, sie zu öffnen noch einen Muskel in Bewegung zu setzen, um sich zu erheben. Während die dauernd Schlafenden jung und schön blieben, werde er stets in jenen Stunden ein wenig älter, wenn sich jemand dem Dorf nähere und er von unsichtbarer Hand geweckt werde.

Um es kurz zu machen: Der Mann vertraute mir noch eine Menge Dinge mehr an, die er mich bat, weder Ihnen noch einer anderen menschlichen Seele anzuvertrauen. Dazu gehört selbstverständlich auch, die genaue Lage und den Namen des Ortes nicht in der Welt bekannt zu machen. Denn die Welt sehe und glaube ja nur, wiederholte der Alte gähnend, was sie sehe und höre, rieche oder schmecke.

»Ich weiß«, sagte ich: »Und doch gibt es Dinge, die man so nicht erfahren kann und die doch wahr sind.« So wahr und sicher, wie Sie und ich in diesem Raum sitzen. Und wenn der Weg Sie einmal ins Enztal führt und Sie eines der verschlafenen Dörfer sehen, dann wundern Sie sich nicht, wenn es plötzlich zum Leben erwacht, wenn Sie sich näher als tausend Schritte darauf zubewegen.

In den Räumen der Nacht

Sie nennen sich Höhlenforscher, aber das, was sie erforschen, sind keine Höhlen. Ihr Revier sind alte Bergwerksschächte, Stollen, hallengroße Abbaukammern, Entwässerungskanäle, Luftschächte und Fahrten tief unterhalb der aufgerissen Felsenkrume des Mechernicher Bleibergs.

Dort treiben sie sich herum, zum Leidwesen der Polizei und der Behörden, in den Räumen der beständigen Nacht, die auch finster ist, wenn über dem Kallmuther Berg die Sonne brät; und die stickig und unheimlich sein kann, obwohl oben ein frischer Frühlingswind weht.

Die so genannten Höhlenforscher kennen die Nacht und sie kennen die Luftnot, die kommt ohne jede Erstickungsangst, plötzlich und unvermittelt, wenn die Kontrollflamme zu flackern beginnt und die rasch nur noch flimmert und glimmt, wenn man nicht schnell das Weite sucht, das nicht fern liegen darf, man braucht nur einen Nebenstollen, eine Fahrt mit besserer Luft, mit Sauerstoff, mit besserer Bewetterung, nur rasch, rasch braucht man ihn. Den Behörden machen die Höhlenforscher vor allem deshalb Kummer, weil sie bei ihren unterirdischen Erkundungsgängen ständig neue Lecks und Löcher unterhalb der größten rheinischen Mülldeponie finden, die man in einem ehemaligen Tagebau des Bleibergwerks angelegt hat und durch deren angeblich perfekte Abdichtung Abfall in die Stollen darunter rutscht und giftige Brühe in die Entwässerungsstollen sickert, und weil die Höhlenforscher in Zusammenarbeit mit der örtlichen Presse die Öffentlichkeit stets über die Existenz und das Ausmaß dieses extraordinären Umweltsauerei auf dem Laufenden halten.

Hans Oberdörfer, der Chef der Umweltbehörde, hatte bereits mehrere alte Stollen und Löcher am Kalenberger Krähenloch zumauern lassen, durch die, wie man vermutete, die Höhlenforscher in das hundert Kilometer lange Netz der unterirdischen Stollen und Schächte gelangt waren. Vergebens. Die bislang anonym gebliebenen Männer – oder waren auch Frauen dabei? – hatten nach jeder Aktion des Umweltamtes stets demonstrativ mit Fotos und Berichten über neue Ungeheuerlichkeiten aus der Welt unterhalb der Mülldeponie aufgewartet.

»Der Bleiberg ist wie ein Schweizer Käse«, dachte Oberdörfer, »löchrig und brüchig und er wird zum Himmel stinken, wenn man nicht aufpasst.«

»Stoppen Sie diese Höhlenforscher und auch diesen Journalisten V.A.«, hatte Landrat Blumencron verfügt: »Das ist doch verboten, was die da machen. Im höchsten Maße illegal. Und dieser V.A. ist ja gemeingefährlich, so wie der berichtet und uns in die Mangel nimmt. Den packen Sie sich gefälligst, Oberdörfer!«

Der Chef der Umweltbehörde hatte eigentlich nicht die geringste

Bevor die »Höhlenforscher« unter Tage gingen, verdienten dort Bergleute über Jahrhunderte ihr Brot. Foto: Stadtarchiv Mechernich/Agentur ProfiPress

Lust, sich mit der Presse anzulegen. Sollten die doch schreiben, was sie wollten. Oberdörfer wollte vielmehr das Leck stopfen, durch das die Informationen aus der Tiefe des Bleibergs an die Presse und damit an die Öffentlichkeit gelangten.

Man müsste selbst abtauchen in die Räume der Nacht, in denen keiner sich aufzuhalten hatte, dachte Oberdörfer. Räume einer anders dimensionierten Welt, in der weder Gesetz noch Ordnung galten, in der unbedingte Lebensgefahr herrschte, wo Decken und Wände stets von Einstürzen bedroht waren und diejenigen, die die Stollen illegal begingen, Gefahr liefen, Besinnungslosigkeit und Erstickungstod zu erleiden, wenn die Bewetterung schlecht oder gar nicht funktionierte.

Die »Wetter« waren tatsächlich schlechter geworden untertage, seit das Umweltamt einige alte Stollen und Luftzüge am Kalenberger Krähenloch hatte zumauern lassen. Jetzt stiegen die Höhlenforscher irgendwo anders in die Tiefe, ebenso ungehindert wie zuvor, nur im Gebiet unter der Mülldeponie etwas häufiger von Erstickungsangst befallen, wenn die Kontrollflammen unter 18 Prozent Sauerstoffgehalt zu flackern begannen.

Man erzählte sich im Kreishaus, dass außer dem mit dem Landrat unnachgiebig auf Kriegsfuß stehenden Journalisten V.A. auch der Oppositionspolitiker Simonis zu den Höhlenforschern gehöre. Blumencron hatte in seiner Eigenschaft als Chef der Kreispolizeibehörde bei beiden Hausdurchsuchungen durchführen lassen, bei denen zwar Bauhelme mit Stirnlampen, aber sonst eben nichts eindeutig Verdächtiges gefunden worden war.

»Hauptsache, die wissen jetzt, was die Stunde geschlagen hat«, sagte der Landrat zu seinem »Müllpapst« Oberdörfer. Der hatte allerdings seine Zweifel, ob sich V.A. und Simonis von einer schlecht und zur Unzeit angeordneten Hausdurchsuchung würden ernsthaft beeindrucken lassen.

Schon in der Nacht nach der Polizeiaktion stiegen die Höhlenforscher wieder in die Tiefe. Sie waren bewaffnet mit einer Video- und einer Digitalkamera sowie mit einem ganzen Arsenal an Flaschen und Fläschchen, in die sie an verschiedenen Stellen zu entnehmende Wasserproben füllen wollten. Oben wartete bereits ein Kurier mit Lieferwagen, der die Gefäße zur Untersuchung bei einem unabhängigen Chemieinstitut nach Krefeld bringen sollte.

Die Höhlenforscher tasteten sich diesmal anhand ihrer alten Bergwerkskarten und selbst angefertigten Lagepläne vor bis zu einem Bereich, den sie noch nicht kannten, und in dem sie den Übertritt großer Wassermengen aus den Stollen unter der Deponie in den Bereich der alleruntersten je erschlossenen Sohle vermuteten.

Wenn dort tatsächlich giftige Brühe aus dem von den Behörden so genannten »Deponiekörper« austräte, dann würde sie am Hauptentwässerungsgraben des Bleibergs vorbei, dem Burgfeyer Stollen, ins Grundwasser versickern. Und die Giftbrühe würde von dort, unterirdisch langsam in Richtung Rhein weiterziehend, eines nicht allzu fernen Tages in den Trinkwasserbrunnen der Köln-Bonner Bucht wieder an die Oberfläche befördert.

Tatsächlich waren die Wände hier klatschnass, fast hätte man sagen können, das Deponiewasser ströme über den Fels auf den sandigen Boden und in tiefe Spalten hinein, unaufhaltsam. Die Höhlenforscher zogen ihre Proben. Hier und auch an anderen, noch tiefer gelegenen Stellen, zu denen sie sich langsam vorarbeiteten, ließen sie die Flüssigkeit in ihre Fläschchen tropfen oder fließen.

Sie hatten sich gegenseitig mit Seilen gesichert, die Luft war stickig, der Schweiß rann den Männern und Frauen in die Kragen ihrer Overalls, plötzlich flackerten die Kontrollflammen.

Es war diesmal aber nicht Sauerstoffmangel, der dem Licht das Leben zu nehmen drohte, sondern, ganz im Gegenteil, eine Art Durchzug, der die Flammen flackern ließ. Die Höhlenforscher spürten auf ihren tropfenden Gesichtern den merklichen Luftzug im Gangsystem. Das Wetter unter Tage wurde mit einem Schlage besser, so als habe sich ein gut belüfteter Seitenstollen geöffnet oder ein verschlossener Luftschacht an der Erdoberfläche habe sich aufgetan.

Von ganz weit weg hörten die Höhlenforscher dumpfes Klopfen und Schlagen, später ein undefinierbares Scharren, dessen Intensität weder ab-, noch zunahm, das aber wohl ständig näher kam. So, als werde etwas durch die Gänge zu ihnen an den tiefsten Punkt des Bleibergs geschleift.

Aus dem Scharren wurde aber schließlich eine Art Poltern und Rutschen, das mit zunehmendem Gefälle gewaltig und bedrohlich anwuchs.

»Do schuddert et Dich« – Grauenvolles Land

Der Luftzug wurde zum Wind, ja Sturm, und stumm richteten die Höhlenforscher, die sich angesichts des anschwellenden Lärms nichts mehr zu sagen vermochten, ihre Scheinwerfer auf den Stollen, in dem sie abgestiegen waren und den sie fast fünfzig Meter weit nach oben einsehen konnten.

Die Flut, die von dort über sie hereinbrach, ließ ihnen kaum Zeit für eine Reaktion. Es war kein Wasser, kein Fels und auch kein loses Erdreich, was dort mit rasender Geschwindigkeit auf sie zuschoss. Es war eine, zuletzt schwülwarme, eine Luftwelle vor sich her schiebende Lawine aus stinkendem, gärendem, dreckigen Müll, der sich von oben aus der vorgeblich perfektesten Deponie des Landes in die Tiefe erbrochen hatte.

Der Kurier, der die Wasserproben zur Untersuchung nach Krefeld hatte

Im Besucherbergwerk Mechernich sorgen sich (von rechts) Alfred Schink, Dr. Michael H. Faber und Friedrich Hunsicker um den Schädel eines »Toten«. Das Bild wurde für einen Aprilscherz aufgenommen, angeblich war in einem alten Stollen ein »Missing Link« der Menschheitsentwicklung, der »Homo Eifelensis«, gefunden worden.
Foto: Manfred Lang/Agentur ProfiPress

bringen sollen, wartete bis zum nächsten Abend. Vergeblich. Dann telefonierte er mit den Gewährsleuten der Höhlenforscher, dann reiste er ab.

Nachträge:
1. Vermisstenmeldungen, die mit den Höhlenforschern in Zusammenhang hätten stehen könnten, sind bei der Kreispolizeibehörde bis heute nicht registriert worden.
2. V.A. und Simonis machen dem Landrat, so behaupten sie selbst, weiterhin das Leben schwer. V.A. hat demletzt allerdings geschrieben, dass Hans Oberdörfer, das Umweltamt, der Kreis, der Landrat und die Höhlenforscher jetzt Hand in Hand zusammenarbeiten, um die Lecks unter der Deponie nach und nach zu finden. Wahrscheinlich sind mittlerweile alle gestopft.

Nebel am Boll

Die Nacht war sternenklar, ein laues Lüftchen wehte und verwirbelte die Schwüle des zurückliegenden Sommertages. Das Lagerfeuer knisterte, und ab und zu knallte es sogar, dann nämlich, wenn im Holz eingeschlossene Feuchtigkeit mit der Glut in Berührung kam und mit einem Mal zu Wasserdampf verpuffte.

Hubbi stocherte in den glühenden Scheiten herum. Funken stiegen wie Glühwürmchen in den Nachthimmel empor – und verglühten dort rasch, »wie verkehrt herum fliegende Sternschnuppen«, dachte Hubbi und nahm einen tiefen Schluck aus der Bierflasche. Ringsum im Dunkel um ihn und das Feuer herum stöhnte und schmatzte es verhalten. Schwarz wie eine Wand hob sich der Waldrand des »Boll« vom Sternenhimmel ab.

Man war zu elf jungen Leuten, die meisten Teenager, einige schon Twens, zu einer Fete ins freie Feld am nordöstlichen Rand dieses Waldgebiets gefahren, hatte die Autos abgestellt, zwei Bitburger-Pils-Kästen und eine Bacardiflasche ausgepackt, hatte Holz fürs Lagerfeuer gesammelt und es schließlich auf einem der Graswege entfacht. Zu reichlich Bier und wenig Rum hatte man ein paar Gläser kalte Brühwürstchen geöffnet und ihren Inhalt mit scharfem Senf bestrichen und zusammen mit trockenen Brötchen verzehrt. Dazwischen war ein wenig gesungen und viel gelacht worden.

Jetzt lagen alle im Feld ringsum, bis auf Hubbi, der auf einer der geleerten und umgedrehten Bierkisten am Feuer saß und Wache hielt. Er sollte die anderen nach Mitternacht wecken, falls sie eingeschlafen sein würden. Einige Schlafsäcke knisterten, wenn sich einer umdrehte. Andere waren mit zwei Personen prall gefüllt und gaben andere Geräusche von sich.

Bei den jungen Leuten handelte es sich um fünf mehr oder weniger fest gebundene und auch untereinander befreundete Pärchen – und um Hubbi, mit dessen platonischer Liebe Sabine sie normalerweise zwölf waren, wenn Sabine momentan nicht daheim in Oberschwaben gewesen wäre. Abgesehen davon, dass sie auch dann nicht mitgespielt hätte, dachte Hubbi, wenn sie sich jetzt in der Eifel befände. Sabine hatte nicht viel übrig für die nächtlichen Exkursionen dieser Clique. Und die wollte es auch in dieser Nacht keinesweges bei einer Feld-Wald-und-Wiesen-Fete bewenden lassen. Man wollte gewissen Phänomenen auf die Spur kommen.

* * *

Plötzlich war es Hubbi, als streiche ein spürbar kalter Windhauch in seinem Rücken. Wie aus dem Nichts war eine Nebelwand herangezogen, von der Hubbi zunächst noch nichts sah, als er sich umwendete. Seine Augen waren noch von der Glut geblendet. Was ihn sofort überfiel, war atemberaubende Stille. Selbst das Knistern der Glut und das Knistern der Schlafsäcke war mit einem Mal verstummt. Hubbi hockte da, wie gelähmt. Schritte näherten sich.

* * *

Hubbi, Chris und Emil, vor allem aber Lydia, Martin und Jesse waren an diesem Abend nicht das erste Mal aufgebrochen, um einer der zahlreichen Schauergeschichten nachzuspüren, die in den Dörfern rings um den Boll erzählt werden, und um selbst zu sehen und zu hören, ob es stimmt, was die alten Leute beteuerten, nämlich, dass man nach Mitternacht Gläsergeklirr und Händeklatschen von einem untergegangenen Schloss am Beipert hören könne. Oder, dass nach zwölf am Klingelmaar der Geist eines Blinden umgehe, den man seinerzeit beim Teilen eines Silberschatzes betrogen hatte, indem man ihm den Messbecher stets verkehrt herum hingehalten hatte und ihn selbst ertasten und bestätigen ließ, ob er mit dem Inhalt zufrieden sei.

Am Boll wollten die jungen Leute diesmal nun nach Mitternacht zu jenem Hügel am nordöstlichen Waldrand aufbrechen, auf dem mitten im Acker ein Kreuz steht. Die Legende um dieses Kreuz und das dort begrabene und angeblich in der Umgebung spukende »Bollweibchen« war schon so alt, dass es verschiedene Versionen davon gab. Die einen sagten, das »Bollweibchen« sei eine Hexe gewesen, die man auf dem Hügel weitab der Dörfer auf dem Scheiterhaufen verbrannt habe. Andere versicherten, bei der Unglücklichen habe es sich um ein schwangeres Mädchen gehandelt, das aus einem der Dörfer verstoßen worden und bei seiner Niederkunft am Boll gestorben sei.

Halffe Pitter, ein kluger alter Mann, hatte den jungen Leuten erzählt, früher sei es nicht einmal selten vorgekommen, dass die jungen Mägde von den Bauern schwanger wurden und sie den Rat der Hebammen einholen mussten, was zu tun sei, damit ihre Kinder erst gar nicht geboren würden. Andere hätten ihre Babys in irgendwelchen Kellern oder Schuppen zur Welt und gleich wieder umgebracht und verscharrt oder in die Jauchegrube geworfen, hatte Halffe Pitter den jungen Leuten versichert: »Eine elende, eine verfluchte Sache war das früher, Kinder! Von wegen Nostalgie und so.«

Chris und Lydia, zwei der fünf jungen Frauen aus der Clique, hatten sich nun eine Version zurechtgelegt, die den Tod des »Bollweibchens« einer ebenso romantischen wie unglücklichen Liebesgeschichte zuschrieb. Ein junger Adliger vom angeblich versunkenen Schloss am Beipert und die Dorfschöne von Bergbuir, so hatten sich die Freundinnen das ausgedacht, hätten sich unsterblich ineinander verliebt. Als der Schlossherr, Onkel oder Vater des potentiellen

Bräutigams, dahintergekommen sei, habe der Adelsspross fort in die Ferne und eine andere heiraten müssen. Die Dorfschöne aber habe am Boll den Freitod gesucht und gefunden.

* * *

Die Nebelwand und die Stille hüllten die Gruppe am Boll inzwischen ein, die geheimnisvollen Schritte waren verklungen. Hubbi starrte gefesselt in die wabernden Schleier, die über dem dumpf flackernden Feuer schwebten, unfähig, ein Wort hervorzubringen oder einfach aufzustehen und einen der anderen zu wecken. Plötzlich war ihm, als vernähmen seine vor Taubheit dröhnenden Ohren eine sanfte Melodie. Es war eine Frauenstimme, unheimlich weit fort, und doch so nahe, als singe sie in seinem Kopf.

* * *

»Also, Leute, das Kreuz auf dem Hügel mitten im Feld, ist gar kein Grabkreuz«, hatte Emil vor Stunden noch behauptet, einen Bitburger-Stubbi zum Prosit in den Abendhimmel haltend. Er habe sich die Sache bei Tageslicht angesehen: »Das könnte ein Prozessionskreuz gewesen sein, das am alten Wallfahrtsweg von Glehn nach Mariawald lag. Es hat keinen Totenkopf, aber eine in den Sandstein gehauene Ausbuchtung, in die man die Monstranz oder ein Kreuz hätte abstellen können.«

Lydia hatte eine ganz andere Variante: »Das Kreuz hat einer aufgestellt, der da was gesehen hat. Vielleicht das sagenumwobene Bollweibchen, vielleicht auch nur einen Uhu, der in der Dunkelheit uhute ... »

»Im Bergbuirer Feld steht ein Kreuz an der Stelle, wo mal ein Lästerer vom Blitz erschlagen wurde«, hatte Addy behauptet. Doch Martin war ihm über den Mund gefahren: »Das ist doch Quatsch, Mann. Du meinst Bühls-Krüzzje. Das steht an der Stelle, wo meine Urgroßmutter meinen Großvater während der Feldarbeit geboren hat. Der Großonkel, dem der Acker gehörte, hat ihn später an meinen Großvater überschrieben – und das Kreuz aufgestellt«.

Dann hatten sie das Thema gewechselt. Emil hatte seine Klampfe ausgepackt, die Bacardiflasche hatte gekreist, der Mut war gewachsen und bei einigen auch die Leidenschaft. Schließlich war man eingeschlafen. Bis auf Hubbi, der wachen sollte.

* * *

Plötzlich zerriss ein Schmerzensschrei die unheimliche Stille. Die Nebelwand teilte sich – und gab den Blick frei auf den Hügel und auf das Kreuz weitab, auf die unwirklich etwas Licht fiel. Hubbi streifte seine Lähmung ab und

Nicht mystisch, sondern eher arisch ging es bei Festivitäten während der Nazizeit auch in der Eifel zu. Die Staatsterroristen bastelten an einer eigenen Ersatzreligion mit vorgeblich germanischen Elementen. Das schlug sich auch auf die Kostümierung dieser Mädchen beim Erntedankfest 1942 in Hostel nieder.

Foto: Stadtarchiv Mechernich/Agentur ProfiPress

zwang sich aufzuspringen. Plötzlich schrie er wie wahnsinnig los, rannte im Kreis herum und stieß mit seinen Stiefeln gegen die Schlafsäcke:

»Steht auf, so steht doch auf, Mensch!«

»Guckt Euch das an, steht auf, verdammt noch mal, steht auf!«

»Emil, Du Arschloch«: Hubbi rüttelte wie verrückt am Schlafsack seines Freundes: »Komm, Junge, komm, steh auf, Du Vollidiot. Komm, komm, komm, guck Dir Dein nettes Prozessionskreuz an.«

Emil rieb sich noch die Augen, Martin war längst aufgesprungen und stieß mit Jesse zusammen, der rückwärts taumelte, zurückgestoßen von dem klagenden Wimmern, das jetzt ein zweites Mal vom Boll herüber zu ihnen drang. Hubbi hielt sich die Ohren zu.

»Da, da, da«, stammelte Addy.

»Wo, wo, wo?« äffte Emil seinen besten Freund nach, der stotterte und deshalb oft gehänselt wurde.

»Da«, präzisierte Addy und zeigte zum Waldrand hin, wo sich aus der linken Hälfte der geteilten Nebelwand eine Frauengestalt löste und auf das fahl beschienene Feldstück trat, wie auf eine Lichtung.

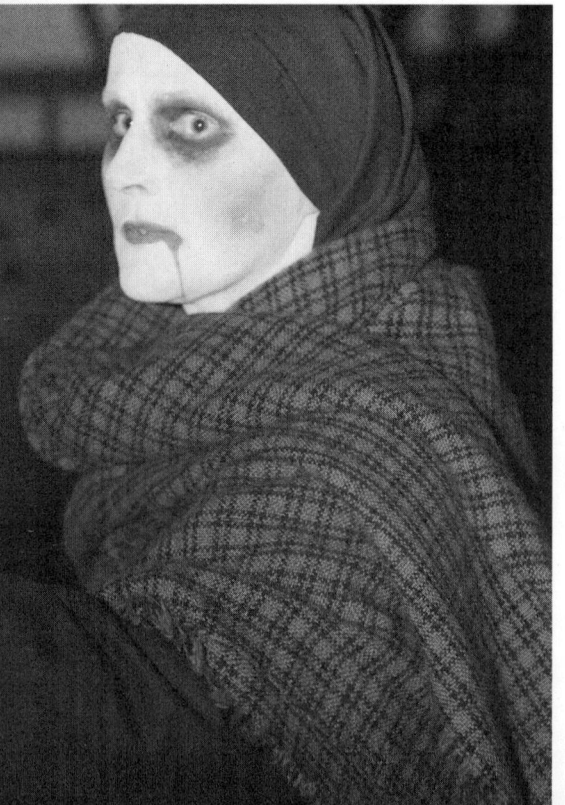

»Plötzlich zerriss ein Schmerzensschrei die unheimliche Stille. Die Nebelwand teilte sich – und gab den Blick frei auf den Hügel und auf das Kreuz weitab, auf die unwirklich etwas Licht fiel. Hubbi streifte seine Lähmung ab und zwang sich aufzuspringen. Plötzlich schrie er wie wahnsinnig los: »Schaut Euch das an, eine Frauengestalt!«« Foto: Erasmus Scheuer/pp/Agentur ProfiPress

Es war eine Frauengestallt mit sehr langen Haaren und einem weiten, wallenden Gewand, das vermutlich im Wind geflattert hätte, wenn es nicht vollkommen windstill gewesen wäre in diesem Augenblick.

»Zwick mich mal einer«, stöhnte Chris.

»Mensch, die kommt näher«, wimmerte Lydia.

Und nach einer Zeit, während der keiner was sagte, und während der die Frauengestalt so nahe gekommen war, dass Jesse, der ganz vorne zum Boll hin stand, die Konturen ihres Körpers und auch das Profil ihres leicht abgewandten Gesichtes zu erkennen glaubte, platzte es plötzlich aus ihm heraus.

»Mensch, Sabine«, schrie Jesse, »hast Du mich erschreckt. Bist Du denn verrückt?«

»Wie, Sabine, wo, Sabine?«, stammelte Hubbi und lief an Jesse vorbei: »Die ist doch gar nicht da, die ist doch daheim in Biberach«.

Mit einem Mal blieb der vorpreschende Hubbi stehen. »Sabine? Bist Du es? Du bist es?«

Die Frage klang unsicher. Er stand jetzt unmittelbar vor der Frauengestalt. »Sag was, Sabine, was ist denn? Warum machst Du das?«

* * *

Die Frauengestalt, die Hubbi als seine platonische Liebe Sabine identifiziert hatte, die eigentlich gar kein Interesse an den nächtlichen Exkursionen der Clique hatte und die angeblich zu den Eltern nach Oberschwaben gefahren war, verschwand augenblicklich im nächtlichen Bollwald, als es vom Bleibuirer Kirchturm her ein Uhr herüberwehte. Die Freunde riefen ihr wohl nach, liefen ihr wohl auch ein Stück hinterher, als sie sich nicht umwendete. Doch als Sabine im Wald verschwunden war, ließen sie die Sache auf sich bewenden. Der Schreck saß ihnen tief genug in den Knochen.

Die Meinungen über den »Joke«, den sich Hubbis Freundin da mit ihnen geleistet hatte, gingen in der Clique weit auseinander. Chris zitterte am ganzen Leib, Lydia weinte still vor sich hin. Addy erregte sich über Sabines »Scheiß-idee«, Emil fand den Auftritt »geil«, Jesse schüttelte stumm seinen Kopf und Martin setzte sich, was nach den gegebenen Umständen das Vernünftigste war, die Bacardiflasche an den Hals.

Man beschloss am Boll zu bleiben, obwohl die jungen Frauen davon zunächst nicht begeistert waren, schließlich aber eingewilligt hatten, als die Männer versprachen, jetzt würde gewacht – und durchgemacht. Und das taten sie schließlich auch.

* * *

Drei Tage später war Sabine noch immer nicht bei Hubbi aufgetaucht. Er war zwar noch sauer wegen ihres nächtlichen Auftritts am Boll, aber langsam machte er sich Sorgen. Schließlich musste sie längst wieder in der Eifel sein. Warum kam sie nicht zu ihm? Hubbi rief bei Sabines Freundin und zwei Bekannten in der Eifel an, die sagten, Sabine sei doch daheim in Oberschwaben, bei ihren Eltern in Biberach.

Dort ging der Vater an den Apparat: Nein, Sabine sei nicht da, sagte er. Sie werde auch nicht in die Eifel zurückkehren. Jetzt jedenfalls nicht und auch nicht in absehbarer Zeit.

Hubbi wurde laut: »Warum denn nicht, was ist denn bloß los? Warum sagt sie mir das nicht selber?«

* * *

»Wie siehst Du denn aus?«, rief Martin.

Hubbi war kreidebleich, als er den Jugendkeller in Bleibuir betrat.

»Wi, wi, widder am B-, B-, Boll gewesen?«, scherzte Addy und stieß Lydia an.

»Na, hast Du Sabine die Leviten gelesen?«, wollte Jesse wissen.

Und Chris fragte: »Warum ist sie denn nach ihrem netten Auftritt nicht zu uns ans Feuer gekommen?«

Hubbi schüttelte den Kopf. Martin stand auf und rüttelte ihn am Arm: »Was ist denn los, Mensch?«

Dann stammelte Hubbi: »Ich habe mit Biberach telefoniert. Sabine ist nicht hier in der Eifel. Sie ist gar nicht hier gewesen.«

»Was redest Du da«, schnauzte Jesse und sprang auf: »Ich hab' sie doch gesehen, mit meinen eigenen Augen, und Du auch, und Du hast mit ihr gesprochen, das haben wir alle gehört ...«

»Sabine liegt im Krankenhaus, hat ihr Vater gesagt, schon seit Tagen, nach einem Unfall mit ihrer Ente. Der war am Tag vor unserer Nacht am Boll, hat ihr Vater gesagt. Seitdem schläft Sabine, hat ihr Vater gesagt, und es sei auch nicht sicher, ob sie wieder wach wird.«

Aus dem Polizeibericht

Schleiden/Eifel - Mit Hilfe von Fingerabdrücken hofft die Kripo Schleiden, einem besonders schweren Verbrechen auf die Spur zu kommen. »Ob es sich um einen versuchten Raub, vielleicht sogar versuchten Raubmord, oder aber möglicherweise um eine missglückte Vergewaltigung handelt«, so Kriminalhauptkommissar Herbert Laschet, »steht allerdings noch nicht fest.«

Das potentielle Opfer, Christiane M. (19) aus Schleiden, liegt mit einem schweren Schock auf der Intensivstation des Schleidener Antoniushospitals.

Laut Polizeibericht war die junge Frau mit ihrem Pkw, einem Renault R 4, auf der Bundesstraße 258 von Monschau auf der Rückreise nach Schleiden unterwegs. Gegen 23.45 Uhr bemerkte sie in Höhe der deutsch-belgischen Grenze, etwa einen Kilometer hinter dem Abzweig zur Zollstation Wahlerscheid, einen dunklen Gegenstand auf der Fahrbahn.

Christiane M. verlangsamte ihre Fahrtgeschwindigkeit zwar, konnte den vermeintlichen Gegenstand aber erst im letzten Augenblick als einen ausgestreckten, offensichtlich leblosen menschlichen Körper identifizieren.

Die 19jährige konnte noch reflexartig nach rechts ausweichen, brachte ihren R 4 aber erst nach etwa 200 Metern zum Stillstand. Die junge Frau stieg aus und ging am Straßenrand zurück zu dem, wie sie vermutete, angefahrenen Fußgänger. Die Lichtverhältnisse in dem dunklen Waldstück waren schlecht, so dass sich die Frau, als sie das mutmaßliche Unfallopfer erreicht hatte, zu diesem herunterbeugen musste, um es näher zu untersuchen.

»Ein unsagbarer Schrecken«, so Kripo-Sprecher Herbert Laschet gestern in einer Pressekonferenz, »durchfuhr die 19jährige, als sie dabei feststellte, dass es sich gar nicht um einen Menschen handelte.« Der leblose Körper war eine mit einem blauen Arbeitsanzug, einem sogenannten Overall, bekleidete Strohpuppe.

»Genau so eine, wie sie in den Eifeldörfern als Paies, also als Kirmespitter, verwendet wird«, berichtete die Kripo. »Sie trug eine fratzenhafte Karnevalsmaske.«

Christiane M., so die Kripo weiter, wandte sich unverzüglich von der ausgestreckt auf der Fahrbahn liegenden menschengroßen Strohpuppe ab, um rasch zu ihrem Pkw zurückzukehren. Plötzlich, so die Polizei nach einer ersten Vernehmung der jungen Frau, hörte Christiane M. hinter sich Schritte auf der Straße.

Die 19jährige blickte sich um, konnte aber in der Dunkelheit nichts erkennen und beschleunigte ihr Tempo. Daraufhin hörte sie, wie sich auch der Takt der Schritte hinter ihr steigerte. Sie wurde ihrerseits erneut schneller, schließlich rannte die Frau in Richtung ihres mit laufendem Motor und eingeschalteten Scheinwerfern abgestellten Autos.

»Tatort Eifel« ist ein im ganzen deutschsprachigen Raum bekanntes Drehbuchautoren-Festival: Hier sein »Macher« Heinz-Peter Hoffmann und der Schauspieler und Tatort-Kommissar Dietmar Bär. Foto: Vulkaneifelkreis/pp/Agentur ProfiPress

Kurz bevor Christiane M. den Pkw erreichte, so berichtete sie der Polizei, »... konnte ich das deutliche Keuchen einer Person wahrnehmen, die sich dicht hinter mir befand.« Kommissar Laschet: »Bevor der Täter – es muss sich nach ersten Untersuchungen der Fingerabdrücke um einen Mann gehandelt haben – Christiane M. packen konnte, schwang sich die Frau im letzten Augenblick durch die geöffnete Fahrertür in ihr Auto, schlug diese mit großer Wucht zu und fuhr an.«

Das letzte, was Christiane M. vom potentiellen Tatort noch bewusst wahrgenommen habe, so Laschet, »... war ein markdurchdringender, grässlicher Schrei.«

Die junge Frau konnte ihr Elternhaus in Schleiden noch erreichen. Sie stellte ihren R 4 in der Garage ab, ehe sie mit einem schweren Schock neben dem Pkw zusammengebrochen sein muss. Der Vater des Opfers, Franz M., fand die Tochter

Luftrettungsübung des Roten Kreuzes im Kreis Euskirchen am Zementwerk Sötenich.
Foto: Rotes Kreuz im Kreis Euskirchen/pp/Agentur ProfiPress

wenig später und alarmierte Notarzt und Rettungswagen. Christiane M. wurde auf die Intensivstation des Antoniushospitals eingeliefert.

»Beim Bergen des Opfers aus der Garage des elterlichen Hauses«, so Kriminalhauptkommissar Laschet gestern vor der Presse, »fand der Notarzt unmittelbar neben der Fahrertür des R 4 auf der Erde die ganz offensichtlich abgequetschten Glieder eines Mittel-, eines Ring- und eines kleinen Fingers.«

»Da die Gliedmaßen ganz eindeutig nicht der jungen Patientin zuzuordnen waren«, so Kreismedizinalrat Bruno Pescher gestern in der Pressekonferenz, »verständigte der Notarzt unverzüglich die Kriminalpolizei.«

Hauptkommissar Laschet geht davon aus, dass der oder die Täter den Kirmespitter als Köder ausgelegt hatten, um nächtliche Autofahrer zu stoppen. Welche Form von Verbrechen sie an diesen begehen wollten, sei allerdings völlig unklar.

Rätsel geben der Polizei bis auf weiteres auch die drei Fingerglieder auf. Erste Vergleichstests ergaben, dass die Person, der die Gliedmaßen abgetrennt wurden, nicht polizeilich registriert ist. Weitere Untersuchungen sollen aber noch folgen.

Als sicher gilt, so Kommissar Laschet, dass dem Täter die ersten Glieder seiner Finger abgequetscht wurden, als Christiane M. im letzten Augenblick die Fahrertür zuschlug, als er nach ihr greifen wollte.

Untersuchungen am Tatort ergaben keine weiteren Erkenntnisse.

Eifeler Mädchen können rennen, und zwar nicht in erster Linie, weil nachts finstere Gestalten hinter ihnen her sind: Frauenfußball in Kommern. Foto: Paul Düster/pp/Agentur ProfiPress

Es wurden weder verwertbare Blutspuren noch Indizien für den Verbleib der Strohpuppe gefunden. Inzwischen hat die Schleidener Kripo die Kollegen der belgischen Gendarmerie eingeschaltet. Doch die konnte dem Amtshilfeersuchen bislang noch nicht nachkommen.

Die Beamten in den deutschsprachigen Ostkantonen werden derzeit von einer Serie ungewöhnlicher Anschläge auf Weidetiere in Atem gehalten. Zwei Nächte vor dem versuchten Verbrechen an Christiane M., so berichtete die Kripo Schleiden, seien bei Rocherath drei Jungrinder aus einer Herde gerissen worden. Am Vormittag vor dem Überfall bei Wahlerscheid seien im belgischen Mürringen sieben Weideschafe getötet und auf grässliche Art und Weise zerfleischt worden.

Ob es Zusammenhänge mit dem Fall Christiane M. gibt, ist noch unklar. Sachdienliche Hinweise an die Kripo Schleiden oder an jede andere Polizeidienststelle.

Patrouille

Kalter Schweiß, Herzrasen, das Gefühl, da ist einer hinter dir her. Ich habe Angst, Ricki hat Angst, Ali und Hölscher haben Angst, die ganze Gruppe hat die Hosen gestrichen voll. Aber keiner will es zugeben. Dabei sind wir faktisch auf der Flucht. Rückzug auf breiter Front: Wir rennen in Richtung Kaserne.

Minuten vorher hat uns etwas angefallen. In schwarzer Nacht, im Dickicht des Waldes. Und zwar ohne Gewalt und ohne Geräusch. Lautlos, mit Macht.

Wir waren zu Fuß durch den Wald unterwegs gewesen, im Gänsemarsch, einer hinter dem anderen. Es war Neumond, stockfinstere Nacht. Plötzlich merkte ich, der ich als zweiter ging, dass der vor mir keiner von uns war.

Ich hatte ihn für Ali gehalten und zunächst nichts gesagt, als ich merkte, dass wir vom normalen Weg abkamen. Als wir uns kurz darauf jedoch im unwegsamen Gestrüpp befanden, wurde mir die Sache unheimlich.

»Mensch, Ali, was soll der Quatsch?« Mein Vordermann drehte sich nicht um, und Alis Antwort kam von hinten: »Was für'n Quatsch mach ich denn?«

Ich rief die Namen der anderen hastig hintereinander, doch alle meldeten sich aus dem Dunkel hinter meinem Rücken. Ich wollte meinen Arm nach vorne stoßen, um den Vordermann anzuschubsen und ihn gleichzeitig scharf anzusprechen. Doch meine ruckartig vorgeschobene Hand stieß ins Leere. Wo war er? War es überhaupt ein er, oder was war es überhaupt, das vor mir hergegangen war? Urplötzlich sprang mir aus dem Finstern die Angst in den Nacken.

Dabei hatte der Abend ganz vielversprechend angefangen. Und zwar mit einigen Runden Bier nach Dienstschluss. Zunächst zu siebt im Grünzeug in der Kantine, dann zogen wir in Bluejeans, geschlossen als Schützenrudel gewissermaßen, ins Garnisonsstädtchen. Erst wollten wir noch einige Biere zu uns nehmen, dann ins Kino.

Die Eifellichtspiele zeigten einen, wie sich herausstellen sollte, unsäglichen Streifen mit dem Titel »Die Nacht der reitenden Leichen«.

Bemerkenswert war vor allem eine Liebesszene auf dem Friedhof: Das Pärchen treibt's gerade auf einer Grabplatte, als sich eine knochige Hand aus der Gruft schiebt und die Platte mitsamt den Kopulierenden zur Seite drückt. Bei der lebendigen Leiche handelt es sich selbstverständlich um einen im Mittelalter verblichenen Tempelritter, der aus der Grabkammer will, um gemeinsam mit seinen ebenfalls stark abgemagerten Kumpanen, zu Lebzeiten selbstredend Anhänger schwarzer Messen und schwarzer Magie, einen blutigen Feldzug gegen die Lebenden in Szene zu setzen.

»Scheiß Film«, schimpfte Ricki nachher beim Bier im Ratskeller. »Der Titel hätte uns warnen müssen«, meinte Manthey. »So einen Quatsch zieht man sich nicht ungestraft rein.« Womit Manthey in erster Linie das Geld meinte, das er für den Eintritt verschwendet hatte und das er besser in Bitburger-Pils-Stubbis investiert hätte. Doch Manthey sollte noch in anderer Hinsicht recht behalten, als er sagte, dass man sich so einen Quatsch nicht ungestraft angucke.

Meister Nepomuk von Schwerz (rechts) gibt einem ahnungslosen Besucher der Ver-
anstaltung »Abendgrauen – Die Gruselnacht« Auskunft.

Foto: Erasmus Scheuer/Agentur ProfiPress

Wir waren auf dem Nachhauseweg, als Süß, ein Wehrpflichtiger aus Düren, uns einen ungeheuerlichen Bericht erstattete. Die Sache sei wirklich passiert, beteuerte Süß, und er könne notfalls einen Zeitungsbericht als Beweis vorlegen, obwohl diese Geschichte, die das Leben schrieb, selbst den Horrorschmarren im Kino an Grauen übertreffe. »Kunststück«, raunte Jason, »mit dem Leichenzauber könntste nicht mal meine Oma schocken.«

Am Josefskapellchen kam Süß zur Sache. Dieses Heiligenhäuschen steht heute in einem Neubaugebiet, befand sich damals aber noch an der Stelle, wo das freie Feld in den großen Wald überging, etwa auf halbem Weg zwischen Stadt und Kaserne. Im Schein der am Josefskapellchen ständig brennenden Kerzen und Friedhofslichter begann Süß seinen Bericht mit einer Frage: »Ihr kennt doch unser Dürener Landeskrankenhaus?«

»Klar, kennen wir alle«, antwortete Ricki.

»Et Jeckes«, ergänzte Hölscher.

Ali bemerkte: »Das Irrenhaus von Nordrhein-Westfalen ist ja eigentlich der Landtag. Euer Jeckes heißt bei uns »Die elf Morgen«.«

Manthey stimmte Ali zu: »Bei uns auch, weil Elf im Rheinland die Jeckenzahl ist, und ziemlich groß ist das Klinikgelände ja auch, vielleicht sind es wirklich elf Morgen. Eher mehr«

Süß fuhr fort: »Jedenfalls gibt es im Dürener Landeskrankenhaus eine Spezialabteilung, das ist so eine Art Hochsicherheitstrakt für Gemeingefährliche. Dieser Teil der Klinik ist mit Stacheldraht und Wassergräben drumrum abgeriegelt. Bis zu dem gewissen Tag war da noch nie einer rausgekommen. Die Geschichte, die ich euch erzählen will, spielt von hier aus gesehen etwa 15 Kilometer vor Düren. Das gehört zur Rureifel, und da gibt es ein Waldgebiet, den sogenannten Rufusknipp, ein beliebtes Naherholungsgebiet mit Wanderparkplätzen, Grillhütte und so weiter. Nun, bei der Anfahrt zum Rufusknipp hat an dem betreffenden Tag ein frisch verheiratetes Pärchen trocken gefahren. Der Mann sagt zu der Frau: »Bleib du im Auto, ich geh mit dem Reservekanister ins Dorf unten und hol Benzin.«

Wir hatten uns, während Süß weitererzählte, wieder auf die Socken gemacht. Das ging zunächst trotz völliger Dunkelheit ganz gut, weil der Weg vom Josefskapellchen in den Wald hinein anfangs sehr breit war und sich in gutem Zustand befand.

»Jedenfalls marschiert der Mann los«, erzählt Süß weiter, »und die Frau bleibt im Auto. Sie ahnt: Es kann über eine halbe Stunde dauern, bis der Mann mit Sprit zurück ist. Und es dämmert bereits, bald wird es völlig dunkel sein. Wahrscheinlich denkt sie schon: Warum bin ich nicht mitgegangen, warum bin ich allein geblieben?

Da hört die Frau plötzlich ein Geräusch im Gebüsch. Angst springt sie an, instinktiv kauert sie sich vor dem Beifahrersitz zusammen, die Arme über das Gesicht und die Schädeldecke nach hinten abgewinkelt. Die Sicherungsknöpfe an der Fahrer- und Beifahrertüre hatte sie schon heruntergedrückt, als der Mann sich mit dem Benzinkanister entfernt hatte.«

Süß machte eine dramaturgisch geschickte Pause. Wir blieben stehen. Um uns herum herrschte inzwischen völlige Dunkelheit. Der Weg war schlechter geworden.

»Die arme Frau merkt«, so fuhr Süß schließlich fort, »wie sich Schritte nähern, etwas um das Auto herumhuscht und schließlich den Wagen zum Wackeln bringt. Vielleicht ist es ein Tier, denkt sie, das da auf das Dach des Autos klettert und dann damit beginnt, sich hin und her zu wiegen.

Plötzlich schlägt er oder es, dieses Wesen jedenfalls, auf das Autodach ein. Erst einmal, dann, nach einer Minute vielleicht, noch ein zweites Mal. Schließlich tönen die dumpfen Schläge auf das Blechdach regelmäßig, mit langen Pausen dazwischen: Bom! ... Bom! ... Bom! ... Bom!«

Süß ahmte das Geräusch in langatmigen Intervallen nach: »Die Frau stirbt fast vor Angst, und wieder klopft es von oben: Bom! ... Bom! ... Bom! ... Bom! Wie lange das so gegangen ist, weiß kein Mensch genau. Jedenfalls bemerkt die Frau nach einer halben Ewigkeit, wie sich einige Autos vom Dorf her nähern. Sie fahren zunächst an ihr vorbei, wenden aber nach wenigen Hundert Metern auf dem Parkplatz am Rufusknipp und kehren mit aufgeblendeten Scheinwerfern zurück. In einiger Entfernung von ihrem Auto bleibt der Konvoi stehen. Anscheinend werden weitere Scheinwerfer montiert und aufgeblendet. Blaulicht flackert durch die Nacht. Die Schläge auf das Autodach haben derweil aufgehört«, berichtete Süß: Das Hin-und-Her-Schaukeln des Autos setzt sich aber, wenn auch mit verminderter Intensität, fort.

»Do schuddert et Dich« – Grauenvolles Land

Als man die Lautsprecher einschaltet, geht ein schrilles Pfeifen durch die Nacht, dann ist eine Stimme zu hören: »Hier spricht die Polizei. Wenn sich noch jemand in dem Auto befindet, dann jetzt bitte sofort herauskommen, nicht umdrehen und in Richtung des Blaulichts kommen. Es kann Ihnen nichts passieren. Hier spricht die Polizei. Ich wiederhole ...«

Süß wiederholte die gesamte Durchsage noch einmal und schilderte uns, wie die Frau sich erst langsam aus ihrer Verkrampfung löste, schließlich die Autotür tatsächlich entriegelte, öffnete und den Wagen verließ.

Wer stramm steht, dem gruselt nicht: Soldaten des früheren Luftwaffenversorgungsregimentes 8 in Mechernich. Die Arbeitsplatzpolitik des Bundesverteidigungsministers bereitet den Militärs und Politikern in der Garnisonsstadt Mechernich heutzutage bedeutend mehr Kopfzerbrechen als die Klärung ungelöster Phänomene bei Nacht.
Foto: Manfred Lang/pp/Agentur ProfiPress

Süß: »Die Stimme aus dem Lautsprecher redet jetzt ununterbrochen auf die Frau ein: »Kommen Sie ganz langsam auf uns zu, drehen Sie sich nicht um! Sie sind in völliger Sicherheit, wenn Sie zu uns kommen. Hier spricht die Polizei. Kommen Sie langsam auf uns zu, schauen Sie sich nicht um!«

Als die Frau ganz nahe bei den Scheinwerfern ist und tatsächlich die ersten uniformierten Polizeibeamten schemenhaft erkennen kann, dreht sie sich um. Allen Verboten zum Trotz.

Sofort springen zwei Rettungssanitäter aus dem Dunkel herbei, um die zusammenbrechende Frau aufzufangen. Eine Ohnmacht erlöst sie von dem grauenvollen Anblick.

Auf dem Autodach kauert, vom grellen Licht der Polizei- und Feuerwehrscheinwerfer geblendet, ein Wahnsinniger, wiegt seinen in der Hocke befindlichen Körper hin und her und schlägt dabei ab und zu mit etwas auf das Autodach ein, das die Frau augenblicklich erkennt: Es ist der Kopf ihres Mannes.«

Wenngleich keiner Ohnmacht nahe, so hatte Süß uns mit dem Schluss seiner Story doch einen ausgemachten Schrecken eingejagt. Ich meine mich zu erinnern, dass sich bei der schaurigen Schlusssequenz meine Kopfhaut wie elektrisiert gekräuselt hatte. Meine Haare müssen buchstäblich zu Berge gestanden haben.

Wie es den anderen ging, konnte ich nicht erkennen. Jedenfalls schwiegen sie. Bis Ali sich als erster wieder fing und lospolterte: »Mensch, Süß, was bist du für ein Arsch?! Ich hab 'ne Gänsehaut am ganzen Leib.«

Auch die anderen reagierten gereizt. Süß' Story am offenen Kamin bei einem Gläschen Rotwein mag ja angehen, aber hier im Wald bei Neumond war uns überhaupt nicht nach dieser Art Schauer zumute. Wir hatten mit einem Mal Schiss!

Und Schiss überspielt der Landser mit blankem Aktionismus. »Schützenkette, alle hintereinander, Marsch, Marsch, in Richtung Heimat!« befahl Ali wie auf dem Gefechtsfeld, und es sollte vermutlich nach einem Scherz klingen. Tat es aber nicht.

Wir setzten uns tatsächlich in Bewegung, einer hinter dem anderen, ich als zweiter hinter Ali, wie ich zu vermeinen glaubte. Wir stolperten durch die

Dunkelheit weiter über den Weg, der zur Kaserne führte. Wir waren jetzt deutlich schneller als zuvor zwischen Josefskapellchen und dem unbekannten Ort, an dem wir stehend Süß und dem schrecklichen Ende der Elf-Morgen-Story zugehört hatten. Die Nacht der reitenden Leichen wurde allmählich die Nacht der galoppierenden Bluejeans-Infanterie.

Wie viel Zeit verging, kann ich nicht mehr sagen. Jedenfalls wurde der vermeintliche Ali vor mir immer schneller, und mir schlugen vermehrt Äste gegen den Körper und ins Gesicht. Schließlich kämpfte ich mich nur mehr durchs Dickicht, vor mir den keuchenden Atem Alis, wie ich dachte, und hinter mir den keuchenden Rest der Truppe.

Dann der Schock. Der von mir angesprochene Ali antwortete, wie eingangs erwähnt, hinter meinem Rücken. Und meine Hand fuhr ins Leere, als sie nach dem Wesen vor mir greifen wollte. Dessen Keuchen entfernte sich. Äste knackten. Es huschte davon. Das Grauen der Nacht sprang mich mit einem Male an.

»Scheiße!« rief ich und drehte mich ruckartig um.

»Was is'n los?« rief Jason.

»Frag mich nicht, ich weiß nicht. Da ist einer. Da war einer. Vor uns. Einer, der nicht dazu gehört.«

Dann schrie ich regelrecht in Richtung der anderen: »Menschenskinder, dreht euch jetzt, dreht euch um und dann einer hinter dem anderen zurück zum Weg. Das ist nicht der Weg hier. Zurück!«

»Was?« rief einer.

»Weg hier, zurück zum Weg!« antwortete Hölscher hastig.

»So eine Kacke«, wetterte ein anderer, ich glaube, es war Manthey.

Es entstand ein Geraune und Gestolpere unter den Kameraden. Mit Angst im Nacken kämpften wir uns durch das Dickicht zurück zum Hauptweg. Da ich jetzt der letzte sein musste, schrie ich den vor mir her fliehenden Kameraden hinterher, und meine Stimme überschlug sich dabei: »Und fragt die vor und hinter euch, wer sie sind.«

Am liebsten wäre mir gewesen, wir hätten uns jetzt gegenseitig an die Hand genommen. Aber das wäre unter 19-, 20jährigen Landsern zu weit gegangen. Außerdem: Was wäre gewesen, wenn man im Dunkeln die Hand eines Skeletts ertastet oder in etwas Glibberiges oder Behaartes gepackt hätte? Auszuschließen war in dieser Nacht jedenfalls nichts.

Wir sind jetzt auf dem Hauptweg und rennen mehr, als wir gehen. Kalter Schweiß, Herzrasen, das Gefühl, da ist einer hinter dir her. Ich habe Angst, Ricki hat Angst, Ali und Hölscher haben Angst, die ganze Gruppe hat die Hosen gestrichen voll. Aber keiner wird es nachher zugeben. Dabei sind wir faktisch auf der Flucht. Rückzug auf breiter Front: Wir rennen in Richtung Kaserne.

»Wie seht ihr denn aus?« raunzt uns der Torposten an.

Er blickt auf eine siebenköpfige, dampfende Meute, die mit blutigen Kratzern an Gesicht und Händen, wirrem Haar und verschmutzten Klamotten ein jammervolles Bild abgeben muss. Der Soldat, ein Mann von unserer Stube, reicht seine Packung Marlboro in die Runde. Wir erzählen ihm von reitenden Leichen, enthaupteten Ehemännern und unserer Begegnung mit dem Phantom des Garnisonswaldes.

Der Mann versteht nur Bahnhof, bis plötzlich eine Gestalt aus dem Wald geschossen kommt, wild mit den Armen um sich rudernd und laut schimpfend. Sie kommt nicht auf dem Hauptweg, sie kommt geradewegs aus dem dichtesten Unterholz und überschlägt sich regelrecht die Böschung herab zur Kasernen-Hauptzufahrt. Dort bleibt sie liegen.

Es ist Hauptfeldwebel Hase, auch Steiner, der Mann mit dem eisernen Kreuz, genannt, weil er für einen Reifenwechsel einmal seine Schultern unter den Kotflügel eines Unimogs geschoben und diesen angehoben hatte.

Jetzt liegt der eiserne Hase völlig verschüchtert im Straßengraben und faselt etwas von Begegnung der dritten oder wievielten Art und einer wilden Verfolgungsjagd.

»Ich war in der Stadt im Kino und dann noch einen trinken. Grauslicher Film übrigens. Horror, echt Horror. Und dann, auf dem Nachhauseweg, alles ist voll-kom-men duster, sind plötzlich welche hinter mir her. Ich werd schneller, die auch. Ich mach mich vom Hauptweg und schlag mich in die Büsche. Die hinterher. Mein Gott, ich kann euch sagen.«

»Wohl die Hosen voll gehabt, was?« Rickis Frage kommt unbarmherzig.

»Und mit so was soll man nun einen Krieg gewinnen«, schickt Süß hinterher.

»Jetzt aber Schnauze, ja?« empört sich Jason. »Sonst werd ich hier mal ein Heldenepos erzählen.« Und wir trotten in Richtung der Mannschaftsunterkünfte davon.

Nächtliche Beichte

Drei Tage und drei Nächte hatten sie bei Röb gewacht, dann hatte sein Röcheln aufgehört, sein Körper hatte sich erst aufgebäumt, die Augen weit aufgerissen, dann war alles in einem einzigen Zittern zusammengebrochen. Röb war tot.

Marie ließ seine Hand in dem Augenblick los, als sie schlaff wurde. Pitter fuhr mit seiner leicht hohl geformten Hand dem Vater über die Augen. Röb schloss ein letztes Mal seine Lider.

Es war still im Zimmer, in dem sich Marie, die Frau, Pitter und Bäertes, die Söhne, Klara und Liesa, die Töchter, und die Magd Theresia aufhielten. Niemand sprach, niemand seufzte, niemand weinte. Jeder hörte seinen Atem als lautestes Geräusch. Marie klopfte der Herzschlag in den Ohren. Röb war fott!

»Jottseidank«, stöhnte Pitter, als er später alleine war im Stall, um die Kühe zu misten, zu füttern und zu melken. In dieser Reihenfolge - das hatte der Vater ihm eingetrichtert, eingebläut, eingeprügelt. Wie alles, was es auf dem Hof zu lernen galt. Stellte Pitter sich als Junge beim Melken dumm an, dann trat der Alte ihn auf der Stelle in den Hintern. Egal, wenn dabei die Milch aus dem Eimer überschwappte oder Pitter in die Scheiße flog.

Beim Misten traf ihn beim geringsten Fehler ein Schlag mit dem Stil der umgedrehten Forke. Gab Pitter der trocken stehenden statt der frisch melkenden Kuh eine Extraportion Getreidemehl als Kraftfutter, dann schleuderte der Alte ihm einen alten Stahlhelm ins Kreuz, der auf dem Hof als Getreidemaß diente.

Schläge mit der flachen Hand, mit dem eigens dafür abgeschnallten Ledergürtel, mit der Faust, mit dem Stock, mit der Hundepeitsche waren bei Röb an der Tagesordnung. Mal lief seine Frau Marie mit einem blauen Auge durchs Dorf, dann hinkte eines der Mädchen zur Kirche, weil Röb es vor die Schienbeine getreten hatte. Und Bäertes, der jüngere Sohn, war vom Vater derart misshandelt worden, dass er mit seinen sechzehn Jahren noch immer ins Bett nässte und oft genug die Hose nicht schnell genug herunterbringen konnte, wenn er zum Abort oder zum Misthaufen unterwegs war.

»Wenn Röb was passieren würde, dann wär das ein Segen«, hatte Marie einmal laut geseufzt. Und sie hatte es so gemeint, von ganzem Herzen so gemeint. Nicht wegen ihr, nein, sie war es von Anfang an gewohnt, dass er hart zupackte und riss und stieß und klammerte und wehtat zu Zeiten und Gelegenheiten, wenn andere Menschen besonders zärtlich miteinander umgehen.

Nein, es war wegen der Kinder. Er hatte sie lange genug gedemütigt und verletzt, zerschunden und geschlagen, getreten und niedergebrüllt. Röb musste fort!

Aber dann hatte Marie die Reue gepackt - nicht über die Tat, die sie nie beging. Sondern über den Gedanken allein, der so sündig war, dass sie es beichtete. Und der Pfarrer, der die Beichte hörte, der zuckte am ganzen Leibe, als er Maries Bekenntnis vernahm: »Wenn Röb was passieren würde, dann wär das ein Segen.«

»Haben Sie das denn so von Herzen gemeint, werte Frau Nelles?«

»Ja, da hab ich's so gemeint, als ich's so gesagt habe«

Wenige Wochen später war Röb krank geworden. Von einem auf den anderen Tag. Ohne erkennbaren äußeren Anlass. Bei ihm brach das Schwitzen aus. Er fieberte, fantasierte, stöhnte und schließlich röchelte er nur noch. Der Arzt aus Schleiden kam und fuhr wieder heim, ohne etwas ausrichten zu können. Die Hebamme kam und verabreichte fiebersenkende Pflanzenaufgüsse, und mit Röb ging es kurze Zeit besser.

Aber dann traf ihn der Rückfall mit voller Wucht. Und die Familie war bei ihm Tag und Nacht die letzten drei Tage und ließ keinen sonst mehr dazu. Am dritten Tag hörte sein Röcheln auf, sein Körper bäumte sich auf – und sackte in einem einzigen Zittern für immer zusammen.

Bei der Beerdigung wurde viel geschwiegen. Was sollte man Marie und den Kindern auch »Herzliches Beileid« wünschen. Alle waren froh und dankbar. Nur der Pfarrer predigte so verzückt vom seligen Paradies, dass alle in der Kirche hofften, dass Röb ausgerechnet dort nicht hingegangen sein möge. Sonst wär's dort wohl vorbei mit der ganzen Verzückung und Entrückung.

In den nächsten Wochen besserte sich das Leben auf dem Nelles-Hof zusehends. Marie erholte sich, Klara und Liesa wurden lachend gesehen, ein Anblick, den noch kein Mensch zuvor je hatte, Pitter gab seinen ewig buckelig-gebeugten Gang auf - und Bäertes machte nicht mehr ins Bett. Manchmal schien es, als habe Röb das Paradies vertrieben, dort, wo er hingegangen war, und es sei stattdessen zu seinen Leuten auf die Erde gekommen.

Doch mit derlei Dingen darf man keinen Spott treiben – nicht einmal in Gedanken, denn auch Gedanken sind Sünden. Besonders Gedanken, dass es besser wäre, wenn der eigene Mann nicht mehr da wäre. Denn dieser fatale Stoßseufzer, den Marie dem Pfarrer unter Reue und Vorsatz eingestanden hatte, verließ irgendwie die Schranken des Beichtstuhls. Der Seufzer, den Marie getan und dem Pfarrer wiederholt hatte, gelangte über Berge und Täler, zum Polizeiposten in Gemünd - und weiter bis zum Staatsanwalt in Aachen. Marie kam ins Gefängnis, dann vor Gericht und schließlich aufs Schafott.

Zu Unrecht übrigens. Denn ob Marie oder einer der Ihren dem Ableben ihres Haustyrannen nun durch die wohldosierte Beigabe in der Eifel natürlicherweise vorkommender Substanzen nachgeholfen haben oder aber nicht, das haben die staatlichen Organe nie herausbekommen. Auch nicht unter Androhung übelster Gewalt. Darüber konnten Marie, Pitter, Bäertes, Liesa und Klara sowie die Magd Theresia nur müde lächeln. Sie hatten alle Folter und Drangsal, den Kerker und die Angst längst hinter sich gelassen, als sie ins Gefängnis eingeliefert wurden.

Wie es letztlich juristisch zu begründen war, dass man sich aus der Masse der Verdächtigen ausgerechnet Marie griff, um sie zum Tode zu verurteilen, lässt sich kaum nachvollziehen. Vielleicht war es ihr Seufzer, der auf so geheimnisvolle Weise den Beichtstuhl verließ.

Maries Pfarrer und Beichtvater beteuerte beharrlich, von ihm wisse niemand nichts. Er habe das Beichtgeheimnis nie und nimmer nicht gebrochen oder werde es jemals brechen. Doch von dem Tag an, an dessen Morgen Marie im Aachener Polizeigefängnis mit dem Fallbeil vom Leben zum Tode gebracht wurde, verschlug es dem Pfarrer die Sprache. Und zwar gänzlich. Er verriet nichts mehr, nie mehr, er beteuerte seither nichts mehr, predigte nicht mehr davon, wie und was das Paradies sei. Nicht einmal ein Seufzer kam mehr über seine Lippen. Und die rechte Hand, mit der er zu schreiben pflegte, versagte ihm obendrein noch den Dienst, sodass er nicht einmal schriftliche Mitteilungen zu machen in der Lage war.

So kam es, dass niemand sein wildes Gestikulieren, seine angstvoll aufgerissenen Augen, sein Kopfschütteln, sein im Kreis Umherlaufen und seine krampfhaften Muskelzuckungen zu deuten vermochte. Mochte ihn der Schlag getroffen haben, dachten die Leute, niemand konnte ihm helfen.

Dabei wollte er sie mit seinem wilden Veitstanz, da er nicht reden und nicht schreiben konnte, nur darauf aufmerksam machen, dass sich des Nachts im Pfarrhaus und in der Kirche ungeheuerliche Dinge abspielten. Jede Nacht um Punkt zwölf Uhr nämlich wurde der arme Pfarrer seit Maries Hinrichtung von einem herzzerreißenden Schmerzensseufzer aus dem Schlaf gerissen. Blickte er dann auf Kommode und Waschtisch, dann stand genau dazwischen Maries Körper im langen schwarzen Kleid, weißen Aufschlägen an Hals und Ärmeln, hochgeschnürten Schuhen, die Handtasche über dem einen Arm und mit dem anderen auf ihn zeigend und ihn mit dem Zeigefinger heranwinkend. Nur, Maries Gestalt, die gerade so aussah, als wäre sie zum Kirchgang gerichtet, fehlte – der Kopf.

Wie gerne hätte der Pfarrer laut aufgeschrien, doch seine Zunge zuckte nur wie im Krampf, und es kam kein Ton über seine Lippen. Seine Finger krallten sich ins Bettlaken, krampfhaft schloss er die Augen, um den Anblick des enthaupteten Körpers nicht länger ertragen zu müssen. In solchen Situationen – also wenn der Pfarrer nicht mehr hinsehen wollte – baute sich plötzlich Röb aus dem Nichts neben seinem Bett auf, schlug ihn mit dem Stock so lange auf den Bauch und vor die Stirn, bis er die Augen wieder öffnete und hinsah. Wobei Röb dann eindringlich auf ihn einredete: »Pfarrer, meine Marie hat mir nichts getan, meine Kinder haben mir kein Gift gegeben.«

Dann trieb Röb den Pfarrer im Nachthemd vor sich her, die knarrende Treppe des Pfarrhauses hinunter, quer über den Kirchhof zur Kirche und in deren Innerem schließlich bis zum Beichtstuhl, aus dem es bläulich-hell herausstrahlte und in dessen Mittelteil, wo sonst der Beichtvater zu sitzen pflegt, auf samtenem Kissen der ledige Kopf Maries ruhte.

Und der sagte zum Pfarrer: »Auf die Knie und die Sünden bereut, besonders die, die Du nur in Gedanken begingst!« Und dann konnte der Pfarrer plötzlich reden – und er redete, redete, redete. Er beichtete alle begangenen Sünden und die, die ihn nur in der Fantasie bewegt hatten. Zu letzteren zählte das Gelüst, ausgerechnet mit der Marie, da sie noch lebte und vor allem, als sie noch jünger war, Dinge zu tun, die sich für seinen Stand nicht geziemten und die ihn dennoch, da er ein Mann aus Fleisch und Blut war, in Wallung zu bringen vermochten. Und er beichtete Maries Haupt die tatsächlich begangene Sünde, dass er zwar das Beichtgeheimnis nicht gebrochen, wie er betonte, dem Gendarmerieposten in Gemünd, den er gut kennt, aber Mitteilung von seinem persönlichen Eindruck gemacht hätte, Marie habe sich des gewalttätigen Röb entledigt. Vielleicht hatte er sogar gesagt, räumte der Pfarrer ein, er habe Anhaltspunkte dafür, dass das so sei.

Um ein Uhr war die Beichte vorbei, das gleißende Licht verlosch, der Kopf Maries verschwand vom samtenen Kissen, Röb löste sich mit einem Mal in Rauch auf – und der Pfarrer kniete allein im Beichtstuhl – und war wieder stumm wie alle Tage. Wie gerne hätte er allen gesagt, dass Röb eines natürlichen Todes gestorben war. Wie gerne wäre er nach Aachen ans Gericht gefahren und hätte alles klargestellt. Wie gerne hätte er des Sonntags gepredigt, dass der Gedanke an den Tod eines anderen noch kein Mord ist. Wie gerne hätte er seinen Schäflein auf den Weg gegeben, dass Gott barmherzig ist. Und kein kleinkarierter Erbsen- und Sündenzähler. Wie gerne hätte er davon gesprochen, dass Reue und Vorsatz jede Sünde so gründlich zu tilgen vermögen, als sei sie nie begangen worden.

Die Barmherzigkeit ereilte aber auch unseren Pfarrer. Die Gesichte hörten so schlagartig auf, wie der Spuk in der Nacht nach der Hinrichtung begonnen hatte. Marie und Röb blieben fortan unsichtbar und waren, wie der Pfarrer vermutete, in Frieden da eingekehrt, wo sie hingehörten. Frieden fand schließlich auch er, obwohl er niemals die Sprache wiedererlangte. Dafür gab sein rechter zitternder Arm nach und nach Ruhe – und eines Tages konnte der alte Pfarrer wieder zur Feder greifen und alles niederschreiben.

Den Namen der Pfarrkirche hat er weggelassen, ebenso den des Eifeldorfes, in dem sich das alles zugetragen hat – nicht einmal seinen eigenen Namen hat der Pfarrer überliefert. Er hat seine Lebensbeichte in einem Briefumschlag verschlossen – und diesen in einem Pfarrhaus hinterlegt. Auf den Briefumschlag hat er einen Namen geschrieben. Es war der meine, der ich noch lange nicht geboren war, als unser Pfarrer für immer ging – zu Marie, und vielleicht auch zu Röb.

Sechs Zehen

Willi Paffendorf hatte eine große Herde. Man sagte, er wisse gar nicht genau, wie viele Schafe und Lämmer er so Tag für Tag zum Weiden über die Bleibuirer Heide führe. Waren es dreihundert oder dreihundertfünfzig? Tatsächlich merkte er nicht, als über Nacht ein Tier verschwand. In der Nacht darauf waren es zwei, vierundzwanzig Stunden später vier, dann acht. Und die Herde schien immer noch nicht kleiner. Hätte nicht am Morgen des fünften Tages die schwarze Altmutter mit der Blesse gefehlt, Paffendorf hätte nicht einmal nachgezählt.

Beim Zählen, das war so eine Sache, kam Willi Paffendorf nicht wirklich weiter. Nicht weiter als – sagen wir – fünfzig, dann hatten sich die weidenden Tiere, ihre Köpfe am Boden, wieder so über die weite Heidefläche geschoben, dass nichts war wie vorher und Paffendorf wieder von vorne beginnen musste. Nach dem siebten Versuch gab er es auf. Aber da war ihm schon eine Ahnung gekommen, dass ein ganz bestimmtes Tier fehlte. Das schwarze Schaf fehlte, das schwarze Alttier mit der Blesse.

Natürlich gab es in einer so großen Herde mehr als nur ein schwarzes Schaf. Aber es gab nur eines mit einer weißen Blesse. Molly hieß das Alttier, und es war eines der ganz wenigen, das Paffendorf für würdig befunden hatte, es mit einem eigenem Namen auszustatten. Paffendorf war plötzlich sicher, dass sich Molly nicht mehr unter dem Meer von Schafrücken befand, das sich da über die dunkler werdende Bleibuirer Heide schob.

»Todsicher«, sagte Halffe Pitter, ein Bauer, der am Abend aus dem Wald auf die Heide getreten war, langsam, aber zielstrebig auf Willi Paffendorf und seine Herde zugegangen war und schließlich vor ihm stehen blieb. Er hatte den ganzen Tag Holz gerückt und führte seinen schweißtriefenden Ackergaul, den »Lohr«, nun an langer Leine aus dem Wald über die Heide dem Dorf zu. Bei Willi Paffendorf machte er Halt.

»Ich bin sicher«, wiederholte Halffe Pitter: »Todsicher sozusagen.«

Der Bauer kannte Paffendorfs Schafe noch viel weniger als der Schäfer selbst, aber die Schwarze mit der weißen Blesse war ihm aufgefallen. Sie war schon lange genug dabei und dabei ganz anders als alle anderen.Am Morgen, als er in den Wald zum Rücken gekommen sei, erzählte der Bauer, unweit des Berger Bachs, es habe noch Nebel über dem Boden gelegen, habe er sie gesehen. Und er habe sich gleich gewundert, was ein Schaf so tief im Wald zu suchen habe.

»Ein einzelnes Schaf?«, fragte Paffendorf.

»Ich habe jedenfalls kein zweites gesehen. Als ich näher kam allerdings, da habe ich was gesehen.«

»Was?«

»Die Blesse! Ich habe die Blesse erkannt und dass es ein schwarzes Tier war, kein helles.«

»Ich verstehe das nicht.«

Paffendorf sah zu Boden und schüttelte den Kopf. Eigentlich ließen seine Hütehunde kein Schaf aus der Herde. Tagsüber nicht, wenn sie zogen, nachts aber schon gar nicht, wenn die Herde zwischen Holzgattern eingepfercht stand und die Hunde draußen Wache lagen.

»Und wenn die Schwarze mit der Blesse schon tagsüber ausgebüchst ist, als du am Waldrand gehütet hast?«, fragte der Bauer.

Paffendorf sah ihm ins Gesicht: »Wie sollte sie? Du weißt doch: Meine Hunde passen auf, die sind scharf hinter denen her, die sich absondern.« Und nach einer Pause: »Und sonst? Ich meine im Wald, hast du da noch was gesehen?«

Halffe Pitter schüttelte den Kopf, aber nicht so energisch, wie das seine Art war.

»Hast du sonst was ... gefunden? Hast du was gefunden?« Hastig sah der Bauer auf, sah Paffendorf flüchtig in die Augen und antwortete hastig: »Ja. Wolle. Wolle habe ich gefunden.« Und nach einer Pause: »Weiße! Es war helle Wolle, keine dunkle. Helle Wolle mit Blut dran.«

Beide schwiegen eine Zeit lang und aus dem beredsamen Schweigen heraus ergriff der Schäfer als Erster das Wort: »Meinst du?« Er sprach nicht zu Ende. »Wer weiß?«

»Du meinst, es könnte sein, dass sie wiedergekommen sind?« Halffe Pitter gab sich unwirsch: »Was weiß ich?« Doch nach einer Zeit hob er den gesenkten Kopf, sah Paffendorf an und nickte schwach. »Ich habe Spuren gesehen.«

»Du hast Spuren gesehen?«

»Alte Spuren, vielleicht eine Woche alt. Und sie waren nicht mehr deutlich, ich bin mir nicht sicher.«

Der Schäfer besann sich einen Augenblick, atmete schwerer als sonst, dann brachte er das Wort über die Lippen: »Wölfe?« Der Bauer schüttelte den Kopf. »Keine Wölfe, Willi, ich fürchte nein, keine Wölfe.«

Der Schäfer platzte heraus: »Du fürchtest, es waren keine Wölfe. Sag, spinnst du jetzt, das sagst du einem Schäfer?« Plötzlich hielt Willi Paffendorf inne. »Keine Wölfe?«

Ihm kam ein furchtbarer Gedanke. Wie aus der Pistole geschossen, fragte er den Bauern: »Sechs statt fünf?«

Der Schäfer sah Halffe Pitter direkt in die Augen. Der Bauer senkte den Blick. Und, nach einer Pause, nickte er – und es war wiederum kaum zu sehen, dass er nickte.

»Sechs, aber ich bin mir nicht sicher. Vielleicht waren es auch nur fünf.«

Ohne ein weiteres Wort zupfte der Bauer an der Leine, und das schwere Rückepferd setzte sich in Bewegung. Richtung Dorf, Richtung Stall, Richtung Wirtshaus. Schnell verschwanden Pferd und Fuhrmann hinter dem nächsten Hügel. Unten im Dorf läutete die Abendglocke. Das Angelus wurde geläutet – und die Leute in den Häusern beteten: »Der Engel des Herrn brachte Maria die Botschaft ...«

Halffe Pitter würde nicht geradewegs zu seinem Hof gehen, er würde an der Kirche Halt machen. Er brauchte einen Schluck. Es würden fünf, sechs Schlucke werden. Erst in der Nacht würde er heimkommen und den Lohr abschirren, der bis dahin vor dem Wirtshaus warten musste. Morgen war Sonntag. Er würde nicht in den Wald gehen. Am Sonntag nicht. Er nicht ...

Willi Paffendorf stand allein bei der Herde. Eigentlich hätte er die Hunde längst anweisen sollen, die Herde in den Pferch zu treiben. Aber er war in Gedanken: »Sechs statt fünf. Sechs Zehen am Fuß, sechs Krallen an der Tatze, das machte bei einem Vierbeiner vierundzwanzig, bei einem Zweibeiner aber insgesamt sechs, rechts fünf - und links gar nix, nur ein Zeh, eine Art Zeh ...«

* * *

An dieser Stelle ist es angebracht, eine Klammer aufzumachen. Eine Klammer, in der von Dingen die Rede sein muss, die Willi Paffendorf und Halffe Pitter und allen Bleibuirern und sonstigen Dörflern am Nordrand des heutigen Nationalparks Eifel seit Generationen bekannt sind. Bekannt, nicht vertraut. Denn es sind Dinge, die sich zwischen Himmel und Erde und jenem Ort abspielen, den man in Ermangelung genauer geographischer wie theologischer Kenntnisse gemeinhin verschweigt.

Doch das Schweigen der Eifeler hilft nichts, bis auf den heutigen Tag nicht: Denn die Vertreter jenes Ortes pflegen sich zuweilen auch oberhalb oder, sagen wir besser, außerhalb dieses seit alters her für sie bestimmten Ortes aufzuhalten. Hin und wieder. Manchmal geht es ein paar Jahre lang gut, manchmal zwei, drei Jahrzehnte. Aber dann, plötzlich, über Nacht, sind sie wieder da.

Eine Kuh, die gestern noch gesund und munter zu sein schien, liegt des Morgens mit aufgedunsenem Bauch und gequollenen Augen auf der Weide. Ein Kind kriegt Krämpfe und stirbt, ein anderes die Fallsucht und wird nicht mehr gut. Die Kartoffeln welken vor der Zeit, Frauen werden mannstoll, Schafe verschwinden aus gut bewachten Herden ...

Und noch eine Sache muss hier zur Sprache gebracht werden, über die die Eifeler lieber schweigen und die dabei fast in Vergessenheit geraten wäre. Es ist die Sache mit den Templern, und sie steht im engen Zusammenhang mit allem, was bis jetzt gesagt worden ist. Zwischen Bleibuir und Voißel auf der Bleibuirer Heide, die heute von Wald bedeckt ist und zum Nationalpark Eifel gehört, stand früher ein wehrhafter Hof, eine Burg, wie der Volksmund sagt. Sie hieß die Hahnenburg.

Sie gehörte einem alten Geschlecht, das so alt war, dass sogar sein Name in Vergessenheit geraten ist. Zur Zeit der Kreuzzüge nun schloss sich der Burgherr den Tempelrittern an. Aus dem Heiligen Land brachte dieser Ritterorden, wie wir heute wissen, den Heiligen Gral mit, also jenen Kelch, in dem einer alten Legende zufolge nach der Kreuzigung das Blut aus Christi Seite aufgefangen wurde.

Hunde spielen in der Gruselgeschichte »Sechs Zehen« eine Rolle, allerdings sind sie bedeutend größer als diese Exemplare, die bei den »Tagen nach der Ernte« im LVR-Freilichtmuseum Kommern mit ihrem Frauchen gemeinsam auf einem strohbeladenen Ackerwagen spazieren fuhren. Archivfoto: Agentur ProfiPress

Wohin die Templer, denen man einen dunklen mythischen Kult mit Menschen-, Blut- und Kinderopfern nachsagt, diesen Gral gebracht haben, ist bis heute unklar. Die einen sagen, sie versteckten ihn in einer Höhle auf dem spanischen Festland, andere vermuten ihn auf den Balearen, wieder andere auf Zypern. Manche zweifeln sogar daran, dass es ihn überhaupt einmal gegeben hat, diesen Heiligen Gral.

Tatsache ist, dass die Tempelritter aus Jerusalem nicht nur heilige Gegenstände mit fortnahmen, sondern auch eine unvorstellbare Menge irdischer Reichtümer. Sie häuften, um es mit der Sprache der Bibel zu sagen, Schätze an auf Erden, wo sie sprichwörtlich die Motten und der Rost zerfraßen. Tatsächlich waren es die Neider und geldgierigen Adelsgenossen, die die Burgen der Tempelherrn angriffen und eroberten.

Jene, die die Templer ob ihrer angeblich unchristlich gewordenen Mystik folterten, töteten und verbrannten und mit ihnen ihre Frauen und ihre Kinder, ihr Gesinde und ihre Schlösser. Nur ihre Schätze nicht, nicht ihr Gold und ihr Silber, ihre Edelsteine, kostbare Tuche und Waffen. Dies alles schleppten die kirchentreuen Kriegsknechte fort von den Burgen und Schlössern eines untergehenden Ritterordens ...

Auch dem Templer von der Hahnenburg erging es nach seiner Rückkehr vom Kreuzzug in die Eifel nicht anders. Er hatte für den Papst im Heiligen Land die Kohlen aus dem Feuer holen wollen – hatte er geglaubt –, und nun griffen die »Päpstlichen« ihn an, so nannte sich ein Bündnis seiner eigenen Adelsgenossen aus der Eifel, das sich anschickte, von Manderscheid-Schleiden, Kall-Heistert und Haus Rath bei Mechernich aus auf die Hahnenburg vorzurücken und sie zu schleifen.

* * *

Willi Paffendorf machte sich am Sonntagmorgen beizeiten in den Wald auf. Rasch erreichte er die von Halffe Pitter bezeichnete Stelle, an der Molly gesichtet worden war. Die Stelle lag in der Nähe jenes Hügels, auf dem einst die Hahnenburg gestanden hatte. Weit und breit war nichts zu sehen als Wald. Darin ein Bachbett auf einer Lichtung.

Der Schäfer untersuchte die Spuren. Zunächst fand er nur die Abdrücke gespaltener Hufe. So sehen Klauen von Schafen aus, dachte er. Dann aber, etwas abseits des kleinen Bachlaufs, an dem Halffe Pitter das schwarze Altschaf mit der Blesse gesehen hatte, fand er andere Spuren. Spuren, die eindeutig einem Fleischfresser, Spuren, die ganz klar einem Raubtier zuzuordnen waren. Die Frage, die sich Paffendorf stellte, nachdem er die Abdrücke genauer untersucht hatte, war die: Sind das Hundespuren oder sind das Wolfsspuren? Oder sind es solche, wie sie denen gehören, über die man nicht gerne spricht und bei denen die Zahl der Krallen, wenn auch nicht beträchtlich, so doch entscheidend von der Norm abweicht ...

Paffendorf untersuchte die Abdrücke wieder und wieder und so genau er nur konnte. Aber im Ergebnis musste er schließlich dem Recht geben, was auch der Bauer gesagt hatte: Die Spuren waren zu alt, nicht mehr frisch genug, und außerdem war das Tier oder das Wesen oder was es auch immer war, dem es gehörte, hier in der Böschung des Bachbetts leicht geglitten, und man konnte nicht mehr mit der erforderlichen Sicherheit sagen, ob es sich nun um fünf oder sechs Krallen pro Fuß handelte.

Willi Paffendorf richtete sich aus der Hocke wieder auf und blickte um sich. Er fühlte sich beobachtet. Es war ihm, als lauerten irgendwo ein paar Augen im Dickicht, das die Lichtung hier am Bach umgab. Er hielt den Atem an und lauschte: Nichts. Gar nichts. Kein Knacken, kein Hecheln, kein Laut. Nicht einmal Vogelgezwitscher.

Genau das kam ihm verdächtig vor. Kein Vogelgezwitscher, obwohl das sonst immer und überall im Wald zu hören war. Ein stummer Wald war ihm fremd. Im Wald war es nie still.

Paffendorf nahm einen Stein auf und warf ihn ins Unterholz. Nichts. Gar nichts geschah. Nicht, dass er einen Treffer erwartet hätte, einen Aufschrei oder ein fliehendes Tier. Aber doch wenigstens den Aufprall: Er hätte gerne die Geräusche gehört, die ein Stein verursacht, wenn er im hohen Bogen ins Dickicht geschleudert wird. Doch es geschah nichts, absolut nichts, was man mit den Ohren hätte wahrnehmen können.

Paffendorf nahm einen zweiten Stein auf und schleuderte ihn hinterher. Wieder nichts. Auch ein Dritter verschwand ohne Geräusch im Unterholz.

»Do schuddert et Dich« – Grauenvolles Land

Der Schäfer tastete sich langsam die Böschung vom Bachbett herauf. Und er achtete ganz genau darauf, ob seine Füße dabei scharrten, ob es Geräusche verursachte, wenn sich seine Stiefelspitzen in den Kies bohrten, oder ob der Ast, an dem er sich hochgezogen hatte, geräuschvoll in seine ursprüngliche Position zurückgeschnellt wäre. Nichts. Kein Geräusch. Absolut nichts.

Oben, am Weg, den er gekommen war, orientierte er sich: Keine fünfhundert Meter. Es war kein halber Kilometer bis zur Ruine der Hahnenburg.

* * *

Wie sie die Hahnenburg damals geschleift hatten, wie der Ritter zu Tode kam, seine Frau geschändet und schließlich erdrosselt wurde, wie die Kinder im Burggraben ertränkt und versenkt und das Vieh geschlachtet und verteilt wurden, darüber kursieren Sagen und Legenden in der Eifel. Aber diese Geschichten verschweigen Details. Die Ammen und Mütter, Tanten und alten Männer, die

die unglückselige Geschichte durch die Jahrhunderte transportierten, haben nur einem Umstand eine ganz besondere Bedeutung beigemessen, dem Ende des Templers. Seinem Sterben.

Bei diesen Kämpfern bei den Satzveyer Ritterspielen handelt es sich nicht um Templer.
Archivfoto: Agentur ProfiPress

Dreißig Tage wurde die Burg belagert, heißt es. Als die Knechte einen Ausfall machten, wurden sie alle niedergemacht. Nur der Meister überlebte und kehrte zum Schloss zurück. Am Eingang, direkt an der Zugbrücke, baute er sich auf, links seine Bluthunde an zerrenden Ketten, rechts den schwingenden Morgenstern umklammert. So erwartete er seine Verfolger – und die Legende will, dass ein Gewitter herrschte in jener Nacht.

Das Bild hat sich eingeprägt, es hat sich Generationen von Eifeler Kindern eingeprägt: Der Templer leibhaftig vor ihren geistigen Augen, wie er mit seinen zerrenden Bluthunden auf der Brücke steht, seine Feinde mit dem kreisenden Morgenstern bedroht und wie ihn dabei die Blitze umzucken und die Szene abwechselnd in grelles Licht und tiefe Dunkelheit tauchen.

Und die Kinder, wenn sie das Geschilderte hören und sehen in ihren Köpfen und in ihrer Fantasie, dann können sie nicht mehr wirklich hören. Sie können den grollenden Donner nicht über die Berge rollen hören, der die zuckenden Blitze begleitet, die dem Templer um den Kopf und das blutverschmierte Haar zucken. Sie können den Sturm nicht vernehmen, der in jener Nacht wehte und der die Schreie der geschändeten Frauen verschluckte statt ihr Wimmern und Flehen und das Kreischen der gequälten Kinder über die Wipfel und Täler und Hügel zu tragen.

Sie hören nichts, die Kinder, die diese Geschichte hören. Ebenso wenig wie die Angreifer in dieser Nacht, als sie sich der Hahnenburg und dem einsamen Templer auf der Zugbrücke näherten. Sie schrien wohl und gestikulierten wild, doch ihre Bewegungen erlahmten immer mehr, und die Töne und hingehechelten Worte, die sich ihren Mündern entrangen, zogen sich länger und wurden gedehnt und gedehnter. Man verstand nichts mehr, sein eigenes Wort nicht mehr. Und die Bewegungen froren schließlich ganz ein. Die Meute der Angreifer stand völlig bewegungslos vor der Brücke, die Hände und Waffen emporgerissen, die Münder offen, Beine und Arme wie mitten im Lauf angehalten, erfroren, erstarrt, unbeweglich vor der Burg, vor der Brücke, vor dem Templer. Kein Geräusch mehr und keine Bewegung.

* * *

Willi Paffendorf hatte sich oben am Weg oberhalb des Bachbetts mit Mollys Spuren entschieden. Er wollte nicht nach Osten, zurück in Richtung Heide, in Richtung Dorf. Er hatte sich für den Weg nach Westen entschieden, tiefer in den Wald hinein. Noch fünfhundert Meter wenigstens. Dort lagen die Reste der Burg.

Er war schon oft da gewesen, es gab dort nichts Besonderes auf den ersten Blick. Ein Trümmerfeld aus lauter Steinen, kaum mal das Fragment einer Mauer, vielleicht eine Ahnung von Fundament, Wurzeln darüber und Gras. Alles dicht bewachsen und von Moos und Farnen überwuchert, Eidechsen und Spinnen zwischen den Steinen.

Nur der Burggraben war noch zu erkennen an der Vertiefung im Gelände und der frühere Standort der Zugbrücke an jener Stelle, die die Vertiefung unterbrach.

* * *

Auf dieser Zugbrücke hatte der Templer gestanden, die Bluthunde an Ketten und den Morgenstern hoch über dem Kopf geschwungen, als sich seine Angreifer näherten und die Blitze zuckten und der Donner über die Berge rollte. Und wie auf einmal – so wollte es die alte Legende – während die angreifenden Manderscheider, Heisterter und Rather Soldaten ihn gerade ergreifen wollten, der Blitz vom Himmel fuhr, mitten in den Helm des Templers hinein: Da fehlte plötzlich jedes Geräusch.

Kein Donner begleitete den gewaltigen Blitz, kein Schrei entrang sich der Kehle des Templers, die Münder der Bluthunde schnappten auf und zu und immer wieder, ohne dass auch nur ein einziges Bellen oder Knurren oder Jaulen zu vernehmen gewesen wäre. In dem Augenblick aber, in dem der Templer starb und alles, die ganze zum Bild erstarrte Masse der Angreifer, wortlos und starr zu Boden stürzte, da wurde es still. Als seien mit seiner Seele, der Seele des Tempelritters, alle Geräusche abgezogen. Alles, was Klang hatte, schien der Templer mit in die andere Welt zu nehmen.

* * *

Willi Paffendorf kannte die Geschichte. Aber er kannte auch diesen Ort, und er war ihm vertraut. Noch nie hatte er bemerkt, dass dort die Geräusche wegblieben. Jetzt aber war es tatsächlich völlig ruhig. Auch die Schritte, die er auf das Trümmerfeld aus Steinen zu setzte, aus denen einst die Hahnenburg zusammengesetzt war, diese Schritte nun, sie verursachten keinerlei Geräusch. Oder war es das Moos, welches das Auftreten seiner Füße so abfederte und dämpfte?

Andererseits: Die Blätter kräuselten sich, und die Äste wogten leicht hin und her, als ob eine leichte Brise sie bewege.

An der Stelle, wo die Vertiefung von den Trümmern der ehemaligen Zugbrücke unterbrochen war, erblickte Paffendorf ein Schaf. Sein Schaf. Es war die Schwarze mit der weißen Blesse. Es war Molly, die da stand. Ungefähr da,

Sie hören nichts und ahnten nichts, die Angreifer, die sich in dieser feurigen Gewitternacht der Hahnenburg näherten ... Eine Szene von den Satzveyer Ritterspielen.
Archivfoto: Agentur ProfiPress

stellte sich Paffendorf vor, wo einst der Tempelherr mit seinen Bluthunden in Abwehrstellung gegangen war.

Sie bewegte sich nicht, spitzte die Ohren und spannte, als sie ihn sah, die Muskeln ihres Brustkorbes an, um zu blöken. Ihr Maul öffnete sich, die Zunge vibrierte und schlug sabbernd gegen den Gaumen, das alles ganz langsam, wie in Zeitlupe, es waren die unmerklichen Bewegungen des Blökens, die Willi Paffendorf so gut kannte und die ihm tausendfach vertraut waren. Aber hier und jetzt blieb das Blöken aus. Ihm kam kein Laut zu Ohren, als das Schaf so energisch zu ihm rüber blökte, dass er sogar das Zittern der Unterhaut am Hals wahrnehmen konnte.

Paffendorf wollte sein Schaf jetzt seinerseits rufen. Molly formten seine Lippen, und er schloss sie, um das M zu bilden, öffnete sie kreisrund wie zum O, presste seine Zunge gegen den Gaumen wie zum Doppel-L und atmete schließlich heftig aus dem Kehlkopf heraus, um das Y erklingen zu lassen. Er stieß es gleichsam hervor, das Wort, den Namen Molly, aber er hörte nichts. Alles in ihm sprach, und doch kam nichts zur Sprache. Der Schäfer rief sein Schaf – und blieb doch stumm. Nicht starr, aber stumm und still.

Schon wollte Willi Paffendorf, unleidig wie im Traum, sich selber kneifen, ob seiner Ohnmacht davonlaufen, aber er ahnte, dass ihm die Beine versagen würden oder er zumindest kaum von der Stelle käme, als von links her, aus dem Innenhof der früheren Burg, zwei Schatten auftauchten. Schatten mit vier Beinen. Sie rannten, jeden Muskel gespannt, die Füße galoppierten wie Trommelschlegel auf den Boden, ohne Geräusch, und doch schoben sich die Körper kaum von der Stelle.

Er sah offene Mäuler, bleckende Zähne, heraushängende Zungen. Und die Schatten hasteten auf das Schaf zu. Wölfe, dachte Paffendorf. Das mussten Wölfe sein. Fünf Krallen, diese Schatten mussten fünf Krallen haben.

Dann erkannte er an den Hälsen der Schatten Ketten, Reste von Ketten, nur einige wenige Glieder, als seien sie abgehackt worden. Und sie schlugen beim Lauf auf die Rücken der Schatten, und die Köpfe schnellten zuweilen nach hinten, als wollten sie die Ketten im Laufen beißen, abbeißen, abreißen, als verursachten die Reste den Schatten körperliche Schmerzen, als zucke Hitze durch sie, die Kraft und Qual von tausend Sonnen.

Da wusste Paffendorf: Es waren keine Wölfe.

In dem Augenblick, als die Schatten beim Schaf waren, es packen und reißen und wohl zu zerfleischen drohten, genau in diesem Augenblick schlug er die Augen auf.

Die Sonne stand am Himmel, und das Licht war so bezaubernd und unwirklich, wie es nur nach einer durchzechten Nacht sein kann. Halffe Pitter stand auf aus seinem Rausch. Es war Montagmorgen. Der Hahn krähte. Ganz laut, unüberhörbar, triumphierend fast über die vergangene Nacht, den versoffenen Samstag, den herumgelungerten Sonntag. Kikeriki, ganz laut und deutlich. Und er freute sich.

Montagmorgen. Halffe Pitter schirrte seinen Lohr an, erst Kummet, dann Bauchgurt, dann Hintergeschirr, zuletzt Kopfstück und Zupfleine. Er schnallte den Hafersack auf den Karrensattel, seine Butterbrottasche in den Rucksack. Dann zupfte er an der Leine, winkte seiner Frau, die im Hof Kartoffeln schälte, und Gaul und Fuhrmann setzten sich in Bewegung.

Als sie über die Bleibuirer Heide kamen, winkte Paffendorf schon von weitem. Halffe Pitter machte einen Umweg zum Schäfer, dessen Herde seit dem Samstag ein gutes Stück weitergezogen war.

»Und?«

»Ich hab' die Schwarze mit der Blesse wiedergefunden! Sie war im Wald mit den anderen«, sagte der Schäfer: »Sind wohl zusammen ausgebüchst. Nur eins fehlt. Ich hab Wolle gefunden. Sie war blutig.«

»Wölfe?«, fragte Halffe Pitter.

Willi Paffendorf schüttelte den Kopf. Leise fügte er hinzu: »Ich hab auch Spuren gefunden. Füße, Tatzen. Sie sind wieder da. Es gibt keinen Zweifel, leeve Pitter: sechs, es sind eindeutig sechs!«

* * *

Neunhundert Jahre übrigens blieben die Tempelritter untergetaucht, eine geheime Kaste, die sich vor den Nachstellungen der Welt und den Nachstellungen der Kirche zu fürchten hatte. Verfolgt, missachtet, verkannt, als satanische Mystikerkongregation abgetan. Heute sind sie wieder da. Und zwar da, wo sie jeder sehen kann: Als gemeinnütziger, nächstenliebender und karitativer Laienorden. Ihr deutsches Generalkonsulat befindet sich in jener Stadt, die wie kaum eine andere durch die Jahrhunderte mit Eifelern angefüllt wurde, dass es für eine eigene Eifeler Großstadt gereicht hätte: Der deutsche Hauptsitz der Templer befindet sich in Köln.

Elfenbein

Sie kennen diese Geschichten, die vom Vater auf den Sohn übergehen? Eigentlich noch häufiger vom Großvater auf den Enkelsohn, seltener von der Oma auf die Enkelin. Denn die Sorte Geschichten, die ich meine, sind zu schlimm für Mädchen. Zu brutal, zu gefährlich!

Die folgende Story hat mir mein Vater erzählt und der wiederum kannte sie von seinem Großvater. Es ist eine wahre Geschichte. Absolut schauerlich, furchtbar, grauenhaft, viel zu belastend, um sie an einem Abend wie diesem zu lesen …

Natürlich ist die Sache lange her. Mindestens 300 Jahre. Sie spielt auf einem Eifelschloss, davon gibt es genug in der Gegend und sein Name tut nichts zur Sache. Der Großvater meines Vaters kannte den Namen des Schlosses noch, danach ist er in Vergessenheit geraten. Alte Mauern und nix dahinter, Schall und Rauch, verfallen, zernagt vom Zahn der Zeit.

Das Schloss befand sich da, wo heute der der Nationalpark Eifel liegt, in der Nähe des Kermeterwaldes, am Beipert. Weit und breit sind da keine Mauern mehr zu sehen, geschweige denn Türme, Tore oder was in der Art. Nur in der Nacht, bei Vollmond, da hört man Hände klatschen und Gläser klirren, Tanzmusik, ein Menuett am Spinett.

Das Schloss im Beipert ist untergegangen. Aus gutem Grund, heißt es. Zum einen, weil es in einem trockengelegten Sumpfgebiet lag, und als die Drainagerohre mit den Jahren verstopften, weil sich keiner mehr darum kümmerte, da stieg der Wasserpegel wieder an und versenkte als erstes die Kellergewölbe. Der Rest stürzte nach, auch benutzten die Dorfbewohner das zerfallende Schloss als Steinbruch, wenn neugebaut wurde oder etwas beizuflicken war.

Zum andern seien Schloss und Schlossbewohner einem traurigen Schicksal anheimgefallen, weil man dort einen Blinden beim Teilen der Erbschaft betrogen hat, hieß es weiter. Es gab soviel Silber zu verteilen, dass man es mit dem Scheffel tat. Becherweise wurden die Münzen abgemessen und verteilt. Und dem Blinden hielten sie den Becher verkehrt herum hin, und er tastete und sagte, er sei zufrieden, obwohl er in dem schmalen Bord über dem Boden nur wenige Münzen abbekommen hatte.

Später hatte der Blinde aufbegehrt, aber da war es zu spät. Er hatte genickt und »Ja« gesagt. Und alle anderen bezeugten, dass er abgefunden, beerbt und zufrieden war.

Doch der Betrug gedieh nicht, darauf legte mein Vater Wert, wenn er die Geschichte erzählte. Das Geschlecht der Grafen von Hodamond ist dem Namen nach ausgestorben, ihre Familie vom Erdboden dieser Eifelecke verschwunden, kein Andenken, kein Schloss mehr, nur ein paar Weiden, die Beipert heißen, weil man hier in der Steigung des Eisenweges zur Schmelze in Gemünd hin den Erzwagen ein oder zwei zusätzliche Zugpferde (»Beipäerd«) vorspannen musste.

Der geneigte Leser wird es nach dieser Einleitung nicht anders erwartet haben: Der letzte alte Graf Hodamond, der in dem bereits halb zerfallenen Schlossgemäuer lebte, war ganz gewiss kein Homo Sympathicus und ausgemachter Menschenfreund. Graf Hodamond war, um es kurz zu machen, ein kompakt verschnürtes Ekelpaket. Er schimpfte über alles und jeden, war weder höflich noch freigebig, nur auf sich selbst bedacht, knurrig, unwirsch, selbstgerecht.

Seine Frau soll er in den Tod getrieben, die Töchter gewinnbringend verheiratet und die Söhne und Knechte gegen ihren Willen und gegen gute Taler an Söldnerheere für die seinerzeit neuen englischen und französischen Kolonien in Nordamerika verdingt haben.

Man munkelte, der Graf habe Gräfin Hodamond die Treppe hinuntergestoßen. Nach einer anderen Version soll sie »etwas« eingenommen haben und sei daraufhin von alleine zu Tode gestürzt. Zu der Zeit, da unsere Geschichte erst noch beginnt, lag sie schon in der Gruft im Keller des Schlosses.

Trotz aller Betrügereien sogar gegen die eigenen Kinder, wollte das reichlich eingenommene Geld nie lange auf dem Schloss bleiben. So wie es gewonnen war, zerrann es dem alten Grafen wieder zwischen seinen spinnengleichen Fingern.

Personal konnte und wollte er sich schließlich keines mehr leisten, bis auf den greisen Diener, Herrn Dienstbar. Johann Dienstbar. In der Eifel heißen alle Ochsen Max, die Kühe Olga, Arbeitspferde Ella und Diener, so es denn noch welche gäbe, Johann.

Herr Dienstbar ließ stets alles stehen und fallen, wenn der alte Graf ihn rief – und er rief ihn oft. Schon morgens beim Aufstehen ließ er sich die Pantoffeln anziehen und eine große Tasse Pfefferminztee ans Bett bringen. Johann Dienstbar musste sodann das Nachtgeschirr leeren, während der Alte seinen Pfefferminz noch schlürfte. Sodann hatte Johann die Bettwäsche auszuschütteln und zu lüften, die Fensterladen zu öffnen und Graf Hodamond aus dem mit schweren Decken zugehangenen Bett zu helfen.

Die nächste Aufgabe bestand darin, jene künstlichen Gliedmaße zu nehmen, die Johann am Abend zuvor als letzte Dienstbarkeit seinem Herrn abgeschnallt und in eine Ecke des Schlafzimmers gestellt hatte, denn Graf Hodamond trug eine Prothese. Kein profanes Holzbein, sondern einen künstlichen Unterschenkel aus purem Elfenbein, an den ein nicht minder kostbarer Fuß aus Tropenholz mit silbernen Beschlägen gefügt war.

Man munkelte, das Elfenbein sei aus dem linken Stoßzahn eines Elefanten an einem Stück gefertigt worden, den Graf Hodamond einst selbst auf der Großwildjagd beim Sultan von Sansibar geschossen hatte.

Sein vormaliges richtiges Bein hatte er hingegen als Offizier in einer Schlacht eingebüßt. Mein Vater erzählte, und er wusste es, wie gesagt, von meinem Großvater, ein orientalischer Krieger habe es dem Grafen während eines Gefechtes vor Wien mit einem einzigen Krummsäbelhieb unterhalb des linken Knies abgetrennt.

Das künstliche Bein aus purem Elfenbein war etwas, das Graf Hodamond mit seinem Diener, Herrn Dienstbar, auf merkwürdige Weise verband. Und

Keine leeren Schlossgänge, sondern das kahle Kircheninnere der früheren Wollseifener Pfarrkirche St. Rochus, links Karl Mey, einer der Heimatvertriebenen aus diesem einst blühenden Dorf, das der Hochmut der Nazis und der Revanchismus der Alliierten zu Grunde richteten. Foto: Sabine Roggendorf/pp/Agentur ProfiPress

das den Grafen gegen Johann üblicherweise auch milder stimmte, als er es gegen Frau und Kinder jemals gewesen war: Denn auch Herr Dienstbar hatte im Krieg ein Bein verloren, in derselben Schlacht vor Wien. Fast an der gleichen Stelle, unterhalb des linken Knies, wie auch Graf Hodamond.

Nur war es bei ihm kein barmherziger Säbelhieb, sondern eine Kanonenkugel gewesen und der Knochen war auch nicht glatt durchtrennt worden, sondern zersplittert und das Fleisch zerfetzt, weshalb der junge Johann auch lange im Lazarett hatte auf Leben und Tod liegen müssen, vom Wundfieber geschüttelt.

Als er schließlich doch wieder genesen und das wilde Fleisch am Beinstumpf verschwunden und der Stumpf vernarbt war, da bekam auch Johann von seinem Regimentsarzt einen künstlichen Unterschenkel verschrieben, allerdings keinen aus Elfenbein, sondern aus Holz. Ein Fuß war auch nicht daran, das Holzbein verjüngte sich knieabwärts immer mehr und endete stumpf wie ein Tischbein – mit einem soliden Metallbeschlag am Ende, der hin und wieder erneuert werden musste, damit es nicht abnutzte.

Johann lernte, prächtig damit zu laufen – und weiter zu dienen, am Anfang mit Hilfe einer Krücke, später eines Stockes und schließlich ging es gänzlich ohne Stütze. Herr Dienstbar war recht glücklich mit seinem Holzbein. Er durfte in Diensten bleiben, zwar nicht, wie zuvor, als Reiterknecht, für den es eh keine Verwendung mehr gab. Dafür als Kammerdiener, Alleinunterhalter, Koch, Kellner, Hausmeister und alles Mögliche, für das der Graf gerade Verwendung hatte.

Das war ein merkwürdiges Bild, wenn die beiden Männer durch den Schlosshof humpelten mit ihren Stöcken und Kunstbeinen. Johann stets ein paar Schritte hinter Graf Hodamond, falls der einen Wunsch äußerte, stets zur Stelle. Und doch beide mit dem gleichen ungelenken Gehfehler behaftet, das hölzerne Bein stets etwas nachziehend und die rechte Schulter dabei etwas weit nach außen gedrückt zum Schwungholen für den nächsten Schritt.

Die meisten Kriegsveteranen hatten es längst nicht so gut. Hatten sie eines ihrer Gliedmaßen verloren, mussten sie ohne klarkommen. Ohne Bein, ohne Holzbein, mit Krücke. Hatten sie beide Beine verloren, so rollten sie auf einer Art Kasten sitzend durch die Straßen. Sie waren fast immer darauf angewiesen, in der Stadt zu leben und zu betteln. Auf dem Lande fehlten Lebensbedingungen und Existenzgrundlage für solche Art Behinderung. Es gab kaum Beschäftigung für Menschen ohne Hände, ohne Arme und ohne Beine. »Geh Alter, nimm den Bettelsack, bist auch Soldat gewest ...«

So gesehen war Herr Dienstbar für damalige Verhältnisse noch ganz gut bedient. Er hinkte und humpelte, aber er hatte zu essen, ein Dach über dem Kopf und ein Auskommen, mit dem er, da er selbst weder Familie noch Kinder hatte, Nichten und Neffen im nahen Dorf unterstützen konnte, die ihn dafür sehr liebten und schätzten.

Herr Dienstbar kam ganz gut durchs Leben. Er schlurfte mit dem einen Fuß über den Boden der Schlossflure, dann folgte das harte »Tock« des schnell nachgezogenen Holzbeines mit seinem Metallabsatz. »Schlurf – tock«, »schlurf – tock«, und wieder »schlurf – tock« hallte es ihm voran.

Und auch die Schritte des Grafen waren weit hörbar, wenngleich er nicht ganz so vernehmlich schlurfte – und das »Tock« des Elfenbeins eine Spur weicher klang.

Johann hielt dem Grafen die Treue über die Jahre, auch wenn der Graf im Alter noch unausstehlicher wurde und damit begann, Gegenstände nach Johann zu werfen, wenn er nicht richtig oder zu langsam spurte.

Eines Tages konnte Graf Hodamond trotz Johanns Hilfe sein Bett des Morgens nicht mehr verlassen. Er war alt und gebrechlich geworden, die Gicht lähmte ihn vollends. Er siechte dahin und starb nur Wochen später während einer sommerlichen Gewitternacht, ohne zuvor einen Priester gerufen oder sein Gewissen wenigstens Johann Dienstbar gegenüber erleichtert zu haben.

Da saß Johann am Bett des alten Grafen mit den schreckensgleich weit aufgerissenen Augen, die dem Gevatter Tod höchstselbst ins Antlitz geblickt hatten und nun wie durch die Decke des Himmelbettes und des Schlosses hindurch ins Leere starrten. Eine einzige Kerze brannte, die Blitze warfen ihr zuckendes Licht aus der fernen Gewitternacht durch die Vorhänge.

Einsam hielt Johann Dienstbar die Totenwacht. Er sah sich in Gedanken als Knaben im Eifeldorf die Ziegen hüten, vom Pastor erwischt im Kirschbaum des Pfarrgartens, Forellen fischend an den Klosterweihern, raufend mit anderen Dorfjungen und mit Agnes im Heu, die war 17 und seine.

Vielleicht würde er den Bauernhof der Eltern übernehmen, der war klein, aber durchaus lohnend für ihre kleinen Verhältnisse. Doch dann hatte ihr Vater Agnes einem anderen Bauern gegeben – und Johann Dienstbar hatte sich von den bunten Gewändern und Fahnen auf dem Schloss, vom Klang der Waffen und der Reitkunst beeindrucken lassen.

Man gab ihm tatsächlich und wider Erwarten Gelegenheit, Knappe und Schildmann zu werden. Der Junge stellte sich geschickt an – und der junge Graf nahm ihn in Dienst. Sie kämpften nicht nur zur Übung, sondern in manchem blutigen Gefecht, nicht immer auf der Seite der Sieger, oft auch verwundet, aber noch mit unversehrten Knochen.

Auch bei Plünderungen wurden sie gesehen, sich vom Schlachtfeld und vor allem aus den Städten und Dörfern zu nehmen, was einem nicht gehört. Bis zu der Schlacht vor Wien ging alles glimpflich ab. Von der kehrten sie erst nach Monaten und unvollständig in die Eifel zurück. »Schlurf – tock«, »schlurf – tock«, »schlurf – tock«.

Während Johann so am Bett des Toten saß, kam ihm der Gedanke, dass alles, was diesen Grafen einst als Mensch und Kriegsmann, ja als Scheusal und Betrüger ausgemacht hatte, fortgegangen war. Zurückgelassen hatte er nur eine Hülle, eine Art steif und steifer werdender Puppe, deren weit aufgerissene Augen ins Leere starrten. Nein, alles, was Graf Hodamond ausgemacht hatte, war fort. Jedenfalls nicht mehr hier bei dem Leichnam.

Johann fuhr dem Toten mit der Hand über die geöffneten Augen, um ihm für immer die Lider zu schließen … Das Gewitter hatte längst aufgehört – der letzte Donner war verhallt, der Morgen graute bereits.

Johann Dienstbar hatte einen Plan gefaßt: Er wollte den Grafen in der Gruft bestatten, ansonsten aber im Dorf und in der Umgebung so tun, als lebe er noch. So konnte er auf dem Schloss bleiben – und sich versorgen mit dem Tauschhandel von Einrichtungsgegenständen und Küchengeräten, wie er das schon längst zu tun pflegte, seit der Graf nicht mehr flüssig war.

Der Graf wog nicht mehr viel und so schleppte Herr Dienstbar ihn halb, halb trug er ihn, so gut es ging mit seinem hölzernen Bein, die Treppe hinunter, in die Gruft. Und während das Elfenbein des toten Grafen so gegen die hölzernen Treppenstufen schlug, kam Johann Dienstbar, wie ihm schien, ein sehr vernünftiger Gedanke: »Was brauchte der Graf jetzt im Tode noch sein edles Elfenbein mit dem silbernen Fuß daran? Um in diesem Kasten in der Gruft zu liegen, tut es auch mein Holzbein.« ›Schlurf – tock‹, ›schlurf – tock‹, ›schlurf – tock‹ machen schließlich beide, doch ist das eine weitaus edler, vornehmer und vermutlich auch bequemer zu tragen.«

Auch war es eine späte Angleichung des Standesunterschiedes, an den Graf Hodamond seinen Diener zuweilen mit kaltschnäuzigem Adelsdünkel zu erinnern gepflegt hatte. Das Elfenbein für seinen Stumpf, das Holzbein an das steife Knie des andern. Das war nicht mehr als recht.

Unsicher noch auf dem neuen Bein stieg Johann die Treppe aus der Gruft empor, nicht ohne vorher die schwere Eisentür mit dem handgeschmiedeten Schloss abzusperren und den Schlüssel mitzunehmen.

Es bedurfte in den nächsten Tagen einiger Übung und auch einiger Arbeiten an dem Lederteil der Prothese, die auf den Stumpf seines linken Knies gesetzt wurde, denn die Knie des Grafen und die seinen waren offensichtlich nicht gleich groß und gleich geformt. Johann musste die Prothese etwas auspolstern, unterfüttern und unterlegen, ehe sie bequem auf den Stumpf passte.

Am Abend des ersten Tages, an dem Johann mit dem neuen Elfenbein durchs Leben lief, ging es schon ganz gut, und am Abend schnallte er erstmals die Prothese ab, stellte sie in die Ecke, wie er das auch zu Lebzeiten des Grafen immer getan hatte, und legte sich in das Himmelbett von Graf Hodamond, um dort erstmals die Nacht zu verbringen. Ein Mensch von übergroßer Furcht war Johann demnach nicht, nachdem jemand in einem Bett verstorben ist, dort seelenruhig die Nacht zu verbringen.

Aber Herr Dienstbar hätte es besser nicht getan. Denn sein Schlummer währte nur kurz. Man hörte zunächst nichts als das Rauschen des Waldes, das Heulen eines Wolfes in der Ferne, Knistern im Kamin und Knacken im Gebälk. Um Mitternacht allerdings, kurz nachdem die Turmuhr geschlagen hatte, weckte ihn etwas, das ihn augenblicklich aus dem Schlummer aufschrecken ließ. Schritte!

Merkwürdige Schritte. Und doch so vertraut. »Schlurf – tock«, »schlurf – tock«, schlurf – tock« klang es auf dem Flur. Das Geräusch kam rasch näher und näher. »Schlurf – tock«, »schlurf – tock«, schlurf – tock«, die Schritte eines Einbeinigen.

»Do schuddert et Dich« – Grauenvolles Land

Herr Dienstbars Blick schweifte zu dem Elfenbein in der Ecke des Raumes. Es stand noch da an seinem Platz, konnte also nicht die Ursache sein. Andererseits: Wie sollte er sich wehren, falls jemand ins Zimmer platzte, ein ebenfalls einbeiniger Räuber und Einbrecher etwa? Ohne zweites Bein war er hilflos, verloren.

Lautlos ließ Herr Dienstbar sich aus dem Bett des Grafen gleiten und hangelte sich an Möbelstücken, auf seinem einen gesunden Bein hüpfend, näher und näher zur Zimmerecke hinüber, wo das Elfenbein stand. Kaum hatte er so, mühsam, aber ziemlich geräuschlos, zwei, drei Meter zurückgelegt und die Prothese fast erreicht, da klopfte es an die Tür des Schlafzimmers. »Bumm«, »bumm«, »bumm«.

Dieter Knoll (l.) und Karl-Heinz Mertens im Grusel-Einsatz.
Foto: Anna Lang/pp/Agentur ProfiPress

Johann war nicht im Stande, auch nur einen Ton aus seiner Kehle hervorzubringen. Leise, so leise es ging, hüpfte und hangelte er weiter, ließ sich in einen Sessel fallen und ergriff das Elfenbein. Es war zum Verzweifeln: Gerade wollte er es umbinden, da klopfte es wieder an die Schlafzimmertür. »Bumm«, »bumm«, »bumm«. Johanns Atem ging so schnell und sein Herz klopfte so laut, dass er meinte, man könnte es im ganzen Schloss hören.

Als er endlich so weit war – ein ums andere Mal ging etwas schief beim Anziehen des neuen Beins – sprang er auf, bewaffnete sich mit dem Flanierstöckchen des Grafen, das über einen schweren silbernen Knauf verfügte, eilte zur Tür – und riss sie mit einem Mal auf.

Draußen: Stille. Kein Ton. Und Leere. Nichts stand im Türrahmen, nichts auf dem Flur, jedenfalls soweit nicht, wie der Schein einer einzelnen Kerze reicht, die Johann vom Nachttisch genommen hatte.

Nichts war mehr zu sehen und kaum etwas zu hören von dem nächtlichen Besucher. Nur ganz fern, auf der Treppe nach unten zum Keller hörte Herr Dienstbar das so vertraute und verhasste »tock«, »tock«, »tock«.

Johann, völlig erschrocken von den Geschehnissen der Nacht, ließ noch am nächsten Tag den Schmied aus dem Dorf kommen, alle Schlösser und Beschläge auf den Türen austauschen und gegen neue ersetzen. Besonders auf jenen schweren Eisentüren, hinter denen es erst in den Keller und dort an einer bestimmten Stelle noch einmal einige Meter tiefer über eine Treppe in die Gruft ging.

Ich will Dir nichts vormachen, geneigter Leser. Es nicht unnötig übertreiben und die Spannung ins Unerträgliche steigern, wie es mein Großvater zu tun pflegte, um alles noch furchtbarer zu machen als es ohnehin schon war. Ganz im Gegenteil: Lassen wir es kurz machen ...

Wie Sie schon gedacht haben werden, wurde Johann auch in der nächsten und übernächsten Nacht um seinen Schlaf gebracht. Erneut geschah das Unfassbare. Obwohl Herr Dienstbar mutterseelenallein in diesem Schloss lebte, hörte er um Mitternacht plötzlich Schritte auf dem Flur. Es war das »tock«, »tock«, »tock« des Holzbeines, die Schritte eines Einbeinigen, die immer näher kamen, schließlich unmittelbar vor der Tür des Schlafgemachs aufhörten. Dann schlug es heftigst gegen dieselbe: »Bumm«, »bumm«, »bumm«.

Auch in der dritten Nacht das »tock«, »tock« »tock«, »tock«, »tock« des Holzbeines, dann das kräftige »bumm«, »bumm«, »bumm« gegen die Schlafzimmertür. Fast hatte sich Herr Dienstbar daran gewöhnt und erwartete das Abwandern der Schritte in Richtung Gruft, als in der vierten Nacht nach dem dreimaligen Anklopfen die Schlafzimmertür unvermittelt aufflog. Aufflog, obwohl sie verschlossen und ein Riegel vorgelegt war. Und herein strömte eisige Luft ...

In der fünften Nacht war es wieder so und wieder sah Herr Dienstbar nichts im leeren Türrahmen, als die Tür aufflog. Nur der eisige Luftzug strömte geheimnisvoll herein und es war ihm, als flüstere vom menschenleeren Flur eine Stimme ins Zimmer: »Wo ist mein Elfenbein? Wo ist mein Elfenbein? Gib mir mein Elfenbein zurück!«

Auch in der sechsten Nacht: Niemand im Türrahmen, der Flur menschenleer, aber die Frage an sein Ohr gehaucht: »Wo ist mein Elfenbein? Gib mir mein Elfenbein zurück.«

Johann war vom Schrecken gelähmt, als sich ein Nebelstrom aus dem Flur und durch die Tür ins Schlafgemach ergoss. Unwillkürlich wandte Herr Dienstbar sein Gesicht in jene Zimmerecke, in der sich die Prothese befand. Und wieder erklang die hohle Stimme: »Wo ist mein Elfenbein? Wo ist mein Elfenbein?« Dann ein unirdischer Schrei. Er fuhr Johann ins Mark, und er verstand: »DA IST MEIN ELFENBEIN! Gib mir mein Elfenbein zurück.«

Schreckensbleich blieb Johann zurück. Er war sicher: Der Spuk würde erst aufhören, wenn Herr Dienstbar dem Leichnam des Grafen das rechtmäßige Elfenbein zurückgegeben und das eigene Holzbein wieder an sich genommen hätte. Oder er musste das Spukschloss verlassen.

Da ihm das Elfenbein wert und teuer geworden war, die einzige wirkliche Kostbarkeit, die er jemals besessen hatte, fiel ihm die Entscheidung nicht schwer. Er zog als unverheirateter Oheim ins nahe Dorf auf den Hof seines Bruders, sehr zur Freude der Nichten und Neffen, die er schon seit Jahren in mehrfacher Hinsicht unterhalten hatte. Das Schloss übernahm Nepomuk, ein wehrhafter Bauer und entfernter Verwandter des letzten Grafen. Als Verwalter setzte er einen Entlassenen aus Graf Hodamonds Diensten ein, den Johann Dienstbar aus der Zeit ihrer gemeinsamen Kriegszüge im Tross Graf Hodamonds gut kannte und auch mochte.

Johann lebte bei den Verwandten, half in der Landwirtschaft, vor allem aber im Haus, wo Herr Dienstbar buk, wusch, kochte und den Frauen den Rücken freihielt für die Garten- und Feldarbeit. So blieb er auf seine alten Tage ein nützlicher und dienstbarer Geist.

Den Nichten und Neffen erzählte er an langen Winterabenden von seinem bewegten Leben, als er an der Seite des Grafen durch fremde Länder gezogen war, Kriege geführt hatte und schließlich im Heer des großen Prinzen Eugen vor Wien die Türken zwar vertrieben, aber sein Bein dabei verloren hatte. Dann pflegte Johann, das Hosenbein ein wenig anzulupfen und den Kindern den Blick auf sein Elfenbein freizugeben.

Die machten dann große Augen, klopften auf das Material, das einmal Stoßzahn eines Elefanten gewesen sein sollte, streichelten die kostbaren Silberbeschläge auf dem Tropenholzfuß und beneideten den Onkel Johann um dieses schöne und kostbare Bein. »Wenn man dagegen die eigenen schwarzen Füße betrachtete«, meinte der Älteste: »Ein Dreck dagegen!«

Der Junge hieß Hilger, ein aufgewecktes Bürschchen von vielleicht sechs, sieben Jahren, das sich bald für das Schloss am Beipert und das Leben auf einem Schloss interessierte. Und Johann immer mehr und immer mehr drängte, doch einmal mit ihm zu dem Schloss zu gehen und es ihm zu zeigen. Vielleicht werde ja auch er, Hilger Dienstbar, dort eines Tages in Dienst genommen ...

Erst nach Monaten ließ sich Johann breitschlagen. Man solle Hilger waschen, ihm die Haare scheren und ihn mit den besten Sachen bekleiden, die zur Verfügung standen. Dann holte Herr Dienstbar ihn ab: »Komm Jung, mir john!« Und sie schlugen den Weg zum Schloss ein.« Es war nicht weit weg – und Johann kannte sich seit Kindesbeinen in dieser Gegend aus wie in seiner Westentasche. Alles war ihm vertraut.

Doch an diesem Morgen war alles anders, es dämmerte schon, aber man sah die Hand vor Augen kaum, so dicht war der Nebel. Alles schien fremd zu sein, kaum gab es einen Fels, eine Baumgruppe oder eine Weggabelung, die Johann zweifelsfrei erkannt hätte. Er und sein Neffe gerieten in eine Schlucht, die immer enger und enger wurde und schließlich so dicht mit Dornen und Sträuchern bestanden war, dass die beiden nur noch mühsam kriechend auf allen Vieren vorwärts kamen.

Nie zuvor hatte er in der Gegend eine solche Schlucht betreten. Die beiden zerkratzten sich nicht nur die Haut an Händen und im Gesicht, sondern auch die Kleider. Der Nebel wurde nicht weniger, und am späten Nachmittag krochen Dunkelheit und Kälte dazu, ohne dass sie das Schloss erreicht hätten, das doch nicht weiter als anderthalb Stunden vom Dorf entfernt lag. Sie mussten vollends die Orientierung verloren und sich verirrt haben. Längst war pechschwarze Nacht, als sie schließlich am Ende der dornenbestandenen Schlucht, die langsam gegen den Berg anstieg, an eine Mauer gelangten.

Johann und sein Neffe, der nicht die geringste Spur von Angst zeigte, tasteten sich an dieser Mauer entlang und kamen schließlich zu einer Pforte. Sie war verschlossen. Johann klopfte, und nicht sehr lange, da rief eine Stimme vom Wehrgang herab: »Wer da?«

Und Johann rief, da er erkannte, dass es sich um das Schloss handeln musste: »Ich bin Johann Dienstbar, der als Reitknecht und Knappe des alten Grafen Hodamond am Kermeter gedient hat. Ich habe meinen Neffen Hilger dabei, einen Jungen, und will ihm fürsprechen, dass er in Dienst genommen werde als Dienerschaft und Knappe vielleicht eines Tages. Seid so gut, lasst uns herein und gebt uns Obdach wenigstens für diese eine Nacht.«

Der Wachmann war nicht eben begeistert. Arbeit um diese nachtschlafende Zeit – und überhaupt: Wer wusste, ob der Mann die Wahrheit sagte. »Muss fragen«, rief der Wächter von der Brüstung und entfernte sich.

Zurück zum Tor eilten Wächter und Verwalter beinahe im Laufschritt, um Johann und den Jungen einzulassen. Karl, der aus den Diensten Graf Hodamonds zunächst entlassene und jetzt als Verwalter vom Vetter Nepomuk wiedereingestellte Freund aus Kriegertagen, begrüßte Johann Dienstbar mit großem Hallo und Schulterklopfen und gab auch dem kleinen Hilger herzlich die Hand. Beide bat er unverzüglich, ins Schloss zu kommen.

Bei der Herrschaft könne man jetzt zwar nicht mehr vorsprechen, befand der Verwalter, aber er sei guter Dinge, dass man etwas ausrichten werde am nächsten Tag, was eine Stellung für den Jungen betraf. Bis dahin sollte es aber ein ordentliches Nachtlager geben – und vorher noch ein Nachtmahl, das den Namen verdiente. Fleisch und Bier für Herrn Dienstbar, Milch und Weißbrot für den Jungen.

Der Verwalter rief drei Mägde, die sich sofort der Gäste annahmen, ihnen die zerrissenen Kleider fortnahmen und frische Gewänder brachten. Wasser zum Waschen und Salbe für die zerkratzte Haut wurden gebracht, reichlich Essen und Trinken und schließlich wurden Johann und dem kleinen Hilger Kammern zugewiesen. Der Junge, von der Irrfahrt im Nebel und stundenlangem Marsch völlig übermüdet, schlummerte bereits, als die Magd sein Zimmer mit Johann verließ, um ihm seines zu zeigen.

Als die Magd und Herr Dienstbar so über den langen Schlossflur gingen und es hinter ihr klang wie »Schlurf – tock«, »Schlurf – tock«, »Schlurf – tock«, da fragte sie mit einem Mal entsetzt: »Was ist das? Ich kenne das Geräusch.« Und Johann Dienstbar antwortete: »Das ist ein Holzbein, ich habe Fuß und Unterschenkel meines linken Beines im Krieg gelassen. Jetzt trage ich ein Holzbein. Das klingt so, wenn man mit einem normalen und einem Holzbein geht. Das Normale zieht man etwas nach, sodass es schlurft, und das Holzbein stößt hart mit seinem Metallfuß auf den Steingrund.«

»Ach so«, sagte die Magd und ging weiter, ohne wirklich beruhigt zu sein. Denn das »Tock, tock, tock« war ihr bekannt – aus langen Nächten, wenn es über die Flure hallte, es war beim ganzen Personal gefürchtet und gehasst, ohne dass einer die Erklärung gekannt hätte. Kein Mensch hatte das Geräusch zuordnen können. Und jetzt sagte dieser Gast ihr, das sei der Klang eines Holzbeines. Merkwürdig.

Da waren sie aber auch schon an der Kammer angekommen, die für Herrn Dienstbar vorgesehen war. Johann bedankte sich, entkleidete sich, trank noch etwas von dem kühlen Bier, das ihm die Magd auf den Nachttisch gestellt hatte. Dann schnallte er sein Elfenbein ab, stellte es in die Ecke, legte sich in das Gästebett und es dauerte nicht lange, da schlief er ein.

Aber schon bald kam der Besuch. Kaum hatte die Turmuhr zwölf Schläge getan, näherten sich Schritte einer ganz besonderen Art. Schrittgeräusche, wie er selbst sie machte, nur zackiger als er, rhythmisch, weniger Geschlurfe und ein viel schärferes »Tock«. Militärisch im Takt, fast im Gleichschritt kam dieser Einbeinige, der sich da näherte ...

»TOCK, TOCK, TOCK, TOCK kam es näher und näher. Immer näher. »TOCK.TOCK. TOCK. TOCK«. Und schließlich klopfte es an die Zimmertür. BUMM. BUMM. BUMM.

Dann flog die Tür auf, erwartungsgemäß, und auch der Ruf, der Johann das Blut in den Adern gefrieren ließ, blieb nicht aus: »Wo ist mein Elfenbein?« Und drohender, sofort, als Johann nicht antwortete: »Wo ist mein Elfenbein?« Johann ließ den Kopf sinken – und wies mit zitternder Hand in die Ecke. »DA IST MEIN ELFENBEIN!« schrie es aus dem dunklen Türrahmen so laut, das die Tücher an den geschlossenen Fensterrahmen zu flattern begannen.

Als Johann den Blick wieder hob, war der Spuk vorbei. Die Tür schloss sich mit einem leisen Knarren – und als Herr Dienstbar in die Zimmerecke blickte, stand dort sein altes erbärmliches Holzbein. Noch abgenutzter und noch kürzer, als er es vor Jahren dem alten Grafen Hodamond hinterlassen hatte. Johann hüpfte und hangelte sich in die Ecke, nahm die Prothese zur Hand, betrachtete sie versonnen und legte sie schließlich zur Probe an. Sie saß wie angegossen.

An dieser Stelle hätte mein Vater die Erzählung beenden sollen. Sie hatte ihr natürliches Ende gefunden. Der Geist des Grafen hatte keine Ruhe gegeben, bis er das gestohlene Elfenbein zurückhatte. Die Geschichte hatte eine Moral, nämlich die, dass man niemandem etwas stehlen darf, selbst dann nicht, wenn man mit an Sicherheit grenzender Wahrscheinlichkeit davon ausgehen muss, dass der Betreffende das Weggenommene gar nicht mehr brauchen kann. So weit so gut.

Leider pflegte mein Vater aber dieser moralisierenden Episode noch eins obendrauf zu setzen. Er wob die Geschichte eines zweiten, unvorhergesehenen Geistes in die Handlung hinein, mit dem er uns Kinder noch schlimmer foppen wollte als mit dem ersten. Er ließ also in seinen Erzählungen, als Johann so da saß und sein altes Holzbein wieder anlegte, zufrieden, dass der Spuk ein Ende hatte und er eine so perfekt sitzende Prothese besaß, unversehens eine zweite geheimnisvolle Gestalt im Schloss auftauchen und sich Johann Dienstbar nähern.

Diesmal ließ der Vater keinen Einbeinigen vor unseren Augen auftreten, ja nicht einmal einen Menschen: Gnomenhaft, verwachsen und schlurfenden Schrittes habe sich ein »Wesen« Johann Dienstbar genähert, so pflegte er sich auszudrücken. Zögerlich und doch von der Richtung her zielstrebig über

294

einen der Schlossflure, sei es auf Johann Dienstbars Zimmer zugeschlurft.

So als hebe jemand die Sohlen nicht vom Parkett. Oder so, als schleife jemand im Takt von Schritten einen Gegenstand, einen nassen Sack etwa – oder einen Leichnam? – über den Fußboden.

Johann griff kurz entschlossen nach dem Kerzenleuchter, trat mit seinem alten Holzbein etwas unsicher, aber energisch auf den Flur. »Wer da?« rief er einer nur schemenhaft zu erkennenden Gestalt entgegen, die völlig unbeeindruckt näher kam. Eine kleine Gestalt ohne Augen, wie ihm schien, und mit blutrotem Gesicht, Johann gefror das Blut in den Adern. Mit einem Ruck stellte er den Kerzenleuchter auf eine der Truhen im Gang und riss eines der Schwerter von der Wand.

Das Schwert hoch über dem Kopf erhoben, so gut es ging, hinkte er mit dem alten Holzbein stolpernd auf den Gnom zu, der sich mit schlafwandlerischer Sicherheit auf ihn zubewegte – und plötzlich seine Arme ausstreckte und mit Krallen auf ihn zeigte. Entsetzen packte Herrn Dienstbar darauf, das Schwert entglitt seinen Händen und fiel schepperned zu Boden. So erzählte mein Vater.

Dann packte der Gnom augenblicklich zu – siegesgewiss, wie es schien, und mit eiskalten Händen an die nackten Oberbeine des alten Dieners. Johann war der Ohnmacht nahe, berichtete mein Vater. Kleine Finger bohrten sich förmlich in sein Fleisch, das gerötete Gesichtlein des Gnoms hob sich,

Ein Schloss wie aus dem Bilderbuch ist die Wasserburg Satzvey.
Foto: Manfred Lang/pp/Agentur ProfiPress

schlug die zuvor geschlossenen Augenlider mit einem Male auf und blickte Johann mit dem verzweifelten Ausdruck größter körperlicher und seelischer Pein direkt ins Gesicht.

Draußen blitzte und donnerte es wie in jener Nacht auf Schloss Beipert, als Graf Hodamond verschieden war. Im Zucken der Blitze erkannte Johann Dienstbar die kleine Gestalt, und es fiel ihm ein Stein vom Herzen. Es war Hilger, den die Angst vor dem Gewitter aus dem Zimmer getrieben hatte. Die kleine Gestalt hob ihr Gesicht zum Oheim empor und sagte: »Ohm Johann, Ohm Johann, ich hann Angss – unn ich moss dringend Pippi!«

L'Escalier

Ausgangs- und Zielpunkt seines täglichen Spaziergangs durch Malmedy waren Kirchen. Der Besuch der Kathedrale stand am Anfang, die Chapelle des Malades am Ende. Zwischendurch machte Jo meist einen Abstecher zum Seitenaltar der Kapelle in der Ruelle des Capucins mit dem skurrilen Trio aus einer großen und zwei kleinen Antonius-Figuren.

Ein Fixpunkt auf seiner Runde war auch der Parc des Tanneries, wo Jo erst dem Lebensbaum, etwas abseits der eigentlichen Parkmitte, einen Besuch abzustatten pflegte, um dann, von einer der drei Bänke am Brunnen aus, eine zeitlang dem Treiben auf dem Kinderspielplatz oder den Minigolfern zuzuschauen.

Dort sitzend, atmete Jo häufig auf: »Herrlich, dieser Tag, und unverfänglich diese Stadt, keine Spinnweben, keine Fallstricke, keine Löwengrube in Sicht. Kletterröhren und Schaukeln für die kleinen, Minigolf für die großen Kinder. Entzückend!«

Jo fühlte sich wohl in Malmedy. Er liebte das Ambiente der Stadt, den landschaftlichen Reiz der Umgebung und die Tatsache, dass Malmedy frankophon, aber nicht wirklich wallonisch war. Niemand, so dachte er, würde ihn dort aufstöbern, nach Lüttich oder zurück nach Brüssel zerren und ihn möglicherweise als Zeuge vor einen Untersuchungsausschuss oder vor Gericht stellen.

Jo hatte sein gesamtes Aussehen und seine Gewohnheiten verändert. Niemand wusste, wo er abgeblieben war. Die in der Parteizentrale vermuteten ihn vielleicht in der Karibik, wohin er im Mai 1991 offiziell in Urlaub geflogen war, wahrscheinlich dachten sie, er habe sich nach Kuba abgesetzt. Oder aber sie meinten – und zu dieser Sorge bestand aus ihrer Sicht durchaus Anlass, Jo liege unter irgendeiner dicken Betonplatte in irgendeinem Brüsseler Diplomatenkeller.

Obwohl er sich jetzt, nach neun Jahren in Malmedy, völlig sicher fühlte, variierte Jo Uhrzeit und Wegstrecke seines Spazierganges noch täglich. Seit einigen Jahren gehörte, außer den Kirchen, aber auch stets ein Stück entlang der Warchenne zu seinem Rundgang, und zwar von der Rue Derrière les Murs zwischen den Reihen der Buchenallee hindurch und an zahlreichen Brücken und Brückchen über das Flüsschen vorbei, die die Wohnhäuser mit der Straße verbinden. Auf diese Weise kam er geradewegs zum Parc des Tanneries mit seinem Brunnen, seinem Lebensbaum und seinen Spielplätzen. In diesem Park sollte ihn eines Morgens die Vergangenheit einholen ...

Jo war vor fast genau neun Jahren einfach aus seinem alten Leben verschwunden – abgehauen, untergetaucht. Unter einem anderen Namen und mit neuen, vollkommen echten Papieren, an die ein Mann in seiner Position und mit seinen Beziehungen problemlos gelangen konnte.

Er war alleinstehend und hatte in Brüssel außerhalb der sozialistischen Partei kaum Kontakte gepflegt. Jo war keineswegs ein populärer Politiker, sondern Parteisoldat, Wasserträger der Spitzenfunktionäre, der hinter den Kulissen Kontakte knüpfte und diskret Geschäfte abwickelte.

Natürlich hatte man seine Qualitäten bei den Sozialisten verkannt, wie Jo manchmal auf seiner Malmedyer Parkbank befand. Er selbst hatte sich eigentlich als Ideologe gesehen, ein Sozialist schon vom Elternhaus her, und nicht als Krisenmanager und Ausputzer hinter den Kulissen. Nationalistische Hahnenkämpfe zwischen Flamen und Wallonen waren ihm suspekt, er war für den belgischen Einheitsstaat und gegen die Regionalisierung. Jo wollte linke Politik und soziale Verbesserungen für das ganze Land. Aber ihn fragte ja keiner. Er bekam den Auftrag, sich über ganz andere Dinge Gedanken zu machen ...

Das alles war inzwischen weit weg, dachte Jo manchmal, wenn er sich vom Park aus wieder auf seinen Weg entlang der Warchenne machte. Er folgte dem Flüsschen dort nicht mehr direkt, sondern täglich abwechselnd, einmal über die Rue des Arsilliers, dann wieder über die untere Rue de la Warchenne und schließlich in der dritten Variante in einem weiten Bogen durch die Ruelle Catherine André und über den Place de Rome bis in die Nähe der Warchenne-Mündung in die Warche, unmittelbar hinter der Clinique Reine Astrid.

Dort war Jo nur noch wenige Schritte von der Chapelle des Malades entfernt, in deren Innerem er sich lange aufzuhalten pflegte. Und zwar zu einer Art Meditation zwischen den Votivtäfelchen aus weißem Marmor, mit denen die Innenwände der Kapelle und der Vorraum über und über bedeckt sind.

»Sainte Marie, Mère de Dieu, priez pour nous!«

»Doux Coeur de Marie, soyez mon salut!«

»Merci à Notre-Dame des Malades!«

Jo kannte die Sprüche. Er wusste Jahreszahlen und Auftraggeber zu unterscheiden und ihm war aufgefallen, dass fast alle in Französisch geschrieben waren, einige auf Latein, keine auf Niederländisch, keine auf Deutsch. Und das, obwohl die meisten aus der Zeit stammten, als Malmedy zwischen Wiener Kongress und Ende des Ersten Weltkriegs deutsche Kreisstadt war. Dabei

Mit dem Fiat 500 auf Eifeltour: Die Jugendfreunde Michael Nücken (l.) und Alex Schlierf auf dem Bad Münstereifeler Markt. Foto: Manfred Lang/pp/Agentur ProfiPress

hatten die Preußen den frankophonen Malmedyern das Leben schwergemacht, ähnlich wie später die Wallonen den deutschsprachigen Eupenern und Saint-Vithern. Und dennoch:

»Remerciement F.C. Cologne 1904«

»Merci N. D. de Malades! Joh. Schroeder, Neuerburg 1.11.14«

»Sainte Marie, Mère de Dieu, priez pour nous! Aix la Chapelle W. K. Mai 1898«

Gläubige aus Preußen und anderer Herren Ländern hatten ihre Bitten und Danksagungen inklusive ihrer Herkunftsorte von den Malmedyer Steinmetzen trotz preußischer Sanktionen auf Französisch in den weißen Marmor gravieren lassen: Hommage à Marie aus Bruehl, Clève, Hambourg – und auch aus Heerlen und Columbus/Ohio.

Jo fühlte sich den Absendern der Votivtafeln auf eine vermutlich nur für ihn selbst sehr naheliegende Art verbunden. Nämlich nicht, weil es ihm selbst schlecht gegangen wäre. Er empfand sich als Sozialist – selbst im Angesicht des Gnadenbildes, einer Madonna mit krankem Kind auf dem Arm – als Mit-Adressat von Hilfeschreien und Anrufungen. Jo versuchte, den in Stein gehauenen Ängsten und flehenden Bitten der Elenden und Kranken nachzuspüren. Und er versuchte mit ihrer in den Marmor geritzten Dankbarkeit Verbindung aufzunehmen. Wenn ihnen in ihrer Not geholfen worden war, dann fragte er sich, ob von der Madonna oder einem ihrer Mit-Adressaten. Jo lauschte in der Kapelle der Kranken den letzten Schwingungen ihrer Seufzer und Gebete, ohne je etwas zu hören.

In seinen Brüsseler Jahren hatte Jo viele aufstehen und wieder untergehen sehen. Er selbst war entbehrlicher für die Partei und ihre sensible Umgebung gewesen, als die meisten von ihnen. Man hatte ihn zwar anfangs in der Parteizentrale vermisst, als sein Karibikurlaub eigentlich zu Ende war, er aber nicht in seinem Büro saß. Man hatte eifrig telefoniert und heftig gefahndet. Aber nur ein paar Tage lang, denn plötzlich hatte man in Brüssel ganz andere Sorgen: Am 18. Juli 1991 knallte es in Lüttich.

Zwei bezahlte Killer erschossen Ex-Parteichef André Cools, Minister in mehreren Brüsseler Regierungen, aber zum Zeitpunkt des Anschlags eigentlich nur noch Bürgermeister seiner heimatlichen Kleinstadt Flémalle.

Am Tag nach dem Attentat hatte Jo im Hotel Saint-Géréon am gleichnamigen Plätzchen mit dem einen von zwei Malmedyer Tanzrondellen gesessen, beim Rotwein versunken in einer Mischung aus Trauer über den Tod des Parteifreunds und Genugtuung über seine eigene Entscheidung, rechtzeitig und gründlich von der Brüsseler Bildfläche abzuhauen. Jo war zu diesem Zeitpunkt gerade dabei, sich einen Bart wachsen zu lassen und er knappste noch heftig daran, seine drei unsozialistischen Vorlieben abzulegen, nämlich die für feine Anzüge, solide Limousinen und leichte Mädchen.

Er musste sich in der Zeit nach dem Cools-Attentat mehr als einmal selbst Mut zureden: Er wusste zwar viel, war aber selbst in seiner alten Identität ein in der Öffentlichkeit völlig unbekannter Mensch. Das Risiko, dass ihn jemand zufällig auf der Straße oder in einem Café am Place Albert I. erkennen würde, war nicht sehr hoch. Wenn überhaupt, dann konnte nur jemand aus dem ganz engen Umfeld ihn identifizieren. Jemand aus der Parteizentrale. Oder jemand, mit dem er in deren Auftrag Geschäfte abgewickelt hatte ...

Mit den Jahren verlor Jo in der Idylle von Malmedy und seiner traumhaften Umgebung die Angst vor dem Entdecktwerden fast völlig. Und er verlor mit den Jahren nahezu jede Vorstellung davon, wer ihm eigentlich noch Böses wollen könnte. Er war jetzt neun Jahre älter, etwas in sich zusammengesunken, grauhaarig und nahezu weißbärtig, er kleidete sich altmodisch, schluffte ein wenig, er war unauffällig in jeder Beziehung: ein Schatten dessen, was er auf dem internen Brüsseler Parkett und hinter den Kulissen einst dargestellt hatte.

Da passierte es eines Tages, es war an einem fast sommerlichen Sonntagmorgen im späten Oktober 2000. Jo war vom Lebensbaum im Parc des Tanneries zu einer der Bänke am Brunnen gewechselt. Da betrat ein Mann den Park vom Place de Cochem her, den er auf Anhieb erkannte. Ein Mann aus seinem früheren Leben. Er hastete eilig durch den Park, sah sich ab und zu um, sah auch Jo an auf seiner Bank, aber nur ganz kurz und ohne den Schimmer eines Erkennens. Dann war der Mann in einer Baumgruppe am westlichen Parkende verschwunden.

Jo hatte im Lauf der Jahre ein paar Leute kennengelernt, Freunde nur im weitesten Sinne, verteilt über einige Orte in den Ostkantonen und in der Provinz Lüttich. Und er hatte irgendwann auch wieder die Bekanntschaft von zwei, drei Damen in der Umgebung gemacht, bei denen er trotz seiner ganz gezielten Vorstellungen über die gemeinsam zu verbringende Zeit sehr willkommen war. In Malmedy selbst pflegte er nur flüchtige Bekanntschaften zu Gastronomen und Stammgästen und geschäftliche Beziehungen zu Bankern, mit denen er seine nicht unbedeutenden Geldsachen abwickelte. Jo war nicht gerade unvermögend – dank einer geschickten finanziellen Transaktion aus einem früheren in sein heutiges Leben.

Jo genoss sein neues Leben, jedenfalls bis zu jenem sommerlichen Tag im Oktober 2000. Da verlor er sein inneres Gleichgewicht beim Anblick jenes Mannes im Park, den er, wie ihm kurz darauf in der Chapelle des Malades dämmerte, zuletzt am Vorabend seines Abtauchens 1991 in der Brüsseler Parteizentrale gesehen hatte. Es war genau jener Mitarbeiter, dem er – als letzter Dienst für die Sozialisten gewissermaßen – wichtige Ermittlungsergebnisse übergeben hatte. Wie und warum war der Mann jetzt in Malmedy? Mit einem Mal hatte die verdrängte Angst Jo beim Wickel.

Wirkliche Bedrohung hatte er selbst 1995 nicht empfunden, als der Agusta-Skandal aufgeflogen war. An jenem Tag im Februar 1995 hatte Jo fast unbeteiligt seine Runde durch Malmedy gedreht. Da hörte er im Radio und las in der Zeitung, was er schon lange gewusst und was selbst die belgische Öffentlichkeit längst geahnt hatte, nämlich seit 1988, als die Brüsseler Regierung bei dem Mailänder Unternehmen Agusta 46 Militärhub-

Der frühere Heimbacher Pfarrer und jetzige Aachener Weihbischof Dr. Johannes Bündgens hat vier neue Diakone geweiht.

Foto: Manfred Lang/pp/Agentur ProfiPress

schrauber gegen den erklärten Rat von Experten bestellt hatte. Es war Schmiergeld geflossen, natürlich. Ungefähr 50 Millionen belgische Francs, wie es 1995 offiziell hieß, und zwar in die Kasse der flämischen Sozialisten, wie es hieß ...

Einen Monat später beging Luftwaffenchef General Jack Lefèbrve nach seiner Vernehmung Selbstmord. Die Parteiführung erklärte, ihr Schatzmeister habe die Agusta-Gelder auf eigene Faust angenommen. Später im Jahr 1995 würde Außenminister Franck Vandenbroucke zurücktreten – nachdem er eingeräumt hatte, er habe 1991 als Parteichef die Verbrennung von Schwarzgeldern angeordnet.

Jo hatte damals eine Faust in der Tasche gemacht: Was hatte er noch damit zu tun? Ein anderer hätte es besser gewusst und zur Aufklärung beitragen können. Doch der andere war tot, gewissermaßen jedenfalls, und das mitsamt seiner sozialistischen Ideale. Dankenswerter Weise hatte derjenige sein nicht unbedeutendes materielles Erbe Jo hinterlassen. Und nur das noch interessierte ihn wirklich.

Noch später, 1998, würde der frühere Wirtschafts- und Außenminister sowie NATO-Generalsekretär Willy Claes wegen Bestechlichkeit zu drei Jahren verurteilt werden -- und der frühere Chef der frankophonen Sozialistischen Partei, Guy Spitaels, und der ehemalige belgische Verteidigungsminister, Guy Coeme, zu je zwei Jahren auf Bewährung ...

Auf Neuigkeiten über das Cools-Attentat wartete Jo hingegen vergebens. Es wurde nie aufgeklärt und seine Hintergründe liegen bis heute im Dunkeln. Deshalb wirkte die Begegnung im Park auf Jo umso erschütternder. Die Agusta-Affäre und die Spaltung der sozialistischen Partei waren immerhin nur zwei von insgesamt drei Gründen für seinen Abgang aus Brüssel gewesen.

Die Probleme in der Parteizentrale hatten damals innerhalb kurzer Zeit überhandgenommen. Die Spaltung der Sozialisten in eine flämische und eine wallonische Partei hatte Jo als Verfechter des belgischen Einheitsstaates und ideologischer sozialistischer Grundsatzpositionen einen schweren Schlag versetzt. Hinzu kam die unselige Bestechungsgeschichte um die Agusta-Hubschrauber.

Vor allem aber war da noch die Ermordung des kanadischen Waffenkonstrukteurs Gerald Bull in Belgien.

Jo hatte im Frühjahr 1991, ein Jahr nach Bulls Tod, höchst brisante Dinge in Erfahrung gebracht. Es ging um den Export einer von dem Kanadier erfundenen Superkanone von Großbritannien in den Irak. Die Munition sollte illegalerweise von einer belgischen Firma geliefert werden. Und: Es gab Querverbindungen zur Politik, nicht nur in die sozialistischen Parteien hinein.

Jo hatte seine diesbezüglichen Notizen am Abend vor Antritt seines mehrwöchigen Karibikurlaubs an eben jenen Mitarbeiter überreicht, der ihm im Park begegnet war. Der sollte sie am nächsten Tag an einen Spitzenpolitiker weitergeben, auf den Jo große Stücke hielt: an André Cools ...

Zwei Tage nach seiner Begegnung mit ausgerechnet jenem Mitarbeiter im Park brach Jo zu seiner Runde durch Malmedy auf. Ungewöhnlich lange verbrachte er gleich zum Auftakt in der Kathedrale, und zwar am Rande der linken Seitenkapelle vor dem Schrein des Heiligen Quirinus. Verständnislos starrte er diesmal auf die Heiligenfigur, die ein Bruchstück ihrer eigenen Schädeldecke in Händen hält - wie zum Triumph nach erlittenem Martyrium.

Jo hatte den frühen Morgen für seinen Spaziergang gewählt und es dämmerte noch, als er von der Rue Neuve zum Warchenne-Ufer in Richtung Park abbog. Er hastete mehr als dass er spazierte, durch die Rue Derrière les Murs und die Avenue de la Centenaire, hinein in den Park. Dort nahm er sich keine Zeit für den Lebensbaum und nicht die Muße, auf einer der drei Bänke am Brunnen zu verschnaufen. Er eilte – warum, wusste er selbst nicht, eher einer Eingebung folgend – geradewegs zu jener Baumgruppe am westlichen Parkende, in der sein ehemaliger Mitarbeiter zwei Tage zuvor verschwunden war.

Diese Baumgruppe wird von einer ausladenden Trauerweide mit tief herab hängenden Ästen dominiert, darunter gibt es eine mittelgroße Kastanie und Weißdorn-Sträucher, Rhododendron und Berberitzen und, was Jo nie zuvor aufgefallen war, eine Treppe, die unter die Erde führt. Jo stieg die Stufen hinab bis zu einer verschlossenen Blechtüre, hinter der er Geräusche vernahm.

Völlig harmlose Geräusche, wie er nach einigen Augenblicken feststellte, vermutlich von einer Pumpe, die den Wasserkreislauf für den Parkbrunnen aufrechterhält.

»Du machst Dich selbst verrückt, Junge«, dachte Jo und als er sich umwandte, um wieder an die Erdoberfläche zu steigen, da traf ihn der Schlag, unbarmherzig, von oben herab, mit voller Wucht.

Das Geld lag auf der Bank

Die Leiche war bei Leverkusen angeschwemmt worden. Keine Papiere, kein Hinweis auf die Identität des Toten. Auffallend feine Klamotten hatte der Mann getragen, eine wertvolle Schweizer Taschenuhr, einen wahren Klunker von Herrenring am linken Ringfinger.

Alles war da, nur keine Papiere. Kommissar Schojohann wunderte sich.

Keine Brieftasche, kein Führerscheinmäppchen, nicht mal ein lumpiges Portemonnaie steckte in den Taschen dieses feinen Anzugs.

Der Tote passte nicht zu dem maßgeschneiderten Zwirn, in dem er steckte. »Eher gedrungener Eifelbauer als Großstadt-Bohémien«, dachte Schojohann.

Was sollte er mit dem Toten anfangen? Goldene Uhr, schwerer Klunker, alles war da. Eben. Raubmord oder sowas in der Art schied von vornherein aus. Vielleicht Selbstmord, vielleicht war der Typ angesäuselt und irgendwo zwischen Bonn und Köln in den Bach gefallen.

»Grobe Gewalteinwirkung ist auf den ersten Blick nicht festzustellen«, rief Dr. Heiner Hinsen Schojohann zu. »Obduktion?«

Schojohann nickte: »Obduktion!«.

Und zu seinem Assistenten Otto Strubbel: »Der Typ hat keine Papiere bei sich.«

»Und?«

»Er trägt einen Maßanzug von Hamani.«

»Und?«

»Das ist fast so gut wie ein Reisepass oder eine Visitenkarte, Strubbel!«

»So?«

»Fahren Sie mit der Anzugjacke zu Hamani, wenn sie trocken ist. Und nehmen Sie ein Bild von dem Toten mit – aber erst, nachdem der Doktor ein bisschen Leichenkosmetik gemacht hat.«

* * *

Tatsächlich. Die von Hamani erinnerten sich an den Mann. Der Auftrag für den Anzug, einen Mantel und zwei weitere Anzüge war auch schnell gefunden. Zusammen etwas über 5500 Mark, im Voraus bar bezahlt, persönlich abgeholt. Auf der Karteikarte die Maße des Kunden, Ort: Köln, Straße: ohne Angabe, Name: s.o.

»Ist das hier so üblich?« fragte Strubbel ziemlich schroff.

»Keineswegs, im Gegenteil. Die meisten lassen sich in unserer Kundenkartei führen, lassen sich die fertige Ware nach Hause liefern und zahlen nach Rechnungszustellung. Einige auch mit Kreditkarte.«

»Also doch kein Passdokument, so ein Handmade-Stöffchen von Hamani? Keine Visitenkarte? Kann sich jeder Lude kaufen mit Bargeld vom Straßenstrich, was?«

Der Mann von Hamani lief rot an. Strubbel machte eine wegwerfende Handbewegung und ließ den Typ stehen. Man würde mit dem Bild des Toten in die Presse gehen.

* * *

Stadt-Anzeiger und Rundschau druckten die Fahndung in ihren Lokalausgaben entlang des Rheins, aber ziemlich weit hinten. Der Express weigerte sich schlichtweg. Die Sache war nicht spektakulär genug. Vielleicht war es ja nur Selbstmord. Sowas kam alle Tage vor.

Jedenfalls meldete sich kein Mensch zwischen Königswinter und Dormagen, der den Toten jemals gesehen hatte. Niemand erkannte das Konterfei des kosmetisch behandelten Wasserleichnams wieder.

»Scheiße«, sagte Kommissar Schojohann und pfefferte den Obduktionsbericht quer durchs Büro auf Strubbels Schreibtisch. Es gab, wenn überhaupt, nur äußerst vage Hinweise dafür, dass jemand dem gedrungenen Eifelbauern zu seinem Bad im Rhein verholfen hatte. Die paar Kratzer konnte sich der Stämmige auch bei einem Sturz zugezogen habe. Es war eben nichts Eindeutiges, hatte Dr. Hinsen geschrieben.

Man sollte die Sache zu den Akten legen. Selbstmord, aus und vorbei. Keiner vermisst einen, der so aussieht wie dieser Eifelbauer, dachte Schojohann.

Dann fiel ihm auf, dass er ständig das Wort »Eifelbauer« benutzte. Warum hatte er den Toten von Anfang an so genannt? Hatte ihn dessen Physiognomie an die Gestalten aus dem Dorf seiner Kindheit erinnert? Kannte er den Toten womöglich sogar?

Schojohann beschloss, seiner Intuition nachzugehen. Sollte auch das nichts bringen, würde er den Fall abschließen. Endgültig.

Am nächsten Morgen setzte er seinen Assistenten Strubbel in Marsch, Richtung Euskirchen, Richtung Eifel. Im Gepäck hatte Strubbel je eine Pressemitteilung und ein Portrait der Leverkusener Wasserleiche für verschiedene Tageszeitungen.

»Es gibt Hinweise darauf, dass dieser im Rhein tot aufgefundene Mann aus dem Kölner Umland oder aus der Eifel stammt ...«, hatte Schojohann getippt.

»Hinweise? Dass ich nicht lache!« gackerte Strubbel: »Der Alte spinnt doch, aber achtkantig.«

An einem Tagesausflug über Frechen, Euskirchen, Gemünd, Gerolstein nach Prüm und zurück hatte Strubbel dennoch nichts auszusetzen: »Ein Tag Eierschaukeln, außerdem ist die Eifel ja wirklich schön, jedenfalls im Sommer.«

Und so genoss er die Fahrt über Land und den Besuch in diversen Lokalredaktionen, ohne auch nur ansatzweise an den Erfolg seiner Mission zu glauben. Doch der stellte sich – für Strubbel völlig überraschend – schon einige Tage später ein.

Man kannte den Mann in der Eifel, den man bei Leverkusen als Wasserleiche aus dem Rhein gezogen hatte.

* * *

Der Tote hieß Zweifuß, Bernhard Zweifuß. Er war 49 Jahre alt, verheiratet gewesen, aber früh verwitwet. Zweifuß war Postbeamter, Briefträger im Eifeldorf Kanterath. Er hatte ein nettes Häuschen geerbt und in den glücklichen Jahren mit seiner Frau zusammen zurechtgemacht. Seinen inzwischen erwachsenen Sohn Peter hatte er später alleine großziehen müssen. Der Junge hatte dann Abitur gemacht und eine Lehre als Großhandelskaufmann. Er arbeitete und wohnte jetzt weit weg von der Eifel, in Hildesheim. Die tote Mutter stammte aus Niedersachsen, Peter war öfters bei den Großeltern in Hannover gewesen.

»Der auf dem Bild, gestern Morgen im Trierischen Volksfreund«, sagte die stockende Stimme zu Kommissar Schojohann am Telefon, »das ist mein Nachbar Berni, ich meine, das war er. Berni Zweifuß, unser Briefträger. Wir haben ihn gar nicht vermisst. Ein Vertreter trug die Post aus, der Berni war auf Urlaub. Im Harz. Da ist er immer im Sommer hin, da hat er auf dem Weg immer den Peter und seine Schwiegertochter besucht.«

Was Strubbel bei seinen Recherchen vor Ort im Eifeldorf Kanterath in Erfahrung brachte, war nicht viel. Zweifuß war zwar nicht Mitglied in einem der Vereine, aber voll ins Dorfleben integriert. Er ging sonntags, meistens jedenfalls, zur Kirche und anschließend zum Frühschoppen. Ansonsten war Zweifuß ziemlich unauffällig. Außer werktags vormittags beim Briefeaustragen und sonntags in der Messe und in der Wirtschaft bekam ihn keiner zu sehen. Jedenfalls daheim in Kanterath nicht.

* * *

Anderthalb Wochen zuvor vor der Spardaka-Filiale in Köln-Ehrenfeld: Bernhard Zweifuß fährt im anthrazitfarbenen Porsche vor, er trägt einen hellgrauen Straßenanzug, das Hemd in dezentem Blau, die Krawatte bordeauxrot, dazu dunkle Brille, in der Hand einen schwarzen Lederkoffer. Er betritt die Bank.

»Bitte zu Herrn Jöckemöller, wir sind verabredet.«

Zweifuß hatte den Bankleiter zuvor telefonisch eingeweiht: Es ging um sechs Millionen. Jöckemöller hatte sich am Telefon die Frage verkniffen, warum Zweifuß soviel Geld ausgerechnet bei der Spar- und Darlehenskasse Köln-Ehrenfeld deponieren wollte. Er, dachte Jöckemöller bei sich, wäre damit zur Commerzbank marschiert. Für die ist ein Kunde mit 6 000 000 DM auf der Habenseite kein Exot. »Idiot«, dachte Jöckemöller, »Eifeler Knalldepp«.

Mit aufdringlicher Liebenswürdigkeit fing der Banker Zweifuß noch auf dem Flur ab und steuerte, den Highlander mit ausladender Geste vor sich her schiebend auf das Besprechungszimmer für die ganz besonderen Kunden zu.

Zweifuß war die Situation keineswegs unangenehm, nur der Typ. Da lobte er sich doch seine Leute zu Hause bei der Eifeler VR-Bank. Grundsolide, anständig und ehrlich. Die machten keine Bücklinge, sondern Geschäfte, an denen alle Beteiligten Spaß hatten, wie sich ihr Vorstandsvorsitzender auszudrücken pflegte: Kunde und Bank!

Leider verbot es sich aber in dieser Sache, die Hausbank daheim zu behelligen.

»Keiner darf etwas von diesen Konten erfahren, keiner, verstehen Sie?« sagte Zweifuß dann auch zu Bankleiter Jöckemöller in Köln.

»Das dachte ich mir, daheim auf dem Eifeldorf soll wohl keiner erfahren, dass Sie ...«

»Hören Sie, Herr Jöckemöller, es gibt keinen Briefverkehr mit mir, Sie schi-

»The Rattles« bei der legendären »Mechernicher Oldienacht« in der TON-Fabrik der Firmenicher Kultur- und Freizeitfabrik Zikkurat. Foto: Paul Düster/pp/Agentur ProfiPress

cken keine Kontoauszüge, rufen nicht an. Daheim bin ich ein kleiner bescheidener Postbeamter und das will ich dort auch bleiben!«

»Diskretion ist natürlich Ehrensache, Herr Zweifuß, aber wir müssen doch ein paar Formalien berücksichtigen.«

»Da gibt es vorläufig nichts zu berücksichtigen, Herr Jöckemöller, ich parke die sechs Millionen bei Ihrer Bank und fertig.«

»Verstehen Sie mich bitte nicht falsch, aber wir leben hier nicht in der Schweiz. Wir führen Namenskonten, keine Nummernkonten. Was ist, wenn Ihnen etwas zustößt? Wir brauchen eine Verfügungserklärung für den Todesfall.«

»In meinem Fall brauchen Sie nichts dergleichen. Sollte ich jemanden kennen, dem ich das Geld vermachen will, dann werde ich entsprechende Verfügungen mit Angabe meiner Konten im Testament treffen.«

»Das ist eigentlich nicht unser Ding, Herr Zweifuß, sowas.«

Schließlich gab sich Jöckemöller aber geschlagen. Sechs Millionen würden die Bilanz der Spardaka Ehrenfeld erheblich auf Vordermann bringen. Das war billiges Kapital, das man für teure Zinsen an die Kreditkundschaft würde weiterverleihen können.

»Eine Million geht auf ein Aktiendepot. Kaufen Sie dafür nur erstklassige Papiere: Allianz, Deutsche Bank, Bayer, Telekom, General Electric, Royal Dutch.«

»Sie kennen sich da aus?«

»Halten Sie die Eifeler für dämlich, Herr Jöckemöller?«

»Gott bewahre …«

»Ich spekuliere seit Jahren, allerdings mit kleinen Beträgen. Daheim bei unserer Raiba. Ich bin überzeugter Genossenschaftler, müssen Sie wissen.«

»Nicht blöd, aber schizophren«, dachte Jöckemöller bei sich. Dann sagte er: »Und die übrigen fünf Millionen parken wir als Sparguthaben mit unterschiedlichen Zinssätzen …«

»Die zweite Million legen Sie für mich auf einem Investmentkonto an: Die Hälfte in einem weltweiten Fonds für Blue-Chips, ein Viertel in allgemeinen Technologie-Fonds und ein Viertel in Biopharma-Fonds.«

»Respekt, Herr Zweifuß.«

Jöckemöller wurde die Sache langsam unheimlich. Jedenfalls war dieser Eifelbauer nicht nach Köln-Ehrenfeld gekommen, um sich beraten zu lassen. Der wusste schon vorher, was er wollte.

»Die dritte Million packen Sie bitte auf einen Dachfonds für solide Vermögensverwaltung, einschließlich eines soliden Immobilienanteils.«

»Damit ist die Hälfte schon mal futsch für uns«, dachte Jöckemöller, freute sich aber insgeheim auf die erkleckliche Vermittlungsprovision der Investmentfondsgesellschaft. Die würde er in die eigene Tasche stecken – und das war noch besser als eine schöne Spardaka-Bilanz.

Zweifuß hatte auch für die verbleibenden drei Millionen ganz konkrete Vorstellungen, immerhin zwei davon legte er zu unterschiedlichen Zinssätzen und mit unterschiedlichen Anlagezeiträumen bei der Ehrenfelder Genossenschaft an. Eine Million zahlte er auf eine Art Luxus-Girokonto ein, das Jöckemöller justament während seines Gespräches mit Zweifuß erfand und auf das er – großzügig, wie er betonte – zwei Prozent Habenzinsen einräumte.

»Armleuchter«, dachte Zweifuß. An der Million auf dem Girokonto würde Jöckemöller nicht lange Freude haben. Der Porsche war erst anbezahlt, bis Ende des Monats würde eine umfangreiche Rechnung für äußerst exklusive Besuche in Restaurants und Etablissements anstehen. Außerdem war die Garderobe für die zweite Existenz in Köln zu bezahlen, diverse Accessoires, vor allem teurer Schmuck. Und jetzt suchte Zweifuß dringend eine schicke Penthouse-Eigentumswohnung.

Einstweilen wohnte er in einem Kölner Nobelhotel. Für den Porsche und einen VW Jetta, den er in seinem eigentlichen Leben in der Eifel benutzte, hatte er Dauerstellplätze in einer Tiefgarage in der Engelbertstraße angemietet. Und dort, in der Toilette des zweiten Untergeschosses, verwandelte sich der Multimillionär in den Briefträger Zweifuß zurück. Nach seinen Kölner Eskapaden wechselte Zweifuß dort die Kleider. Die noble Garderobe steckte er in einen Koffer, dem er zuvor Cordhose, Strickpulli und Jackett entnommen hatte. Den Koffer mit wechselndem Kleiderfundus stellte er wechselweise und je nachdem, in welcher Rolle er sich gerade befand, im Kofferraum des einen oder des anderen Wagens ab.

»Machen Sie es gut, Herr Zweifuß, wir werden alles zu Ihrer vollsten Zufriedenheit erledigen«, sagte Jöckemöller zum Abschied und er machte einen

Diener dabei, der einem Eifeler Kommunionkind in den sechziger Jahren zu Ehren gereicht hätte.

»Übrigens werden wir das mit Registrierung und Adressenangaben und Ihren ganzen Regularien und Formalitäten später erledigen, Herr Jöckemöller, in ein paar Wochen vielleicht, sobald ich hier in Köln was gefunden habe. Was Festes, meine ich.«

Dann hatte sich Zweifuß entfernt, war mit dem Porsche zur Engelbertstraße gefahren und dann mit einem Taxi vom Zülpicher Platz aus zu seiner Nobelherberge.

* * *

Kommissar Schojohann und Assistent Strubbel ahnten immerhin etwas vom Doppelleben des Kanterather Briefträgers, wegen des Anzugs von Hamani, der teuren Taschenuhr und des schweren Herrenrings. Aber die Dorfgenossen in Kanterath waren völlig ahnungslos, auch Sohn Peter war nicht im Geringsten eingeweiht. Ein Testament wurde zwar in einer metallenen Geldkassette in Zweifuß' Häuschen gefunden, aber von den Millionen auf den Kölner Konten war darin keine Rede. Es war das alte Testament. Es gab noch kein neues, in das Zweifuß die Millionen und deren Verwendung hatte eintragen und dieser Eintragung die entsprechenden Bankbelege hatte beiheften können.

Zweifuß hatte keine Zeit mehr gefunden, sein Testament zu ändern.

* * *

Bankdirektor Jöckemöller hatte schnell gehandelt. Äußerst schnell. Als Zweifuß gegangen war, hatte Jöckemöller die Fakten schnell rekapituliert: »Der Mann führt ein Doppelleben. Daheim in der Eifel soll keiner was von den Millionen wissen, die er gerade erst gewonnen hat und mit denen er sich in Köln eine zweite Existenz als Lebemann finanzieren will.«

Jöckemöllers krankes Hirn arbeitete fieberhaft: »Er hat gesagt, er will die ganzen Regularien nicht, keine Benachrichtigung, keine wasserdichte Registrierung. Er vertraut auf die Seriosität der Genossenschaftsbanken schlechthin. Ha!«

»Andererseits hat er gesagt, er will die entsprechenden Bankverbindungen, Konten, Fondsanteile und das Wertpapierdepot in seinem Testament benennen und die entsprechenden Belege dazu heften.«

Der Bänker begriff seine einmalige Chance: »Zweifuß hat die Anweisungen an die Lottogesellschaft unterschrieben, die sechs Millionen fließen in den nächsten Stunden zunächst auf das Sammelkonto der Spardaka. Von dort sollen sie morgen auf die Konten des Eifelers überwiesen werden, beziehungsweise für Wertpapierkäufe und Fondszeichnungen an die Börse fließen. Andererseits: Zweifuß verbringt die Nacht in Köln, wird also sein Testament erst frühestens anderntags in der Eifel ändern und die Querverweise zu den eröffneten Konten beiheften können.«

Wenn Zweifuß in dieser einen Nacht etwas zustieß, dann würde Jöckemöller die Kontoeröffnungen des Eifelers stornieren lassen und die sechs Millionen auf andere Konten bei anderen Banken umleiten, auf die er im In- und Ausland nach und nach Zugriff nehmen würde.

Aber wie sollte er Zweifuß finden? Wo sollte er ihn finden? Jöckemöller kannte weder das Hotel, in dem Zweifuß einstweilen residierte, noch sein bevorzugtes Restaurant oder die Pläne für sein nächtliches Unterhaltungsprogramm.

Der Banker schüttelte plötzlich den Kopf: »Unsinn, das ist doch alles Unsinn. Die finanzielle Seite des Plans ist natürlich genial. Aber den Mann in Köln zu finden, das ist wie die Suche nach einer Stecknadel im Heuhaufen. Außerdem bin ich kein Mörder.«

* * *

»Wir haben nichts, aber auch gar nichts in den Händen«, schimpfte Kommissar Schojohann: »Der Mann ist Briefträger in der Eifel mit 2500 Mark netto und wird bei uns als Wasserleiche mit tausende Mark teuren Klamotten und Lametta für 30-40 000 Mark aus dem Rhein gefischt. Nichts fehlt, offenbar liegt gar kein Verbrechen vor. Einen Grund, warum sich Zweifuß hätte umbringen sollen, ist ebenfalls weit und breit nicht in Sicht.«

Strubbel nickte: »Wir sollten den Fall zu den Akten legen. Der Mann hatte

»Mord unn Duedschlaach« – Leichen im Keller

1,1 Promille. Das ist zwar nicht die Welt für so einen trinkfesten Eifeler, aber es reicht, um irgendwo in den Bach zu fallen.«

* * *

Während Jöckemöller sich noch selbst davon zu überzeugen bemüht war, den zwar genialen, aber eben doch teuflischen Plan zu verwerfen – vor allem wegen der Unmöglichkeit seiner Durchführung – klingelte das Telefon.

»Ein Herr Zweifuß für Sie, Herr Jöckemöller!«

»Stellen Sie durch! Nein, halt, lassen Sie sich die Nummer geben. Ich verabschiede gerade einen Kunden. Ich werde sofort zurückrufen. In zwei Mi-

Allzeit freundlich und kompetent sorgen die Bankkauffrauen des Telefonteams der VR-Bank Nordeifel im richtigen Leben dafür, dass kein Kunde nach Köln abwandern muss: Im Gegenteil. Foto: Manfred Lang/Agentur ProfiPress

nuten. Lassen Sie sich die Nummer geben, Fräulein Dahmen!«

Jöckemöller jubelte. Aufgeregt trat er von einem Fuß auf den anderen.

Fräulein Dahmen, seine Vorzimmerdame, klopfte. Auf dem Zettel, den sie Jöckemöller überreichte, stand eine Nummer. Es war eine Zimmerdurchwahl im Hotel im Wasserturm.

Zweifuß hatte telefonisch eine Änderung durchzugeben bezüglich der einen von zwei Millionen, die er ursprünglich auf Festgeldkonten der Spardaka hatte deponieren wollen. Jöckemöller nahm die Orders für den Erwerb weiterer Aktien und Fondsanteile beflissen entgegen, wünschte einen angenehmen Abend und machte beim Auflegen des Hörers eine seiner übertriebenen Verbeugungen.

Wenig später wartete Jöckemöller schon vor dem Hotel im Wasserturm. Für den Fall, dass Zweifuß mit dem Auto oder mit einem Taxi abfahren würde, hatte er einen zuverlässigen Mann mitgebracht. Der wartete um die Ecke, mit laufendem Motor. Jöckemöller selbst stand mit Hut, Mantel und dunkler Brille in Sichtweite des Haupteingangs.

Gegen 20.30 Uhr erschien Zweifuß – und zwar zu Fuß. Jöckemöller heftete sich an seine Fersen.

* * *

Strubbel, ausgerechnet Strubbel widersprach Kommissar Schojohann: »Wir sollten den Fall noch nicht abschließen. Noch nicht. Wir sollten noch zwei Sachen abchecken.«

»Wieso und was denn, bitte schön? In der Eifel weiß keine Sau vom süßen Zweitleben, das der Postbote nebenbei geführt hat. Und hier weiß überhaupt keiner irgendwas, keiner kennt Zweifuß, keiner hat ihn gesehen. Vielleicht hat der ja sein Dolce Vita in Trier oder Koblenz oder was weiß ich wo aufgezogen.«

Strubbel räusperte sich: »Die Leiche lag nicht so lange im Rhein, Chef. Der ist hier in den Bach gefallen oder geschubst worden. Vielleicht ging die Sache ja noch nicht lange.«

»Was soll das heißen?«

»Vielleicht war Zweifuß gerade erst dabei, sich in Köln nebenbei einzurichten?«

»Hm.«

»Wenn wir wüssten, woher das Geld stammt; mit dem er sich so Sachen wie Hamani leisten konnte.«

»Also, Strubbel, welche zwei Dinge sollen wir noch abchecken?«

»Woher die Kohle kam – in seinen Eifeler Bankunterlagen gibt es ja nicht den geringsten Hinweis. Wahrscheinlich hat er in Köln eine zweite Bank.«

»Okay, wie klabastern die Banken und Sparkassen ab, außerdem die Hotels und Pensionen. Irgendwo wird er ja übernachtet haben, wenn er in Köln war.«

»Und wir sollten West-Lotto einschalten«, schickte Strubbel hinterher: »Und das Spielcasino Bad Neuenahr.«

»Sie meinen ...«

»Der Zweifuß hat keine Bank überfallen. Durch Arbeit ist er aber auch nicht zu Geld gekommen. Von einer Erbschaft wüssten wir was. Der kann die Kohle für Hamani und solche Scherze eigentlich nur gewonnen haben.«

* * *

Schojohann rieb sich die Hände. Und er lobte Strubbel, was so gut wie nie vorkam. So viele Hinweise nach nur drei Tagen waren nicht zu erwarten gewesen.

Bernhard Zweifuß aus Kanterath war bei West-Lotto in Münster ein wohlbekannter Name. Der Mann hatte vor drei Wochen mit einem Sechser plus Superzahl ziemlich genau elf Millionen abgesahnt.

Das Gesicht auf dem Fahndungsbild kam auch dem Portier des Hotels im Wasserturm äußerst bekannt vor: »Herr Beerbaum, Zimmer 143«.

Und Fräulein Dahmen, die Vorzimmerdame des Ehrenfelder Spardaka-Vorstandsvorsitzenden Julius Jöckemöller, war ebenfalls entzückt, den Polizeibeamten weiterhelfen zu können: »Das ist ein Kunde von uns, ein guter Kunde, offenbar. Der Chef persönlich hat ihn bedient. Er wird Ihnen weiterhelfen.«

Fräulein Dahmen drückte die Sprechtaste: »Herr Jöckemöller, hier ist die Polizei, Kripo Köln, man möchte Sie sprechen!«

Jöckemöller war alles andere als entzückt. Nervös trat er von einem Fuß auf den anderen. Das Werbeplakat in seinem Rücken wirkte irgendwie deplaziert: Wir machen den Weg frei!

»Kenn ich nicht, nie gesehen, den Mann!«

»Aber, Herr Jöckemöller, gucken Sie doch erst mal in Ruhe hin. Ihre Sekretärin hat das Gesicht auf Anhieb wiedererkannt.«

Der Banker besann sich eine Weile, den Blick auf das Fahndungsfoto geheftet: »Ja, jetzt erinnere ich mich. Dreifuß oder so hieß der Mann. Er hat sich hier wegen einer Geldanlage beraten lassen. Aber wir sind uns nicht einig geworden. Wahrscheinlich wurden ihm anderswo bessere Konditionen geboten.«

»Um welche Summe ging es denn?«, fragte der Kommissar. Da klingelte sein Handy: »Entschuldigung – Schohjohann!«

»Strubbel! Also, Chef: Im Hotel gibt es keinen Hinweis auf irgendwelche Bankverbindungen. Wir haben allerdings 28 000 Mark Bargeld gefunden.«

»Danke, Strubbel. Entschuldigen Sie, Herr Jöckemöller: Um wieviel Geld ging es?«

»Es wurde keine konkrete Summe genannt. Wir haben von einigen Hunderttausend Mark gesprochen. Das ist viel Geld für so ein kleines Institut, müssen Sie wissen. Aber wir konnten nicht mit den Zinssätzen konkurrieren, die die großen Häuser dem Kunden geboten hatten.«

Schon wieder klingelte Schojohanns Handy.

»West-Lotto, Josef Klein. Sie kriegen die Unterlagen in Kopie noch schriftlich. Ich wollte Ihnen nur vorab schon mal telefonisch Bescheid sagen: Die Summe ist laut Anweisung des Gewinners auf mehrere Konten bei mehreren Banken überwiesen worden. Die meisten davon in Köln.«

»Mist!«

»Moment, Herr Kommissar. Da ist noch was: Sechs Millionen sind auf einen Rutsch überwiesen worden.«

»Wohin?«

»Spar- und Darlehenskasse Köln-Ehrenfeld.«

* * *

Fräulein Dahmen guckte ziemlich dumm aus der Wäsche, als ihr Chef und Kommissar Schojohann die Bank Hand in Hand verließen. In seiner anderen Hand trug der Polizist eine dünne Mappe mit Unterlagen. Jöckemöller trug Handschellen. »Wir machen den Weg frei«, sagte Kommissar Schojohann, als sie an der verblüfften Sekretärin vorbeikamen.

Im Wilden Westen

E s war der 16. September. Kirmesmontag in Düttlingen. Die wenigen halb zerfallenen Fachwerkhöfe duckten sich an die Flanken des Kermeterforstes. Es nieselte, der Himmel war grau und verhangen, ein leichter Wind wehte. Blätter schwebten zu Boden. Der Sommer war lang und trocken gewesen. Jetzt brach der frühe Herbst erbarmungslos über die nördliche Eifel herein.

Es war 10 Uhr am Vormittag, doch Düttlingen schlief. Es war Kirmesmontag. Die meisten waren erst am frühen Morgen in ihre Betten gefallen, manche schnarchten in Ställen und auf Heuschobern, andere waren bereits im Dorfsaal in Tiefschlaf gefallen, an Tischen und Tresen, zwei lagen sogar sperrig auf der Tanzfläche im alkoholischen Koma. Der Regen schepperte auf das Blechdach.

Boskopp hing am Baum. »Dort, wo er hingehört«, dachte Schojohann. Boskopp hatte sich keine der mächtigen Fichten ausgesucht, die den Waldrand des Kermeter hier oben auf der Eifelhöhe zahlreich säumten. Boskopp hing im Obstbaumgürtel, der Düttlingen umgab. Sein Strick war nicht um den dicken Ast eines Baumes der Sorte »Boskopp« gewickelt, sondern war im Geäst einer Winterrenette befestigt worden. Boskopp hatte nur wenig daneben getippt, wegen der Dunkelheit vermutlich.

Die dichten Pflanzungen aus Apfel-, Birn- und vor allem Pflaumenbäumen, die noch heute viele der Nordeifeler Dörfer umgeben, stammten aus den tausend Jahren zwischen 1933 und 1945, als man Blut und Boden förderte und den Bauern Prämien fürs Obstbaumpflanzen zahlte, um aus der nördlichen Eifel eine Art Vorgebirge oder Havelland zu machen. Doch dieses Eifelobst wollten die Leute nur in Notzeiten essen, so zwischen 1943 und 1963 fand es, wenn auch spärlich, Absatz in der Hocheifel, in der Schneifel und in der vulkanischen Eifel, wo das Klima noch beschissener, die Stürme noch rauer und die Winter noch kälter waren als hier, und wo folglich nicht mal mehr schrumpelige Äpfel und schorfbedeckte Birnen gediehen. Nur die Nordeifeler Pflaumen blieben begehrt bis heute. Bei den Bäckern am nahen Bleiberg und im Flachland zur Pflaumenkuchenzeit.

Im Obstbaumgürtel von Düttlingen hing dieser Boskopp nun, völlig ausgependelt, ruhig im Regen, das Haar tropfte, auch das Kinn. »Boskopps Kopp«, hatte Lina gesagt, als sie Schojohann in Schaleiden auf der Wache angerufen hatte, »tropp.«

Die Magd des Fusselbauern von Düttlingen hatte Boskopp gefunden. Eigentlich nur gesehen, von weitem, auf dem Weg zum Stall, er war ihr wie eine viel zu große Frucht vorgekommen. Dann sah sie im Näherkommen die schlaff am Körper herab hängenden Arme, das geneigte Haupt, den Strick. Lina wendete sich ab und lief schreiend zum Stall zurück. Zum Telefon, nein, zuerst zum Fusselbauern, doch der war nicht wach zu kriegen. Dann zu Lindengert, dem Knecht, doch in dessen Kammer traf sie nicht nur den schnarchenden Gert an, sondern auch Marie-Thres, die Fusselbäuerin, die ebenfalls trotz heftigen Rüttelns und Schüttelns scheinbar keine Form von Bewusstsein an den Tag legte.

Also wählte Lina selbst: Null-Zwo-Vier-Vier-Fünf/ - Acht-Null-Fünf-Null. »Polizeistation Schaleiden, was kann ich für Sie tun?« »Schojohann, Kommissar Schojohann bitte«, stammelte Lina.

* * *

Schojohann stammte aus Hirngarten, einem Nachbardorf von Düttlingen. Lina kannte ihn von der Volksschule und von den Kirmesbällen. Schojohann war der einzige Polizist, den Lina kannte. Er setzte sich sofort in seinen VW Passat und fuhr über Gemünden den Dürener Berg hinauf, in die Tiefen des Kermeter hinein und bei Düttlingen wieder raus. Das Haus des Viehhändlers Fussmattes war als Treffpunkt ausgemacht worden. Von dort führte Lina Schojohann zum hängenden Boskopp.

»Selbstmord, alles klar«, sagte Schojohann, und sein Assistent Strubbel nickte. Wie beiläufig wandte sich der Kommissar dann zu Lina und fragte: »Was wollte der in Düttlingen, war er auf der Kirmes, war er auf'm Ball?«

»Sicher«, hatte Lina geantwortet: »Er war doch der Star des Sonntagabends. Man hatte ihn engagiert, als Alleinunterhalter. Sie wissen doch – Boskopp konnte Hammondorgel spielen und vor allem stundenlang Witze über die Eifel und die Eifeler machen.«

»Ja, ja. Weiß ich. Hab' ihn auch selbst mal erlebt in Oberschömbach im Ländchen. Fastnacht. Da sind die Leute ausgerastet, wie der sogar den Bürgermeister Haas von Blumenthal verarscht hat. Und in Udenbreth habe ich ihn auch mal gesehen, doch da haben die Leute zunächst gar nicht gelacht und abgewartet, wie ihr Sheriff, der Victor, reagieren würde. Erst als der Victor gelacht hat und geklatscht und sich gebogen und auf die Schenkel geklopft, als er von Boskopp durch den Kakao gezogen wurde, da hat auch der Saal angefangen zu toben über Boskopps Witze.«

»Kleines krummbeiniges, diebisches Bergvolk hat er die Eifeler genannt«, mischte sich Strubbel ein: »Oder kennen Sie den von Boskopp, wo der Eifeler Vorarbeiter seinen ausländischen Kollegen am Bau den Lohn ausbezahlt? Tausend Mark für mich, tausend Schilling für den Österreicher, 1000 Lire für den Italiener. Und noch mal 1000 Mark für mich, 1000 Schilling für den Österreicher, 1000 Lire für den Italiener. Hört der Eifeler, wie der Österreicher zu dem Italiener sagt: »Leiden mog i die Eifeler jo nitt, aber korrekt san sie!«

Schojohann klopfte sich auf den rechten Oberschenkel, lachte scheppernd, dann fiel ihm ein, dass in seinem Rücken Boskopp am Baum hing, und das Lachen blieb ihm im Hals stecken. Zu Lina gewandt, sagte er: »Wir werden den Boskopp jetzt pflücken, Entschuldigung, ich meine vom Baum abnehmen. Der Beerdigungsunternehmer Ernst aus Cammern wird ihn abholen. Dann wird er obduziert. Am Mittwoch, wenn die Düttlinger wieder nüchtern sind, komme ich wieder. Dann werden wir sehen. Ist Dir was aufgefallen am Sonntagabend?«

»Was soll mir aufgefallen sein«. Lina wich einen Schritt zurück, weil Schojohann sich zu ihr vorgebeugt hatte.

»Na, ob der Boskopp vielleicht besoffen war, einen bedröppelten Eindruck gemacht hat, ob er mit einem im Saal Krach hatte oder eine Liebschaft im Dorf. Was weiß ich, was Auffälliges eben?«

Lina starrte Schojohann an. Ihr Blick war leer, Zwar dämmerte etwas von einer Ahnung in ihr, aber sie konnte es nicht in Worte fassen. »Nein, ich weiß nix«, sagte sie schnell, drehte sich auf dem Fuß um und entschwand aus dem Streuobstgürtel von Düttlingen zurück ins Dorf, auf den Fusselhof.

Schojohann schaute ihr nach: »Wir werden sehen.«

* * *

Strubbel fuhr nach Kaltenberg, wo Boskopp wohnte und aufgewachsen war.

Geboren worden war der dritte Sohn von Flüchtlingen aus dem ostpreußischen Heiligenbeil allerdings im Frühjahr 1945 unterwegs, in einem Nest in Niedersachsen. Dann hatte die Familie zwei Jahre in einem Lager im Westharz zugebracht, dann war man zu Verwandten ins Ruhrgebiet gezogen. Dort wiederum hörte der Vater, 1954, vom aufstrebenden Preussag-Bleibergwerk bei Lecherlich, einem der größten und modernsten in Europa, das Facharbeiter für die Erzaufbereitung suchte. Man suchte ihn und nahm ihn. Die Familie Boskopp zog nach Kaltenberg.

»Pimock!« war das erste Eifeler Schimpfwort, an das sich die fünf Boskopp-Kinder – außer den drei Jungen gab es noch zwei Mädchen – in der einklassigen Kaltenberger Dorfschule gewöhnen mussten. »Pumuckl« war damals noch nicht erfunden. Ebenso wenig wie »Meister Eder«. »Pimock« war auch kein schnuckeliger Kobold, sondern der rheinische Schmähruf für die Heimatvertriebenen aus dem Osten, die jetzt im äußersten Westen ein neues Stück Erde suchten, auf dem sie sich niederlassen konnten. »Pimock« riefen also selbst die Kaltenberger den Flüchtlingskindern nach, obwohl Dreiviertel der Bevölkerung aus irgendwann von irgendwo zugezogenen Bergarbeitern, Tagelöhnern, armem Volk, Flüchtlingen vor der eigenen Armut, bestand. Doch die bereits vorhandenen Arme-Leute-Kinder schimpften die neu hinzu gezogenen Arme-Leute-Kinder aus: »Pimock«, »Hungerleider«. »Rucksack-Pack«.

Doch die Zeit macht alles heil. Auch in der Eifel und selbst in Kaltenberg. Die vier Boskoppkinder – das kleine Sophiechen starb mit vier an Tuberkulose – assimilierten sich, und als sie nach dem achten Schuljahr die Kaltenberger Volksschule verließen, da hätte sie keiner mehr von einem anderen Kaltenberger oder Strümpter oder Roggenfelder Bergarbeiterkind zu unterscheiden gewusst. Auch und vor allem sprachlich nicht. Der dritte Boskoppsohn war der talentierteste von allen, er beherrschte selbst Redewendungen, die nur noch die Achtzigjährigen verwendeten. Von ihnen guckte er sich auch Mutterwitz und Selbstironie ab. Und die Angewohnheit, nichts wirklich ernst zu nehmen, auch das Tragische nicht.

* * *

»Die Eifeler sind ein gewitztes, aber ehrliches Völkchen, mit einer Ausnahme«, hatte Boskopp am Kirmessonntagabend im Düttlinger Dorfsaal ausgerufen – und alle hatten vor Spannung die Luft angehalten, wer das denn sein könnte: »Es sind die Düttlinger. Die Düttlinger werden blind geboren und kriegen erst mit neun Tagen die Augen auf. Aber wenn sie die Augen erst aufhaben, dann sehen sie Dich auch schon kommen.« Schallendes Gelächter erhob sich im Saal. Die Düttlinger fühlten sich geschmeichelt. »Du Düttlingen bist keineswegs das geringste unter den Stätten im Land der diebischen und krummbeinigen Eifeler.«

In Düttlingen lebten, im Klartext Boskopps also, mithin die größten der Eifeler Spitzbuben, die bereits katzengleich geboren werden, und »jemanden kommen sehen«. Mit dieser Floskel wiederum umschreibt man in der Nordeifeler Mundart gemeinhin die Eigenschaft, jemanden genau zu taxieren, um ihn an seiner schwächsten Stelle packen und übers Ohr hauen zu können.

»Man kann über die Düttlinger sagen, was man will«, hatte Boskopp weiter ausgeholt – und eine bedeutsame Pause gemacht: »Es stimmt immer!« Wieder brüllte der Saal. Man hatte verstanden: Noch der schlimmste Vorwurf müsste demnach ein Kompliment für einen Düttlinger sein, selbst, wenn man ihm die größte Schuftigkeit oder Dummheit auf den Kopf zusagte oder in die Schuhe schöbe, so musste die Umschreibung doch noch als stark untertrieben, ja als Kompliment gelten. »Wenn der Düttlinger Dir die Hand gibt, dann musst Du nachzählen, was Dir geblieben ist. Denn zehn Finger sind es unter Garantie nicht mehr.«

* * *

Boskopp hatte nach der Volksschule eine Lehre bei der Spar- und Darlehenskasse in Scheven gemacht. Später hatte er in der Landhandelsfirma Strotkötter in Lecherlich einen Buchhalterposten. Parallel zum trockenen Berufsleben

Für Motorrad- und Trikertreffen ist der Mühlenpark Mechernich, ein ehemaliges Landesgartenschaugelände, anscheinend gut geeignet.
Foto: Rotes Kreuz im Kreis Euskirchen/Agentur ProfiPress

hatte er sein musikalisches und humoristisches Talent ausgebaut. Karneval ging er »in die Bütt«, dann trat er auch bei Volks- und Familienfesten auf. Dabei nannte er sich vornehm »Conferencier« oder »Alleinunterhalter«, doch was Boskopp betrieb, war keineswegs Conference oder Unterhaltung, sondern es war eine Ein-Mann-Mundart-Musik-Schau, kombiniert mit einer Art derbrustikalem Eifelkabarett.

Nie konnte Boskopp ganz sicher sein, richtig, also in seinem abgedreht humoristischen Sinn verstanden zu werden. Im Karneval narrte er die Massen zum Beispiel, indem er sie im Nullkommanix dazu brachte, was sie nie für möglich gehalten hätten, dass sie es tun würden, nämlich Ende des 20. Jahrhunderts spontan und lauthals noch einmal so etwas wie »Heil, Hitler« aus ihren Kehlen zu brüllen. Doch dieser Ruf saß offenbar noch tief, und Boskopp kitzelte ihn einfach aus ihnen heraus.

Er nannte die Sache »Stimmungstest« und veranlasste den jeweiligen Saal vor ihm, erst mehrmals »Zickezacke, zickezacke, hoi, hoi, hoi« zu grölen und zwar so lange, bis ihm die Stimmung an der Lautstärke des »Hoi, hoi, hoi« gemessen, ausreichend laut erschien. Dann schleuderte Boskopp plötzlich ein »Hipp-hipp« hinterher und alles brüllte: automatisch »Hurraaa«. Unvermittelt und harmlos rief Boskopp dann noch rasch »Sieg ...« und die Menge grölte wie programmiert ihr » ... Heil« zurück zur Bühne. Die Schrecksekunde, als es raus war, und die damit eintretende Peinlichkeit überbrückte Boskopp mit einer vorwurfsvollen Frage ins Publikum hinein: »Wer war das?«. Dabei ließ er den Blick strafend durch die Reihen gleiten, seinen rechten Zeigefinger mahnend in die Höhe haltend wie ein alter Dorfschulmeister. Dadurch wirkte das Ganze so grotesk, dass es die Zuhörer schon fast wieder als Lob empfinden mussten, dass sie brav »Sieg Heil« gebrüllt hatten.

Nur einmal, in Tortenheim, waren nach Boskopps Auftritt neun oder zehn junge Männer bei ihm in der Garderobe aufgetaucht, hatten sich vor ihm aufgebaut, die Hände in die Seiten gestemmt und gefragt: »Was sollte das mit dem Siegheil, was?« Boskopp war verunsichert zurückgewichen: Hatten die Jungs den Gag wirklich nicht verstanden oder hatten sie ihn überinterpretiert, sich dadurch womöglich in ihrer rechten Ecke ertappt gefühlt?

»Ein Gag ist das, Leute«, hatte Boskopp gesagt und versucht, dabei zu lächeln. »Ein Witz, um zu zeigen, dass die große Masse Dir einfach alles nachbrüllt, wenn sie die dazugehörenden Wörter kennt ...«

Die Jungs nahmen das so zwar hin, zwei kamen aber noch etwas dichter an Boskopp heran, schubsten ihn gegen die Garderobenwand, einer schmiss – »Wie ungeschickt von mir?« – Boskopps Verkleidungskoffer zu Boden. »Ein Gag? Nur ein Gag, na dann ist ja alles in Ordnung.«

* * *

Lina versuchte am Mittagstisch, den vom Scheintod erwachten Schnapsleichen am Mittagstisch zu erklären, was passiert war.

»Na, das will ich hoffen, dass der Boskopp am Baum hängt«, hatte der Fusselbauer geraunt: »Und wachsen soll er noch, nach dem trockenen Sommer ist er doch ziemlich mickrig. Und sauer wird er sein.« Dann wandte er sich an seine Frau: »Wo hast Du denn gelegen diese Nacht, Marie-Thres, nach dem Ball. Ich meine, ich weiß zwar auch nicht, wie ich ... Aber Du lagst nicht da, neben mir, wo Du sonst liegst, heute morgen«.

»Morgen? Mittag war es schon, Du Tuppes«, rief die Bäuerin aufgebracht: «Ich hab schon lang datt Bett jemacht jehabt neben Dir, Du Schlawengel. Ich war att lang op, als Du Deine versoffenen Schweinsäujelchen überhaup erst aufjetan hass. Nett, Jerett?«

»Ja, jaaa«, brummte der Knecht unwillig, nickte aber dabei. Seinen schmerzenden Schädel hielt Lindengert zwischen beiden Händen, die Ellbogen auf die Tischplatte gestemmt. »Mir hann de Köh eruss jedonn, deng Frau und ich, Buur.«

»Besser die Kühe raus gelassen als die Sau, ne?«, lachte der Bauer plötzlich und klopfte sich lachend auf die Schenkel. »Der hätt' jetz von dem Boskopp senn könne, ne?«

Damit wurden alle wieder ernst. Wie aus dem Nebel tauchten Bilder vom Kirmessonntagabend auf. Der Ball war längst vorbei, die Frauen und verheirateten Männer saßen an den Tischen und soffen, die unverheirateten Männer standen an der Theke und soffen. Boskopp stand bei den jungen Männern, riss noch immer Witze.

* * *

»Sie meinen, er hat sich gar nicht aufgehängt?« Kommissar Schojohann blieb staunend stehen. Er war im Obduktionsraum auf und ab gelaufen, während Dr. Heiner Hinsen ihm Bericht erstattete.

»Exakt«, erklärte der Arzt: »Er hat sich nicht, aber er wurde eventuell aufgehängt, dieser Boskopp.«

»Warum und von wem?«

»Das rauszukriegen ist wiederum Ihre Sache, lieber Schojohann. Was mich und meinen Job betrifft, so habe ich Schürfwunden und Hämatome gefunden, die darauf hinweisen, dass man Boskopp vor seinem Ableben ziemlich unsanft angepackt hat. Ich vermute sogar, dass man ihn zwischendurch an Händen und Füßen gefesselt hatte, ehe man ihn in den Renettenwipfel hängte.«

»Das ist ja ein Ding. Das wäre ja wie, wie …«

»Sprechen Sie es aus Schojohann: Wie im Wilden Westen!«

»Boskopp ist gelyncht worden, Doc?«

»In der Tat, so sieht es aus, Sheriff!«

* * *

Strubbel kam in Kaltenberg nicht weiter. Boskopp war unverheiratet, die Eltern tot, die Familien von zwei Geschwistern lebten zwar noch im Dorf, ebenso wie Boskopp bis zu seinem vorzeitigen Verscheiden, doch man pflegte nur oberflächlichen Kontakt. Boskopp war in festen Händen, er pflegte seit Jahr und Tag eine Liaison mit einer verheirateten Person aus Bleigarten, »et Schmitze Billa« genannt, eine Frau um die Fünfzig mit viel Busen und Hintern, kein »Fettwammes«, wie die Eifeler dicke Frauen nannten, sondern durchaus attraktiv. Das Ganze schien sich auf rein sexueller Ebene abzuspielen, so erzählten jedenfalls Boskopps Verwandte in Kaltenberg dem Kriminalassistenten: Nie habe man die beiden bei irgendeinem öffentlichen Anlass gemeinsam gesehen. Zu seinen zahlreichen Auftritten freitags und samstags, manchmal auch wochentags und sonntags sei Boskopp grundsätzlich alleine gefahren.

* * *

Die Frau, mit der Boskopp seit Jahr und Tag liiert war, fiel aus allen Wolken, als Strubbel sie aufsuchte, weinte heftig, schrie sogar ein wenig, ehe sie zusammensackte in dem großen Plüschsofa im Wohnzimmer. Billa schluchzte: »Warömm? Wiesu? Om Döddeling öss datt passiert?« Strubbel fragte nach möglichen Motiven für einen Selbstmord. Die Frau hörte augenblicklich auf zu weinen, hob ihr tränenverschmiertes Gesicht zu dem Polizisten und schüttelte den Kopf: »Keine Ahnung. Selbstmord? Ab-so-lut aus-je-schlossen. Der Boskopp un ich, müssen se wissen, der Boskopp un ich ...« Die Dame machte eine viel sagende Pause, während der sie lange die Augen schloss, um sie dann wieder zu öffnen: »Nee, ausjeschlossen.«

»Was sagt Ihr Mann eigentlich zu Ihrem entzückenden Verhältnis?«, entfuhr es Strubbel unwillkürlich.

»Fraren Se ihn doch selber«, erklärte die Frau schnippisch: »Den finden Sie übrigens meistens an Ort und Stelle, wo sie den Boskopp am Baum jefunden haben. Om Düddeling!«

* * *

»Stellen Sie sich vor, Strubbel, der Boskopp ist nicht freiwillig an den Baum gekommen, die Düttlinger haben ihn gelyncht!«

»Das ist ja nicht Ihr Ernst, Schojohann!«

»Doch, doch. Boskopp ist aufgehängt worden. Mit ziemlicher Sicherheit hat man ihm vorher Arme und Beine mit einem Strick zusammen gebunden. Lesen Sie selbst!«

Schojohann reichte seinem Assistenten den Obduktionsbericht quer über die sich gegenüberstehenden Schreibtische. Strubbel las.

»Das gibts ja nicht«, raunte er dann.

»Die Frage ist nur«, fuhr Schojohann fort, »ob es wirklich die Düttlinger waren, die ihn aufgehängt haben, und vor allem, welche von ihnen. Warum sie ihn aufgehängt haben könnten, wissen wir auch noch nicht.«

»Weil er sie den ganzen Abend verarscht hat, bestimmt nicht«, sagte Strubbel.

»Deswegen hat Boskopp selten, aber hin und wieder schon in den Dörfern einen aufs Maul gekriegt«, sagte Schojohann: »Aber im Prinzip haben Sie Recht, Strubbel, das waren immer nur einzelne, mit denen er seinen Spott zu weit getrieben hatte.«

»Der Mann von dem Boskopp seinem Verhältnis ...«

»Er hatte ein Fisterenöllchen, eine Liebschaft?«

»Der ihr Mann arbeitet in Düttlingen.«

»Sieh an, sieh an, den sollten wir uns anschauen!«

* * *

Hubert Schmitz arbeitete bei dem Forstunternehmer und Holzfuhrmann Rudolph Hürlimann, den sie im Dorf wegen der Abstammung seines Großvaters nur den »Schweizer Rüdd« nannten. Obwohl Rüdd kein Schwyzerdütsch, sondern Eifeler Platt wie alle anderen redete, pflegte er seine Andersartigkeit. Hürlimann hieß immerhin kein anderer Mensch in der Eifel. So hing er an Kirmes nicht die rot-weiß-gestreifte Kirmesfahne aus dem obersten Speicherfenster, sondern die Schweizer Nationalflagge. Auch für seine Forstschlepper, den Pferdeanhänger und den Langholz-Lkw hatte sich Rüdd kleine Aufkleber machen lassen, ein Firmen-Logo mit weißem Kreuz auf rotem Grund und der Aufschrift: »Holzkompetenz, die alles kann: Hürlimann«.

* * *

»Sie kennen sich aus mit Bäumen!?«, sagte Schojohann.

»Klar«, antwortete Schmitz.

»Auch mit Obstholz?«

»Nee, kenn ich nich.«

»Auch nicht mit Boskopp-Bäumen?«

»Ich weeß jenau, woropp Sie eruss wolle, Kommissär. Äver, do send se om Holzweesch.«

»Wieso bin ich auf dem Holzweg?«

»Ich hann der Boskopp nett ...«

»Aha, der Boskopp hat sich gar nicht selbst aufgehängt, mit ihm ist was gemacht worden? Interessant, Schmitz, verplappern Sie sich ruhig weiter . . »

»Ich hann, ich ben, ich ...«

»Sie waren dabei, Schmitz, nicht wahr? Kirmesmontagmorgen war es, Ihr wart besoffen!«

»Ich war nett dabei, Herr Kommissär!«

»Wobei?«

Schmitz senkte den Kopf. Er stand in der Werkstatt von Hürlimann, die Werkbank im Rücken, das Hemd offen, die Haare zerzaust, die zitternden Hände ölverschmiert. Schojohann stand breitbeinig im weit geöffneten Werkstatttor, einen Schlapphut auf dem Kopf, einen weit geöffneten Trenchcoat um die Schultern, die Hände in die Hüften gestemmt – wie im Krimi. Schmitz musste blinzeln, als er den Blick wieder hob, um Schojohann anzusehen.

»Ich weeß nett wobei. Ich wor jo nett dobei!«

Schojohann spürte, dass Schmitz bereits weich war. Der Mann war bei Gott nicht der Hellste und er hatte sich innerhalb einer Minute bereits zweimal verquasselt. Auf dem Revier würde er ihm innerhalb einer Nacht alles Weitere entlocken.

»Wissen Sie was, Herr Schmitz, Sie waschen sich jetzt schön die Hände, ziehen sich eine andere Hose und eine Jacke an und dann fahren wir nach Bleigarten zu Ihrer lieben Frau.«

Schmitz zuckte verschreckt zusammen: »Warömm?«

»Warum, fragen Sie? Sie machen mir Spaß. Sie wissen es, Ihr Frau weiß es, selbst Boskopps buckelige Verwandtschaft in Kaltenberg weiß es. Und wir wissen es natürlich auch, dass Ihre charmante Gattin und dieser Boskopp ein ...«

»Unn?«

»Ja und? Dazu will ich Sie in aller Ruhe auf dem Revier in Schaleiden befragen, lieber Herr Schmitz. Bei Ihrer lieben Frau in Bleigarten holen wir nur ein paar Sachen für Sie ab.«

»Watt?«

»Das Nötigste: Pantoffel, Zahnbürste, einen Schlafanzug. Kommen Sie!«

* * *

Strubbel hatte Lina zum Tatort mitgenommen. Die Polizei hatte ihn freigegeben, die Leute vom Martinshof hatten inzwischen wieder ihre Kühe auf die Wiese treiben dürfen.

»Na, Lina, fällt Ihnen noch immer nichts zum Sonntagabend ein, was uns interessieren könnte?«

Wie aus dem Nebel tauchten die Bilder vom Kirmessonntagabend in ihr auf. Der Ball war längst vorbei, die Frauen und verheirateten Männer saßen an den Tischen und soffen, die unverheirateten Männer standen an der Theke

Im Wilden Westen der Eifel geht es auch heute noch zuweilen wild zu, besonders in der Mainacht, wenn sich Dörfer gegenseitig versuchen, die Maibäume zu stehlen oder zu fällen. Unser Bild zeigt den Morgen des 1. Mai 2010 in Glehn – alles ist gutgegangen, der Dorfmaien steht noch. Foto: Manfred Lang/pp/Agentur ProfiPress

und soffen. Boskopp stand bei den jungen Männern, riss noch immer Witze.

»Gegen 2 Uhr kam der Hürlimann rein in den Saal, den hatte ich bis dahin noch gar nicht gesehen. Er tippte dem Schmitz auf die Schulter. Beide gingen raus.«

»Und Boskopp?«

»Blieb!«

»Und dann?«

»Zunächst jedenfalls«.

* * *

Marie-Thres, die Fusselbäuerin, wusste nicht, was sie tun sollte.

»Der Bauer schlächt mich tot, Jerrett!«

»Kann passiere!«

»Watt soll ich dann maache?«

»Nix saache, Ruhe bewahre!«

Marie-Thres Fussel hatte ihren Mann unzählige Male hintergangen. Seit Jahr und Tag. Mit unterschiedlichen Männern. Fussmattes, den Viehhändler, hatte sie becirct, den Besamungstechniker Blumenstock hatte sie aus dem Kuhstall in die Scheune gedrängt, und Poss-Büffel, den Briefträger, in die gute Stube und aufs Sofa gezogen. Bislang war es nie aufgefallen, selbst wenn sie zwischendurch mit dem Knecht Jerrett zwischen Nachmittagskaffee und Melkzeit eine schnelle Nummer aufs Parkett des Getreidespeichers gelegt hatte.

Doch seit Kirmes war alles anders.

* * *

Es dauerte nicht einmal zwei Stunden, da war der arme Schmitz, Göttergatte der Boskopp-Geliebten, Wachs in Schojohanns Hand. Der Kommissar knipste die Schreibtischlampe an, den Lichtkegel mitten in das Gesicht des Verhörten gerichtet:

»Ich kann Sie gut verstehen, sehr gut, Schmitz. Jahr und Tag treibt es dieser Pimock, dieser Leute-Verarscher mit Ihrer lieben Frau. Sie können nix machen, müssen zusehen, Ihre Frau liebt ihn. War ja ein schmucker Kerl, dieser Boskopp, auf den standen die Weiber. Wer weiß, was der noch für Vorzüge hatte!«

Schmitz starrte in das Licht der Lampe. Schweiß stand auf seiner Stirn, klebte auf seinen Handrücken.

»Manche wird ihm jetzt nachweinen, Schmitz. Ihre Frau auch, aber das wird sich legen. Was meinen Sie, wie viele werden insgeheim froh sein, dass Sie das getan haben?«

»Ja, viele sind froh, dass der weg ist. Ich auch!«

»Das ist kein Mord. Totschlag höchstens, im Affekt, Eifersucht, gekränkter Ehemann. Also, raus mit der Sprache, wer hat Ihnen geholfen, den Boskopp in den Baum zu hängen?«

»Aber wir haben, ich meine, ich habe den nicht umgebracht. Quatsch! Auf gar keinen Fall! Weiß nicht, wie der in den Baum gekommen ist.«

* * *

Lina hatte vor Strubbel die Augen niedergeschlagen.

»Sie wissen doch mehr, als Sie sagen. Was heißt: Boskopp blieb zunächst auf dem Saal, nachdem Hürlimann den Schmitz rausgebeten hatte?«

»Es heißt, dass er den Saal später verlassen hat ...«

»Und?«

»... nicht mehr zurück gekommen ist. Mir ist aufgefallen, dass er nicht mehr kam. Und mir ist aufgefallen, dass ungefähr zur gleichen Zeit ...«

»Nun lassen Sie sich doch nicht jede Korinthe einzeln aus der Nase ziehen, Lina!«

»Dass ungefähr zur gleichen Zeit auch der Fusselbauer vom Saal ging. Er kam aber später zurück!«

»Und?«

»Er brachte seine Frau von draußen mit rein. Die muss schon länger weg gewesen sein ...«

* * *

Jerret wollte es ganz genau wissen: »Hätt der Buur Dich mött demm Boskopp erwisch ode nett?«

Marie-Thres war verlegen, immerhin war Jerrett als langjähriger Gespiele fast sowas wie der eigene Mann und er hätte sich auch als Betrogener fühlen können. Sie druckste herum: »Jo un nee«.

»Watt heescht datt? Jo ode nee?«

Dann berichtete die Fusselbäuerin: Boskopp und Marie-Thres hatten sich gerade umarmt, sie wollten um die Ecke in einem dunklen Schuppen verschwinden, der an den Dorfsaal angebaut war, um sich zu küssen. »Mehr nicht«, versicherte die Fusselbäuerin.

Da sei der Fusselbauer plötzlich aufgetaucht. »Wohin looft Ihr dann?« habe er ihr und Boskopp hinterher gerufen. Und sie seien beide wie angewurzelt stehen geblieben.

* * *

»Gleich geht es Ihnen besser, Schmitz, lassen Sie alles raus. Was ist genau passiert?«

Der Mann nickte, Hauptsache, das stundenlange Verhör würde zu Ende sein. Zum Schluss hatte er gar nicht mehr gewusst, wo ihm der Kopf stand. Es war am einfachsten, alles zu erzählen. Dann würde Schojohann endlich aufhören. Schmitz legte ein Geständnis ab.

»Sieh an, sieh an. Sie waren also nicht der einzige, dem der Boskopp Hörner aufgesetzt hatte? Ich glaube, der Junge hatte es faustdick hinter den Ohren. Zu dritt haben Sie es dann erledigt?«

Schmitz nickte. Schojohann ließ ihn in die Zelle abführen.

* * *

Wenig später fuhren zwei Streifenwagen in Düttlingen vor. Hürlimann wurde in der Werkstatt angetroffen, der Martinsbauer wurde auf dem Kartoffelfeld verhaftet. Keiner von beiden leistete Widerstand. Sie ahnten, dass Schmitz gesungen hatte.

Viel würde ihnen nicht passieren auf der Polizei in Schaleiden. Da waren der Martinsbauer und Hürlimann ganz sicher. Sicher, sie hatten Boskopp zu dritt verprügelt, an Händen und Füßen gefesselt – und in den Schuppen neben dem Dorfsaal gezogen. Dort hatten sie ihn noch mit ein paar Eimern Jauche übergossen, ihn gewarnt, künftig die Finger von ihren Frauen zu lassen. Schmitz hatte ihm noch einen Tritt in die Weichteile versetzt.

Hürlimann schüttelte den Kopf: »Aber aufgehängt, Herr Kommissar, haben wir den nicht«.

Schojohann war wie vor den Kopf geschlagen. Hatte sich seine totsichere Spur totgelaufen? Waren die drei kapitalen Eifelhirsche wirklich unschuldig am Tod des Alleinunterhalters? Gab es einen dritten und/oder vierten Gehörnten, der den Gefesselten im Schuppen aufgelesen und in den Baum gehängt hatte? Oder hatte Boskopp sich aus den Fesseln befreit und sich dann doch selbst ... ?

* * *

Strubbel verhaftete den Fusselbauern eigenhändig.

Er wusste nichts mehr von der Nacht auf Kirmesmontag, nur noch, dass er Boskopp und seine Marie-Thres in unzweideutiger Situation im Schuppen angetroffen hatte. Er habe seine Frau hochgerissen, geschrien »Wir sprechen uns noch«, und sie dann hinter sich her in Richtung Saal gezogen. Drinnen habe er sich dann vollends volllaufen lassen.

Strubbel glaubte Fussel nicht, Schojohann glaubte ihm nicht, und schließlich wusste der Fusselbauer selbst nicht mit letzter Sicherheit, was zwischen 2 Uhr und dem Erwachen am Mittag alles vorgefallen sein mochte. Zeugen fanden sich auch keine, die zu beeiden vermocht hätten, dass der Fusselbauer auf dem Saal geblieben wäre. Selbst Marie-Thres, die ihrem Gatten vor Gericht doch liebend gerne aus der Patsche geholfen hätte, konnte sich auf drängende Fragen nicht an die späte Kirmesnacht erinnern. Der viele Schnaps ...

Für eine Verurteilung wegen Totschlags reichten die wenigen im Prozess vorgelegten Beweise nicht aus. Fussel bekam einen in Juristenkreisen so genannten »Freispruch zweiter Klasse«, also keinen wegen erwiesener Schuld, sondern einen aus Mangel an Beweisen. Obwohl am Ende der Verhöre, im Schlusswort sich sogar der Fusselbauer selbst laut und ernsthaft die Frage gestellt hatte, ob er es vielleicht doch gewesen sein könnte, der den bereits misshandelten Boskopp im Schuppen gefunden und zur nahen Obstwiese geschleift haben könnte. Andererseits: Warum hätte er das im besoffenen Kopf tun sollen? Der Kerl war doch schon ordentlich verdroschen worden. Und: Wie hätte er ihn dort alleine ins Geäst hängen können?

An dieser Stelle hatte Lindengert im Zuschauerraum des Gerichts still zu Boden geschaut. Er wusste es besser – besser als der Bauer und die Bäuerin und die Polizei und das Gericht. Er musste nichts mehr sagen. Er, der als Einziger alles wusste, würde für den Rest seines Lebens über diese Kirmesnacht schweigen. Das tat man in Düttlingen, wie im ganzen wilden Westen: Schweigen, wie ein Grab – wie ein Boskopp, über den der Herbstregen zu Boden tropft.